# 军港之夜

## 海军题材中短篇小说选

李忠效 ◎主编

青岛出版集团 | 青岛出版社

图书在版编目（CIP）数据

军港之夜 / 李忠效主编. -- 青岛 ： 青岛出版社，
2024. 9. -- ISBN 978-7-5736-2153-5

Ⅰ. I247.7

中国国家版本馆CIP数据核字第2024S1Z725号


JUNGANG ZHI YE

书　　名　军港之夜

主　　编　李忠效

出版发行　青岛出版社（青岛市崂山区海尔路182号）

本社网址　http://www.qdpub.com

邮购电话　18613853563

责任编辑　祁聪颖　崔红亮

校　　对　郝秀花

装帧设计　蒋　晴

照　　排　王晶璎

印　　刷　天津联城印刷有限公司

出版日期　2024年9月第1版　2024年9月第1次印刷

开　　本　16开（787mm×1092mm）

印　　张　23.5

字　　数　250千

书　　号　ISBN 978-7-5736-2153-5

定　　价　68.00元

编校印装质量、盗版监督服务电话 4006532017  0532-68068050

# 目　录

# 目　录

# 雷海兵哥

郭富文

补给船一靠岸，韩德森就赶着一头大肥猪上岛了，一见面就对我说："指导员，杀猪吧。"

我信以为真，心里喜滋滋的，转身就对炊事班长说："你去把这头猪宰了，中午改善伙食。"韩德森一听急了，连忙护着猪："指导员，哪儿能说宰就宰？咋说也得让大家观赏几天嘛。"

这就是韩德森。我在东岛第一次见到他，他就给我留下这么个印象：油嘴滑舌，喜欢卖弄，对他的话一般不能当真。其实，自从我上任东岛指导员之后，我就抱着花名册研究过岛上的每一个人，最吸引我的莫过于这个韩德森了。他是广东遂溪人，一个地地道道的"老广"，如今已在西沙守岛十八年了，按照条例规定，这也是他最后一年服兵役。一般来说，人们在岛上待上几年，大脑就会变得迟钝，语言功能退化，可韩德森不同，他在岛上似乎越待越灵光，平时讲话总夹带着一大堆家乡白话，见人打招呼的常用语就是"雷海兵哥"，意思为"你是谁"，常把战友们逗得开怀大笑，被奉为东岛的"开心果"。他的年龄、兵龄、岛龄在全岛位居第一，因此还赢得了"岛王"的戏称，这也是我对他感兴趣的重要原因，用《西游记》里的话说就是：我倒要看看这是何方神圣。

中午开饭，由于补给了新鲜蔬菜，战士们欢天喜地，热闹场面不亚于过年。东岛四周被巨大的礁盘包围，正面有一个两千多米深的海沟，无风三尺浪，有风浪滔天，小船过不去，大船靠不上，经常三四个月交通中断。岛上没有报纸，没有电视，没有家信，缺菜断粮也不是什么新鲜事，守岛的官兵白天兵看兵，晚上数星星，生活单调，孤独寂寞可想而知。韩德森利用每年休假的机会，陆陆续续从大陆带上来一些鸡、鸭、鹅，把它们围在一起，并用红油漆在牌子上写上"东岛动物园"，供官兵们业余时间观赏。其实，东岛并不缺少动物，树林里有野牛、野猫、野山羊，但几乎从不露面，难寻踪迹；天上飞的有海鸥、白鹭、鲣鸟，那红脚白腹的鲣鸟是国家二级保护动物，栖息在茂密的丛林里，被战士们奉为圣鸟，谁都不曾去打扰过。韩德森的动物园倒成了官兵们业余时间必去"打卡"的地方，尤其是这次他又赶上来一头大肥猪，着实让官兵们眼馋。

大家正满心欢喜地用餐，韩德森端着饭碗坐到了我的面前，我试着问他这头猪是咋回事，他便毫不掩饰地炫耀起来。原来，三个月前他休完年假准备上岛，想着给岛上的动物园添置点儿什么，便买了一头十几斤重的小猪崽，带到岛上给大家开开心，没想到船到西沙，就被困在中转的永兴岛上"等交通"。一开始他住在招待所，每天到食堂捡些剩饭剩菜喂猪，后来猪一天天长大，捡拾的那点儿东西根本不够吃，把"二师兄"饿得嗷嗷叫，韩德森走到哪儿，它就叼着他的裤腿儿跟到哪儿，不停地哼哼唧唧，有时还发脾气拱他的床，把韩德森弄得尴尬不已。水警区领导得知这件事后，就让韩德森住到连队，一边参加训练，一边等船，顺便还解决了猪的喂养问题。他这一等就是三个月，小猪竟然长到了一两百斤。

韩德森越说越得意，眼睛里闪烁着狡黠的光："指导员，下次我再弄一头公猪来，配个种，给你一窝生十来个小猪，保证每月杀一头，到时候咱岛上就不愁没肉吃了。"

我一听就明白他是铁了心不让杀这头猪，就说："算了算了，你这是给我画饼充饥呢。"这时，韩德森又变戏法似的从口袋里掏出一个类似鸭蛋的东西摆到我的面前，神神秘秘地说："知道这是什么不？"我说："傻瓜都知道是鸭蛋。"他说："这可不是普通的鸭蛋。"我说："那就是咸鸭蛋？"他大笑起来："告诉你吧，这是孔雀蛋，等孵化出小孔雀来，我们的动物园就有好戏看了。"

这真让我哭笑不得，岛上没有母孔雀靠什么去孵化这枚蛋，这个韩德森就是喜欢异想天开。

说来也巧，一个星期后事情竟然有了转机。

那段时间天气给力，东岛来了一艘吨位大一些的补给船，除了补给一些生活物资外，随船还上来了一名女博士。从介绍信上看，她叫兰琼，是华南一所大学搞动植物研究的，具体说是一名鸟类专家，主攻的课题和博士论文都是关于鲣鸟的研究。她来这里搞研究算是找对了地方，但也难免会搅动"一池春水"。你想，清一色男子汉的小岛上突然来了一名女博士，吃住又在我们守备队，那跟海鸥群里飞进来一只天鹅没啥区别。但话说回来，人家又不是来旅游闲逛的，是带着课题搞研究的，我赶快安排战士们腾房间、修厕所、搭淋浴棚，并用传口令的方法快速把我的要求传给每一名官兵：男女有别，注意言行。

女博士兰琼话语不多，太阳帽、牛仔裤、运动鞋，看起来十分干练，但明显有些孤傲，喜欢独来独往。安顿下来后，她在门上留下一张字条"我去找鲣鸟了"，便一头扎进岛上的丛林里。西沙东岛全岛由密密麻麻的植被覆盖着，长满了抗风桐、草海桐和高大的椰子树，中心地带还是原始状态，有一小片沼泽地，她人根本进不去。女博士一上岛就独自一人钻进丛林里去找鲣鸟，人生地不熟，多少让我有些担心。

下午，我正准备安排人去丛林里寻找那位女博士，她却垂头丧气地回来了。也就是半天工夫，她人也晒黑了，衣服也剐破了，鞋子上沾满泥土，一见我就懊恼地说："指导员，给我找一个向导吧，这林子太大了，实在是进不去。"

博士来到东岛研究鲣鸟，需要一个向导，这个要求不算过分。派谁去呢？我第一个就想到了韩德森。韩德森号称是东岛的"活地图"，虽不能说对岛上的一草一木都了如指掌，但林子里野牛踏过的小径、鲣鸟平时栖息的位置，他都大概知晓。再说了，老同志嘛，年底就要退伍了，给他安排一些杂活，也让他换换心情。

晚饭后，我领着女博士去找韩德森。韩德森正在他的动物园里摆弄他的那枚孔雀蛋，我一摆手："过来过来。"

韩德森笑嘻嘻地走过来："指导员，有何指示呀？"

我没有把话挑明："你的小孔雀出壳没有？我还等着收门票呢。"

他摇着头说："有点儿悬，我正考虑做一个电烤箱把它烘出来。"

"我看你是想吃烤孔雀蛋吧。"我话题一转，"你把孔雀蛋放一放，先到林子里找鲣鸟蛋去。"

"你啥意思，指导员？"韩德森似乎已猜出几分。

"好，那我就直说了。组织上给你一个新任务，从今天开始你给博士当向导，去丛林里找鲣鸟。"

"这……"韩德森显得极不情愿，手中不停地搓着那枚孔雀蛋，过了一会儿，就故意用广东话问女博士："雷海兵哥？"

没想到女博士的广东话比韩德森还正宗，两人算得上是老乡，就用广东话交流了几句，可惜我一句都没有听懂。最后，韩德森说："指导员，你还是饶了我吧，这孔雀蛋再晚就孵不出来了。"

我知道这不是真正的理由，但不好当面揭穿他。他上岛之后我从侧面了解过，这次探家他跟老婆离婚了。他常年在西沙守岛，和老婆聚少离多，感情慢慢消失，夫妻二人争吵不断，最后决定离婚。上岛后他表面上仍嘻嘻哈哈，但一肚子的苦水倒不出来。这时我注意到，在女博士面前，韩德森自始至终头都没抬一抬，更不要说正眼看一下了。

没想到，这个僵局被女博士打破了，她对韩德森说："咱们做个交易好不好？我帮你把孔雀蛋孵化出来，你给我当向导，帮我研究鲣鸟。"

韩德森一听这话来了劲头："你要是能把小孔雀孵化出来，让我干啥都行。"

我急忙在旁边敲起了边鼓："一言为定，不得食言。"

女博士说："我已经看过了，你这里有几只母鸡，用米酒把母鸡灌醉让它抱窝，七天过后小孔雀就能出壳。"

"就这么简单？"韩德森仍半信半疑。

"这个方法在我们实验室里经常用，简单而有效。"

韩德森无话可说，才勉强把当向导的事应下来。

真是天外有天，人外有人。韩德森做梦也没想到母鸡竟能孵出孔雀来。一个星期后，小孔雀真的破壳而出，女博士还给韩德森讲了一些喂养雏鸟的方法。韩德森付出的代价就是每天带着女博士在树林里钻来钻去，绘制林中的路径，标注鲣鸟栖息的树干，寻找每一个鸟窝的位置，检查鸟蛋的数量与质量。一开始，韩德森每天早出晚归，乐此不疲，突然有一天他推开门对我说："指导员，这活儿我干不了了。"

我问他怎么回事，他哭丧着脸说："那女的太古怪了，她让我辨认鲣鸟蛋哪个是公的、哪个是母的——那鸟蛋又不是我下的，我咋知道？她还给鲣鸟拴脚环，那不限制鲣鸟自由吗？"

"这就奇了怪了？"我说，"你韩德森在西沙群岛号称'大能人'，天上飞的、地上跑的、海里游的，无所不通，你就不能跟女博士好好沟通？"

随后，韩德森悄悄向我透露，这个女博士三十多岁了，未婚，性情古怪，难以沟通。她只爱鸟，爱各种鸟，在她的世界里，除了鸟还是鸟。她这次到东岛除了研究鲣鸟的分布、种群、数量之外，还要研究鲣鸟的生活习性、求偶方式、繁殖形态、亲缘关系。她让他连鸟蛋都要分出公母来，这不是难为人嘛。

我一听乐了："韩德森呀韩德森，你可别想多了，我派你去是给博士当向导的，又不是让你去解决博士个人问题的。"

"我初中都没毕业，一个大头兵。再说了，我也没有这个能力呀。"

我知道他还没有从离婚的阴影里走出来，可能是患上了"异性恐惧症"，所以才对女博士反应过激。我抓住时机对韩德森好说歹说，大道理小道理讲了一大堆，最终他才勉强答应继续配合女博士做研究。

也许是家乡话起了作用，接下来，韩德森跟兰琼博士的交流似乎顺畅了很多，平时他们俩在一起就讲广东话，我也只能听懂只言片语。他配合女博士搞研究的热情也在升高，甚至还在高大的抗风桐树冠顶端搭了一个棚子，让女博士近距离观察鲣鸟的鸟巢构造、家族关系、进食顺序，记下鲣鸟每天的出巢、归航时间。他们还把录像机的镜头对准一个精巧的鸟窝，记录下小鲣鸟从孵化到破壳的全过程。雏鸟出生时仅有十几克重，韩德森从一个小肉团开始每天去给雏鸟称体重、量体长，在树上爬上爬下，忙得不亦乐乎，而女博士则安坐在树上搭的棚子里静心地写她的博士论文。抬头是蓝天白云，四周是蔚蓝的大海，阵阵海风吹过，丛林随风摇曳，绿浪翻滚，宛若仙境。韩德森每次向我描述他们的工作场景，都让我感叹不已，我甚至想到过七仙女下凡的故事。而韩德森则时不时地用他那跑调的男中音在丛林中引吭高歌："水兵爱大海，骑兵爱草原，我爱……"

那几天，韩德森的心情出奇地好。一天清晨出完早操，我正准备洗漱，他推开房门对我说："指导员，快去海边看跳舞，我保证你从来没有看到过。"

我知道他又想忽悠我，就故意打击他说："凭你这点儿能耐，还有人给你跳舞？"

他拉着我说："走吧走吧，去了你就知道了。"

我跟着他穿过绿树掩映的小路，来到海边一片凌乱的珊瑚石草甸子上，兰琼博士已经在这里等着了。初升的太阳给大海镶嵌上一道钻石般的波光，那波光奇幻般地反射到岸上，茂密的抗风桐丛林俨然一排排身披盔甲、手持长矛迎战风浪的战士。这时，成群结队的鲣鸟像是赴约一般，从空中盘旋着落下，就落在我们面前的海滩上。顿时，光秃秃的海滩立刻被鲣鸟洁白的羽衣覆盖，从海滩到近岸，一下子变成了雪白的棉田。奇怪的是，鲣鸟群并不拥挤，而是秩序井然。鲣鸟们伸直脖颈，抬起红色的脚，迈着矜持的步子，前后移动，憨态可掬。它们相互审视着，像是在寻找自己的"意中人"。

"鲣鸟求偶呢，够壮观吗？"韩德森说。

我没有理会他，完全沉浸在这从未见过的场景之中。不一会儿，配对成功的雄鸟与雌鸟面对面展开双翼，不停地摇头进退，恰似人类完美的舞蹈，之后它们用淡蓝色的尖喙互相摩擦、梳理羽毛。完成这些仪式之后，两只互定终身的鲣鸟便一起昂首向天，腾空而起，鸣叫着飞向远方的丛林，那里有雄鸟已经搭建好的爱巢。

兰琼博士讲解说："鲣鸟是一种忠贞的鸟类，一旦配对成功，便终生厮守，不离不弃。当然，如果它们的爱巢被其他鸟所占，雄鸟便会不惜一战，哪怕被啄得遍体鳞伤。"

兰琼博士讲解时，我看到韩德森把头偏向一边，一丝不易察觉的痛苦从他的眼里掠过。

兰琼博士告诉我，她的论文快写完了，她说等下一班交通船来，她就要回去参加毕业论文答辩。

"交通船什么时候能来，这可说不准。"我说道。

这时，韩德森抬头望了望天，像是自言自语："马上就来台风了，这鲣鸟都不远飞了，恋窝了……"

"没有船怎么办？回不去的话我的论文答辩要泡汤了。"兰琼博士急得差点儿哭出声来。

没想到韩德森慢悠悠地冒出来一句："那就在岛上生儿育女了。"

这句话当即惹怒了女博士，她狠狠地瞪了韩德森一眼，重重地甩下两个字："痴心！"然后她转身走开了。

我虽然不懂广东话，但知道这两个字是"神经病"的意思，是广东话里的一句狠话。韩德森也知道失言了，傻呆呆地站在那里，像个做错事的孩子。我说："还愣着干吗？给博士道歉去。"

真应验了那句老话："天有不测风云。"三天后，天气预报就有了台风的消息，一个热带气旋在西北太平洋上生成，中心风力九级，并在逐渐加大，有可能过境西沙群岛。

台风来临的前几天，太阳直射，气压低，闷热难耐，空气中散发着灼热的气息，原本绿意盎然的树木也都耷拉着枝条，鸟儿扑打着翅膀在岛子上空徘徊，天黑仍不肯入巢。人们的情绪似乎也受到环境的影响，显得焦躁不安。毋庸置疑，每一次台风过境，对海岛生态而言都是一场浩劫。台风期间，电闪雷鸣，大雨倾盆，风暴潮还会冲上岛席卷而过，岛上的树木成片折断，有的甚至被连根拔起。当然，受伤害最重的要数那些鸟儿了，它们有的被裹进狂风，折断羽翼，惨死海中，有的被压在断枝败叶下面，不断哀鸣。这时候，迎战台风就成了全岛的重中之重。

遵照上级指示，东岛快速转入防台部署。我们提前两天开始加固海堤、抢修道路、转移物资，并由韩德森带领一支应急分队进入丛林，同女博士一起护林护鸟。

这天清晨，一声声沉闷的滚雷掠过黑沉沉的海面，牵着狂风扑向东岛。狂风疯狂地摇撼着树枝，不停地发出野兽般的嘶鸣，一场可怕的灾难即将来临。我赶紧通知韩德森，让他把女博士带到安全地带，她跟随小分队已经在丛林里奋战了两天两夜，在林子中心地带的沼泽地上搭建起一个鲣鸟救助站，已经转移了几百只幼鸟到这里躲避台风。

上午九时左右，随着一阵响彻天际的雷声在东岛上空炸响，台风裹挟着暴雨如同核爆后的冲击波一般席卷而来，汹涌的潮水肆无忌惮地扑向岛上的每一个角落。丛林里接连传来大树倒伏的"咔咔"声，被折断的树枝与岸边的漂浮物漫天飞舞，只一会儿工夫，进出丛林的道路完全被残枝败叶叠压成的山丘堵住，飞瀑一般的雨幕让人无法看见对面的人影，整个海岛像是被无边无际的迷雾吞噬了。

"韩德森，韩德森！"我在抢险小分队的人群中呼喊着，"女博士回来没有？"

我连续喊了几遍，都没有听到回答。

"谁看到韩德森和女博士了？"还是没人应声。

这时，我突然意识到，韩德森跟女博士可能被困在了鲣鸟救助站，那里是岛上最低洼的地方，也是风暴潮最易侵袭的地方，他们可能遇上了更大的麻烦。事不宜迟，我一挥手："抢险队，跟我上！"

随即，五六个抢险队员跟着我冲进风暴之中。

　　我不知道我们是怎么穿越倒伏的丛林来到林子中间的那片沼泽地的，抢险队配备有强光手电、油锯、开山斧、橡皮艇和对讲机，不到三百米的距离我们竟然用了近一个小时，每个人都是遍体鳞伤。找到鲣鸟救助站时，我竟然被眼前的一幕惊得不能自持。那是一种什么样的场景呀？在一片汪洋之上，漂浮着由一堆残断的树干、树枝支撑起来的孤岛，那孤岛只有箩筐般大小，在风雨中晃动着，随时都有解体和翻沉的危险。孤岛上面，韩德森双腿斜跨在一个树杈上，潮水已经淹没了他半个身子，只见他双手托举着兰琼博士，如同一尊雕塑屹立在天地之间。在他们周围，上千只雪白的鲣鸟铺满了整座孤岛，蔓延到半个池塘……

　　韩德森和兰琼博士得救了，台风也终于停了下来，东岛逐渐恢复了往日的平静。至于那天究竟发生了什么，韩德森不肯多说，兰琼博士拒绝透露，这也成为我心中一个解不开的谜团，但更大的谜团还在后头。

　　台风过后，整个东岛一片狼藉，韩德森和女博士一道默默地收拾残局。他们给受伤的鲣鸟包扎、疗伤，韩德森还当起了"鸟妈妈"，把被台风刮落在地的雏鸟一个个捡起来，试着放进残存的鸟窝里。有的老鸟不肯喂养雏鸟，韩德森就下海捕鱼、捣碎，一点点往雏鸟的嘴里喂。他们还把在林子里捡来的鲣鸟蛋收集起来，把动物园里的母鸡用米酒灌醉，帮助孵化出鲣鸟幼鸟。

　　转眼间到了年底，韩德森该退伍了，兰琼博士也要下岛，但寒潮又接踵而来，海面上尽是白花花的浪，交通船又指望不上了。一天，韩德森不知道从哪里弄来一艘小渔船，收拾完行装，到队部跟我告别："指导员，我送博士下岛，守卫东岛的任务就交给你们了，还有岛上那些鲣鸟，要保护好。"

　　我看他去意已决，便没有阻拦。码头上，我和全体官兵整齐列队，向着远去的一艘小船挥手致意，泪水模糊了我的双眼。

韩德森走了，女博士也走了，这一走便再无音信。我曾让人到韩德森的家乡和兰琼博士的大学打听过，但都没有可靠消息。有人说，他们的小船在海上翻了；有人说在一个无人岛上见到过他们；也有人说，他们已经结为夫妻，仍在从事鸟类的研究和保护工作……

三十年后，我已退休。八一建军节这天，我邀请当年在西沙守岛的几个战友小聚。酒过三巡，手机突然响了，我下意识地按下接听键，只听电话里传来一个熟悉的声音："雷海兵哥？"

我顿时泪流满面。

（原载于《解放军文艺》2023年第4期）

>>>> 作者简介 <<<<

郭富文，男，毕业于解放军南京政治学院新闻系，中国作家协会会员，广东作家协会理事，广东海洋大学特邀教授。1972年12月入伍，1981年开始文学创作，小说《秃鹰的最后三小时》获首届全国公安文学二等奖，报告文学《西沙作证》获《人民文学》征文二等奖，中篇报告文学《中国的太阳》被改编成电影剧本。著有长篇报告文学《无手的军礼》《守望大海》《铁血金锚》等作品。

# 护航故事

陶　宏

已经进入任务后期了，我们舰艇编队正在驶往某国，到这个国家进行最后一次补给和短暂休整，然后再执行最后一个月护航任务，就要返回祖国了。

我是护航队伍中的一员，有自己负责的工作。另外我还有一件重要的事情要做——我是海军心理研究中心的研究员，对我来说，这次护航任务，也是一次难得的"特殊时期和环境下官兵心理研究"的好机会。我在准备一篇关于"护航心理研究"的论文，零零碎碎记下的事例和顺手写下的想法已经积攒了好几个本子，等着返航后整理出来。当然，我就是一个现成的例子，所以我保持着每天记日记的习惯，把自己做的事情、心理状态等尽可能详细地记录下来。这个日记，既可看作是私人日记，又可看作是工作日记。在漫长的护航过程中，这件事让我时时有事做，精神有寄托。我觉得这是好事，有事做的人，日子会好过一些，不会觉得那样难熬。这也成了我的一个思考课题，就是想办法让护航官兵有事做，把难熬的时光变得充实且有意思。

我把护航期间编队人员的心理变化，按照三段论划分法分为三个时期：前期、中期和后期。

在前期，也就是刚出航的一段时间，官兵们对什么都觉得新鲜，特别是很少出远门的人，在那段时间，对着天高海阔、天蓝海蓝的景色，个个都睁大眼看个不停，生怕错过什么。但这景色看久了，人慢慢也会失去兴趣——好东西吃多了也会腻的。

中期，人逐渐适应了。这段时间，舰艇编队每天按部就班，沿着航线巡航，什么时候吃饭、什么时候睡觉、什么时候锻炼，都比较固定，进入了一段较长时间的稳定期。

到了后期，官兵们就会经常计算回家的时间了，有的开始倒计时——有点儿度日如年了。而且，经过这么长时间的海上航行，人确实困乏、疲惫、厌倦了。

就在这时候，编队指挥员武昊宣布："我们要在靠岸补充给养的城市与该国的海军足球队举行一场友谊赛。"在甲板上散步的时候，指挥员武昊跟我说起这事，问我的想法。我明白他的意思，小伙子们年轻好动，让他们把心思集中到一件感兴趣的事上，确实能够振奋精神。

我问武昊："你给他们定什么目标？"

武昊笑笑说："踢着玩呗，只要输得不是太难看就行。"

我说："目标就这么低啊？"

他又笑，说："还能怎样，水平在那儿摆着呢。就是为了让大家放松放松。要真想赢球，那下次我专门挑些踢球好的人带着。"他从士兵成长为将军，一直跟舰艇打交道，跟舰艇一道走出国门的次数至少上百了，自是什么场面都见过。

"我们上次不是进了一个球嘛，不要妄自菲薄，自我定位太低。"我半开玩笑半认真地说。

他说："那是人家礼让。"

想来也是，参加护航任务的人员，都是各个岗位上业务技能出众的，但那技能显然跟足球无关。靠岸补给的时候，我们经常会跟当地海军进行友谊赛，这已成为友好交流的一个节目了。他们条件更便利，选出的球员肯定都是球技出众的，而我们的球队是临时拼凑起来的。就像我们这个任务编队，第一次搞比赛前，会先问一问谁会踢球、踢哪个位置，然后很多以前还互不相识的人就临时组成了一支球队。结果可想而知——从没赢过。大家嘴上说着"友谊赛嘛，友谊第一"，但踢的时候还是很拼，这样一来，就算赢不了，心理落差也不至于太大。

我总觉得有些不服气。我懂点儿足球，在小学、初中的时候踢过。我这么想着，一个人忽然出现在我的脑海，就是上次进球的那个战友，舰载机飞行员刘向宇。上次他进球之后的好多天里，每次跟战友们谈起那场比赛来都眉飞色舞。我跟他说："你踢得不错啊，进球了。"他嘴咧得老大，说："那——是，我是谁啊。我们是临时组建起来的球队，而且平时不能训练，配合默契度不高，不然肯定不止进一个。"刘向宇说话倒是毫不客气，你夸他他也不知道谦虚一下。不过，他说得有道理。我跟他开玩笑，把右手握成拳头往他的嘴前一送，说："你好，我是中央电视台体育频道记者，下面请你对我们电视机前的观众朋友们谈谈你在这次比赛中进球的感想。"他张着大嘴笑，摆摆手说："没什么好讲的，要是非让我说，那原因只有一个，我厉害呗，哈哈……"我要是个男的，见他这副趾高气扬的样子，肯定会忍不住往他的屁股上踢一脚，或在他的胸口上擂一拳，但我是个女的，所以只能翻翻白眼，说："你傲什么傲，功劳也不是你自己的，球队十一个人，你只占十一分之一。"他说："是啊，没错，大家的功劳，我只是十一个人里面的一个杰出代表，嘻嘻。"这人也真是啊，脸皮厚到无敌了。

　　我自认是个有点儿傲气的人，但我表现出来的从来都是谦虚，毕竟这是老祖宗传下来的，父亲也一直是这么教导我的。其实那也说不上是教导，用教训更合适一些。我父亲也是一名军人，脾气大得很，我稍有不对，或他看我不顺眼时，就对我一顿训斥。我还小的时候，有一次刚被父亲训完，在楼下遇到认识的叔叔，叔叔笑眯眯地问我："小鹰啊，又挨训了？"我心中纳闷儿，天真地问："你怎么知道的，叔叔？"叔叔说："你爸那嗓门啊，整栋楼都听到了。"我的脸立马就红了。

　　两年前，作为海军的代表，我参加了一个国际性的活动，立了三等功。我自然非常高兴，以为父亲也会为我骄傲，会夸奖我。军报都登了这件事，而且篇幅不小，父亲肯定看到了，每天的军报他都看，但是他一点儿动静都没有。我沉不住气了，借着打电话问候他的机会，跟他扯东扯西地说了会儿话，父亲还是没提这茬儿，我就自己说出来了："爸，我立功了，都登报了，你看没看到啊？"我的话既有点儿撒娇，也多少有点儿抱怨的意思。

　　没想到父亲立刻给我来了一通训话："怎么干这么点儿事就骄傲了，这不行啊，这会阻碍你进步的。不就立了个三等功嘛，我早看到了，你知不知道我为什么不说，就是怕你翘尾巴，你今后的路还长呢……"

　　所以一开始，我不大喜欢刘向宇，觉得他性格过于外向，甚至有些张狂。但是后来，我的态度慢慢变了。

　　因为我发现，他是个心理状态很好的人。作为一个心理方面的研究员，我自然会对心理上有突出特点的人尤其感兴趣。刚开始的新鲜期过了之后，我们编队的人大多没了新鲜劲儿，有的有些蔫，个别的会失眠，到我这儿来咨询的人多了起来。但是，刘向宇一次也没有到我这里来过，甚至护航的很长时间里，我们都只是见了面打个招呼。我经常看到他在甲板上乱窜，他是一名上尉军官，但是没有架子，跟谁都能很快打成一片，称兄道弟、嘻嘻哈哈。他脸颊红扑扑的，精神状态也很好，这点从他的眼睛里也能看出来。真不知道他的精神头儿是从哪里来的。

他不来找我，我就去找他。我把他当成了我的研究对象。

一次，趁他在甲板上锻炼的时候，我装作偶遇凑到他身边，问他工作之余的个人时间都是怎么安排的。他歪着头寻思了一阵才说："你这个问题我还没仔细想过呢，无非是休息、锻炼、找战友聊天，什么好玩玩什么，哪儿热闹往哪儿凑。"

这倒是排遣寂寞、消除孤独的好办法，人就怕一个人缩着，把自己封闭起来。

我说："看你身体挺好，都是怎么锻炼的？也教教我。"

他说："天气好的话，就早晚各到甲板上打一遍擒敌拳，天气不好就在室内练练深蹲、俯卧撑什么的。"

他一边说，一边在我面前比画着拳脚动作。舰船上空间有限，官兵们都是这样进行锻炼的。

"偶尔，我也练瑜伽。"说着，他伸展身体摆出了一个很标准的瑜伽动作。

我有些意外，说："你还会瑜伽啊？"

他说："怎么，难道只有女同志才能练瑜伽不成？"

我说："不过据我所知，确实女同志练得多。"

我看着他讪讪的表情，笑着解释说："我可不是歧视男同志啊，只是有些惊讶。练这个挺好的，很适合我们这个环境，算是因地制宜、因时制宜，而且与众不同。"

我这么一说，他又兴奋起来了，说："那是。我带了教学碟片，还有书。在家的时候，我跟我老婆学了点儿皮毛，现在想着在船上有的是时间，好好研究研究。听你这意思，你肯定懂喽？"

我点点头。

他高兴了，期待地说："有空了我去向你请教请教？"

我点头说："好啊。"

"那太好了，等我好好练练，争取超过我老婆，回家练给她看，保管让她大吃一惊。"他兴奋地说。

此后，刘向宇经常来向我请教。他学得认真投入，我夸他学得快，他又不谦虚了，笑着说："嘿嘿，我聪明嘛。"

随着了解的加深，我对他真是刮目相看了。执行这次护航任务之前，他已经做好了充分的准备，连什么时间做什么事情都有计划，不像有的同志，尤其是年轻同志，只是带着一腔热情，兴奋劲儿一过，热情消耗得差不多了，就开始感到空虚、无聊。而刘向宇，虽然嘴上经常说些漫不经心的话，但他明显不是那种做事不用大脑的人。

有一天傍晚，海面风平浪静，天空布满红霞，除了在岗位上执勤的，官兵们都在甲板上锻炼。我在海军陆战队的队伍旁边，他们练拳我做操，我看到刘向宇从甲板的另一侧径直走过来，冲着特种兵的队伍喊："哎，师父。"大家都好奇他喊的是谁，有些人脸上已经浮现出笑意，因为都知道他到哪儿哪儿就热闹。后来一个上等兵左右看看才知道他是喊自己，顿时晕了头，连声说："领导，这我可担不起。"我也纳闷儿，不知道他搞的是哪一出，便叫住了他："嘿，刘向宇，你过来干什么？"他才看到我，说："噢，苏老师，你也在这边。"然后他兴奋地说，"我来找师父。"我说："什么师父？"他用手一指上等兵说："他会南拳。南拳，你知道吗？有本小画本就叫《南拳王》，江湖上有句话，南拳北腿，很厉害的。反正在舰上有的是时间，我特来拜师，跟他学拳。等以后我打给我孩子看，他肯定会对我佩服得两眼直冒小星星：'哇，老爸好厉害。'"他有点儿自我陶醉的样子。我问："你孩子多大了？""估计，应该……"他掐着指头计算着，"现在有七八个月了吧，嘿嘿，还在肚子里，等我回去就出生了。"我说："恭喜恭喜。"他龇着牙，脸上一副无比幸福的表情。

"妻子怀孕了，怎么从没见你流露过担心的意思？"有一次聊天的时候，我专门问了他。

他说："我不担心，家里我都安排好了。接到护航任务，临走之前，我在饭店摆了一桌，把在我们部队驻地城市工作的关系不错的老乡、同学、朋友都请过来了——有医生、老师、警察、商人……十几个人。在酒桌上，我端起酒杯说'我要出去执行任务了，国家需要我，我需要你们，我的家就拜托给诸位了，你们大家要人人奋勇、个个争先、多多上心，要是有什么照顾不周的地方，回来我就不客气了啊，拿你们是问'。他们都纷纷表态，让我放心，说家里就交给他们，不用我操心了，保证比我在家的时候照顾得还好。哈哈，他们甚至还立了军令状。我的朋友们还说，要排个班，不间断地到我家去'巡视'，有什么问题立刻解决。

"临走前，我给妻子留了一个备忘录，上面写下了我那些朋友的电话号码，注明了要是有哪方面的事，就打哪个电话，找谁谁谁，一目了然。我妻子都烦了，嫌我啰唆，说我把她当孩子了。她烦归她烦，我还得管。说实话，我自己也觉得啰唆、唠叨，但也是为了自己心里踏实吧。

"部队领导、战友们也跟我说了，我去执行任务，家里尽管放心。

"家里还有岳父岳母跟我妻子住在一起照顾她。每次靠岸了，我就给家里打个电话，了解下情况。还有什么不放心的，我觉得挺周全了，没什么不放心的。"他说这些的时候，脸上时不时露出温柔的表情。

我点头赞叹说："没想到你这做老公的心还挺细，你妻子真是有福气。"

他自我感觉良好的得意劲儿又来了，笑着说："那是，我妻子也这么说我。"我心中暗笑，他这人是不能夸的，一夸就上头。

他从那天开始跟着上等兵学拳，每天在特种兵进行训练的时候都准时来。其他特种兵们训练，他们俩就练拳——特种兵的队长特批上等兵教他。像刘向宇说的，他很聪明，打起拳来有模有样，也能看出他有很好的基础，几天之后，两个人就开始拆招对打了。也就一个月不到的时间，这套拳基本就被他掌握了。

我看他打得挺像那么回事，夸他："你学得挺快的。"

"嘿嘿。"他笑，"那是。我是谁啊，我……"

没等他说完，我替他说了："你聪明，悟性好。"他像个受到表扬的孩子，笑得天真烂漫，还有些厚脸皮的无赖劲儿。

南拳学会了，我看他又开始满甲板溜达了。我问他在干什么，他说："找点儿事干干，再学点儿什么好呢？"看来他的兴趣又转移了。

有一段时间，他很少露面，我只有在锻炼、吃饭或开会的时候才能看到他，其他时间都不知道他在哪里。这不大符合他一贯的风格。我很好奇，问他们飞行部队的负责人杨光这段时间刘向宇都在哪儿，杨光告诉我，他大多时候在饭厅。我问："在饭厅干什么？"杨光回答说："看书。"

我带着满腔的好奇去找他，他果然在饭厅，坐在角落里的一张桌子旁看书。屋子里很静，他像是一幅静物画，书是摊开在桌面上的，他左手支在桌子上托住下巴，右手握着一支签字笔，不时在书上画两道。我问："看什么书呢，这么入迷？"他这才注意到我，把书的封皮翻给我看——《文心雕龙》。我说："哎哟，你还喜欢这个？文武全才啊你，不是一般人。"这次他倒没用什么夸张的语言和表情，可能是因为思绪还沉浸在书中。他合上书说："在高中的时候，老师就说这本书很好，推荐给我们看，那时没看进去，学校功课也忙，就想等以后吧。后来我大学毕业结婚了，到书店买了一本，却还是读不进去，就一直搁在家里的书橱里。我一直想看，但一直看不进去，就一直觉得遗憾，后来越看不进去越觉得遗憾。你说这是不是一种强迫症？我想是因为人浮躁，定不下心来。这次来护航，整理包裹的时候，我鬼使神差地就把它带来了，就觉得这本书适合在这种环境看。果然，现在一读，我还真读进去了。"我拿起他的书翻了翻，不少地方他都用笔画了道道，显然是逐字逐句读过来的。

这件事让我对他更佩服了一些。这个人不简单，真的不简单，能闹能静，拿得起放得下。

想起刘向宇，我心里忽然对足球赛产生了不少自信，尽管隐隐觉得也不是那么靠谱。

我们所在的是指挥舰，人比较多，在我们舰上有五个足球队的人，几乎占一支足球队人数的一半。我把要举行足球赛的事跟刘向宇说了，刘向宇果然很兴奋，作为足球队的队长，当天就召集起那几个人进行讨论，要怎么踢、怎么防守，很热闹。刘向宇仍然有些手舞足蹈的样子。

他们没想到我也会参加他们的讨论。有个球员问我："苏医生，你看咱能赢吗？"

我说："谁说我们不能赢的？除非我们自己认为赢不了。"

在这方面，刘向宇是表现最好的。他心底本就有一股莫名其妙的自信。我问他有没有信心，他说："怎么没有，上次我不是进球了嘛，这次我还要进球。"

刘向宇见有的球员信心不足，便说："瞅你那熊样，不行把球传给我啊，我在军校的时候可是校队主力前锋。我就给他们来个单刀直入。哈，等我进了球，回家讲给家人、朋友听，咱也在国际上踢过球了，还进过球呢，多荣耀。"他满脸灿烂的笑，好像这令人兴奋的场景是已经实现了的事实。

他的话极大地鼓舞了士气，其他人的积极性也被调动起来了。

大家后面的日子就充实多了，他们经常在业余时间一起讨论各种战术，锻炼的热情也高涨了许多。这给漫长沉闷的航行增添了一些乐趣。当然，所有的人都会受影响。

足球是国际认可的友谊的桥梁。比赛当天，武昊和该国的一个海军中将先就友谊、合作的话题分别致辞，然后进行了一些相关的程序后，球赛开始了。

我方的势头一上来就很猛，攻势如潮。对方轻敌了，因为经常有各国来访的海军编队与他们踢友谊赛，来访的球队都是业余水平中的业余水平，就算是那些足球大国，他们临时拼凑起来的足球队的水平也没有高到哪里去，何况我国专业足球队的水平在国际上也排不上号。于是对方有些漫不经心，想先看看我方的水平怎么样，再决定进几个球。

但是这次有些不一样。其实我们还是有一定实力的，毕竟能参加护航的官兵身体素质都是拔尖的，再加上每个人都想进球，而且我们还没有心理负担——反正以前都没赢过，所以一上场，每个人都跟下山的小老虎一样猛冲猛跑，很放得开，开场十分钟不到，对方还没完全进入状态，节奏还没调整好，就被我方攻破了球门。我方士气大振，齐声欢呼。本来武昊一直在跟对方的几位将官交谈，这时也停止谈话，把注意力投向了球场。

对方一看苗头不对，收起了轻视的心，也全力以赴了。两边都开始较真儿了。我方的斗志要旺盛一些，积极快速的跑动弥补了技术的不足，那些脚法不好的队员，即使抢不到球，也死死缠着对方，不停地逼抢，让对方难以摆脱。双方拼抢起来就跟国际比赛似的，互不相让，大家都跑出一身汗水，球衣都湿透了。最终，双方战成三比三平。这对对方来说，是个可以接受的结果，对我们来说则是个惊喜了。我看后来武昊又开始跟对方的将官谈话了，不过有了变化，不再是外交式的严肃谈话，变得表情丰富、谈笑风生，不时发出爽朗的笑声，他肯定是感到脸上很有光。后来他跟我说，先不说其他的，起码足球比赛方面，我们这个护航编队可是获得了最好的成绩。

比赛结束，我向球员们表示祝贺。刘向宇简直跟从海里刚爬上来一样，身上水淋淋的，胸口剧烈起伏，喘着粗气。我向刘向宇竖起大拇指："你真厉害，又进球了。"他还是标志性地咧嘴大笑，大言不惭地说："哈，那当然，我是谁啊。"他停停又说，"我心里可是有目标、有必胜的信念。我在心里一直对自己说，我要给我孩子进个球，再给我孩子进个球，你看，不就进球了，哈哈哈哈！我把这个球当作给我孩子的礼物。"我被他逗笑了，说："孩子还没出生，就成了你们家的核心了，而且好像参与了咱们的护航一样。"他说："那是，一个家庭的未来和希望，也是祖国的未来和希望，嘿嘿。"

刘向宇经常拍照，说是以后给孩子看。每到一个国家、一个地方进行补给，他都要买点儿好玩的玩具。不管做什么事，他都想着孩子，我感觉孩子已经像一轮太阳，在他的心中照耀着他了。

这场比赛超出了我们的预期，之后很长一段时间里，都是大家最感兴趣的话题，人们兴高采烈地谈论不休，像咀嚼一颗甜美可口的糖果。舰艇上枯燥无聊的气氛被冲淡了许多。

每当有人夸奖刘向宇，他都用那句典型的刘向宇式的话回应："嘿嘿，我厉害嘛。"这成了他的口头禅，很多人学他。大家都笑着说他："你除了飞机驾驶技术好、踢球好，还有一项优点是别人比不了的，脸皮好（厚）。"他嘴一咧笑着说："有特点好啊，人家能记住你。"确实他也够出名的了，经过这场足球赛，我们这个编队是没人不知道刘向宇了。估计除了指挥员武昊、政委叶崇豪等几个经常在官兵们面前讲话的领导，他是知名度最高的了。

不久，在他身上发生了一件让他更出名的事。

那天是个难得的好天气，阳光温暖，波平如镜。我们的舰艇编队巡弋在广阔无垠的大洋上。早饭后，我坐在自己的舱室里看一本心理学专著，九点多的时候，我感到烦闷了，便把书放到一边去甲板上散步。

突然，刺耳的警报声响起来，指挥员下达作战命令：我国一艘远洋商船正遭到海盗船追赶，所有舰船立刻成战斗队形，全速赶赴某海域。所有人员都迅速进入战位，做好了战斗准备。

我们看到，三艘海盗船已经对我国远洋商船形成挟持——他们用武器对准了商船，商船已经停航，海盗们正试图登上商船劫掠。

看得出来，我们的突然出现让海盗们非常紧张，海盗船上一阵短暂的混乱后，又重新安静下来，一部分武器转而对准了我们。我们不敢靠得太近、逼得太紧，怕他们狗急跳墙铤而走险，对被挟持的商船造成伤害。舰艇在离他们有一定距离的地方停了下来，武器锁定了目标。

可以说，我们赶到的正是时候。海盗们还没来得及登上商船，看到我们出现，便立刻停止了行动。但现场形势对我们来说也不算好，虽然我们的武器装备远远优于他们，只要一声令下，可以毫不费力地让他们立刻灰飞烟灭，但是我们也有顾忌，他们已经掌握了先机，控制了那艘商船，他们手中的武器可以轻易对商船造成伤害。投鼠忌器，不到万不得已我们不能动武。

我们向他们喊话，让他们赶紧离开，否则我们将实施武力打击。他们沉默着，让他们放弃即将吃到嘴里的肥肉，他们不甘心，还想继续尝试，打算抢了再跑。双方对峙，陷入了僵持状态。

得想办法打破僵局。武昊命令武装直升机出动，两架飞机升空后，在那三艘海盗船的头顶兜着圈子。我们这步棋的用意，是从海、空两个方向对海盗船形成夹击态势，进一步给他们施加压力。飞机的轰鸣声打破了凝滞的平静，让海盗们又一阵骚动。他们仰头看到飞机，很快做出了反应，有人在船上快速跑动起来，然后，每艘船上都有一两名海盗肩扛火箭发射筒，呈蹲跪姿势瞄准了直升机。

直升机升空只是短暂地打破了平衡，在空中盘旋了几圈后，又形成了新的平衡。只是这新的平衡岌岌可危，让人呼吸更为困难。每一个人都能感受到那看不见但真实存在的压力。这是一场博弈，双方继续对峙起来。我观察着形势，直升机上的武器对准了海盗，舰艇上的武器瞄准了海盗，还有特种兵在待命，手中的枪也瞄准着海盗；海盗的武器则分别对准我们的舰艇、直升机和商船。谁也不敢轻举妄动。谁都知道，随便一个小小的举动都有可能成为导火索，引发全面开火。明亮的阳光让人精神恍惚，给人一种不真实感。空气都凝滞了。

此时海盗已经处于绝对的劣势。海盗的伎俩往往是抢了东西就跑，没想到会陷入这种尴尬境地。他们可能已经后悔没早点儿跑路了吧。

这时，我听到刘向宇跟武昊通话的声音："幺洞拐请示下降高度。"考虑到对方可能会攻击，之前直升机飞行高度一直比较高。在出航过程中，我们舰艇上各兵种各部门人员经常在一起针对各种情况进行讨论，研究制订各种作战方案。武昊明白刘向宇的意图，命令刘向宇降低高度，另一架飞机在原高度盘旋掩护。直升机的轰鸣声越来越响，我却觉得现场很静。下降高度就意味着把自己往对方的枪口上送。不过此时敌方比我们更怕动用武器。战场本就是险地。

刘向宇驾驶直升机，在盘旋的过程中又向海盗船逼近了不少。啊，我已经能清晰地看到螺旋桨转动的叶片，能看到刘向宇从窗子露出的身体。当时人们已经感受不到时间了。我脑子里好像想了很多，又好像什么都没想，一片空白。终于，那三艘海盗船有反应了，先是一艘掉转船头，好像在试探我们的态度，接着另外两艘也跟着掉转了船头，然后三艘船一起迅速向远方遁去，尾巴处各拖曳着一条长长的白痕，当白痕淡下来，它们也彻底失去了踪影。

我像僵住了一样，身体一动不能动，确认彻底看不到海盗船了，才长长呼出一口气，身体恢复了自由活动的能力，便从指挥舱跑到了外面的甲板上。

两架直升机返航，降落在甲板上。座舱盖打开了，刘向宇把头盔摘下来，用手在脑门上抹了一把，全是汗水，他的飞行服也被汗浸透了。我仰着头，看着阳光里的他，拍着掌由衷地说："欢迎咱们的英雄凯旋。"他站起身，一只脚要往座舱外跨。我伸手制止道："你先别下来，还要再给你照几张相呢。我也多仰视一会儿，这可是历史性的镜头啊。"我只是嘴上说说，旁边的军报记者却已经"噼里啪啦"照了好多张照片。刘向宇知道我在跟他开玩笑，"嘿嘿"笑着，一边往下爬，一边龇着牙说："怎么样，我厉害吧？"我说："厉害，这次是真佩服你了。"他说："怎么，以前是假的？"我说："不是，以前没有这次佩服，这次最佩服。"我提议说，"大英雄，咱们来合个影吧。"他说："好啊，一起护航有半年了，还没跟苏老师合个影呢。"我们并肩站在直升机前面，军报记者给我们照了相。立刻又有一些人拉住他，纷纷要求合影。

我说帮他拎头盔，他不让。我说："拿过来吧，我也沾点儿英雄气。"我把头盔硬抢过来，和刘向宇并肩往舱室方向走，"你的表现确实很棒。真的，非常棒！"我再次由衷地说。

他又笑，说："那是，我是谁啊。"

我说："这件事值得跟你孩子好好吹一吹啊，这是最值得一说的事。这回你肯定是立功了，记得把军功章拿给你孩子看一看。"

"那当然，小家伙还不崇拜死我。"刘向宇那高兴劲儿别提了，脸上溢满了笑。


我发现一个奇怪的问题，不知跟返航有没有关系，我觉得应该关注一下，至少应该记一笔，后面分析研究的时候也许有用。

返航回国途中，接连几天出现了舰员们磕着碰着的事，舱室有些地方不高，他们一不小心就碰在上面了，有的没事，只是疼一下，有的受点儿小伤，来医务室包扎。我跟医务室的医生住在一起。我初步的理解是，现在任务执行完了，虽说还没有回到国内，但因为任务已经交接了，很多战友就放松下来了，也是真的疲惫了，而且心不在焉了，随着归途越来越短，他们的心越来越经常地飞回祖国，飞回自己的家。

但是刘向宇没这问题，虽然我心里有点儿恶作剧般地期盼他能来医务室，我好取笑他一下。后来我知道这不可能了，他的心理素质太好了。

他不来，我就去找他，看他在干什么。

他手里拿着一本蓝皮小薄本的《孙子兵法》，正在默念，见到我，把书一合，摇头晃脑地背给我听："兵者，国之大事，死生之地，存亡之道，不可不察也……"他语速很快，很显摆地背了差不多快一章，停下来问我，"怎么样？我打算到家的时候，把这本书倒背如流。以前的将领可都是熟读兵书战策的。这次护航，因为有了以身犯险的经历，我感受非常深，刚好带了这本《孙子兵法》，对照着看了看，生出很多感悟。我想回部队后，把自己护航的这段经历好好做个总结，看能不能琢磨点儿有用的东西出来。书到用时方恨少啊，趁着还有时间，我赶紧补一补。对了，我这是受你的启发，你不是在研究护航心理嘛。我也是受军报记者的启发，他正在整理素材，准备一回去马上着手撰写这次护航的文章。他来采访我了，说要重点写写我。咱总不能碌碌无为，被你们比下去了，也得有点儿东西吧。你有你的领域，他有他的领域，我也有我的领域。"

对兵法我了解不多，不过我感觉他说得有道理，于是点头说："对啊，确实，这样的一段经历，绝对能让人生出深刻的感悟，琢磨出不少有用的东西。"

我看他手边还有几本书，就说："你带的书不少啊。"

他说："都是为护航准备的，时间长，多带了几本。我还有几本没读，你看，《古文观止》和《史记》都没看呢，都是很能消磨时间的书。"

我说："听你这意思，不想回家似的。"

他说："哪儿能呢，归心似箭。对了，上次我给家里打电话，我老婆说生的是个男孩。等到家的时候，她肯定会抱着小家伙来接我。"

看他满是憧憬的神情，我不知说什么好，就把话题又拉回到读书上，说："你这时间安排还挺充实的，出来护航，就像念了个大学似的。"

他说："我是硬逼着自己读书，这样日子反而好过。我也有别的要忙。"他指着面前一个包说，"快要到家了，抽空把东西归拢整理了一下，都是给孩子买的东西。不知道小家伙见到我，认不认得我这个老爸，让不让我抱。"三句话不到，话题又回到了他孩子身上。

我有些无奈，只得随着他说："开始肯定有点儿认生，过一阵熟了就好了。"然后我又说，"不管怎样，你都是一个出色的爸爸。"

"那是当然。"他又眉飞色舞了，说，"人这一生，很多事都不值一提，过去就忘了。真正值得一提的，还是执行这样的大任务，责任重大，使命光荣，事后也有想头。回去我要好好给我儿子讲一讲我的索马里护航故事，到以后，我儿子还会跟他的孩子再讲起这个故事来……"

他看我的脸色不自然，以为是自己太以自我为中心了，就把我也扯进话题里来，说："我会指着照片跟我儿子说'这是你苏阿姨，在北京科研所工作，很厉害的，在国际上都很有名气，你要好好学习，以后考北京的大学，到北京去找苏阿姨'。怎么样，以后我儿子到北京上大学了，你帮我照顾着点儿？"

我说："那当然，小意思。咱们可是正儿八经并肩战斗过的战友。"

我脸上微笑着，心里却有些酸楚。我来看他，并不单单是找他聊天，还另有用意——我是受编队政委叶崇豪的指派而来的，叶政委让我来看看他。

叶政委跟舰队指挥部保持着通信，经常把执行任务的情况向指挥部请示汇报，指挥部也把一些需要他知道的事跟他通气，比如舰上人员的家庭情况。其中有一件，是关于飞行员刘向宇妻子的。他妻子在一次步行下班的路上，被一辆违章行驶的车蹭了一下摔倒了，导致了流产。这件事发生在护航编队出国一个多月的时候。当然，叶政委不会告诉刘向宇。刘向宇所在部队已经跟进这件事，进行了妥善安排。刘向宇的家人也说了，不会在任务期间跟刘向宇透露情况的，等他回家再告诉他。

再有几天大家就到家了，这事就提上了日程。叶政委把事情讲给我听，问我什么时候告诉刘向宇比较好。

我猜叶政委应该已经有了主意，可能想再参考参考我的意见。我想了想，说："我认为，还是等我们护航回去，让他妻子亲口告诉他比较好。"

叶政委点头说："也好。"

说了会儿闲话，我就从刘向宇的房间里出来了。他现在状态很好，我应该接着说点儿轻松愉快的话题，但看他高兴，我心里反而沉重起来了，就赶紧告辞了，留下他一个人，继续喜滋滋地收拾着准备送给孩子的礼物。

（原载于《解放军文艺》2021年第9期）

>>>> 作者简介 <<<<

陶宏，男，山东烟台人，毕业于海军航空大学。1992年12月入伍，一直服役于海军航空兵某团机务一中队，先后担任机械员、机械师、分队长、质控师等职。作品散见于《解放军文艺》《山东文学》《海军文艺》等刊物。

# 一声巨响

潘宝玉

## 一

老张是水雷兵，职务还是班长。水雷班老编制的，屡屡精减后就剩他一个人了。他先前是小兵，后来自然成了班长，连个竞争者也没有。整个护卫艇面临淘汰之危，水雷班连同后甲板上的那四颗深水炸弹，犹如冬日打谷场上无人问津的碌碡。

艇上并未配备真正意义上的水雷，更无大黑酒坛子似的吓人玩意儿，就四颗深水炸弹。

那深水炸弹是攻潜（炸潜艇）用的，形状大小也酷似碌碡，只因涂了黑漆显得大放乌光。那家伙重得很，能起到压浪效用；倘若卸掉它们，艇跑起来屁股就会发飘了。

现如今，攻潜训练科目一年一次，一次两个训练日。训练时，他们把战艇开到特定海域，把那黑溜溜的"铁碌碡"一放，就可以了。

水雷班极清闲。

平日里，压根儿没人想起深水炸弹，除了老张。

周三、周六大扫除时，老张总会打一桶清清的淡水，用他那自制的小拖把头蘸水擦那"碌碡"们。他擦得极认真，宛若精心拭着什么金贵古玩，四个铁家伙被他擦得像琉璃一般，在墨绿的甲板衬托下显眼极了。擦拭完毕，他还会满意地欣赏一会儿，之后再去干别的。在此之前，如果其他部门人手少了求他帮忙，他是绝不听命的。

"我忙完了再说。"老张总是会如此作答。

"那玩意儿……简单搞一下不就得了！"难免有人不解。

"你们那玩意儿也简单搞一下，还用得着我？"他反问着，"谁也不愿荒了自家的责任田，去别人地里忙活呀。"

他那认真劲儿惹人发笑。

水兵里有不少喜欢抽烟的，他们没事时喜欢聚在后甲板，或一只手扶着舷边栏杆，或斜身倚着后炮塔，边吞云吐雾边聊着，逍遥自在。大家站累了，就得寻个地方蹲下。

有人蹲在了深水炸弹上，像一只落地的鹰鹫，继续聊着他们的话题。老张见了，一脸不悦地冲过去。

"下来！"老张用带着命令的语气说。

"干吗？老张……这么严肃！"

"让你下来你就赶紧下来。"

那人见老张面带怒色，只好下来，大家都挺怵老张那块头。

老张气势汹汹，临走时还不忘训斥般补上一句："什么习气！"

他一离开，立马又有人蹲了上去。

这个情况老张真的难以容忍，他向指导员反映了此事。

指导员是新调任的，人很年轻，也很幽默。到了晚上点名时，他就从抓安全的角度切入讲了这件事。

"有人蹲在深水炸弹上吸烟，那是闹着玩的吗？那东西要是被引爆了，我们全艇不就完了？！"

众人闻之，都"唽唽"地笑。

这让老张很尴尬。事后，他特意跑到艇长室告诉指导员，深水炸弹不加引信是不会爆的。引信平时有铁盖子封着，烟头引不着的。

指导员借此劝老张莫要大惊小怪，如果没什么不安全因素，水兵们蹲蹲坐坐也没关系。

"不行哩，是违反舰艇条令咧。"老张认真地说，"要是踩脏了，赶上上面来检查，扣了咱艇的分，谁负这个责哩？"

指导员挑眉颔首，似有所悟："噢……"

其实，老张并不清闲。

出海时，别的部门人员无事高枕而卧时，老张还要在小厨房里忙活。艇上人员平时在中队食堂就餐，出海才临时开伙。炊事人员一般由各部门人员轮流担任，而老张回回都是主厨。

老张蒸的米饭劲道、馒头香甜，老张炒的菜能调众人之口。

开饭时，总有人边吃边夸赞饭菜。

每每这时，老张都会心里美滋滋地谦虚一番。

平日里，中队食堂缺人手了，就调老张帮忙，遇到一定规模的会餐时，也总要请老张去。老张洗洗刷刷时认真勤快，还能炒几个拿手好菜，菜的味道很合队长口味。

有一回队长吃菜时，老张就在一旁立着，边用围裙擦着手，边笑着询问："味道还行吧，队长？"

见队长颔首称好，老张便说："这是俺家乡娶媳妇上大席的名菜哩。"

队长就一边品味，一边再颔首，连说："真不错。"

这么一来，惹得炊事班长在一旁咬牙。

后来再有会餐，炊事班长就不叫老张了。

# 二

慢慢地，老张干的活越来越杂。

中队要杀猪了，叫他；看守关禁闭的战士，派他；理发、打粮、领器材、到英雄山扫墓抬花圈，大家总想起他。

他成了领导随叫随到的"勤务兵"。

老张服从命令，让干啥就干啥，分派给他的活就没有不会的，样样干得妥当，因此常被领导们表扬，老张因此倍受鼓舞。

等到年终评功评奖，自然轮不上老张。

舰艇部队专业性强，那些奖，大都让优秀射手、优秀技术兵得去了，而水雷班，就四颗深水炸弹。

有几个人提议给老张奖励时，也被老张谦虚地谢绝了："我们班事少些，就免了。多鼓励鼓励其他部门吧。"

谦虚过后的老张内心也有点儿复杂。

以前资历老一点儿的指导员，一般在评奖后会找没得奖的战士谈谈，也算是个安慰。老张在领导面前表现得挺大度：得不得奖都一样，当兵就是尽义务，多干点儿活是应该的。

听了老张的回答，领导自然很满意，少不了再夸奖他一番。

老张是那般说的，也一直在那样做。

后来，年轻的指导员上任，就没那么敏感细腻了，奖项定好后，也不再多说什么。这样虽然少了些麻烦，但也出了些麻烦。无论哪种形式的奖励，人总是需要的。

老张也有意见了，只是憋在心里。

老张看到指导员找别人谈心，而不找自己谈，似有委屈，似有自卑，于是就懒得与别人说话，见了上级总是躲着。渐渐地，他也无心与士兵们闲聊了。

孤独时，他时常一个人蹲坐在防浪堤外的破浪石上望海。

人一感到孤独，往往容易想起自己的辛酸和不顺，有时，也是真想扑在什么人怀里痛哭一场。

那次中队会餐，老张多喝了点儿酒，就在大家又一次举杯碰杯时，他蜷缩在了桌子底下。后来被人背上艇，搁在吊铺上时，难忍难受的他就哭了起来。他醉得不轻，哭得伤心，一直呜呜咽咽。

无人知晓，他为何而醉，为何而泣。

有一些人开着玩笑逗他：

"老张，想媳妇了是不？"

"老张，想家了是吧？"

…………

老张以哭作答，老泪横流，一直不停。

指导员得知消息赶来问候，他仍旧哭个不停。

"老张呀。"指导员说，"你的评奖问题，组织上有数。可你要想开点儿，组织上不会亏待你的……"

听到这话，老张边泣边语："指导员……你这思想工作根本没……做到点子上！俺根本不计较这个！"

"那你哭啥嘛？"

老张只管哭，指导员只管问。

原来，老张有老张的不顺，最大的不顺就是婚姻。老张熬得转了志愿兵，戴上了大檐帽，人也老大不小了，暗恋多年的家乡姑娘，也名花有主了，探家遇见时，他心里头就不是滋味儿。

指导员不免感到好笑：一个老班长，志愿兵，居然为婚姻之事流下男儿泪了。静心思忖后，指导员也觉得老张一个老同志，这么多年一直勤勤恳恳的，领导换了一茬又一茬，都未给过他正式的嘉奖，也实在说不过去。既然他的婚姻大事组织上帮不上忙，就给他个嘉奖安慰一下吧。

于是指导员给艇长说了情况，让支委会嘉奖一下老张，没有填表，没有签名盖章，只在晚点名时宣布了一下。

有多事的人知道后，揶揄老张：

"老张好大的面子，指导员要单独给你嘉奖。"

"上回其实你没醉，老张你装醉是不是？"

老张听了也不搭话，跟个没事人似的，提个小油漆罐儿，给他的深水炸弹涂漆去了。

## 三

受到嘉奖后的老张，恢复到了以前的老张。艇上的大小活儿，他都看在眼里，干在前头；与官兵们的相处也不同往常，见了上级不再躲闪，大大方方迎上去自然说笑，一脸认真的样子。士兵们发现，老张出入艇长室多了，去中队部勤了，有人再蹲坐在他的深水炸弹上时，他也睁一只眼闭一只眼了。

老张也不再一个人望海了，整天笑呵呵的，与士兵们说着知心话，让人感到真诚亲切，给上级汇报思想，更是掏心窝子。老张博得了大家的信赖，人们也愿与他相处，他那四颗深水炸弹，仿佛村头的老榆树，成为大伙乘凉聊天的场所。这一切，正是老张所希望的。

可是，有人的地方，总有些张家长李家短的是非，小小的护卫艇也逃不过。

渐渐地，人们发现，老张和他的深水炸弹成了一些是非的传播媒介。

老张还浑然不知，只是感到别人对他没有往日热忱了，一块儿聊天也不那么畅快了；给上级汇报思想时，他们也变得客气了；有时舱室里几人聊得正欢，他一过去，人家就开始说一些有关天气好坏的无关紧要的话，或是开着玩笑逗他。

他的深水炸弹，也少有人光顾了。

老张陷入莫名其妙的烦恼。他就找指导员谈心，向指导员倾诉。

指导员格外严肃，让他很不自在。倾诉之后，他感到了一种莫大的空虚。

好一会儿，指导员才冒出了一句："有些话，是从你那儿传出来的……"

老张似乎明白了什么，点着头，点头后又感到茫然，心里糊里糊涂。

老张再次陷入了孤独，陷入了自卑，陷入了他曾经陷落的世界。他站在深水炸弹旁边，望着大海，大海像一片蓝色的沙漠，太阳像一个火蛋儿独出独落……

## 四

老张有机会抛头露脸也就在每年的攻潜训练。

艇长让老张给大家讲讲水中兵器，讲讲深水炸弹。老张就在众人面前认认真真地讲，深水炸弹的构造、水雷布设、保障措施、注意事项，讲得头头是道。

老张最兴奋的日子是投放深水炸弹的日子。太阳每年起落要三百六十五回，这个日子独有一回。老张头发黑黑亮亮的，脸也收拾得干干净净，容光焕发，像是刚从澡堂里出来似的。老张的胸膛挺起了，腰也硬了，说话气粗了。

他就那副模样，在后甲板走来走去，不时瞅瞅四颗深水炸弹，唯恐少了一颗。

那年初秋，艇上进行一年一度的实弹攻潜演习。

那夜，老张做了个梦，梦见天空一片辉煌，那是他从没见过的。

梦里老张骑坐在一个他精心擦拭过的深水炸弹上，深水炸弹像一架直升机，缓缓而起，飘飘忽忽地升向那辉煌的云端。老张正在想要在哪儿落脚时，就从梦中醒了。

翌日，天气格外晴亮。大海宛若蒙着蓝缎子的美貌少女，神秘温柔。

战艇开到五号海区，中队长站在指挥台上，脸上的表情有了点儿微妙的变化。

"是不是换个地方？"他对艇长说，"去年在这儿，一条鱼也没炸着。"

"这么大一片海，谁知道哪儿有鱼。"艇长说，"大队指定在这海区，就在这儿放呗。"

"就在这儿放？"中队长望着那静静的海，环视一下四周，似乎也没新的发现，咂了一下嘴，"好，就在这儿放。"

艇长下达了准备投放深水炸弹的命令。

老张娴熟地拧下了"铁碌碡"的引信封盖，从弹药库保管员的手中接过引信，小心地把引信插进深水炸弹的孔洞，脸上异常镇静。

那深水炸弹不是入水就爆的，爆炸时间是根据引信旋进深水炸弹的深浅层决定的；定多深，又得根据潜艇在水中的深度来定。现在水中并没有什么艇，定深只能凭着本海域的水深。

艇长说："定深二十五米。"

于是老张就把炸弹定在二十五米上。

检查无误，老张站在艇尾，冲指挥台报告："准备完毕！"

航行喇叭里传出艇长"预备——放！"的口令。

老张和两个后炮兵把深水炸弹顺着滑道推至艇尾，"铁碌碡"击水沉落，"扑通"一声。

老张和水兵们都在甲板上等那惊心动魄的壮观一幕。

随着轰天震地的一声巨响，艇尾方向的海面上，白色的大水柱直冲云霄，宛若顶天立地的天极柱。

水兵们兴奋地欢呼，老张也跟着"嗷嗷"叫。

这景象，就是那"铁碌碡"制造的，是它全部"生命"的迸发，是它遭人冷落长期沉默的爆发。

那"天柱"自然不会如冰雕玉塑般矗立很久，一会儿也就徐徐下落消失不见了。

老张感到天像是塌下来一块似的。

那壮观景象清晰地印在老张的脑海里，久久不散。

水落处，泛起大片浑黄的圆，如同升起一块陆地。那浑黄如汤翻腾许久，弧形的涌浪四处扩散，由大渐小，由小渐无。

"鱼！鱼！"

海上浮起几条大鲅鱼，翻着白肚。

众人再度兴奋起来，争抢着把震死的大鲅鱼一一捞了上来。

按规定，要放两颗深水炸弹。

中队长催着放第二颗，老张就往第二颗上安了引信。

第二颗炸弹投下，如泥牛入海。

一开始，全艇人员还引颈翘首、群鹿乍惊，屏住呼吸等待，过了一会儿，众人的期待值全降到了冰点，只有老张呆在那儿，脖颈挺着。

众人的目光一起转向老张，如乱箭齐发。

"老张，老张——"

老张听不到呼唤声，宇宙间的一切声音骤然阒寂。他似乎忘掉了人世的一切，悠然升入一个超凡的世界：那里，没有希望却充满了希望，万分的沮丧伴着万分的欢欣；沉默中孕育着爆发，黯然迎接辉煌；逝去的灵魂在褶皱里滋生着不朽的生命，无波的死水将巨澜腾空……

"老张，你怎么搞的？"

"一年就干这点儿事儿，还出错。"

"真是个饭桶！"

老张无语，躯壳木然肃立，灵魂仍在那超凡的境界中自由翱翔。

"老张，你定深定到几层？……"

大个子炮兵很为老张不平，忍不住叫道："你不知道吗？能定到几层？是我看着老张拧上的引信，老张有什么错？！"

艇长走下指挥台，看了看说是引信的毛病，与老张无关。

艇长理解众人的情绪。人们总希望再次看到那惊心动魄的壮观景象，但那景象是不会想有就有的。

艇长命令向大队司令部报告。

司令部回电指示：做好海区警戒工作，等待扫雷艇。

战艇桅顶挂起了红红的"玻璃旗"，以防外船闯入这片危险海域。

全艇人员等待扫雷艇，等得太阳由白变黄，由黄变红，后来战艇亮起了前后锚灯和各种灯号标志。

众人过了一个漫长的等待之夜，在那沉睡百年也不至坍塌的铁屋子里。

# 五

那震人心魄的第二声巨响是翌日凌晨两点爆发的，众人在那震撼中醒了过来。

大家明白：该发生的终于发生了。大家等待的，也许就是这动静。

爆发时的真实景象无人目睹，大家看到的只是些过后的景象，现场的景象就全凭想象了。大家想象这一声巨响不如上一回或胜过上回，甚至是空前绝后的；想象那景象颇壮观或算不上真正意义上的壮观。

老张不见了，是指导员最先发现的，他的铺上只有他昨夜入睡时脱下的军装。

于是大家满艇呼唤老张。

战艇锚泊在无岸的水域，官兵们像热锅上的蚂蚁，急得团团转。

老张听不到呼唤，听不见喊叫，宇宙间的一切声音永远阒寂了，他忘掉人世的一切，随那一声巨响升入了超凡的境界。

老张成了英雄，报上登了他的英雄壮举，虽然那壮举谁也没有看见，全凭描述者们想象。

老张的事迹报告，指导员讲得声泪俱下……

从此，指导员和艇上的人每每走到艇尾时，便会想起老张，耳畔还会响起那天半夜里将他们惊醒的一声巨响。

（原载于《作品》2010年第7期）

>>>> 作者简介 <<<<

潘宝玉，男，山东省齐河县人，中国作家协会会员，文学创作一级。1976年入伍，1993年毕业于解放军艺术学院文学系。曾任放映员、电影组长、指导员、教导员、文学创作员，舰队文化中心副主任。代表作品有中篇小说集《小寒大寒又一年》，报告文学集《大舰航迹》、长篇小说《庄重表情》《护卫艇之歌》，以及长篇纪实作品《旅顺往事》等，曾获全军文艺新作品奖、海军金锚文艺奖和青岛市文学艺术奖。

# 这里没有风景

姜立煌

上士预感到天气要变，但没想到会来得这么快。这预感刚一闪现，天气就跟着变了。黎明前，最后几颗星星刚刚暗下去，满天云层就慢慢地压了过来。几只海鸥"呼啦"一下从岛的四周飞出，斜刺里劈出一腔怨气。海水也好像受不了这种压抑的气氛，"呼呼"地喘着，犹如一头疲惫的老牛因腿不灵活而无法像小牛一样任意躺下而叹息。

上士掏出火柴，划了一下，火苗闪了闪，一股风从窗口灌进来，火苗瞬间熄灭了，他连忙把窗户关上。他知道现在关窗已经晚了。浓雾浩浩荡荡地在导航台的小屋里飘荡了一夜，一堆柴全湿透了，就是划完一盒火柴也是白搭。

外面还笼罩在浓雾中。岛上的雾不像内地平原的雾那样稀松散漫，它带有自己独一无二的特点。它像浓墨一样一层一层地聚过来，久久不肯散去，当它快要跌落的时候，仿佛有股风又重新将它托起，它再一次浮升、聚拢，就这样循环演练着。

上士打开一瓶珍藏了几个月的黄瓜罐头，挑了一根，攥在手上吃。他想：今天可能也不会有船来了。上面说要派一位少尉来，这消息传到岛上已经一个月零七天了，可到现在也还只是个消息。他把那根黄瓜吃完后，还是忍不住走出了小屋，蹲在导航台旁边的那块凸石上，这是他的老位子。自上岛至今的这五年时间里，他不知在这块凸石上蹲了多少次。晴天的时候，他会在这块凸石上仔细观察岛上的一切。来往的船只和翻飞的海鸥也成了他生活的调剂。每每有船经过，他都会举起大手冲船挥舞几下。如果船上的人也向他挥几下手，他就放开嗓门吆喝。尽管船上的人根本听不见他的声音，但在那一刻他也会觉得自己是十分幸福的人。

雾没有要散的意思。

上士想：少尉今天不会来了。他想抽支烟，于是挨个儿翻了翻几个口袋，翻出来一张烟盒纸。他熟练地将烟盒纸卷成喇叭状，顺手捡了几片枯叶塞进喇叭口，点上火吸了一下，没能品出味道，于是又吸了一口就扔了出去。这时，好像有马达的声音从很远的地方传来，他的两只警觉的耳朵动了动。他吆喝了一声，马达的声音戛然而止。他看看四周，不见一个人影，涨红了脸。马达声渐渐远去，他也不再抱过多的希望。


少尉上岛的时候，上士正在乱石堆中挖野菜，没有看见少尉上来。少尉走进导航台的小屋，叫了几声上士，没有回应，也不见人影，于是打算出门去找。

此时上士正往回走，突然听见有人在叫自己，耳朵下意识地支棱了一下，小跑了几步。在小屋前，上士见到了正要出门的少尉，立正敬了个礼，说自己刚才去挖野菜了。少尉笑了笑说："你进来吧。"上士就进去了。上士进门看了看，想干点儿什么，又不知该干什么。少尉说了几句话，上士不知该怎么回应。一个人在岛上待了五年，突然又来了一个人，这期望了很久的事情变成了现实，竟然让人如此不知所措。少尉掏出一把酒心巧克力递给上士，上士迟疑了一下，拿了一颗。少尉让他全拿着，上士就全拿上了。上士腼腆地笑了笑说没见过这种糖，少尉说这不是糖，是巧克力。上士"哦"了一声，不再说话。

少尉说："上士你辛苦了。"

上士说："应该的。"

少尉又问了一些话。上士答不上来，就准备去做饭了。

这时，少尉问上士厕所在哪儿，上士指了指前面的一块凹地。

少尉问："没厕所？"

上士说："那就是厕所。"

少尉皱了皱眉，朝凹地看了一眼就往别处走，可转了一圈也没能找到一块更理想的地方，最后又回到了凹地。他刚蹲下，就看见上士一个劲儿地冲他挥手。上士两手呈喇叭状冲少尉喊："少尉你要逆风蹲，顺风蹲会臭到自己。"少尉点头示意后，换了一个方向，果真没什么异味了。


少尉刚到岛上时，导航台的设备开了一次机，他任务完成得很出色，可之后再也没有开过机，听说是因为岛那边的一个飞行团已经转场，所以导航台的设备闲了下来。少尉很想再开一次机，可那个掉了漆的电话总也不响，少尉因此很烦恼。少尉烦的时候就一个人坐在屋子里弹吉他。少尉总爱弹一些奇奇怪怪的曲子，有几次还弹断了弦。上士看得出少尉的心事，但也不敢多说话，只站在窗外听。有一次弦断了的时候，上士正把脸贴在玻璃上看少尉弹琴，一张脸挤得扭曲变形，鼻子不像鼻子、眼睛不像眼睛。弦断了之后，上士和少尉打招呼，少尉也和他打招呼。两人哑语一阵后，各自走到了墙的拐角，互相看了一眼，谁也不说话，一起往导航台旁边的那块凸石旁走。上士请少尉坐，少尉说脏，两人就站着，空出那块凸石。

岛上也没什么好看的，看近处一片石头，看远处石头一片。偶尔出现的船只也很小气，总是悄悄地从海边溜走。这样沉默了一会儿，上士没话找话地问少尉的家在哪里，少尉说他家在北京，住在海淀区，他爸也是海军，在海军大院黄楼里工作。上士抿抿嘴，很是羡慕。上士问："你爸让你上这儿？"少尉嘴角抽了一下，没有回话，上士就不问了。

岛上最不宝贵的就是时间，少尉已有很深的感受。他觉得自己的生活就像农夫一样，每日扛着锄头，伴着懒散的阳光走进地里，锄锄草，看看天气，与上士聊聊天，东一句西一句地从南京的雨花台扯到北京的四合院，从北京的颐和园讲到天津的煎饼馃子，天南海北不着边际地重复着一些很古老的故事。就这样，日子一天一天地过去了。

少尉看着上士一副与世无争的模样，很想和上士谈谈上岛后的感受，可是一想，又觉得这个念头并不妥帖：自己堂堂一个海军少尉，讲自己的烦恼岂不被上士笑话？有了这种顾虑，想说的话就更难说出口来，各种心事就这样交叉着、矛盾着，让少尉更加烦恼和憋闷。

一天，少尉掏出一副围棋，问上士会不会下。上士说会，少尉窃喜。摆好棋盘，两人各自坐好。少尉用两个手指夹住一粒棋子，"啪"地一下抢在点上。上士看看少尉，也使出两个手指，夹起一粒棋子，更加使劲儿地落了下去。少尉看着上士落子的位置，百思不得其解。上士被少尉一看，当下慌了，脸憋得通红。少尉又落一子，这回上士迟迟不动。少尉再看看上士，上士不好意思地看着少尉，红着脸说他不会这个。少尉愣了一下，接着又"哦"了一声，收了棋。一时无话。

过了一会儿，上士打破了沉默。

上士很内疚地说："我怕你闷，所以说会。"

"我知道。"少尉漫不经心地回了一句。

"这种棋我从没见过。"

"我知道。"

"我1986年上岛的时候，心里也比较闷，慢慢就习惯了。"

"嗯。"

"明天如果有船，你下岛去玩玩，这里我顶着。"

"嗯。"

上士觉得再没什么好说的了，就此打住。少尉看看上士，说："完了？"上士说："完了。"少尉就说做饭吧，上士就去了。

又有一天，少尉找出纸笔，给自己的父亲写了一封信，汇报了上岛后的工作情况，并希望离开小岛。信写好后，他连忙封好口，快步往外走，突然又转身回来。

少尉问上士怎么发信，上士说等船来。少尉看看天空问上士今天能来船吗？上士也看看天空说大概能吧。少尉就到码头去了。

少尉在码头上等了一会儿，果然看见了一条船。那船是白色的，已经很旧了，一条桅杆竖在那里，没扯帆，顺着平缓的浪慢慢地靠近码头。少尉舞动着一双手不停地向船上的人打招呼。当船要靠近码头时，一个大浪打了过来，退去时船被带着又退回去了一些。须臾，浪退，船又向码头靠来，这时有浪重新涌起，船又退了回去。就这样重复了几次，少尉举着一封信不知如何是好。上士从凸石上跑下来，冲少尉笑笑，接过信，脱下一只鞋，将信塞进鞋里，一扬手，解放鞋画出一条优美的弧线，"啪"地落进船舱，船上的人收了信，又把解放鞋扔回来。船上的人冲上士笑笑，竖起大拇指表示赞扬，随后扔出一捆报纸就走了。上士看看少尉，见他已低头往回走了，便捡起报纸跟着少尉回了小屋。

第二天，下雾，没有故事。

第三天，下雾，也没有故事。

第四天，放晴，岛上一片金光闪烁。远处不见雾，近处雾不见。上士感到欣喜，把被子拿出去晾好，又将灶下的一些木柴搬出来。已过了早餐时间，少尉还在睡觉。上士叫少尉吃饭，少尉回说不吃，复又睡去。

上士把少尉的早餐倒回锅里盖好锅盖，挎上竹篮走了出去。上士先沿着岛的边缘走了一圈，沿途记下一些野菜，做上标记，然后再回过头来挖出。这是他打发时间的最好活计。一个上午过去，他挖了半篮野菜，不准备再继续挖下去，就撤了回来。上士老远就冲屋里喊，不见回应。上士想：少尉也真能睡哪。进门一看，不见少尉的身影，上士再叫，仍不见回应。上士将竹篮放在脚边，拿起一张留在灶台上的字条：

上士，今天有船，我下岛，三日后再回。

少尉即日

上士拿着字条，一时愣在那里，直觉告诉他，少尉不会再回来了。上士突然觉得自己很像一只风筝，飘飘摇摇地找不到一处实地。上士走出来，完全没有注意到自己踢翻了竹篮。他凝视着空空的码头，远处的海面异常平静，朦胧中，他感觉自己的心仿佛被一场大雪覆盖了——没有风，没有雾，水静，雪止。

三天后，少尉没有回来。这是上士意料中的事情，有了这种心理准备，就不会有太多的失望。上士每天照样重复做着一些活计，有时也去导航台旁边的那块凸石上坐着等待，或问问来往的船只，皆一无所获。凸石依然在，下岛的人却再也不见回来。上士想：不回来就不回来吧！上士又想：当初不来多好。上士任这种想法延续了几天，慢慢地又恢复了平静。岛上一切如旧。

有一天，晚起的上士脑海中混淆了上下午的概念。点火—做饭—柴湿，做不了—起身外出。在雾中，上士见一矮人在凹地，顿觉奇怪。上士打招呼，矮人回了一句，声音耳熟，细辨原是少尉。上士趋步上前，少尉蹲着与上士握了手，说在城里吃坏了肚子。少尉说"上士你站去上风处"，上士就换了一个方向。少尉又说"你先把报纸背回去"，上士看见凹地里真有一捆报纸。上士捡起报纸对少尉说"你慢拉"，少尉说行，上士就走了。

雾渐渐地散了，海岸线慢慢地亮了出来。蹲在凹地的少尉也变得醒目，一如岛上的风景，煞是招人视线……

（原载于《昆仑》1992年第2期）

>>>> 作者简介 <<<<

姜立煌，男，1965年生，1983年服役于海军东海舰队航空兵某部，解放军艺术学院文学系毕业。曾发表中长、短篇小说若干。前卫话剧团、前卫文工团、北部战区陆军文工团编剧。参与编剧、策划拍摄的电视剧有《我亲爱的祖国》《我是一个兵》《风雪飘落的季节》《和平使命》《无名高地》《十五的月亮》《震撼世界的七日》等。

# 宁静的海

李　亚

　　"这些'小油儿'的黏度和气味，都正合我的心意。"赵高工看着油料检测器上的数据，像是嗅到了奇异的香味一样，皱了皱鼻子，脸上露出一丝得意的笑来。

　　对于赵高工来说，不管是轻柴油还是重柴油，船用柴油还是其他船用燃料油，他喜欢统称它们为"小油儿"。他唤"小油儿"时，通常带着溺爱的口吻，仿佛那些褐色的或近乎黑色的燃油都有生命似的，且长着灵巧的小嘴和华美的羽毛，是可以讨他欢心的爱宠。

　　这些油料样品都是从这艘军舰上采取的，取样过程单调且雷同。自远航这几个月以来，每周都要取样一到两次。机电班的副班长是个大帅哥，尽管他对这个没有任何新意的重复工作的意义甚为了解，但每次跟随赵高工采取油样时，他都会装得像个爱忘事的小学生一样，眨着眼睛翻来覆去地问："有什么不同吗？一条舰上用的都是一样的油，就像身体里的血液一样，从手指头上采取的血液与从脚后跟上采取的有什么不同吗？"

"当然不同啦。"每次赵高工都要拉着长长的腔调回答他。

接着，赵高工还会故意继续说："血液有什么不同你得问一下舰上的军医小曹或者是随舰的苗军医，那是国内有名的医学专家。我只回答你'小油儿'的问题。当然，要从科学的角度给你分析的话，小伙子，说句得罪你的话，你未必听得懂，我只能用一句通俗的话告诉你——一切物质，只要在运动中，随时随地都可能发生变化。"

那一排装着油料样品的小瓶子，都贴着写有分子式或者结构式的标签，一溜儿摆在检测台上，在赵高工的注视下，好像在阳光的照射下正在舒展的各种生物一样，散发着各种味道，比如玫瑰的芬芳、海带的腥味、苦杏仁的味道、海狗的气味，当然了，有时候也会散发出深海鱼油的味道……

总之，这些小瓶子都像是被赵高工施了神秘的魔法，它们想要散发出什么样的气味，一切都得赵高工来决定。

在检测这些散发着各种芳香的油料样品时，赵高工会戴着耳机，听着音乐。

舰员们都知道，赵高工喜欢听音乐，有时候他在军舰高处扶着护栏眺望大海时，也会戴着耳机听着音乐，嘴里还念念有词，仿佛随着海浪的涌动哼唱着沉静而又带有幻想风格的旋律。即便在烈日下的甲板上散步，他还是戴着耳机，一边走，一边跟着旋律哼唱。没有人知道他听的是什么音乐，因为谁也拿不准，到底什么样的音乐能迷住他这个岁数的人，以至行走坐卧都要戴着耳机。

其实，赵高工听的是那首他百听不厌的《平静的海和幸福的航行》。歌词是歌德的两首小诗，作曲家是贝多芬还是门德尔松，他却弄不清，当然，这个对他来说无关紧要，反正他就是喜欢这支曲子。只要音乐一响起来，他就忍不住嚅动嘴唇跟着哼唱：

深沉的宁静覆盖着大海，

水面上没有一丝波纹，

海洋在沉睡着，

船夫眼神忧郁，

眺望着水波不兴的大海……

舰员们听不懂他唱的是什么，因为这个老头儿还精通英、法、德、俄四种语言。

在雄浑而浪漫的音乐声中，赵高工终于检测完了最后一瓶油样，贴上标签后，习惯性地拿起小瓶子凑到鼻子跟前使劲儿嗅了一下，满脸陶醉，之后再封上盖子，将其归入整齐的队列里。做完这些，他起身关掉仪器，摘下耳机，一边伸着懒腰，一边看向舷窗外，嘴里还发出快活而怪异的吟叫。他看到无数的星星向他飞驰而来，还有月亮，以及在夜色中飞翔的海鸥，而一团团马尾藻和一群群神秘而美丽的矛尾鱼随着激流涌向远方，他甚至还听到了海浪的撞击声，听到了来自座头鲸的歌声。

虽然赵高工自己也说不清这些景象和这些声音是真实存在的，还是自己的幻觉——这样说，也许不是随便哪个人都能理解的，只有经历过长期远航的人才能懂得——但是，这些景象，这些声音，给赵高工带来了极大的享受，直到咂摸净最后一点儿滋味，他才会抬手揉揉眼睛，让那些动听的声音与那些神秘的景象一同消失。接着，他会习惯性地看看闹钟，这个从来没能在他睡觉时发挥作用的时间工具，已经指向凌晨四点五十分。多好的时光啊！

又一夜没有睡意，他在舱室内活动了几下身体，苦笑似的喃喃自语："一点儿睡意也没有。"

在这艘军舰上，赵高工睡不着觉是出了名的，舰员们都知道舰上有一个神奇的老头儿，自从起航，他就整天整夜不睡觉。不过，舰员们都没当回事，因为在长期远航的军舰上睡不着觉也不是什么稀罕事。再说了，在如此漫长的远航任务中，即便那些天天活蹦乱跳的小伙子，失眠的也大有人在，何况一个年近六旬本就睡眠不多的老头儿，每天有那么几分钟闭闭眼睛，安慰一下因失眠而过度劳作的眼皮也就行了。

舰长不同意大家的看法。尽管他十分了解赵高工的生活和工作习惯，但他还是要求舰上的军医曹少校协助随舰的医学专家苗军医，每周给赵高工检查两次身体，因为军舰要顺利地完成大半年的远航任务，这个老头儿是不可或缺的一个重要保障。

军医曹少校也根本没当回事。他太熟悉赵高工了，自从被分到这条舰上当军医，他曾好几次和赵高工一同远航，对赵高工非常了解。曹少校一再说，放心，这老头儿是铁打的，睡不着时你就当他是永不停息的发动机，该睡觉时他比一块铁睡得都要沉。

随舰医学专家苗军医比较慎重，从观察饮食入手调查，结果发现赵高工似乎比一条鲸鱼都能吃，而且顿顿如此，不管荤素，不管是否麻辣，没有任何不适反应。

检查过后，她发现赵高工血压正常，心电图和脑电图也没有任何问题。神奇的是，赵高工虽然老是睡不着觉，但他的眼睛一点儿血丝都没有。

这到底是什么原因呢？这让在军队乃至全国医学界享有一定声誉的苗军医百思不得其解。按理说，连续的失眠肯定会让人疲惫不堪，会像心里长了草一样言行举止错乱，会像舰船发动机油路堵塞了。为什么一个年近六十岁的老头儿整天整夜不睡觉而没有一点儿异常反应呢？

医学专家苗军医穷尽自己所掌握的医学知识，也没能揭开赵高工睡不着觉的谜底。

当舰长询问时，她只得回答："这老头儿身体没有任何问题，虽然肌肉有些松弛，但目光依然锐利。"

对了，在舰上，大家都喜欢叫赵高工——老头儿。

恰巧，当时随舰调研远航官兵心理的心理学专家韦教授已经结束了该课题第一阶段的研究，刚刚开始第二阶段，主要内容就是根据远航期间舰员们睡眠的不同情况来分析舰员们的心理变化。尽管韦教授刚起航时就听人说过赵高工一旦远航就会整天整夜不睡觉的事，只是当时忙着进行第一阶段——也就是远航官兵刚刚离港后心理变化的研究，所以没有顾得上找他。现在，很显然赵高工这个特例对韦教授即将开始的第二阶段研究太重要了，说不定以此为例进行详细剖析，不仅可以更好地帮助远航官兵做心理疏导，还可能在心理学上取得重大突破。

韦教授满怀喜悦地来到赵高工的住舱，准备对赵高工进行深入浅出的访谈。可是，赵高工没有跟他说自己睡不着觉的事，而是鬼使神差地给他讲起了活塞运动。一说起这些，赵高工眼神顿时明亮起来，而且随着内容的推进，他的身形会随之变得灵活起来，不仅两只手，连全身都好像充满了硬性的特质。他比比画画着，先从活塞销、活塞环等一些小零件讲起，好不容易讲完了由多个零件形成的活塞组，又简单地讲述了活塞组的工作条件极为恶劣，比如高温、高负荷、高速运动、润滑不良和冷却困难等。接着他又开始讲述活塞本体的常用材料，有合金铸铁、铝合金、球墨铸铁和耐热合金钢。经过科学实验，包括使用事实，目前最好的活塞是由球墨铸铁和耐热合金材料制作的。说到这儿，赵高工似乎有些忘乎所以，一竖大拇指，有几分神气地宣布道："我，就是一个用球墨铸铁制作的活塞，不仅有很高的机械强度，而且有承受热负荷的超强能力。"

隔行如隔山，韦教授是一所著名军校的心理学教授，赵高工的这些专业性很强的理论他听不太懂。他本来想见缝插针抢过话头，谈一下赵高工睡不着觉的事，可是，赵高工不给他讲话的机会，说完活塞运动，又谈起了燃油，且由燃油又谈起了物质的密度问题。韦教授简直如坐针毡，到后来忍无可忍，当赵高工说完"物质的密度就是该物质单位体积所具有的质量"，韦教授就夺门而出了。他一口气跑到甲板上，抓住护栏面向细浪翻腾的大海，仿佛晕船了要呕吐似的弯下腰来，大幅度地做了几个躯体拉伸运动。大概还没有解决问题，他又跑到起降平台的环梯下，因为个子小，跳了三四次才抓住高高的环梯，一口气做了四五十个引体向上。

直到任务接近尾声时，赵高工依然睡不着觉，习以为常的舰员们谁也没有关注他。他自己也浑不在意，军舰上的伙食丰美，尤其午餐更是丰盛，他依旧顿顿吃得很带劲儿。午饭后除了值勤的舰员，大家都午休了。午休对于一个失眠的老头儿来说，既是一个巨大的诱惑，又是一个巨大的考验，赵高工既不接受诱惑，也不接受考验，仍然按照自己的方式用掉午休的时间：在甲板上暴走。不管太阳多么酷烈，都不会影响他的暴走。他在甲板上暴走时，也要戴着耳机听那首熟悉的《平静的海和幸福的航行》，嘴里还要跟着哼唱：

任何方向都没有一丝微风吹来，
平静的海面如同天堂一样寂静，
哦，哦，哦，
这广阔无垠的海洋上，
没有泛起一丝涟漪。

当然，他不是用中文唱的。反正此刻，除了他，高处的哨兵甲板上空无一人，他放心大胆，只管沉醉在自己的歌声里。他穿着长航服——就是那种质地特别轻柔的短衣短裤，也不知播放器挂在哪儿，好像他的身体里天生就安装了一套播放程序，包括耳机连着的那根一分两叉的线，也像是从他的身体里长出来的。

墨绿色的大海散发着黏稠且温热的淡淡腥味，没有一丝微风。烈日照耀着大海，照耀着甲板，也照耀着这个老头儿……

　　如此强度的暴走也没能使赵高工顺利进入梦乡，到了夜晚他反而变得更加兴奋。舰上一直没安排他值夜班，几个舰领导都希望老头儿哪天晚上能好好睡上一觉。这反而给了他自由，几乎每天晚上，他都要打着小手电下楼梯，通过一层甲板下的U形通道，前往机舱去聆听那无比刺耳的噪声，他特别喜欢机器的噪声。每晚都有几个失眠的舰员在U形通道里拿大顶或者做俯卧撑，有干部也有战士，大家都在那儿练着，一个个汗流浃背，谁都不说话，都想把精力耗尽了好睡一觉。尽管U形通道里灯火通明，赵高工路过时，却总要用小手电逐个照一下他们的脸。大家都保持着运动的姿势，也没有人跟他打招呼，只是等他过去了，背后才冷不丁传来一个声音："老头儿，良辰美景，今晚又报销了吧？"他连头也不回，接了一句重复过无数次的话："你们也一样，心里边想啥玩意儿都没用，就是把自己练成一个活塞，没有气缸套也照样睡不着。"

　　在进行寂寥无声的油料样品检测时，在午后烈日暴晒的甲板上暴走时，赵高工都是戴着耳机听着他心爱的音乐，但是，当他晚上来到极其喧噪的机舱里巡查时，他反而卸了那些装备，因为机舱里刺耳的噪声太让他迷恋了。

　　只要一进入机舱，他耳朵就会变得更加灵敏，就像技艺精湛的钢琴调音师一样，一听到星点儿不对，立刻就知道问题出在哪儿。他嗅觉也会变得更加出色，鼻子随便动几下，就知道他的"小油儿"是不是正常地流淌着。其实，也只有在嗅机械油料时他的鼻子是灵敏的，一旦与机械油料无关了，他的嗅觉连同味觉就好像一起失灵了一般，这一点舰员们也都是知道的。比如有一次周末小会餐，炊事班长亲自制作的棒子面小薄饼很合他的口味，他需要一点儿白辣椒酱抹在饼上卷着吃，但炊事班那个淘气的小兵最爱跟老头儿开玩笑，送来一小碟掺了大量芥末的白辣椒酱。可赵高工硬是没有尝出来，一连吃了三个卷了辣椒和芥末的小薄饼，才觉得味道似乎有些不对。

在这个机舱里，什么都骗不了他，他身体的所有器官都会变得异常敏感。就像他自己说的，"小油儿"的气味，这些钢铁家伙演奏的音乐，几乎是他身体里的铁与钙，以及各种维生素，保证了他身体各种机能的超常发挥。

在机舱里检查完毕，赵高工就会到机控室里和值夜班的舰员们聊聊天，讲讲从前的故事。

他最喜欢说当年远航时趁下雨天洗澡的桥段。那时候的军舰，不像现在这样一天二十四小时有热水，连喝的水都是定量的。想洗澡得等天下雨，等天开始下大雨，大家赶紧脱光衣服跑到甲板上洗一洗。可是，大家常常遇到这种情况：来一阵子雨，把大家淋湿了，眼看着乌云翻滚，大家赶紧打上肥皂，乌云来到头顶上，却一闪而过了，接着又是明晃晃的大太阳！大家都涂得满身泡沫也没办法，在大海上多难受你也得受着。这个故事也不知道是真的还是他杜撰的，反正赵高工很喜欢说这个故事，尽管大家早就耳熟能详了，但每次他说完，大家还是会开怀大笑，并报以热烈的掌声。一个老头儿，半夜睡不着觉来给大家讲故事，不容易。

远航中的赵高工像一种罕见的深海鱼，不仅永不睡觉，而且有一双望远镜一样的奇异眼睛，可以透视深远的海水。即便不做油料检测，不去机舱内检视，他在自己的住舱里也不睡觉，而是坐在桌前，长久地望着舷窗外的大海，两眼直勾勾地发呆。有时候，他会打开个人电脑，全神贯注地看一小会儿电影。

就像喜欢听音乐，听来听去听了几百遍了，他听的还是那首曲子一样，赵高工看电影也只看一部外国电影，而且只喜欢看其中的一个片段：在相当豪华的厨房里，一个老头儿扎着围裙在做饭，一个老婆儿进了厨房，从后边环抱着老头儿，问他："晚饭吃什么？"老头儿说："香辣番茄酱。哦，你饿了吧？"老婆儿说："我都要饿死了。"老头儿转身凑过脸来，亲了一下老婆儿的嘴唇，用木铲子铲点儿菜伸到老婆儿面前说："宝贝儿，请尝尝。"老婆儿盯着木铲上的菜说："希望别太辣。"老头儿一脸坏笑："辣的程度有很多层次，你呀，总是分辨不清。"每次看到这儿，赵高工都会咧着嘴微微一笑，当老婆儿尝完酱汁辣得尖叫时，他的眼睛里居然会涌上一层闪光的泪水。

这部电影的名字叫《又一年》。他忘了是从哪个舰员那儿复制来的，但自从第一次看了这部电影，他就一下子喜欢上了，简直可以说百看不厌，尤其刚才那个片段。每次看完这个片段，他都会在瞬间变得六神无主似的，在舱室里时而转圈子，时而盯着某件物品发呆半天，时而还会轮番咬一遍自己的十个手指头，就这样折腾好大一会儿，才突然手忙脚乱地关了电脑，匆匆去电话室给老伴儿打个电话。

在舰上特设的亲情电话室里，正在打电话的舰员，不管是干部还是战士，一看见赵高工来打电话，马上就会断了话头让他先打。这一方面是官兵们出于对这个老头儿的尊重，另一方面是因为按规定每个舰员每次打电话的时长都是二十分钟，而这个老头儿给老伴儿打电话从来没有超过五分钟，剩下的时间都属于那个让他先打电话的人。这十几分钟的电话时间有多么珍贵，只有远航的舰员们才知道。所以，只要一看见赵高工来到电话室，大家就会毫不犹豫地让他先打。

就像喜欢音乐但只听一首曲子，就像看电影只看一个片段，赵高工给他老伴儿打电话，每次也都是那么几句对话，看似机械重复，简单的话语却让听者觉得幽默。几个调皮的舰员会把他和老伴儿的对话原封不动地当成小品台词，不分场合不分时间，分配好角色随时随地上演——

老头儿："喂，是我。"

老婆儿："哦，你还好吧？"

老头儿："我还好，今天风平浪静，我没晕船。"

老婆儿："那就好，不晕船就好。我也很好，你不用挂念。"

老头儿："你很好就好，我不挂念，我只是睡不着觉罢了。"

老婆儿："睡不着觉对你来说不是寻常事嘛，别紧张，实在睡不着就闭上眼睛，那也是在休息！等什么时候能睡着了就猛睡一通补补觉。"

老头儿："那当然！等能睡着了我就好好睡个八天八夜！到时候你可别叫醒我……"

老婆儿："那当然，到时候我给你站岗，哪怕司令来家里了我也不让他打扰你。"

老头儿："那我谢谢你了，大嫂！"

老婆儿："哎哟，大哥你客气了！那你还有事吗？"

老头儿："哦，我想想……噢，今天周三是星期几来着？"

老婆儿："哎哟，上次你问周四是星期几我都告诉你了。今天你就自己猜猜吧。"

老头儿："哎呀呀，我想起来了！今天周三，就是星期三呀！"

说实话，赵高工和老伴儿的电话内容基本上也就是这些。那几个调皮的舰员虽然喜欢调侃，甚至有些恶作剧的成分，但他们还是停留在模仿而不去夸张的程度。事实上也确实如此，赵高工不仅经常忘了周三周四是星期几，还经常把家里的电话号码、老伴儿的手机号码全忘了。有好多次，人家已经把电话让给他了，他握住话筒就是想不起电话号码，两个熟悉又陌生的电话号码像卡在喉间的鱼刺，死活就是吐不出来，急得他直拍脑门。有时候他还会火急火燎地随便指着一个人恶狠狠地大叫一声："你！快点儿把我老伴儿的手机号告诉我！"

　　睡不着的人最终都会睡着的，而且一旦进入睡眠，就会比其他人更能进入睡眠的深处。在每次远航中都睡不着的赵高工，一旦任务完成，军舰返回自己的军港，即将停靠码头时，他都会在住舱里酣然大睡一场。舰上的领导知道他的这个习惯，从来不安排他到甲板上站坡，舰员们也自觉地不去打扰他，任凭这个在远航时整天整夜睡不着觉的老头儿在黑暗而甜蜜的梦乡中肆意遨游。

　　这次也像每次远航归来一样，当隆重的欢迎仪式完毕之后，赵高工的老伴儿就会抱着一束鲜花随着家属们上舰来。舰员们都认识这位海军院校的著名教授，这艘军舰上有好几位军官是她教过的学生，包括舰长。当教授经过时，不管远近，舰员们都会默默地向她敬个军礼。只有舰长会大步迎上前去，两人一边轻声说着话，一边径直走向赵高工的住舱门口，这时，师生二人会默契地无言一笑。

　　舰长轻手轻脚地打开门，等老师进去后，才向她做个手势，然后带上门轻轻离开。就像每次靠港时一样，老头儿还是仰面朝天地睡着，裸露的皮肤依然像烧熟的大海蟹，似乎还散发着浓郁的海鲜味，整个人看上去特别像一块海底石。

　　他睡着了还戴着耳机，震天响的一阵呼噜声之后，他还要吧唧几下嘴，随着梦中的旋律哼唱几句歌词：


乘风破浪，
远方的景色逐渐跳入我的眼帘，
我已经看到了陆地……


　　教授当然能听得懂，这次老头儿是用德语唱的，歌词是歌德的诗句原文。德语虽然腔调短促，但发音有力，或许这种语言的节奏更适合这支曲子的旋律。她淡淡一笑，把那束鲜花放在桌子上，然后坐在桌前，等待老头儿醒过来好一同回家。但看着老头儿贪婪的睡相，听着他粗重的鼾声，她自己仿佛被传染了一样，一阵阵浓烈的睡意如同海浪般一波波涌了上来。

（选自《亚丁湾的午后时光》人民文学出版社 2013 年 12 月版）

>>>> 作者简介 <<<<

　　李亚，男，安徽亳州人，中国作家协会会员。1996 年毕业于解放军艺术学院文学系，现供职于海军政治部创作室。代表作有小说集《幸福的万花球》，长篇小说《金色大雨》《流芳记》《李庄传》等。多部中短篇小说被《小说月报》《小说选刊》《中篇小说选刊》等文学期刊转载，并有作品被收入各种年选及选集。长篇小说《金色大雨》获第六届全军文艺新作品奖一等奖，中篇小说《武人列传》获《小说月报》百花奖。

# 舰长楼

余旭红

    学院舰长楼是"回"字形天井结构,"回"字正中间差不多刚好两个羽毛球场那么大,宣传处就依葫芦画瓢给"画"出了两个羽毛球场。

    能住进舰长楼的,都是准备"入团"的中级培训学员,都小四十岁了,年龄上也相差不多,羽毛球这个运动没什么激烈的身体对抗,非常适合这些学员。天井里风小,感觉和羽毛球馆的环境差不多,周围六层楼的走廊是天然的大看台,几百双眼睛聚光灯似的,把场上的选手炙烤得如球星般亢奋。

    政工班的曾辉煌和舰长班的沈济远十分享受这种感觉,不管谁赢谁输,每一拍挥出去都有人拍巴掌喊"好",两人心里都很得劲儿。

    开学一个月后,参谋班搬进了舰长楼。

    这帮参谋基本是二十多岁的年纪,说话高声大嗓,办事风风火火,"走廊歌手"仰天一吼,整栋楼的空气都瑟瑟发抖。

那天，羽毛球场上曾辉煌和沈济远激战正酣，四楼走廊上大队指挥员班的滕冲忽然喊道："曾主任、沈舰长，'狼'来了。"

曾辉煌和沈济远回头一看，几个参谋班的毛头小子正握着球拍，兴冲冲地直奔天井中心而来。楼上各层的观众顿时兴奋起来，眼前的羽毛球场在他们眼里俨然变成了奥运会的羽毛球决赛场地，有人难掩兴奋，大声招呼宿舍里的人出来："快出来看啊，好戏马上就开演了。"

"哼！'狼'——？"沈济远一脸不屑。

曾辉煌笑着朝上扬扬拍子："谁吃谁还不一定呢。"

傻小子睡凉炕——全靠火力壮。论速度、论反应，曾辉煌和沈济远哪儿是年轻人的对手。连输三场下来，俩人大汗淋漓、嘴唇发紫，胸口拉风箱似的上下起伏。

这时，其中一个参谋主动走到网前，伸出手来："我是黄林涛。他姓朱。首长承让。"

曾辉煌勉强一笑："我们老喽。"

沈济远没说话，朝楼上走廊拱拱手算是谢幕，随后黯然退场。

巧了，在一楼大厅里，曾辉煌正好撞上营房处杜处长从楼上下来，杜处长和曾辉煌原来在南洲岛共事，是老熟人。曾辉煌迎上去就是一通半真半假的牢骚："舰长楼舰长楼，这入住的最低标准怎么也得是副舰长级的吧，怎么副连正排级的都进来了？"

杜处长说："没办法，两栋老宿舍楼在翻修，挤挤吧。这条件咋说也比咱岛上强。"

曾辉煌一听这话真来了气："处长，你这评价可有点儿偏颇，现在城里有的咱岛上全有，唯一不足的就一样。"

"啥？"

"交通堵塞呗。"

杜处长笑笑说："曾干事你可真逗。行了，最多三个月就完工了。"

曾辉煌梗着脖子说："你可真会开玩笑，三个月我就该回去住海景房了。"

杜处长朝羽毛球场看了一眼，拍拍曾辉煌的肩膀说："咋，还怕他们不成？"

曾辉煌把杜处长的手拽下来，轻轻地拍了两下，"嘿嘿"一乐："怕他们说明海军有希望啊。"

紧接着，大队指挥员班的滕冲也笑不出来了。文化活动室里，他和张浩锐不可撼动的"棋王"地位岌岌可危。一位叫徐新平的参谋连挫他们的锐气。滕冲不禁感叹："后生可畏啊。"

再后来，篮球场上传来消息：号称明星阵容的合训班篮球队也禁不住几波冲击，防线失守。

这"狼"是真的来了。


参谋班全方位获胜，心情自然极爽，无论是队列行进间喊号子，还是集会时唱歌（音准就不管了），音量一定是最高的，那气势着实威武。

周五下午，全体学员参加纪念长征胜利70周年大会。会前，参谋班带头吼了一首《团结就是力量》，差点儿把礼堂的顶灯给震下来。唱罢，参谋班自己先激动地鼓起掌来。

这时，曾辉煌站起来，两手轻轻一提，现场立刻安静下来："政工班的同志们，咱们来一首《弹起我心爱的土琵琶》好不好？"大家齐声应和："好——!"

随着曾辉煌轻盈的手势，歌声似从遥远的地平线上传来："西边的太阳快要落山了……"舒缓悠扬的旋律让整个会场似乎都浸染在微山湖火红的夕阳里。"我们扒飞车那个搞机枪，闯火车那个炸桥梁……"铿锵的节奏又似冲天的火焰，把会场的每个角落照亮。"哎嘿，嘿——"随着渐渐减弱的回响，曾辉煌右手在空中画出一道优美的弧线，拇指和食指轻轻一叩，完成了整首歌的演绎。

"哗——"

会场里掌声如雷。

舰长班的沈济远立刻趁热打铁："政工班唱得好不好？"

"好——！"

"政工班水平高不高？"

"高——！"

"再来一个要不要？"

"要——！"

"鼓掌——！"

浪涛般的掌声再次响起。

"好，那就来一首《七律·长征》吧。"在大家的鼓动下，曾辉煌又一次站了起来。

"红军不怕远征难，万水千山只等闲——"

本来会前拉歌只是部队的传统小项目，可听到这首歌，坐在前两排的老红军代表纷纷颤巍巍地站了起来，跟着节拍鼓掌。刚刚走上主席台的院首长看到这情形，也情不自禁地加入进来，于是全场起立，成了大合唱。

"更喜岷山千里雪，三军过后尽开颜——"

"好啊，这首歌正切合我们今天会议的主题。"学院张政委感慨良多，索性脱稿，激情澎湃地讲起了长征精神。

会议结束，一向沉稳的政工班学员似乎也有些沉不住气了，个个喜形于色。

纪念长征胜利70周年是政治生活中的一件大事，宣传处组织了一系列文化活动。这可给了舰长楼里的各班学员一次全面露脸、各显神通的好机会。

系列活动的重中之重就是"长征颂"文艺晚会，宣传处王处长说："晚会既是一次检阅，也是一次选拔，上级要求录像参评，好的节目还要进京演出，因此各单位要高度重视，创出最好节目，亮出最高水平。"

政工班周队长专门组织了个"诸葛亮会"，会议一开始，他就为大家鼓劲说："全海军政工干部的中坚力量都集中在我们这里，我们就是最好的，同志们要有这个信心。"

会上经过几番讨论推举，毕业于大连文化班的张春雷被大伙儿推上台委以导演之重任。张春雷一拍大腿说："既然交给我了，就不劳领导费神，给咱报销一箱方便面就成。"

周队长说："要求不高嘛，我决定再附送涪陵榨菜十包，大家没有意见吧？"

大家使劲儿拍巴掌表示赞同。

曾辉煌站起来说："张导，可千万别创出什么旷世大剧来，要考虑到咱班里有几块能上台表演的料。"

张春雷说："成，我心里有数。"

距离演出还有不到一个月的时间，各队一面积极准备，一面四处"刺探情报"。为达到出其不意的效果，各队也采取了不少"反窃密"措施，表面平静，背后都紧锣密鼓地忙活着。

三天后，张春雷拿出了脚本，大家讨论修改后一致通过。作品跨越时空，以一位当代水兵与红军战士对话的方式，表现红军精神世代相传的主题。主要演员只有两个——一脸络腮胡子、声音浑厚的吴建刚演老红军战士，双目炯炯、声音清亮的彭劲松演当代水兵。其他二十多个学员分别扮演红军和当代水兵，只需在台上摇旗呼应，外加和声就行。平时排练只需要两个主要演员自己找个角落对对台词就行了，内紧外松，给其他队以无所事事的假象。

到了验收节目的日子，政治部杨副主任和宣传处王处长坐在台下，一个节目一个节目地过，所有的秘密都大白于天下。政工班的节目在创意上首先赢得了领导的好感，杨副主任说："这个节目在细节方面精雕细刻一下能成精品。"

张春雷和曾辉煌暗暗击掌相庆。

轮到参谋班上台，节目是配乐诗朗诵《长征赞歌》。一个叫胡洋的年轻参谋走上台，拿着稿子大声朗读。杨副主任听完挠挠头，倒吸一口凉气。参谋班许队长连忙凑上去在主任耳边吹风，只见主任微微点头，最后指着许队长说："你要打包票。"许队长连连称是，退了下去。

下一个节目开始了……

政工班的人纳闷儿了，不知道参谋班葫芦里卖的什么药。周队长给大家打气说："大家都是老政工了，鼓动宣传是咱的强项，别老惦着别人了，把咱的练好了就行。"

等到节目联排的时候，参谋班的节目没多大改进，只是那个参谋能脱稿朗诵了。王处长在台下只是微笑，并没有说什么。张春雷撇撇嘴说："这也叫节目？白瞎了这首好诗。"

可是在正式演出的前一天彩排时，大家全傻眼了。

胡洋的旁边多了一位英姿飒爽的女红军战士，齐耳的短发，合身的军装，纤细的腰肢扎着宽宽的武装带，笔直地往台前一站，令所有人眼前一亮。

音乐渐起，灯光渐弱，只有两束光投射在两位红军战士的脸上。

"红旗飘，军号响。子弟兵，别故乡。红军主力上征途，战略转移去远方。男女老少来相送，热泪沾衣叙情长。紧紧握住红军的手，亲人何时返故乡？"

两人舒缓有力的朗诵一下子俘获了观众的心。这时，背景的右下方突然出现一个小小的红五星不停地闪动，接着凸现出"瑞金"二字，一个红色的箭头由此蜿蜒前行——遵义、泸定桥、甘孜、会宁、延安依次出现，箭头所到之处被连接成了一条红丝带,一张长征路线图跃然浮现在观众眼前。配合着诗中描写的场景,大雪纷飞的雪山、电闪雷鸣的草地、奔腾咆哮的金沙江悉数呈现。朗诵、音乐和画面相得益彰,犹如制作精美的电视宣传片,给人以全方位的视听震撼。

节目结束,张春雷张大了嘴巴。他用肩膀撞了撞旁边的曾辉煌,愤愤地惊呼道:"参谋班把咱们给耍了!"

曾辉煌木头似的,没一点儿反应。

正式演出时,参谋班的《长征赞歌》毫无悬念地拿了第一名。这在舰长楼引发了强烈的震动。舰长班的沈济远先拿曾辉煌开涮:"老曾,按理说这打羽毛球是越老体力越跟不上,可搞节目应该是越老经验越丰富才对啊。"曾辉煌则关公醉酒般从头红到了脚后跟,梗了梗脖子,咽了口唾沫,不知说些什么。

张春雷不服:"这女兵哪儿来的,怎么能算是参谋班的人呢?"

彭劲松说:"打听了,军区总医院的女护士,业余演出队的司仪,叫肖灿华。"

"难怪!这参谋班可真够厉害的,咱是海军,连住院都用不着去总医院。"

彭劲松说:"什么海军陆军的,现在联勤了,懂吗?"

张春雷问:"那开学才一个多月,他们是怎么搭上线的?肯定是他们队长的老关系。"

许队长乐得像个笑面虎:"我都半大老头子了,哪个小姑娘还愿意搭理我哟。"

后来经过缜密侦察他们才知道,是参谋班的黄林涛通过军网发了英雄帖,态度诚恳地邀请一位女主角参加演出。帖子一出反响强烈,这座城市的陆、海、空军都有回帖的女兵,有的还上传了自己的演出剧照,搞得还得竞争上岗,整得跟正火热进行的"红楼梦中人"海选活动有几分像,这真是神了。这小肖也是真行，来回一趟坐公交车要一个多小时，前前后后折腾好几次，没说半个不字，还丝毫没有泄露情报。

演出结束，许队长哆哆嗦嗦地从口袋里抽出个牛皮纸信封来，说："小肖，没别的意思，这是大家的一点儿心意。"小肖大眼睛一忽闪说："咱可是在宣扬长征精神，别庸俗化啊。"许队长连连摇头说："不是的不是的，这是小伙子们自发凑给你的路费和活动经费，这帮臭小子难得感动一次，收下吧。"

几个参谋也围拢上来劝说："收下吧，给我们留个希望呗。"小肖听出来他们话中有话，抬高下巴说："做梦吧你们。"

一句话引来大家一声叹息："哦——"

许队长无奈，连说几声辛苦。

小肖故作娇羞，半是表演半是真地说："人家乐意嘛——"

众人笑得前仰后合。

肖灿华穿过人群，走到黄林涛面前，大大方方地说："黄参谋，送我到公交车站。"


政工班节目组的几个人蔫了。

周队长说："现在是信息和网络时代，谁运用得当谁就能把握先机，这是给我们政工干部的一个信号啊。"

经验主义害死人，紧接着参谋班就吃了这个亏。

在黑板报评比中，参谋班信心满满却连个名次都没拿到，那可是黄林涛和朱自强很多个晚上的心血的结晶啊。"我们板报的底色、背景、报头、文字、题花、版式，哪一点都不逊色，不拿第一，也得是第二啊，这评比到底是什么标准啊？"

评委小组组长俱乐部郭主任一句话戗过来："什么标准，你看看前三名的板报不就明白了！"

第一名是政工班。这块板报用的颜料只是普通的彩色粉笔，却把粉笔的功能发挥到了极致。粉笔被磨成粉、调成糊、碎成粒，涂、抹、粘、画、写、描等各种技法全用上了。看版面，严格按照板报的"八一"律设计安排，却又不失活泼灵秀；看字体，黑、宋、楷、隶、行有模有样，既匠心独运又不张扬跋扈。主标题的大字是底胶粘上厚厚一层粉笔末后又细细雕刻而成的，似红砖砌成的垛口一般庄重。报头画中那面红军的军旗似能触摸到旗面茸茸的质感，背景中的雪山、悬崖、峭壁闪着皑皑银光。

黄林涛和朱自强仔细看过后对了对眼神儿，凑到许队长耳边吹小风儿。

朱自强说："不服不行。这些政工干部还真有些老底子呀。不过太土了点儿。"

黄林涛说："这恐怕和十多年前出的板报没什么两样。"

许队长说："年轻人闭嘴。"

黄林涛说："队长，我们保留意见。"

一次黑板报评比，本是一件小事，可是年轻人爱较真儿，黄林涛没保留意见，把意见直接发到了院长信箱里，这事可就闹大了。

几天的沉默之后，院长发话了，并且把它放在了全院集会上说："同志们，首先我要表扬参谋班的黄林涛学员，敢于建言。但是，我个人认为这次黑板报评比的名次没问题。是的，我们进入了信息和网络时代，我军正在努力实现由机械化向信息化的转变，但是，这并不意味着我们将不再需要机械化这个平台。仅靠几台电脑打不赢现代战争！在基层舰艇部队存在着这样的现象：离开GPS就会迷航，收不到气象报告就会一头扎进风暴中心。由于过于依赖现代仪器设备，很多航海长把观天测海的看家本领都丢到海里去了。在我们的学员中，有人离开电脑就不会写字；在我们的教员中间，有人离开多媒体就不会授课。同志们，你们好好思考一下，这究竟是进步还是退步？"

院长略微顿了顿，语气缓和了许多："参谋班的同志们也许觉得委屈。

没有调查研究就没有发言权，所以我这两天也抽空去看了你们的黑板报。你们那个只能叫电脑喷绘，和黑板报不沾边儿。说到底，电脑只是工具，不能代替我们的动手能力。如果是在海上训练，需要出黑板报鼓舞一下士气怎么办，总不能把地方的喷绘店搬到舰上去吧。黄林涛同志，你说对吗？"

黄林涛一个激灵从座位上弹起来，台上台下几百双眼睛"唰"地一下扫过来。

"是！首长！"

院长伸手示意他坐下。

黄林涛匆匆敬了个礼惶然坐下，额头上渗出一层细汗。

受院长讲话的启发，政工班学员一回到舰长楼，就开始审视起自己的一双手来。周队长说："好好琢磨，把我们的优势表现出来。"

三天后，舰长楼一楼大厅里贴出了一张精美的海报：

纪念长征胜利70周年书画展
地点：政工班文化活动室
欢迎莅临指导

舰长班和大队指挥员班的学员蜂拥而至，在一幅幅作品前评头论足，参谋班的小伙子们却没几个人来。许队长不悦："你们这群小子太没出息，连正视现实的勇气都没有。"

黄林涛说："去就去，谁还能吃了我们不成？"

参谋班整齐地排队进来，对着那些字画，许多人表情茫然。可是，当他们看到《七律·长征》的仿毛体书法长卷，看到飞夺泸定桥水粉画，脸上的不屑变成了震撼，这些老大哥还真有些内秀啊。

黄林涛连看了几幅书法作品，署名都是"海岛风桐"，觉得很有意思，自言自语道："这老哥还真是个高人哩。"

"不行啊，他可是你手下败将啊。"

黄林涛一回头，看见曾辉煌正站在自己身后。

"怎么，这都是您的手笔？"

曾辉煌说："那还有假？这个名字我已经用了十多年了。"

黄林涛问："有什么讲究？"

曾辉煌说："抗风桐是我们南洲岛抗击台风的第一道防线。一场强台风过后，你看到的可能是'干断枝折'的惨烈场面，但是，过不了两个月，它们又会枝繁叶茂。风再大都拔不出它们的根来。"

黄林涛沉默了一会儿问道："您在岛上几年了？"

曾辉煌举起手掌在他眼前翻了三下。

黄林涛说："咋不调城里呢，不是有政策的吗？"

曾辉煌摇摇手说："我和抗风桐一样，根扎得太深，拔不出来了。"

黄林涛突然心里酸酸的，支吾道："什么时候一起打球吧？"

曾辉煌笑起来："好啊，不过你不让我，我就赢不了，胳膊腿儿不灵喽。"

到了周末，刚听完讲座曾辉煌手机就响了，是营房处的杜处长打来的："曾干事，不不不，曾主任，赏脸一块儿聚一聚吧。"曾辉煌说："你忙你的，不麻烦了，咱们俩谁跟谁呀，感情好不好不在吃上。"杜处长说："前一段时间忙着翻修那两栋宿舍，没给你接风，别见怪。"见杜处长态度诚恳，曾辉煌便不再坚持，再说饭堂这大锅菜反复就那几样，早吃腻了，于是他说："不过我得带个伙计。"杜处长说："别说一个，全班来都成。"

曾辉煌还能带谁去，不就是球友沈济远。

饭桌上，曾辉煌从杜处长那里得到一个信息，翻修的两栋宿舍其中一栋是准备改成外训楼的，本计划三个月完工，但是外军留学生月底就到，现在正日夜赶工呢。杜处长说："这样，我只好把参谋楼的工程缓一缓，抽调力量打'歼灭战'。看来，你们差不多要和参谋班挤到结业了。"

沈济远一脸平静地说："挤就挤呗，我们又不是仇人。来不来留学生和咱也没关系。"

什么话都不能说死，这留学生的事还真找到了沈济远的头上。那顿饭后没几天，舰长班耿队长就找沈济远谈话，要他接受一项新任务。

耿队长说："模拟中心舰操室主任随舰艇出海调研去了，短期内回不来。留学生来院后熟悉学院情况的其中一项就是参观模拟训练演示，这说大不大说小不小的事就落在了你的头上。不过，院首长可是一再强调，外交无小事。事情再小你也必须认真对待，当大事完成好。"

沈济远说："我玩的都是真的，模拟的东西摸不到抓不牢的，我没把握。另外，操船也不是一个人的事。"

耿队长说："放心，参谋班好多人是部门长出身，他们配合你。"

沈济远窃喜道："好嘛，他们也有落到我手里的时候。"

耿队长问："你说什么时候？我没听清。"

沈济远说："我说留学生来得正是时候，给了我一个露脸的机会。"

耿队长说："对，好好给咱舰长班露露脸。"

踏进模拟舱，沈济远往舰长的位置上一站，感觉就来了。航海部门、观通部门、枪炮部门、机电部门等各部门长都是从参谋班抽过来的年轻学员，连操舵兵、雷达兵、信号兵都是由参谋班的学员代替。模拟训练的好处就是可以瞬间感受各种海况，应急处理各种突发状况而不必付出高昂的代价。

沈济远指挥舰艇驶出情况复杂的内河航道，直向大海深处进发，这时海面上涌浪渐大，舰艇左右摇摆、上下跳荡，如一叶弱不禁风的小舟。驾驶舱内的参谋们眼睛死死盯着波涛连绵的海面，一个个喉咙发紧、热血上涌，额头上冷汗涔涔，迎着浪头打来的方向身体前倾，脚趾使劲抠紧地面尽量保持平衡。一波接着一波的冲击，考验着参谋们喉头的最后一道防线。

又一排小山般的巨浪向着舰艏呼啸而来，驾驶台上参谋们的喉管里预警般发出"嗷嗷"怪叫。

沈济远大喊一声："停——"

扑向舷窗的浪头消失了，怪兽般咆哮的风暴声突然归于寂静，时间在这一刻突然凝固。大灯开启，驾驶台的各种仪器仪表处于暂停状态。

几个参谋揪着胸口一个劲儿干哕。

沈济远问道："你们有几个人真正出过海？举一下手。"

7个参谋中有3个勉强抬了抬手。

"难怪啊，你们自己低头看看你们站在什么地方。"

大家低头看看，又拉开舱门找了找，面面相觑。

沈济远挥了挥手："别找了，这套系统还没采用模拟舰艇颠簸的液压装置，你们刚才都是脚踏实地站在水平地板上的，只是我们舷窗外的环幕投影在晃动而已，你们却晕得差点儿吐在我的后背上。这样表演给留学生看更像是标准的反面教程，简直是开国际玩笑！今天的训练就到这里，明天训练时间搞抗眩晕训练，走浪桥、翻滚轮、荡舷梯，下课！"

首次合训，沈济远给了他的舰员们一个下马威。

走出模拟中心，参谋们长舒一口气。朱自强说："打球时没发现他这么严厉嘛。"一个叫郑勋成的参谋接茬儿说："还提打球呢，要不是你们手下不留情，今天他也不会这么对我们。"

众人咋舌："啊——不会吧？"

听说留学生来自非洲某小国。负责外训任务的外训办还专门组织教员给沈济远的操演组上了礼仪课，讲了这个国家的一些生活习俗和民族禁忌等，无形中给舰员们施加了压力。沈济远对他们说："模拟就是仿真，我们要操演得比真的还真！"

沈济远原是护卫舰副舰长，这次在模拟舱里却要转换模拟驱逐、护卫、扫雷、登陆四型舰艇的操控，从雨、雪、雾、雷、电到台风、寒潮等各种恶劣气象条件都有，对他也是一个全新的考验。训练中，口令一个接着一个，虽然都是虚拟的，但是一旦操作有误就会报警扣分。他对舰员们说："为了不丢分不丢份儿，咱豁出去了！"

十几天的时间，除了上课，他们不是在器械训练场就是在模拟舱里，参谋们忙得脚不沾地，晕船现象居然也随之消失了。沈济远解释说："不奇怪，一是体能有提高，二是精神高度集中。在舰上如果没事做，写个'晕'字在你的眼前晃两下你都能吐出来。"

这一天终于来了。

一队身着陆军迷彩服的外训队学员踏进了模拟舱。大灯熄灭，环幕投影和音效开启，舰员们瞬间置身于浩瀚的大洋之中。

"哦——"

沈济远听到身后传来一片整齐的惊叹。

铃声响过，操演开始了。沈济远从容地发布一个个指令，对各种状况处置得当，身后不时传来低沉的感叹和压抑的干哕声，这帮兄弟也晕旱船啊。

沈济远悄悄回头瞄了一眼，幽暗中几十双眼睛星星般向他释放出友善的微光。

"靠码头部署，靠码头部署——"

操演结束，非洲兄弟使劲儿鼓掌。临走前，每个人都过来和沈济远及众参谋敬礼加拥抱，幅度大、力度强，整得沈济远和众参谋喘不上气来。

送走留学生，沈济远和参谋们同时竖起了大拇指，然后击掌。沈济远第一次用时尚用语喊了一声："Yeah（好）！"

十月，北方的寒潮一个接着一个，看天气预报，东北都下雪了。南方的酷热也悄悄退去，秋意渐浓。

一天下午，曾辉煌正在操场慢跑，黄林涛急匆匆撵上来说："曾主任，我跟你说个事，你不要紧张。"曾辉煌一听不像是在开玩笑，就停下脚步问："啥事？你说。"黄林涛说："你夫人是不是叫刘香丽？""对呀，快说，她怎么了？"黄林涛说："她住院了，在军区总医院。""啊？什么病？"黄林涛说："肾结石堵塞什么管，来的时候疼得直打滚儿。"

曾辉煌不再多问，撒腿就往舰长楼奔去。

曾辉煌打车赶到军区医院外一科病房时，已到了开饭时间。

刘香丽半躺在病床上，看表情并没多么痛苦，脸上还挂着浅笑，一个穿着粉色大褂的小护士正背对着房门给她喂饭呢。突然见到曾辉煌进来，刘香丽张大了嘴巴，小护士不失时机地把一大勺饭送进去，急得她直摇头，用扎着输液管的手朝门口指。"别动别动。"护士急急地按住她才回过头来。

"曾辉煌？真的是你！"那护士像是见到了自己的亲人，高兴得直跳。

曾辉煌愣在了那里，心想：我在这里也没有熟人啊。

护士把遮住半边脸的口罩拿掉。曾辉煌一拍脑袋叫出声来："肖灿华！真巧啊。"

被晾在一边的女主角刘香丽见状插上一句："你们认识啊？"

肖灿华快人快语："可不嘛，你老公可是个人才呢，琴棋书画样样精。"

刘香丽瞥了一眼曾辉煌说："干柴。"

曾辉煌急忙澄清："我可什么也没说过啊。"

刘香丽拖着长腔揶揄道："我还纳闷儿他怎么会知道我在这儿呢，原来卧底就在身边嘛。"

肖灿华说："嫂子别瞎猜了，都是黄林涛传的话儿。"

曾辉煌故作一脸错愕状："啊？跟《无间道》一样，敌友难辨啊。"

原来，今天早上天刚亮，正在值班的肖灿华突然接到急诊室的电话，说要接一个急诊患者。她急忙冲到楼道向下跑去，医生一把拽住她说："不对，坐电梯，上楼顶天台！"

大楼天台上是直升机停机坪，等他们上去时，所有的指示灯全开了，天台正中白色圆圈里的"H"分外醒目。十多分钟后，一架直升机轰鸣着从西南方向飞来，盘旋一圈后稳稳地降落在圆圈中央。从飞机上被抬下一个不停呻吟的女患者，这人就是刘香丽。

肖灿华讲到这里，刘香丽眼眶有些发酸，说："要不是部队首长关心，恐怕我连命都没了。"

曾辉煌说："我们南洲岛在南海上条件算好的，有淡水用，可就是水质硬，长期食用容易长结石。这病平常没感觉，可一发病，要是抢救不及时就能要人命。南洲岛离陆地不算远，才六十多海里，可派个船来回也得大半天，就因为这，前年我们的一个班长就把命丢在了接他的小艇上。"

肖灿华对刘香丽说："既然那样，留他一个人在上面还不够吗？你又何必常年待在上面呢？"

刘香丽的脸红了："我不是离不开他，是离不开我的邮局。"

曾辉煌说："她是我们岛上的邮电局局长呢。"

刘香丽说："唉，这次得病，代价太高了。部队首长一听症状就判断出大概是肾结石，绝不能耽搁，立即申请海航派直升机救援。我听说过，这病只要及时到医院，就不会有什么事。咱够给部队添麻烦的了。我想首长派你来学习机会难得，不想影响你学习，碎完石过两天我就能自己搭船上岛。"

肖灿华说："我一看你是从岛上来的，又看到亲属栏里曾辉煌这个名字，就想起在那次晚会的节目单上看到过这个名字，挺特别的，就记住了，于是就给黄林涛发了个消息，还真的是你。"

天渐渐暗了下来，窗外南国都市流光溢彩，尽显繁华。

刘香丽说："辉煌你走吧，医生说明天就上超声波碎石，不开刀不流血的，放心吧。别误了你学习。"

肖灿华说："走吧，这里有我呢。"

曾辉煌看看表，还是没挪窝。

肖灿华说："还不放心呀？这样吧，我把我的手机号给你，你随时可以来电话了解嫂子的情况，这样行了吧？"

曾辉煌嘴上说"有你在，我哪里会不放心"，手还是诚实地拿出手机把号码存上了。他站起身说："拜托了小肖。老婆大人保重，我回去了。"

曾辉煌嗅到了一丝融进这座城市夜色里的香甜气息，也许是街边的咖啡店，也许是道旁的紫荆花，也许是这座城市特有的味道。曾辉煌贪婪地深呼吸着，这就像小时候蹲在柴灶前，妈妈给他剥开泥包小鲫鱼时的香味，他要把这味道记一辈子。

体能考核是每个学员必过的一道门槛儿，五千米长跑、八百米连续游泳，都是必须完成的科目。

体能测试那天，正有台风逼近东南沿海，受副热带低压控制，这座城市天空昏黄，空气似凝固了一般，不用热身，学员们就已经个个大汗淋漓。

各学员队在起跑线后依次排开，准备分时开跑。系主任伸手试了试风速，幽默地说："同志们，风速接近于零，是出好成绩的天气。"

第一方阵的参谋班发出一声长啸，像一群腾空嘶鸣的烈马等待着一声哨响，引得一帮正在沙滩排球场练格斗的外训队学员也忍不住偷偷跑到这边观望。

"嘟——"

第一方阵如脱缰的野马奔腾而去。

间隔一分钟，舰长班开跑，接着是政工班，各色队服把跑道围成了一个流动的花环，场面蔚为壮观。

两分钟后，参谋班的大部分学员已反追到政工班的屁股后面，几个领跑的"呼啦——"一声从曾辉煌的身边闪过。曾辉煌眼睁睁看着自己被人家套圈儿，甚是不爽，憋足一口气追上去，紧追不放，节奏骤然加快，没过一圈儿已经嘴唇青紫，捯不上气来。舰长班的沈济远不慌不忙地从后面赶上来，对他说："试着慢跑调整呼吸，千万别停。"随即自己也降低了速度陪他慢跑。

当他们经过沙滩排球场时，从旁边传来几声僵硬的汉语："教官，加油！教官，加油！"沈济远侧脸一瞧，一帮留学生将脸庞贴在铁丝网上朝他握拳鼓劲儿呢。沈济远喘得说不出话来，只能朝他们摇摇手算作回应。沈济远心里想：这帮兄弟可真有记性，只打过一次交道就把我记住了，可在我眼里他们全是一个模样。

舰长班和政工班的学员还在跑道上痛苦煎熬时，参谋班已齐聚终点欢庆胜利了。

沈济远还剩两圈时跑岔气了，双手掐着腰眼坚持着，曾辉煌最后还跑在了他的前面，等到了终点，沈济远已脚步踉跄，参谋班的郑勋成上前架住他，他才没倒下。等他缓过劲来，郑勋成想讨好他，说道："舰长，如果你年龄再大两岁就好了，只跑3000米就可以了，不用受这个罪。"沈济远的眼睛一瞪："废话，过了50岁我还免考了呢。"郑勋成自知说错了话，再也不敢吱声。

操场边大王椰宽大的叶子忽然"唰啦啦"地晃动起来，这是台风外围风捎来的第一个信号。系主任喊："来风了，各队抓紧时间集合带回。"

操场上哨声响成一片。

参谋班第一个集合走出操场，风声渐紧、落叶翻飞的校道上传来一阵歌声："日落西山红霞飞，战士打靶把营归……"

舰长班和政工班的队伍跟在后面，闷声不响地朝前走，耳朵里灌进的尽是"呼呼"的风响。走在队伍后面的曾辉煌突然诗兴大发，高举双手仰天长号："我是一株抗风桐，珊瑚礁盘赋予我生命，狂风雷暴中涅槃重生——"

沈济远感慨地说："我今天才明白，诗人和疯子原来是近义词。"

队伍里一阵爆笑。

台风中心并未在这座城市登陆，只是它强壮的巨尾一扫就弄得风雨交加，留下了满地的枯枝残叶。一天之后，台风遁于无形，碧空如洗，空气清新，是这座城市难得一见的好天气。

眨眼间两个月过去了。经过几轮磨合，舰长楼里的一切渐渐畅顺起来。

一场多兵种合训演练即将登场。

海军的水面舰艇、潜艇、航空兵、陆战、岸防五大兵种将悉数出动，从图上推演到红蓝对抗，全方位展开操练。

这时的政工班学员需要回到各自部队，搞好政治鼓动，发动"三战"攻势。

曾辉煌属驻岛部队，哪个兵种都算不上，队长就把他抽调到导演部，负责起草相关政工预案，随时准备发布新情况，协调"三战"态势。

这时候大队指挥员班的学员普遍官升一级，都成了师级编队的指挥员，成为此次演练的主角。滕冲和张浩锐更是被分别任命为红方军、蓝方军总指挥，胳膊上挂着总指挥员的臂章，不是在大海图桌前比比画画，就是在大投影前讨论不休，神气十足的样子。沈济远是蓝军驱逐舰编队指挥员，驱逐舰编队是张浩锐麾下的主力部队。

院长在做动员时提醒参演学员："导演部设定好作战条件后，红蓝双方各自准备。现代战争瞬息万变，没有红方必胜蓝方必败的定式。只要不违反演练规则和纪律，在战场上尽可能发挥你们的一切聪明才智。"

从拿到导演部下发的第一号文件开始，双方进入战争状态。红蓝双方的作战指挥中心分别安排了参谋轮流站岗，防止对方窃取情报。与此同时，双方的电脑系统也成了攻击的对象。政工干部为长自己士气灭敌人威风，搞宣传、放烟幕弹不遗余力。看似平静的模拟训练大楼里，双方剑拔弩张，一场现代信息化条件下的局部战争一触即发。

参谋班学员有荣升群指挥员的，有当团参谋长的，最郁闷的是那些航海、雷达、声呐、通信、机要等专业性强的参谋，基本上没有提升，还有一些心理素质好、键盘功夫硬的高手，大多做了操盘手，心里非常不痛快。红方总指挥滕冲说："这你们就不明白了吧，你们才是战场的主角，指挥部的每一条信息都要从你们这里获取，每一条指令都要从你们手里发出，要是尽抓些没熟透的人过来，我这总指挥岂不抓瞎！"

滕冲一眼发现坐在操盘手位置上的徐新平，上前调侃道："徐参谋可是象棋高手啊，把我杀得落花流水的，现在屈尊做操盘手没什么意见吧？"

徐新平起立敬礼，夸张地说道："报告，没有意见！"

演练毕竟是演练，和真正的战争有所不同。大家上课时间是对手，下课之后是战友，整日在一起，学员之间就算叫不上姓名，也是熟脸。每天下午例行的体能训练时间，各种体育活动依然开展得如火如荼。

担任红方操盘手的黄林涛、朱自强主动邀请曾辉煌和沈济远打羽毛球，沈济远说："不了，别让我们蓝军把你们吃掉，难堪哪。"

黄林涛拱拱手调侃道："前辈，记仇了不是？咱不把演练扯进来，好长时间没向您学习了，过过招儿吧。"

曾辉煌早按捺不住了，使劲儿一拍沈济远的肩膀："老沈，太欺负人了，上！"

沈济远和曾辉煌对视一下："上？"

俩人异口同声："上！"

这一次，他们居然赢了对方。黄林涛和朱自强明显不在状态，失误连连，还相互埋怨。曾辉煌向沈济远递了个眼色，沈济远笑而不语。

这俩臭小子，居然逗我们玩儿！

第二天，战斗正式打响。蓝方采取先制反制战术，首先对红方军港实施远程导弹攻击。滕冲一面要求编队上报战损情况，一面命令航空兵迅速升空侦察，通过数据链传回信息：蓝方在距红方七十海里的一片海域集结一支驱护编队，正呈扇形向刚刚遭袭的红方军港包抄。滕冲命令军港里的所有舰艇就近疏散，不准驶出港区范围；岸导部队进入阵位待命。

等待是乏味的，黄林涛的烟瘾上来了，给朱自强传递了一个信号，两人向滕冲报告说："报告总指挥，肚子不舒服，上卫生间。"滕冲看了看屏幕上的态势，估计三五分钟内不会有太大变数，便皱着眉头说："还没开打就拉稀，以后准备工作给我做充分了。"俩人溜进卫生间，站在洗手台边开始吞云吐雾。黄林涛说："你猜，蓝方什么意图？"朱自强说："扰乱我方计划，制造出进攻态势，实为虚张声势扩大政治影响罢了，他哪里敢真上咱家门口送死。"黄林涛说："错，对手就是掌握住你这种心理，现在想趁乱再狠狠咬上一口。"朱自强争辩道："他再编队前伸，不就进入岸导射程了，他傻啊？"

这时，厕格里传出马桶冲水的声音，接着一个上尉匆匆走出来，连手都没洗，一溜小跑消失在走廊尽头。朱自强笑道："又一个吓得'拉裤子'的。"

黄林涛跟着笑起来。突然，他的笑容僵在了脸上，他把半截烟头往洗手池里一摔，说了声"不好！"，拔腿就跑。

朱自强不解，也懵懵懂懂地跟着跑回指挥中心。

滕冲正在发脾气："张浩锐这个狡猾的东西，再有三分钟就进入我岸导伏击圈了，却掉头溜掉了，怪事！"

黄林涛低头说："滕指，都怪我们。"滕冲大手一挥说："与你们无关，怨不着你们操盘手。"黄林涛含混不清地嘀咕了一句，就不敢再出声了。

上午演练结束，作战暂停。黄林涛情绪低落地走在最后。朱自强在前面拦住他说："咋样，还是我判断正确吧？蓝方就是作势进攻，撤了吧？"黄林涛说："你懂啥！咱们俩犯了天大的错误知道吗？要让滕指知道了，会把咱的脑袋拧下来当球踢！"朱自强的表情凝固了："怎么了，有那么严重吗？"

"傻小子，你还记得卫生间里的那个人吗？"

"啊？"

朱自强惊得咬破了舌头："难道是咱们俩在厕所里改变了战场态势？"黄林涛说："可不咋的，如果来真的，咱们俩该上军事法庭。"说着，黄林涛抬起右手迅速做了个抹脖子的动作。

朱自强吓得脖子一缩："那现在怎么办？找滕指认错去吧。"黄林涛说："那等于找死。记住，在没人主动找到我们之前把嘴巴闭紧，明白？"

朱自强勉强点点头，负罪感堵在胸口。

周三晚上大家可自由安排，为舒散心情，红方几个参谋聚在一起玩扑克，"噼里啪啦"甩得痛快。黄林涛和朱自强打得心不在焉，时常走神，不到两小时头顶就被扣上了厚厚一摞纸帽子。这时候，滕冲推门进来了："好一帮臭小子，比我想得开。我以为首战失利，你们正扎堆骂我滕冲呢。我本是来负荆请罪的，想不到你们没当回事啊。"

黄林涛站起来说："滕指，不是我们不当回事，这也是想转换一下心情。有指示吗，滕指？"

滕冲说："我就是想来给大家打打气，明天集中精力打个漂亮仗。大家有没有信心？"

"有——！"

"好，要的就是你们这句话！"滕冲一挽袖子，说，"来，我也甩两把。"

黄林涛拍手叫好，立马起身让位。徐新平手疾眼快，迅速把黄林涛那摞高帽子摘下来，毕恭毕敬地戴在了滕冲的头上。滕冲想拽下来，被众人拦住："滕指这可是演习规则呀，不得耍赖。"

苦战一个多小时，都吹洗漱哨了，滕冲头上的帽子数量不减反增。听到哨音，滕冲顺势把牌一丢，说："打牌我不行，打仗你们行，诸位，拜托了。"

徐新平较真儿地说："首长，咱可是红方呀。"

滕冲慢悠悠地接茬儿说："这个嘛，我比你更清楚！"两人一来一回逗得大家笑翻在地。

翌日，各方按时进入号位。导演部发来新想定：蓝方军事基地在红方战略导弹的精确打击后，通信指挥系统遭到重创，正在海上前出突击的某驱护舰编队与蓝指中心失去联络。

红方各沿海观通站密切监控海上情况，未发现蓝方编队任何踪迹。由于气象条件所限，飞机无法升空侦察。滕冲命令两个导弹艇编队在观通站雷达半径内巡航，采用群狼战术随时偷袭围歼蓝方大型舰艇。

蓝方驱护舰编队在前出航渡途中突然失去联络，编队指挥员沈济远立刻命令编队收拢，在一小片海域布下一个口袋阵。派出一艘护卫舰伴装迷航，误打误撞般朝红方海域驶去。

红方观通站捕捉到了正驶近红方海域的一艘蓝方护卫舰的行踪，立即上报指挥中心。滕冲判断一定是迷航舰艇，命令操盘手徐新平下达指令——五艘导弹艇高速接敌。屏幕上，几个小红箭头一闪一闪地向一个小小的蓝色护卫舰图形逼近，这时，护卫舰快速转向，全速驶离，目标在观通站的雷达屏幕上消失。

这时作战指挥中心出现意见分歧，黄林涛说："恐怕其中有诈，应放弃追击。"朱自强说："再有几分钟就达到导弹攻击范围了，艇上雷达可以观察到周围海域。打仗没有有百分百把握的，缩手缩脚将贻误战机。"

滕冲盯着屏幕一言不发。

沈济远接到护卫舰回航的报告后，立即命令编队各舰雷达关机，进入静默状态，每间隔五分钟实施瞬时开机，探测红方舰艇位置。

由于没有飞机引导，实施不了超视距攻击，红方导弹艇不得不高速追击。蓝方护卫舰装备的某国球形雷达探测半径要比红方导弹艇远十多海里，俗话说，一寸长一寸强，导弹艇的动态尽在蓝方掌握之中。护卫舰忽快忽慢，既怕近了挨揍，又怕远了把对手甩丢。黄林涛报告说："敌人的意图太明显了，走走停停分明是诱我入瓮嘛。"滕冲点点头："好，将计就计，只要雷达再捕捉到它时，它一定会立即摆脱，导弹设定好射击诸元，超前多枚齐射，扩大命中概率。"

沈济远张好了"口袋"，护卫舰一点点把猎物诱上了一条不归路，他点了支烟，等待着下一个五分钟后雷达屏幕上出现一群令人垂涎的"小羊羔"。可是，当五分钟后他再次搜索的时候，护卫舰不见了。

总指挥部显示战场态势的投影屏幕上，蓝色的护卫舰图形上一束小火苗不停地跳动，总指挥部评估判定该舰遭重创沉没。

"Yeah——！"

红方指挥中心一片欢腾。

走出模拟楼，沈济远追上滕冲叫屈："不按常理出牌，没有你这样的超视距攻击。"

滕冲仰天一笑："对，教科书上没有。"

沈济远说："你气得我肝儿颤，下一回绝不这么便宜你。"

腾冲爽快应道："好，咱还是骑驴看唱本——走着瞧。"

这时，曾辉煌从后面赶上来说："下了课就别再掐了。走，我请你们吃好吃的去。"

两位当场表示不感兴趣："吃什么？"

曾辉煌说："我老婆刚从岛上给我寄来的大虾干、鱿鱼丝，那可是市场上见都见不着的极品。"

俩人一听，眼睛放出光来："走走走——"

曾辉煌说："别急，还得叫上一个。"

滕冲问："谁？"

曾辉煌说："你的作战参谋黄林涛啊。"

几个人跟随队伍走进饭堂，胡乱应付吃了两口，一眨眼全溜回了舰长楼。

曾辉煌从柜子里搬出一个纸箱，里面全是上等海货。沈济远说："这么多！少说也得上千块钱的东西，咱吃得了吗？"曾辉煌说："想得美，给你们尝尝鲜罢了，剩下的还有别的用场呢。"

滕冲开玩笑说："我可不要，别忘了咱也是海军，咱那儿虽说没这么地道的，可也犯不着千里迢迢地往回带不是。"曾辉煌说："拜托，别闪了舌头。"

说话间几个人拆开大虾干、鱿鱼丝，津津有味地吃了起来。

曾辉煌看了看黄林涛，一脸认真地对他说："感谢你呀，要不是你和小肖，我老婆可就受罪了。"黄林涛说："我没帮上什么忙，主要是小肖辛苦，一连几天陪着。"曾辉煌说："对呀，小肖可真是个好姑娘。"

滕冲急了："你们这都是哪儿跟哪儿呀，我怎么听不明白。"

沈济远举着一个大虾干说："不该明白就别明白，教科书上又没写。"滕冲乐了："好小子，在这儿等着我呢。"

吃完好吃的大家站起身，准备悄悄溜回各自宿舍午休。曾辉煌拉住黄林涛说："等一等，我有事跟你说。"

"知道吗？小肖是个集邮爱好者，这是我老婆专门给她盖了戳的南洲岛纪念封，在集邮者眼里珍贵得很呢。还有这些海货，麻烦你周末去给她送一趟好吗？"

黄林涛说："为什么不直接寄给她？"

曾辉煌神秘一笑："为了环保，这样不是少用一个纸箱嘛。"

黄林涛假模假式地掰着指头算起来："嗯，来回打车大概要七十块钱，还要搭上一个未来海军将领大半天的宝贵时间，太合算了。"

"小伙子，不是什么都能用金钱和时间来衡量的。"曾辉煌拿出一个白信封在黄林涛的眼前一晃，"把这个带给她，不准偷看，这是我老婆特别交代的。"

黄林涛搂着一纸箱的叮咛，蹑手蹑脚地赶回宿舍。

演练进入白热化阶段，双方在"海、陆、空、天、电"这个"五维空间"里全面对抗，战场评估互有胜负。几天的胶着状态让大家的神经绷到了极限，个个脾气见长。这时候，导演部的曾辉煌提示各政工干部，心理战的好时机到来了。

那天演练刚开始，沈济远就接到机要参谋郑勋成的报告：截获红方密电信号。沈济远甚是兴奋："讲！"郑勋成说："还未破译。"沈济远喊："还等什么，快！"郑勋成在电脑上"噼噼啪啪"地敲打起来。沈济远在旁边盯着电脑屏幕焦急地等待。几套方案输进去，译出来的都是谁也看不懂的乱码，沈济远有些失望，郑勋成的额头上也渗出了汗珠。沈济远说："再试！"突然，屏幕一闪，一段文字跳了出来："尊敬的蓝方兄弟早上好，分裂祖国不会有好下场，你们要顺应历史潮流……"

沈济远看罢暴怒，开口骂道："混账！这只是红蓝对抗，谁规定我们就是反面角色？我抗议！"

意见提到了导演部，曾辉煌解释说："现在是演练的第二阶段，你们都是正面角色，完全可以按照既定的'三战'方案向对方进攻。老沈，你千万不能动怒，不然就真上他们的当了。"

沈济远意识到自己有些失态，挠挠头说："这一时半会儿还真没转过弯儿来。"

演练的气氛越来越热，天气却越来越凉了。几股强冷空气翻过南岭给这座城市带来了接近十摄氏度的降温。虽然最低气温仍在十一二摄氏度，但由于南方湿度大，感觉比北方的零摄氏度还冷。

这时候问题就来了。

舰长楼里各种条件都不错，各房间都有独立卫生间，可就是没装热水器。学员们开始为洗澡问题发愁了。降温之前，大家每天体能训练后趁着身上的热乎劲儿，憋足了气咆哮一声，一盆凉水从头浇下，一个激灵一跳老高，那痛并快乐着的感觉就甭提了。现在气温这么低，没几个人再有这个勇气了。

沈济远说："我一听到卫生间里凉水浇下时传出的几声号叫，就浑身起鸡皮疙瘩。"

实在没办法，有些人盯上了每层楼两头的电开水炉，刚开始是拎两个暖水瓶打热水，后来就有人干脆提水桶去装。参谋班的小伙子们不好意思，提热水回去洗澡往往会被同宿舍的人讥笑没火力、身体虚，所以能扛着的都尽量扛着。再说了，他们想着开水炉就那几个，年轻人总不能和老同志们去争吧。

没多长时间，矛盾还是出来了。由于打热水的人多，下午那段时间开水炉里的水根本就没有烧开的时候，一些参谋班的学员运动完之后，口渴却找不到水喝，就跑到服务社买瓶装水，抱怨声自然随之而来。

意见反映到院长信箱，没过两天，营房处杜处长就带着一帮工人在楼顶上测来量去地紧忙活。沈济远问他，他说："准备安装太阳能热水器，差不多一个月就能投入使用。"沈济远咬了咬牙，说："好，一个月不洗澡，我攒着。"

演练进入第三阶段，心理战、舆论战、法律战开展得异常激烈，前一阶段有些落寞的政工干部成了焦点人物，在攻破对手思想防线的斗争中尽显英雄本色。红方正在筹备下一轮舆论攻势的时候，曾辉煌把张春雷拉走了。

宣传处王处长在楼道里等着他们俩，旁边还站着黄林涛和那个叫胡洋的参谋。王处长说："你们正在参加演练，很忙，这我清楚，但是现在有个事情更急，你们必须从演练中撤出来。具体事宜我通过训练部协调，你们回去把自己手头的工作移交后，立即到政治部报到。"

大家捺不住性子了："啥事啊？"

王处长说："咱报送的节目通过了，要进京演出。"

"Yeah——！"

"哪个节目？"

"你们两个队的节目，不过还有很多工作要做，别问那么多了，协调会上再讲。现在快回演练现场交接工作。"

"是——！"

几个人转身朝红蓝双方指挥中心跑去。

交接完工作后，他们几个跑步进机关办公楼时，王处长早已等在政治部会议室门口，推开门把他们让进去。政治部季主任走过来与他们一一握手。落座之后，季主任通报了海政电报的有关精神，鼓励他们把任务完成好，为弘扬长征精神做奉献，为学院争光。简短的动员之后，季主任说他还要参加党委会议室里中心组的学习，便委托杨副主任全权代表，然后匆匆走出了会议室。

王处长说选中了政工班和参谋班的两个节目，对，也不全对。具体来说是上面看中了政工班的原创剧本，选中了参谋班的舞美设计，给出的意见是希望能把两个节目的精华融合起来，再编排出一个新节目，要求参演人数不超过十人。杨副主任开玩笑说："人多了，差旅费也承受不起啊。"

大家集思广益、各抒己见、热烈讨论，最后，编排出了九人参演的新节目。政工班节目的原创框架不变，两名朗诵演员一个声音厚重表现出历史的沧桑感，一个青春激情表现当代军人的蓬勃朝气，红军和当代水兵各三人，分别代表不同时代的两支队伍，最后是一名女舞蹈演员。杨副主任认为这名舞蹈演员的安排堪称绝妙，说："她将是在现在与过去之间自由穿梭的使者，是长征精神、长征魂的象征。我想应当是这个样子，她身着一袭红色长裙，时而是当代青春靓丽的少女，时而是雪山草地上与大自然搏斗的战士，时而又是战场上威武不屈的女战神。她舞动的长绫就是火红的军旗，就是地球上最美的红丝带。"杨副主任是俱乐部主任出身，大大小小的演出没少组织过，越说越激动，手舞足蹈地把大家的情绪也调动了起来。

"可是这个女舞蹈演员在哪儿呢？"

杨副主任把眼一瞪："你们的那个小肖呢？"黄林涛说："那可不是我们的人，上次她是朗诵，这可是舞蹈，咱也不了解她会不会啊。"杨副主任说："那还不赶快了解？"

黄林涛说："没她的电话号码。"

大家都把眼睛瞪得溜圆："你能没她的电话号码？别开玩笑了，快点儿吧，别因为不好意思误了正事。"

黄林涛一脸委屈："确实没有，跟她都是通过军网联系，私下没多打听过一点儿情况。"

胡洋一脸不屑："哼，掩耳盗铃是也。"

曾辉煌说："别逼他了，我这儿有她的号码。"

半路杀出个程咬金来，有人转过头来，冲着曾辉煌吐了吐舌头。

曾辉煌说："黄参谋别谦虚，这个电话还就得你打。"说完他报出了一串号码。黄林涛老老实实地拨过去。

电话那头的肖灿华像骄傲的公主："本人当兵前就是专业舞蹈学校的高才生，在小礼堂办过独舞专场呢。你们想请我啊，多少钱？"

黄林涛赶紧捂住话筒对杨副主任说："她要钱。"

杨副主任一愣，笑了："我来跟她说。"

黄林涛把手机递给杨副主任，肖灿华的声音从话筒里传来："怎么不说话呀，请不起是吧？"然后是一连串银铃般的笑声。杨副主任笑着应道："小肖啊，我是杨光明，多少钱你开个价。"那边的笑声戛然而止，语速也变快了："噢，对不起首长，我还以为是小黄参谋呢，我逗他玩儿呢。啥钱不钱的，我还是那句话，我愿意！能为宣扬长征精神尽一份力是我最高的荣誉。"

打完电话，杨副主任一脸灿烂的笑："这鬼丫头，真会见风使舵。"

　　女演员定下来后，两个男演员的人选又有了分歧。政工班坚持用原班人马，参谋班不同意。他们说："既是合作，我们就要出一个人，况且我们胡洋不比谁差。"双方各不相让，争执起来。杨副主任的两只手挥了挥，示意大家冷静，他说："之所以合二为一，是为了让演出达到最佳效果，选演员也一样，不要把目光囿于自己队的这个小圈子里，要为节目着想，为大局着想。"

　　黄林涛说："胡洋是北京人，普通话很标准，在诗朗诵里大家也感觉得到。另外就是他年轻、有朝气，更适合演水兵这个角色。"

　　曾辉煌说："既然这样，我们回去做彭劲松的工作吧。"

　　王处长说："你们不能耽误正课时间，自习时间和晚上集中排练。今天时间仓促，我们只召集了节目组主要人员开会，具体情况我们会通知到你们系里的。请大家回去后抓紧时间准备。"

　　杨副主任说："散会。"

　　走出会议室，曾辉煌拽住黄林涛问："你小子刚刚是不是在装傻？"黄林涛笑而不答。眼看要把曾辉煌逼急了，他丢下一句"大哥，你真的老了"，把曾辉煌撂在原地半天没醒过神儿来。"我老了？我还不到四十岁呢，哎，你小子给我站住，你得给我说清楚……"

　　曾辉煌回到舰长楼，刚放下书包，老婆就来电话了。刘香丽说："辉煌，你把那白信封交给小黄参谋了没有？"曾辉煌说早给了。刘香丽语气狐疑："不会吧，小肖那头怎么一点儿反应都没有。"曾辉煌心里"咯噔"一下："老婆，你是不是又犯保媒的瘾了？"刘香丽说："是又咋了？"曾辉煌说："你可真是咸吃萝卜淡操心，人家现在是信息时代，天天网来网去的，还用得着你这种老土玩意儿？再说了，小黄现在是在这儿上学，几个月后要回原部队，你这一撮合，他们真要擦出火花了，将来咋办？"刘香丽说："我就是觉得小肖不错，小黄也挺好，就想给他们搭个线，就这么简单，到你那里咋变得这么复杂？"曾辉煌说："他们年轻人的事情，就不劳你操心了。"刘香丽说："这层窗户纸总得有人捅吧？"曾辉煌说："老婆大人，你这一套真的老了。"刘香丽气哼哼地说："曾辉煌，你说谁老了？……"机枪般一通狂扫后，不容曾辉煌分辩，刘香丽就把电话挂了。曾辉煌对着话筒大喊："傻大姐，不可理喻！"

肖灿华当天晚上就赶了过来。她找张春雷要了一份朗诵词，一个人躲在灯控台后面静静地看。舞台上，吴建刚陪着胡洋对台词。胡洋这小子聪明，三遍之后基本能够脱稿了，看见肖灿华一动不动地坐在那里连头也不抬一下，就叫道："导演，舞蹈演员在哪儿呢？咱合一把，找找感觉呗。"

曾辉煌孤独地坐在昏暗的观众席里不愿作声。

胡洋纯粹是项庄舞剑，嘴里叫着："曾导，曾导哪儿去了？"他作势在舞台上转两圈就直奔灯控台而去，"哎呀，肖小姐躲在这儿呀，这里光线不好，别伤了眼睛哟。"

肖灿华抬头微微一笑，摇摇头说："谢谢，没事的，我的视力很好。"

"肖小姐，别看了，跳舞还要背词吗？"

肖灿华说："那倒不用，但我得理解它。"说完她又低头默读。

胡洋觉得无趣，心里不悦，可是又不愿就此走开，就说："来吧，你跳一段热热身，让我们见识见识也好啊。"

肖灿华眯起眼睛上下打量了胡洋一番，问："怎么，怀疑我的水平，还是想来激将法？"

胡洋的脸像吃了涩柿子般拧得难看："唉，和聪明的女孩子打交道就是累。"

肖灿华笑了，站起身扭扭脖子、下下腰、活动活动手脚，说："别费心思了，想考我哪种舞蹈？说吧。"

胡洋说："岂敢岂敢啊，就想欣赏欣赏，随你随你。"

肖灿华拎起一个鼓鼓囊囊的背包，对胡洋说："今儿我高兴，就让你开开眼。还不帮我把包送化妆间去？"

胡洋一脸亢奋，模仿《乔家大院》里的山西方言吆喝一声："走嘞——！"然后他接过背包往肩上一甩，朝女化妆间跑去。

肖灿华把挂在脖子上的MP3摘下来，到音控台交代了几句才进了化妆间。

随着胡洋的一声"走嘞"，张春雷不知从哪里冒了出来，曾辉煌也坐直了身子，吴建刚从舞台上跳下来，坐在了观众席的最前排。

一阵怪异的喘息声响起，大家立刻汗毛直立，接着一声摔碎玻璃的炸响响起，几个胆小的纷纷捂起耳朵缩成一团，曾辉煌也不自觉地收起了双脚，生怕飞过来的玻璃碴子扎伤脚面。

这时一个黑影跳上舞台。肖灿华头发高束，一副宽边墨镜遮住了半张面孔，松松垮垮的上衣和松松垮垮的豹纹低腰裤，最让曾辉煌看不惯的是竟然还有大半截的帆布裤腰带在两条腿间不安分地荡来荡去。

胡洋兴奋地从后排趴在曾辉煌的耳朵边大声说："老大，这是街舞呀！"

曾辉煌把胡洋的脑袋推开，掩着鼻子说："年轻人，吃那么多生蒜干什么？"

胡洋没吃蒜，明白曾辉煌在耍他，就嬉笑着厉声回敬道："曾主任，算你狠。"

一声尖叫过后，大音箱里总算传出了有节奏的音乐。肖灿华像突然打开开关的电动玩偶，疯狂地闪转腾挪、伸胳膊蹬腿，后来竟然以手当脚倒立着走路，宽松的上衣翻罩在脸上，帆布裤带吊在胸前，半截紧身背心和裤腰间的一截白肉分外刺眼。

曾辉煌不忍多看，开始左顾右盼。胡洋以为曾主任要发表感言，又赶紧把脑袋凑过去："曾主任，过瘾吧？"

曾辉煌出人意料地说："过瘾。"

张春雷在震耳欲聋的重金属敲击声里喊道："过什么过，老曾，这样的舞蹈也能宣扬长征精神？"

曾辉煌说："舞蹈没有阶级。"

张春雷不说话了，撇了撇嘴朝他竖起了大拇指。

令人心悸的音乐终于陡然停止，所有人的耳朵还在"嗡嗡"作响。台上，肖灿华双脚并拢，两手搭膝向观众席深鞠一躬，快步退出舞台。

灯亮了，几个人坐在观众席上发呆。

胡洋站起来，背着手走到前面作老学究状："唉，现在的年轻人啊，真搞不懂哟。"

几个人谁也没接他的茬儿。

见胡洋尴尬，吴建刚站起来说："别闹了，咱们俩对词去。"肖灿华从幕后走出来时，又变回了原来的模样。她跳下舞台，朝曾辉煌他们走来："各位老师，感觉如何？"

张春雷说："动若脱兔，静如处子，好！"

曾辉煌说："累了吧？早点儿回去啊。明天还上班呢。"

肖灿华说："没事，我正好休假。"

曾辉煌说："要不，我打电话让小黄参谋送送你。他还在模拟楼加班标图呢。"

肖灿华说："免了，别麻烦了，我自己行。张编剧，本子我先借几天，下次来再还你好吗？我得好好消化消化才行。"

张春雷说："好，不用还，我再打印一份就是了。"

肖灿华背起背包向众人挥挥手，朝大门走去。

曾辉煌回到舰长楼，差不多快熄灯了。黄林涛气呼呼地跑上来问："曾主任，小肖走时你们为什么不送送？"

曾辉煌说："想送也得人家同意啊。"黄林涛说："为什么不通知我一声？"

曾辉煌说："咋没提你？人家也不稀罕哪。小黄，你这么激动干吗？"

黄林涛说："能不激动吗？她还没到公交车站就被抢了！"

"啊？"

曾辉煌心里"咯噔"一下："她人咋样了？没伤着吧？"

黄林涛说："人倒没事。"

曾辉煌问："怎么样，损失大吗？"

黄林涛说："她说没太大损失，可惜把剧本给丢了。她还开玩笑说张春雷真幸运，节目还没公演呢就要被别人盗版了。"

曾辉煌说："没报警啊？"

黄林涛说："她说反正没啥损失，要是报警了，会被带到派出所录口供，太折腾也太麻烦。"

曾辉煌点点头说："也是。不过事主要都像她这样，小蟊贼岂不是越来越嚣张了？"

黄林涛握紧拳头在空中一挥，说："早听说这一带'两抢'厉害。哪天撞到老子拳头底下，给他好看。"

曾辉煌看黄林涛这么激动，赶快灭火："小黄，要熄灯了，抓紧时间回去洗洗睡觉吧。"

黄林涛悻悻地下楼。走过朱自强和胡洋的宿舍时，他忽然听到里面传出一声瘆人的惨叫。

"胡洋，醒醒，胡洋，快醒醒啊！"朱自强紧张的声音传出来。

黄林涛举起拳头"咚咚"地擂门："朱自强，开门，快开门！"

房门打开，室内一片漆黑。朱自强一张湿淋淋的脸庞被走廊上的灯光照得惨白。

"开灯啊！"

"跳……跳闸了。"朱自强变成了结巴。

"咋回事？"黄林涛边说边向门后的总电源开关摸过去。朱自强一把拉住他："千万别，胡洋就是被电了。"

"啊？他人在哪儿呢？"

"卫生间。"

黄林涛摸出打火机，往卫生间里一照，氤氲的水汽里胡洋一丝不挂地歪倒在马桶旁，脑袋下一片暗红。旁边一只红色塑料桶翻倒在地，两条电线插在墙壁的插座里，黄林涛一把将电线拔出来，又点亮打火机看了看说："开闸！"

"灯亮了。"

黄林涛抱起胡洋，边叫着他的名字边进行简单急救。

朱自强愣愣地站在边上看着。黄林涛喊："还愣着干啥，快去叫许队长。"朱自强这才醒过来似的，一下子冲出门去。

这时，胡洋喉咙里传出了"呼哧"声，接着就痛苦地呻吟起来。黄林涛松开拇指，用整个手掌按在胡洋流血的伤口上。

将近晚上十一点，救护车悄无声息地停在舰长楼门口，几个参谋班学员抬着一个身裹浴巾的伤员上了车。临关车门前，众人还听到那人喊："好歹给我穿点儿，等等，等等行吗？"

黄林涛跳上车说："快快，别管他，开车。"

朱自强在车下说："快走吧，衣服我马上送到，不会让你走光的！"

救护车开走了，许队长跟着朱自强返回宿舍。许队长打开卫生间的门仔细查看，只见被丢在地上的电线末端连着一根竹筷，竹筷上盘龙似的绕着一段电炉丝。许队长严肃起来，抬头盯着朱自强的眼睛问："怎么回事？"

朱自强支吾道："我……我不知道。大概是用这玩意儿烧水洗澡吧。这两天他一直说自己搞出了重大发明，要申请专利，不会就是这个吧……"

许队长像打量外星人似的瞅了瞅他，说："把这东西收好了，给我。"

朱自强慌忙弯下腰把"重大发明"收拾好，递到许队长手里。许队长丢下一句："啄木鸟闹肚子——就剩下嘴硬了。"

朱自强觉得冤："我从来都洗凉水澡，真没掺和这事啊。"

许队长头也不回地走了。

经过 CT 检查和一夜留院观察，胡洋除了头部外伤和轻微脑震荡外并无大碍，脑袋上缝了七针，裹了一圈儿绷带，在黄林涛的陪同下走回了舰长楼。路上碰到同班学员，胡洋有些不好意思。有不识趣的还穷追不舍拿他开涮："胡参谋，要想好得快，还得电疗，中医学上管这叫对冲。"胡洋不搭理他们，径直朝许队长房间走去。

"队长，我错了，愿意接受任何处分。"

许队长说："你懂不懂一点儿用电常识？我们强调过用电安全没有？贴在房门后面的宿舍管理规定你看过没有？如果你因此'光荣牺牲'了，值得不值得？"

胡洋低下头不说话。

黄林涛替胡洋打圆场说："这北方人其实最怕冷，这两天冷空气杀到，洗冷水澡实在吃不消。"

胡洋讪讪道："是啊，开水炉的热水都让给老同志了，我哪里好意思过去争。"

许队长说："你还挺懂得谦让的。不过，这土办法谁教你的？"

胡洋来了精神："队长，是我原来在地方上大学时自己琢磨出来的，真好使，我测过，热效率很高啊。"

许队长说："安全性呢，像你这样不就等于自杀？"

胡洋摸着脑袋上的那圈绷带，有些难为情。他说："我这次完全是疏忽大意了，脑子里光想着肖灿华那街舞了，伸手到桶里试水温。"

黄林涛沉不住气了，急忙问："什么，洗澡的时候还想着肖灿华？"

胡洋感觉说漏了嘴，连忙摇手说："不不不，是我一时走神儿，谁知道想的啥。告诉你，这试水温学问可大了，第一，你必须保证脚底绝缘；第二，你必须用一根手指入水。这是有科学根据的。可昨天我把整只手都伸进了水里。"

许队长说："不用你解释，电的原理我也懂点儿。好了，把前后过程写清楚，再附一份检讨书来，听候处理吧。"

胡洋蔫了。

"越深刻越好。"黄林涛补充道，"光着腚还想着人家大姑娘，该！"

许队长忽然想到了什么，说："对呀，你还是节目组的人呢，这下可怎么办？"

黄林涛说："明天报告了王处长再说吧。"

第二天晚上，肖灿华准时出现在排练现场。她换好练功服刚从化妆间走出来，黄林涛立马迎上去关切地问："你没事吧？"

肖灿华微笑着耸耸肩，双手一摊，说："嗯哼，我没事啊。"

黄林涛说："没事就好，你不是说见了面撕了我吃掉吗？"

肖灿华说："哼，自作多情。"

黄林涛正欲还击，肖灿华却迎着王处长和曾辉煌他们走过去，眉飞色舞地讲起被抢的经历。

"他们有两个人，一个骑在摩托上，一个走在后面跟踪我，我哪儿知道啊。快到公交车站了，走着的那人飞身冲上来从后面扯着我的包带就跑，我本能地抓紧背包，就这样，我们俩互相拉扯了一分钟，他见我不松手，就从裤兜里摸出个照相师傅用的那种吹气囊，用长嘴儿对着我说：'我数三个数，不撒手毁你的容。'把我吓得'啊'的一声捂住了脸，那家伙就在公交车站众目睽睽之下跳上摩托飞驰而去。我回想了一下，包里除了那套街舞服装，最值钱的就是MP3，无价之宝就是张编剧借给我的那个剧本，就看他们识不识字了，哈哈。"

王处长连连说："实在对不起啊小肖，让你受惊吓了。"

肖灿华说："没事，我才不怕呢，要不是他拿毁容吓唬我，我肯定把包夺回来。"

黄林涛看着热闹劲儿过了，才凑上来向处长报告："胡洋受伤了，参加不了演出了。"

王处长急了，说："这可怎么办，有没有其他合适的人选？"

吴建刚说："我看小黄参谋就能行。"

黄林涛说："不行，我正参加演练呢。"

王处长说："对，就你了。你们俩换换不就行了，这事我去训练部协调，就这么定了。"

恭敬不如从命，黄林涛不再谦虚，转身朝张春雷要剧本。曾辉煌提醒说："别忘了，两套。"

张春雷说："对不起，我手上只有一套，给谁？"

肖灿华在舞台上练功，看似心无旁骛，听到这句话却喊道："先给他吧，我差不多会背了。"

黄林涛笑了，大家跟着乐。

周六晚饭后，黄林涛找到朱自强说："走，换上便衣出去散步。"朱自强正为胡洋的事心烦，二话没说就跟黄林涛出去了。

马路上，路灯已经亮了，车灯汇成了流淌的银河，人行道上人流不息。在这个快节奏的南方都市，人们承受着无形的压力，个个面无表情、行色匆匆，两个悠闲散步的人成了别人眼中的另类。那些耳朵里塞着耳机，口里嚼着口香糖的年轻人不时从身边闪过，还不忘回头多看他们一眼。朱自强有些愤愤然，嘀咕道："看什么看，究竟哪个不正常？"

就在这时，一辆摩托慢吞吞地从他们身边溜过去。黄林涛突然意识到什么，警觉地看向前面。事情几乎同时发生了，就在前面二十多米处，一位中年妇女尖叫一声，然后双手捂着耳朵慢慢地蹲在了地上。

"抢东西了！"

听到有人喊叫，那抢匪并不十分惊慌，快跑几步跨上摩托扬长而去。

匆匆流淌的人群只是瞬间停顿了一下，很快又恢复了流动。

黄林涛和朱自强跑上去扶中年妇女时，反而把人家吓坏了，她浑身颤抖着说："求求你们，千万别伤害我，我身上实在没钱啊。"

黄林涛说："大姐，别怕，我们是看你伤着没有，想帮你。"

中年妇女这才明白过来，嘴上一个劲儿地说："谢谢，谢谢，我没事，我没事。"然后她挣脱他们，踉踉跄跄地消失在人流之中。

"唉！"

黄林涛一拳砸在道边紫荆树粗糙的树干上，震得片片花瓣纷纷如雨落下。

演练进入了最后的关键时期。滕冲和张浩锐、沈济远场上场下针锋相对、互不相让。节目组成员在最后两天正课时间也全部参与其中进行决战。

蓝方利用强敌介入的优势，企图全面反攻。红方则动用核潜艇，协同战略导弹部队共同遏制外敌干涉。指挥中心里各部门紧张有序地工作着，各条指令通过操盘手快速地传达到各个作战部位，键盘的敲击声响成一片。

最后关头，院长出现在导演部，通过各个实时监控系统了解战场态势。

当所谓的强敌在红方强大的武力震慑之下退出战场后，蓝方防线全线崩溃。红方的空降兵迅速占领蓝方两万米的滩涂阵地，接着大型登陆舰和征用的民船在主战舰艇的护航下万船竞渡，十万精兵渡海登岛成功。

演练结束，全体参演人员集合在模拟大厅，院长一一握手祝贺。他指着沈济远说："蓝方应予以特别褒奖。你们虽败犹荣！"然后他对着滕冲说："道高一尺魔高一丈，没有强敌怎么能锻造出我们的劲旅？好样的！"当他看到头裹绷带的胡洋时，关切地问："怎么，在这个战场上也光荣负伤了？"胡洋摸摸脑袋不好意思地说："不，首长，是我自己不小心碰的。"院长拍拍他的肩膀说："轻伤不下火线，有战斗精神！"

胡洋一个立正，心里却像打翻了五味瓶。

那天晚上，节目组恢复排练。大家都到齐了，却怎么也等不来黄林涛。吴建刚、曾辉煌、张春雷三人正纳闷儿呢，滕冲和沈济远冲进了排练场。

"曾辉煌在哪儿？我有事找他。"滕冲说。

曾辉煌见是他们俩，以为是要找他出去散步呢，远远地朝他们招招手，指指舞台，示意排练走不开。

沈济远却一个劲儿地朝他摆手要他过去。曾辉煌见他们俩不像开玩笑，就跑过去问："真有事？"

"小黄他们在外面打架，被警车带走了。我和老滕刚才亲眼看见的。"

曾辉煌知道他们俩不会拿这种事开玩笑，却宁愿相信这是假话，顺口说："真的？"

沈济远急得直跺脚："信不信由你。"

曾辉煌下意识地朝舞台上看了一眼，肖灿华正专心致志地手执一条红绫边跳边唱。他叹了口气，说："得报告他们队长才对啊。"

滕冲说："你是节目组的负责人，演员没到，你找他们队长要人就是了，这件事与你关系不大。"

曾辉煌说："现在不是分责任的时候，关键得知道是什么情况。"

沈济远说："别说了，你现在就给许队长打电话，他找不到人，自然会追根究底查个水落石出的。"

许队长接到电话后，不慌不忙地说："噢，还没去排练是吧？晚饭后他和朱自强找我请假到附近买点儿东西，穿便衣出去了，差不多该回来了，耽误不了几分钟。对不起啊，曾主任。"

挂了电话，几个人大眼瞪小眼："嘿，他倒没事人似的。"

沈济远说："索性把事情跟他说了得了。"

滕冲说："这样不好，老沈，问题还得全面考虑，谁知道究竟发生了什么呢？我们俩谁都说不清楚啊。"

沈济远挠头说："一件小事，咋就弄这么复杂。"

这时，一辆警车头顶着一闪一闪的警灯从礼堂外面的校道上无声地开过，朝舰长楼方向驶去。

滕冲用手一指说："会不会是被警车送回来了？"

三个人异口同声："像！"

顾不得排练，曾辉煌和他们俩拔腿朝舰长楼跑去。等他们到了舰长楼，军务处长正满脸微笑地和许队长握手道别呢。

"看样子不像那回事嘛。"曾辉煌嘀咕道。

许队长看到他们，忙招呼道："曾主任，怪不得你们心急火燎地找黄林涛呢，原来是这么回事。"

曾辉煌看到许队长阳光灿烂的样子有些发蒙："队长，到底是怎么回事，我真不清楚。"

"黄林涛和朱自强抓了两个'两抢'分子，而且自己毫发无损，厉害吧？"

曾辉煌白了滕冲一眼，故意拖长声音说："噢——，是这么回事啊。"

滕冲觉出味来，笑着在曾辉煌的胸口轻擂一拳："你小子看我干吗？找揍！"

曾辉煌说："小黄呢？让他赶紧跟我走，得抓紧时间排练。"

许队长问："你和宣传处王处长，我听谁的？"

曾辉煌问："什么意思？"

许队长说："这事王处长知道了，说一定要宣扬出去，让小黄在宿舍等新闻干事过来采访，要连夜发稿呢。"

曾辉煌脾气上来了，说："那我这节目还怎么排啊。"

众人立即围攻："噫——，这政工干部怎么还发火呢。"

曾辉煌气急败坏地笑道："装，你们一个个给我装。"

回到排练场，肖灿华迎上来问："曾导，你跑哪儿去了？我设计了几个动作你看行不行？"

曾辉煌笑着说："不用看，一定行。"

谁知道肖灿华突然生气了："你……你们太不尊重人了，早知道这样，我何必大老远来受这份罪呢。"她说着，大颗大颗的泪珠子竟"吧嗒吧嗒"地掉下来了。

曾辉煌怎么也没想到会闹这么一出儿，忙深刻地检讨自己："对不起啊小肖，我哪里不周到你尽管提，千万别留情面，我一定改，一定改。"

肖灿华后悔自己的失态，急忙抹干眼泪说："曾导，咱们嘴上讲节目重要，可排练三天打鱼两天晒网的，演员今天缺这个明天缺那个，总也没齐过，我设计的舞蹈动作你连看也不看，这节目什么时候能成啊？"

曾辉煌慌忙解释："小肖，刚才是我的错，我想你是搞这个专业的，我绝对信任你，不承想让你误会了。"

"那黄林涛呢，本来最忌临阵换将的，可是没办法，小胡受伤了。可这个可恶的黄林涛，本来就接手晚了，不但不努力，还无故不参加排练，节目不砸在他手里才怪呢。"

曾辉煌说："哎，都被他们气糊涂了，我正要向你解释这事呢。"

肖灿华气呼呼地说："向我解释啥？"

曾辉煌说："他今天没来，是因为他成英雄了。"

"什么？"

曾辉煌说："真的，说起来还与你有关呢。"

"怎么可能，你没搞错吧？"

曾辉煌说："你那天被抢后，他十分自责。不止一次对我说，要是那天送你上了公交车就好了。这段时间，他没事就换上便衣去遛弯儿……"

肖灿华紧咬着嘴唇仔细地听着事情的经过。

曾辉煌说："这些事我压根儿不知道，是今晚滕冲来告诉我小黄在外面打架被警车带走了，要不我还不知道怎么回事呢。"

肖灿华急急地问："他伤着没有？现在在哪儿？"

曾辉煌这时候倒不急了："他啊，一点儿事都没有，现在嘛，估计正接受记者采访呢。"

肖灿华想笑，却忍不住又流下泪来："这个浑蛋，谁要他报仇来着，他自己想充英雄呢。"

曾辉煌说："就是，不务正业，耽误节目进京我照样修理他。"

肖灿华这才破涕为笑，一挥拳头说："对，狠狠修理他。"

宣传处的新闻干事真行，第二天几家报纸都在头版位置以特稿形式刊出了《两名军校学员见义勇为，毫发无损智擒抢匪》，还配了一幅两个人冲着镜头傻乐的照片。

事情不大，可闹了个全城轰动。这是因为人们从心底里呼唤正义的力量，同时又希望见义勇为的好人平安。

这俩小子像一缕春风向人们报告了春天的消息，敏感的新闻媒体想借助春风唤来一场酣畅的春雨，催生出一个烂漫如歌的春天来。

事情发展到这一步是黄林涛和朱自强始料未及的。正课时间都要上课，业余时间黄林涛一头扎到排练场不出来，朱自强应接不暇地对各路记者一遍遍重复着同样的话："其实没啥，以最小的代价击败对手一直是我们军人孜孜以求的目标，距离'不战而屈人之兵'的最高境界还差得远呢。"

经过十多天的连续报道和专题讨论，两人成了家喻户晓的人物。

原本在黄林涛面前蛮横霸道的肖灿华，现在却像冤家似的见他就闪，这让黄林涛很郁闷。

曾辉煌的夫人刘香丽看到报道后，更加来了精神，打电话给曾辉煌说："看吧，我的眼光有错吗？小黄参谋是多好的小伙子啊。我把所有相关内容的报纸都收集了一套，昨天给小肖寄过去了。她工作忙，平时哪里有时间看报纸啊，我要让她全面地、客观地、彻底地、公正地了解一个人。"

"好了，姑奶奶，你就别添乱了，成吗？"曾辉煌"啪"的一声挂了电话。

节目彩排时来了不少领导，前几排密匝匝坐满了人。演员都彩妆上阵，布景、灯光等舞美悉数到位。

随着一声铃响，全场安静下来，灯光全熄。舞台后幕上出现一座白雪皑皑的雪山，伴着呼啸的风声，纷纷扬扬的雪花从天而降。灯光渐亮处，几名相互搀扶的红军战士雕塑般挺立着，舞台正中，一个全身火红的少女匍匐在地，一条长长的红绫蜿蜒向前。音乐响起，两束追光分别投向两个时代的化身——吴建刚身着红军军装，两肩落满雪花站在高高的山巅之上，黄林涛穿着一身水兵服站在挂着一个救生圈的舰桥里向上仰望。

一段跨越时空的对话天籁般在人们的耳畔回荡。

水兵："亲爱的老兵，今夜，我在大西洋上仰望星空。一条红飘带仿佛在伴我航行。在美国，在英国，在德国，在意大利……在我们环球航行的每一站，他们都从我的身上发现了七十年前您的身影。我头顶上的红星曾把井冈山的夜空点亮，我们桅杆上的旗帜和雪山顶上的那面旗一样鲜红，二万五千里的红飘带啊，至今仍然使世界肃然起敬！"

红军："年轻的水兵，今夜，我在星空里侧耳聆听。在过去的峥嵘岁月，我们用双脚丈量大地，双手把红色信念高高举过头顶。今天，你们驾驭着战舰环球航行，高扬的红飘带啊，把世界染成一片中国红，你们在继续新时代的长征！"

此时，红衣少女昂头起身，舞动红绫似飘扬的旗帜，如动感的精灵。接着红军战士开始与暴风雪展开搏斗，一群水兵与惊涛骇浪奋力抗争。

…………

演出结束，台下响起经久不息的掌声，审查节目的领导纷纷走上舞台和演员握手。政治部季主任特别高兴，拍拍黄林涛的肩膀说："小伙子，全才啊，能文能武，好样的。"

黄林涛不好意思地挠头憨笑。

季主任刚走出两步，肖灿华就贴着黄林涛耳朵说："名人啦，好好享受啊。"

黄林涛不置可否，说："今天我送你。"肖灿华骄傲地一晃脑袋，说："用不着。"

马路上，橙黄色的街灯把两人的身影缩短又拉长，长长短短地走了好远。

肖灿华说："干吗送我？"

黄林涛说："怕你再被抢了呗。"

肖灿华说："歹徒不是被你抓完了吗？"

黄林涛说："就别打趣我了，要不是为了——"

肖灿华慌忙堵上他的嘴："千万别胡说，没人领你的情。"

黄林涛笑笑说："我只是想告诉你，我没那么高尚。"

肖灿华说："本来嘛——"

这时，一辆公交车停在了前面的公交车站。肖灿华拽过黄林涛手里自己的挎包飞跑过去，临上车前转身冲黄林涛一乐："别生气，逗你呢。"

黄林涛朝她挥挥手，没说话。

北京演出一切顺利，回来后，差不多该结业考试了，黄林涛又开始了三点一线的学员生活。

当又一个寒潮袭来时，舰长楼楼顶的热水器已安装完成，正式投入使用了。胡洋说："伤了我一个，幸福一楼人，值。"

春节前，市电视台主管文艺部的副台长专程到学院邀请黄林涛和朱自强当嘉宾，参加市电视台的春节晚会。当小车开到舰长楼前的时候，发现整栋大楼空空荡荡的，副台长这才突然意识到，原来军校也是放假的。

副台长问守楼的保安："黄林涛和朱自强哪里去了？"

保安摇摇头说："不认识。"

副台长失落而去。

大年三十晚上，曾辉煌和刘香丽坐在一起看春节晚会，刘香丽忽然想起了肖灿华："这姑娘一个人，肯定在替那些成了家的老护士值班呢，我打个电话问候一声。"

电话打到护士站，电话那头传来陌生的声音，刘香丽说："过年好，辛苦了，我找肖灿华。"

"她呀，不在。"

"去哪儿了？"

"请事假去什么长海岛会男朋友去了。"

"什么，她有男朋友？"

"是啊，也是穿军装的，海军。"

"噢噢，谢谢了。"

挂了电话，刘香丽大声问曾辉煌："你知不知道有个叫长海岛的地方？"

曾辉煌边嗑瓜子边说："怎么不知道，鸟不拉屎的地方，黄林涛就在那儿。"

刘香丽突然一跳老高，大喊一声："Yeah！"

曾辉煌说："你神经了？喊什么yeah。"

刘香丽说："就喊就喊，你管不着！"

（原载于《海军文艺》2007年第1期）

>>>> 作者简介 <<<<

余旭红，男，河南洛宁人。广东省作协会员，广东散文诗学会会员。1987年入伍，原军旅作家、记者，原中国人民解放军驻香港部队新闻发言人。发表文学作品超百万字。

# 北京，金色的北京

陆颖墨

今夜微风轻送，把我的心吹动，多少尘封的往日情，重回到我的心中。

——摘自《最真的梦》

## 一

我刚赶到青岛，天就下起了大雪。预报说，这雪要下一周，大家都在讨论，原定明天的出海任务会不会取消。晚饭时正式通知，按原计划出海。回到房间收拾东西时，我突然有一种莫名的兴奋，虽说当海军多年，在茫茫大海上顶着鹅毛大雪航行还是头一次。

这是一九九三年大年初八，我回老家过年后直接去了青岛。因为带着军装回去，二老很高兴。一九八八年部队恢复授衔后，要求军官因私外出一般不要穿军装，所以这几年回去都穿便装。今年春节因为这套军装，增加了好多应酬。父母去哪儿都得叫上我，还一定要穿上军装。总能收到一片赞扬声，说刚三十出头，就少校了。更多的是说海军的军装漂亮。还有的会问，北京没有海，怎么会有海军？这个问题，还得细细为对方解答，当然不止一次……

正在遐想着第二天海上的风雪飞舞，我呼机突然响了，一个陌生的电话号码，还是当地的。我犹豫一下，还是回了。没想到，这个电话影响了我很久，直到今天。

电话里的声音有点局促："柳参谋吗？我是叶季材呀！"

叶季材？我沉吟了一下。名字似乎熟悉，但一时没有反应过来。

对方觉察到了，补一句："驱逐舰支队的。"

我连连说你好你好。想起来了，这个叶季材原来是这个支队一艘驱逐舰的副舰长，三年前我在海军指挥学院代职当后勤指挥教员时，他要报考舰艇指挥博士，通过他一个在济南军区写诗的亲戚找到了我，让我帮他介绍认识他报考的导师。见过一面，我还请他在食堂里吃过一顿午饭，接触时间很短，印象不错，觉得他明显带有舰艇军官的特点，比较单纯，但很精干。特别是航海的经历很丰富，让我这个爱好写作的人羡慕。

他考上时，我已回到海军机关。他报到后给我来过一个电话，后来再无联系。

"能不能见个面，我有急事求你。"

求我？我心里咯噔一下："你在哪儿？"

"我在海军四○一医院，离你住的招待所不远。噢，我是打长途到你单位，才知道你来舰队出差。"

"是呀，你还在原单位吗？"他们部队距离市区远，来回得用一天。

"原单位。我女儿得了大病住在医院，我们一家春节就在医院过的。"他停了一下，"我现在过来找你？"

"不，我过来。"我放下电话，马上出门。

半小时后，我在医院招待所见到了他。三年不见，他变化不大，只是原来特别有力的眼神现在显得暗淡。他说他不久前刚毕业，回到老部队，在另外一条驱逐舰当副舰长。大年三十，十一岁的女儿突然发起了高烧，在支队医院治了大半天，控制不住，只好连夜送到这舰队中心医院。大年初一，诊断出女儿得了白血病。医院治疗几天后通知他，孩子病情严重，必须马上送北京，到海军总医院。北京，他没有熟人，情急之下想到了我。

"又要麻烦你，林之说总医院就是你们后勤系统的，你应该很熟悉，千万帮孩子找个好医生。"林之就是他那个诗人亲戚。

"非得去北京吗？"我问。

"是是是，你看，转诊单已开了出来。"说着，他拿出来递给我看，"明天的火车，医院真帮忙，春运期间，给弄了三张卧铺。"

"能不能等等，我们商量一下？"

他愣了一下，半天才有反应："真是太麻烦你了，我也知道你出差很忙，但女儿确实等不起。要不你先忙出差的事，我们先过去，看看还有没有别的办法。"

他说最后那句话时非常勉强，我有些不忍。其实他误解我了，我知道他在北京没有熟人，但也高估了我。虽然我不学医，对白血病还是了解的，这个病基本上可以说是不治之症。前几年看的日本电视剧《血疑》，就是讲的一个小姑娘得白血病一直到死亡的故事。电视上反复出现小姑娘父亲绝望的表情，让人不敢正视他的眼睛，就像我面前这位父亲的眼神。

要我帮他们找个"神医"，几乎没有可能。我知道，部队医院强项大多在军事医疗上，像白血病这样的世界性疑难杂症，能找到国家顶流血液专家，也许有一线希望。可像我这样一个年轻军官，看是在机关，在面向全海军的总医院，又能有多大的影响力？再想通过总医院去协调北京其他有名医院的专家来会诊，根本没这个能力。

但是，我有一个思路，是实践中得来的。前年我有一个亲戚也是得了一种重病，想来北京。我劝他们去了上海的海军医院，在北京之外，看病这样一些事情，我这样大机关的小参谋还是可以协调的。通过部队医院协调上海一流的专家，成功率比较高，而上海的医疗水平说是国家水平，这话不过分。

我赶紧说："能不能去上海？"不等他回话，我简要把理由说了一下，然后等他做决定。

长时间的沉默，终于他说："我上海一个熟人也没有。"我知道他的意思了，他就是冲着我这个"熟人"在北京。

正拿不定主意，这事实在太大了。忽然，我冒出一个念头：这白血病本来就希望不大，到北京就是治不了，我也没责任。到了上海就都是我的事了，万一人财两空呢？

我心里一惊，赶紧说："那就去北京吧。"说着，让他带我到服务台，用军线电话接通了海军总医院。还算顺利，通过家属楼的楼道电话，我找到了认识的一个护士。

这个护士叫梁小湘，一九八三年我认识她的时候，还是实习护士。那时我右腿受伤，住院时她给我很多照顾，军校毕业到北京后，也保持着联系。去年她和爱人小古请我吃饭，问过能不能想想办法帮小古调回北京。我也问了几个京郊的直属部队，都没结果。

这么晚去电话，她很意外。我说明原委，问她肿瘤科有没有好朋友，她说有一个护士是军校同学，没问题。我就简单把老叶的情况说了，让老叶到北京后和她联系，请她尽力帮助。我还要在这里待一个星期。

放下电话，叶季材连声说谢谢，暗淡的眼神一下子亮了许多："总医院有熟人就好办了。"

我真不知说什么好。认识一个护士，对这样一个病人来说，才是哪儿到哪儿呀，就好比茫茫大海上的一根稻草。我不好丧他的气，就没有再说什么。

和他告别后，我顶着雪花走在医院空荡荡的院子里，踩在积雪上的脚步声特别响。刚过春节，医院里没什么人，连路灯也没有全开。看看路灯下自己忽长忽短的身影，再想想还没有见面的那个病重的小女孩，心中真是没底，不由打了个寒战。

# 二

等我回到北京，已过了元宵节。回京的当天下午，我就给梁小湘打了个电话，问叶季材和他孩子的情况。她在班上，告诉我小孩病情有所缓和，因为在急性期，有炎症，用了些药，高烧压下去了。电话里，她告诉我，肿瘤科对孩子挺重视的，邀请了北京的几位名家过来会诊。我说我马上过去，她特地叮嘱我穿上军装。

从海军机关大院到海军总医院不远，骑车十多分钟就能到，但我还是喜欢抄近道。上长安街一会儿，就从军事博物馆边上拐弯，到了玉渊潭公园的南边。进公园看到不少的施工场地，因为过年还都停着。听说要用围墙把公园围起来，以后自行车不能进来了，我的近道也走不成了。原先满眼都是芦苇荡，有时还能看到野鸭飞来飞去。现在芦苇全砍光了，留下辽阔的水面，还结着厚厚的冰。年前的雪还没化，湖面白茫茫一片。看史书，这一块水域早先很大，明末李自成的部队进攻北京前，因为要饮马，几十万人都驻在这儿。你想有多大！

不觉已到了医院，在大门口又给梁小湘打了个电话，她让我先到医院招待所找叶季材，今天她是四点下班，马上就过来。

我拐到招待所，看到叶季材正在门口张望，一见我赶紧迎过来："柳参谋，你回来了！"

我正诧异，他拉着我说是梁护士刚给她呼机留了言，说我就要过来。

到了老叶的房间，他边让座边说："昨天给孩子会诊了，请了好多专家，真没想到运气这么好。"

我也很高兴。没想到北京协调地方医院也不难，我一阵庆幸，亏得没让他们去上海。

老叶拿出一本杂志："麻烦你给签个名吧。"

我一看，上面有我写的一个短篇小说。

我说："这怎么签，这杂志上有十几篇作品，我在上面签名不是个笑话吗？"我告诉他，下半年我的第一本小说集就要出来，到时签名送他一本。

叶季材还是要让我签："我女儿看过你这篇小说，她让我请你签名。"

"她什么时候看的，看得懂？"

"昨天，当然看得懂。"他说，大前天开始孩子的病情有所好转，也有了精神，想要看书。他去医院图书馆看了看，大多是医疗书，倒也有不少文学杂志。他翻了翻，意外看到了我的新作，就跑到附近邮局买了一本。女儿听说爸爸在北京有战友，还会写书，觉得太了不起了，十分兴奋，想见我。

了不起？我心里一阵苦笑。孩子天真，在举目无亲的他乡，对我这个"会写书的"寄予太大希望。还有孩子爸爸，从暂时的缓和中找到安慰和希望，从刚刚会诊就觉得我在北京很有能耐——唉，会诊结果怎么样了呢？

这时，老叶的呼机响了，他跑到服务台去回了个电话，回来对我说："梁护士让我们去肿瘤科病房。"

很快，我们到了病房楼中间的入口。梁小湘和另一个护士在等我们。我猜想，小湘是怕我不穿军装进不了病区。

"那是肿瘤科的赵护士。"叶季材说，显然，他们已经熟识。

赵护士冲我点点头，对老叶说："会诊结果出来了，情况不大理想，一会儿林医生会给你说。"

老叶的脸色顿时变了，张着嘴说不出话。我虽然早有心理准备，心头还是有些发凉。

梁小湘说，咱们还是上楼找个地方细说。于是我们到了肿瘤科玻璃大门外的公用电视室。坐下后，赵护士说，专家们的意见和医院的诊断差不多，认定就是常见的一类白血病。

老叶马上说："常见的是不是容易治疗呀？"

是呀，我也这么想。

　　小赵没有吱声，看了小梁一眼。梁小湘放缓语气说："确实，许多常见病都很好治，因为病例多治疗的经验也很丰富和成熟。但白血病不一样，总体上没有攻克，越常见的说明大家都拿它没有办法。医生们反倒希望这是个特例，当然最好根本就是个误诊。"

　　但是没有误诊。我对我自己哀叹一声。

　　"医生一会儿找我就说这些？"老叶的声音沙哑了。

　　"是的。"小赵说，"再就是和你商量一下新的方案。"

　　"新的方案？"老叶的眼睛一亮。

　　"是的，新的方案，据说有希望。不过——"小赵欲言又止。

　　我赶紧说："有希望就用呀。"

　　梁小湘让我们别急，听小赵说完。

　　小赵接着说："这次会诊带来了新的信息，国外出了一种新药，对控制白血病有特效。只要控制住，再看各人自身条件，还是有治愈的可能。只是这种药刚进入我国，药很贵，都要自费。"

　　老叶和我马上说："再贵也要买。"

　　梁小湘说："刚才林医生了解清楚了，一支三千，每个星期打一支，三个月一疗程，一般至少两个疗程。"

　　我不由倒吸一口凉气，牙缝直发酸。叶季材什么神态，我不忍去看。两个疗程七八万，要知道，我们的工资每月才五六百，这七八万是个很大的数字。现在见林医生，老叶能做出什么决定呢？这个钱马上就要到位。

　　沉默了一会儿，我问老叶："你家能拿出多少？"

　　老叶说："也就七八千元存款，凑凑，能到一万。"

　　我又问："那你见林医生怎么说？"

　　"再难也要拿出来，只要有一线希望！"老叶的语气十分坚定。

# 三

叶季材见林医生的时间不长，回到电视室对我说："讲定了，先治两个疗程，地方专家指导治疗。"

我说赶紧回招待所商量一下筹钱的事，毕竟这不是个小数，在北京三环边上可以买套房子了。作为后勤干部，也许是本能，总想着"兵马未动，粮草先行"。

"不急，先去看看我女儿，我跟她说你一回来就让她见你。"

"是呀，知道我为什么让你穿军装来了吧？"梁小湘说。我跟着老叶到了他女儿的病房。这个小房间两张病床，住着两个病号。

老叶一进病房，像换了一个人，满面春风大声说："潇潇，柳叔叔来了！"

小姑娘圆圆的脸很可爱，她马上叫了声"叔叔好"。一位戴着眼镜的少妇从床边的方凳上起身，对我点点头，看来女儿随她，白白净净。

"是荣老师？"我听老叶介绍过她的情况，知道她老家在我们江苏，在部队驻地中学当语文老师，"一看就是标准的人民教师形象！"我半开玩笑，想尽快消除对方的生分。

叶季材拿出那本杂志，翻到扉页对潇潇说："你不是要叔叔签名吗？"

潇潇有点害羞，点了点头。不好推辞了，我翻到有我作品的那一页签上。我打趣说："这是大人看的书，你看得懂吗？"

"怎么看不懂，都五年级了。"老叶帮女儿掖了掖被角，"三年级就看长篇了。还瞒着我写童话，让妈妈给她投稿呢！"

潇潇撒娇地打了爸爸一下。

老叶说："好好好，不说了。"转脸对荣老师说，"今天你回招待所休息一下吧。"

"不了。"荣老师说。

"你天天把小方凳拼起来睡，时间长了这怎么受得了？"

小方凳？我才发现，靠窗还有三张这样的方凳，加上两张病床边上的凳子，一共五张。荣老师就在这上面睡？

"妈，你听爸爸的吧，我都好了，再说还有肖阿姨在这儿呢！"

"是啊，有我呢，你都在这儿待了一个多星期了。"靠窗那个病床的病号正在低头看书，听潇潇说话，抬头笑着跟荣老师说。我看了一眼床头牌——肖进，海军陆战队排长。长得挺秀气，奇怪的是，她头上戴着一个红毛线帽子，像阿拉伯人的头巾。好看是好看，就是怎么在室内也不摘下？我脱口问："你是什么病进来的？"说完就后悔，在这个科，能有什么病？

肖进一愣，马上说："我的心脏边上有一颗敌人的定时炸弹，需要排除。"

我听得云里雾里。潇潇说："叔叔她是骗你的，肖阿姨就是感冒引起的肺炎。"

老叶两口子都点头。我也没多想，对肖进说："你还真幽默。"

## 四

和老叶夫妇一回到招待所，马上就谈到了医疗费。荣老师显然被这笔费用吓着了，一下没了主意，也许是加上这段时间住在病房没休息好，顿时蔫了，和刚才比老了好多。好在老叶比较镇定，也许是长年在海上当指挥员，突发情况见多了。可是，光靠心理素质也变不来钱呀，而这钱，就是救命钱。

老叶算了算，自己家里一万，老家亲戚那里估计能够凑出五千。其他，他还一时想不起有什么来源。他问我，能不能问问财务部门，像他这样能不能贷款。我没贷过款，但凭直觉这条路不大能行得通。我答应他去咨询一下，忍不住还是问了一句："欠这么多钱你怎么还？"

老叶似乎早就想好了，平静地说："只要能救孩子，我愿意还一辈子。"

荣老师好像一下子来了精神，跟着说："对，我们愿意还一辈子。"

看着潇潇的父母，我鼻子有些发酸。算了算，自己也就能凑出两千元，我和我爱人都是月光族。唯一的外快就是稿费，最近倒是有一笔稿费，创历史纪录的，有一千八百多元。一般来说刊物出版社发稿费都是邮局汇款，这家出版社发稿费却不一样，用挂号寄的支票。这支票到银行去取要三个月后，也不知道为什么有这个规定。如果想提前取，就要去找出版社。谁好意思去上门要稿费？现在想幸好有这三个月的规定，要不早就让我取出来花了。看样子，这两天要厚着脸皮去趟出版社了。

告别老叶夫妇，我骑车回海军机关大院，顺着湖畔边骑车边想潇潇的救命钱该怎么办。看看白茫茫的湖面，我心里空落落的。突然，看到路边有"宋庆龄基金会"的字样，哦，基金会在这里办公。就在这时，我脑子里冒出一个想法，赶紧加快速度。

进了机关大院，我顾不上回家吃晚饭，直奔办公大楼，到办公室，马上通过总机联系叶季材那个驱逐舰支队，让找他们沈政委。

其实，这个沈政委我虽没见过面，但打过交道。他前几年在舰队当宣传处长，看过我的作品，也知道我很年轻，让人问我愿不愿意去青岛，到舰队创作室当专业作家。其时我已成家，当然不会愿意离开北京。后来，我给他打过一个电话，表达了谢意。

在办公室等了好一会儿，总机告诉我电话接通了。因为他们支队的总机已告诉他是我要的电话，就少了不少寒暄。我开门见山，先说了叶季材孩子的病情和医疗费的缺口，然后直接说出了自己的想法：支队政治部能不能发个倡议，让官兵们给叶潇潇捐款。

对方半天没有声音。

我以为电话断了，"喂"了一声，那边说："我想想。"

这有什么好想的呢，战友之间献爱心不是挺正常吗？政委会有什么顾虑呢？对政委，我还是有些了解，知道他也爱好文学，喜欢读书。我这个喜欢写作的人，对爱好文学的领导有着天然的好感。这也是我能冒昧打电话的原因。

对方终于说话了，问我："这捐款的事，是叶季材的意思吗？"

"是我的意思。"

"他同意吗？"

"我还没跟他说呢，准备先和你汇报一下。"我还是犯嘀咕，这还用说吗？

对方又停顿了片刻，终于说："是这样，叶季材同志我们已经上报了提升。"

我脱口说："当舰长啦？！"真有点意外，但想想也应该提升了。三年前老叶就是副舰长，副团职，又加上博士毕业，这样的人才该用起来。

"不是，是到我们支队下面护卫舰大队当大队长，他以前在那儿当过护卫舰舰长。"

又是意外，我赶紧问："那老叶知道吗？"

政委说："年前征求过他的意见，叶季材不大愿意去，还是想在驱逐舰上干。他说他专长是航海作战，管部队全局能力不够。当时我们表示可以考虑他的意见，但研究再三，还是决定让他去大队。"

我说："让他当个舰长不是更好吗？你们支队有了博士舰长。"我的印象里，叶季材就是个航海业务型干部。我知道，到护卫舰大队是重用。驱逐舰舰长和大队长虽然是平级，都是正团，但驱逐舰舰长就管舰上一百多号人，而护卫舰大队有十几条舰艇，上千号人，并且和支队机关不在一个军港，是个独立的营院，责任大，权力也不小。我觉得老叶能力比较单一，不适合这么一大摊子。

我忍不住把自己的想法和政委说了，虽然觉得自己这个身份这样说不合适。

政委在电话那边笑了，说："你看问题还真准。"

我一怔，什么意思？

政委说，就是要解决他单一的问题。当大队长就是锻炼他的全面能力。他还拿自己当例子，因为一直在宣传口工作，刚到支队来当政委时，也是好长一段时间不适应，工作也受影响。

话说到这个份上，我觉得政委挺诚恳的，不过，这和给叶潇潇筹款有什么关系呢？

政委说，叶季材要走上主官的岗位了。要是他的部下都给他捐了钱，都是他的恩人，将来怎么工作？

我这才明白，政委为什么为难。叶季材提升，自然是好事；可对他女儿来说，就不见得了。

我问政委，可以把这个情况告诉叶季材吗？

政委说可以，舰队已经研究过，过几天任职命令就下来。

我不好说什么了，道声"谢谢"后挂了电话。我在办公室坐了一会儿，心里有些郁闷，就打了个电话给梁小湘，把自己募捐失败的情况和她唠叨了一番。

# 五

第二天本来可以补出差的假，但我还是去了趟办公室和领导汇报了出差的情况。我准备下午先去出版社把稿费取了，再到医院去，和叶季材商量筹钱的事。现在看，要救潇潇，核心问题就是钱了。

我正要回家，呼机响了。一看，居然是医院的，我赶紧回了过去，一听是叶季材。他声音有点哑了，急促地说，潇潇昨天夜里突然发病，先是高烧，后来休克过去了，医生还在抢救。我心头一紧，赶紧骑车去总医院。

也许是我穿着军装，再加上神色匆匆，病区门口的值班员没有拦我。按理，下午还凑合，上午是治疗时间，外人根本不能进病区。

到潇潇病房门口，我看里面医生在忙，老叶两口子也在边上，就没有打扰他们。转身去了骨科，找到了梁小湘。

小湘显然早知道了。她让我不要慌张，这种情况常见，只要及时，医生处理起来也有经验。昨天晚上发现得早，及时抢救，刚才潇潇已经脱离危险，醒过来了。

昨晚？我一惊，忙说："昨晚她妈妈恰好没在呀！"

"是呀，多亏了同房间那个肖进。"梁小湘说，"她是两栖侦察队的'武林高手'，睡觉都睁一只眼。今天凌晨潇潇发病时，她第一时间呼救了。"

"真该谢谢她，幸好她还没有出院。"

"出院，什么时候说她要出院？"小湘吃惊地看着我。

这眼神让我奇怪："她不就是感冒引起肺炎吗，住几天还不出院？"

"谁说的？"

"她自己说的呀！"我说，"她还挺幽默的，说敌人在她心脏里埋了颗炸弹。"

"你是真傻还是假傻？她要是一般的病能住那个病区那个病房？告诉你，她心脏的主动脉上生了个恶性肿瘤，又没法做手术，随时会要她的命。"梁小湘连连叹气。

怪不得，是个炸弹。我真不忍心："那就没有办法了？"

"这不是在做着化疗吗，对了，你有没有注意到她的帽子？"

"看到了。"我还正要问问怎么会戴这么古怪的一顶帽子呢。

"那是她头发全掉了。"

我的天哪，怎么会是这样！

忽然，梁小湘拿起呼机看了一下，说："小赵来信号了，没事了，你过去吧。"

走进病房，见老叶夫妻俩都疲惫地坐在凳子上。肖进先发现我，冲我一笑，笑得我心里特别难受。她轻轻用手指捅了一下老叶。老叶醒过神来看见了我，马上起身拉我到走廊，小声说："孩子刚睡着。"

我们俩又到了电视室。

我真着急了，像目前这样控制症状，怕是不可靠的，还得用激素，副作用大。必须尽快开始有效治疗，必须马上和老叶落实经费的事。

我刚要开口，老叶主动说："昨晚政委来电话了，说你找他了，真谢谢你这么费心。"

我说："有什么好谢的，好不容易想出个办法，偏偏遇上你要提升。"说完又觉不妥，好像提升和给潇潇看病二选一似的。

老叶叹口气："我也昨天半宿没睡，真不想去呀！"

是呀，哪个父亲愿意自己提升影响女儿救命的呢？

我也跟着叹气："要不跟政委再说说，反正提升命令还没有下来，先缓一下，过段时间调整到别的部队不行吗？"我有点急糊涂了，也不考虑可行不可行了。

"兄弟，你误会了。我是真的担心自己胜任不了。那么大一摊子，作战训练后勤装备，我怕辜负了组织的信任。"

原来是这样。

"但是，就算我不提升，让官兵们捐款也不合适。你想，大家的工资都不高，每个月都有安排，存不下什么钱。你看我存的那几千元，还是多年前参加南极考察的补助。士兵们就那点津贴，更没法挤了。在捐款上，我比你有经验。我当舰长时，捐钱不公开。献爱心能力有大小，如果有人多捐，那少捐和没能力捐的压力就大了，处理不好会起反作用。捐款不公开数目和姓名，就我们几个舰领导掌握，这个办法我带到支队来了。哦，还没给你说，政委昨天连夜通知支队领导开会，决定给我困难补助，常委们和各部门领导还给我捐了钱。谁捐多少，政委也对我保密。"

确实有许多学问，也有许多感动。不纠结了，我马上问："支队那边一共多少钱？"

老叶想了一下说："补助加捐款六千元，已经非常多了。"

确实是不少，我算了一下，加上老叶自己的一万五，再加上我要取的那个两千，两万三了。一个疗程三万六，过了一半，不管怎么着，要把一个疗程的先筹出来，尽快开展治疗。

这时，赵护士找来了，说潇潇醒了。我们跟着赵护士，很快来到病房。

潇潇脸红红的，一看烧还没完全退。她轻声叫了我一声柳叔叔，突然问老叶："爸爸，我这个病是不是要花很多钱？"

"没，没有呀，你的病又没什么大不了的。谁说要花很多钱？"老叶有些慌。

"昨晚我输液时，迷迷糊糊听到你和林医生在商量筹钱的事！"潇潇说。

"你能听见我们讲话？"老叶一惊，马上岔开话题，"那是你在做梦。"

"爸爸你别骗我了。我那时虽然不能动不能说，但听得见。我知道，是白血病，就是《血疑》里面幸子得的那个病。我知道是看不好的，不要借那么多钱，你们一辈子都还不完。"潇潇说。

"孩子，你千万不要瞎想，会好的会好的！"边上一直没有说话的荣老师一下子哭了出来。老叶也不知说什么好，嘴里老是"不会的不会的"，像是说给他自己听。

"柳叔叔，求你一件事。"潇潇忽然叫我，我连忙边应着边走到她床边。

潇潇像个小大人似的对我说："柳叔叔，你能在你们单位帮我找个车吗？"

"可以呀，你要找车干什么用？"

"我想去看看天安门，你能带我去吗？小时候妈妈就教我唱《我爱北京天安门》，天安门的模样在我脑子里不知出现了多少次，多么想来趟北京，看看天安门呀。这回终于来北京了……"

"你不是答应爸爸妈妈了吗？一定要考上北京的大学。到时候看天安门的机会有的是。"荣老师在一边说。

"既然来了，就去看一看。现在天太冷，等你出院时，叔叔一定带你去看看天安门，还要看升旗，再留个影，让你在广场玩个够。"我赶紧接话。

"叔叔你不要安慰我了，我知道我的病肯定好不了了。趁着我还能动，带我去一趟。"小女孩的眼睛里充满着渴望。

我心里像刀割一般，喉咙发紧。潇潇的病情是肯定出不了病房的，别说去天安门了。

老叶夫妻俩已是泪流满面。

我舒了口气，用轻松的语气说："这哪儿到哪儿呀。北京这么多名家给你会诊，拿出了国外的最好办法，肯定能治好。你说的那个《血疑》是什么年代呀，这不新药出来了吗？"

没想到潇潇说："这进口的新药我不用，那么贵，爸爸妈妈要用多少年才能还清借的钱呀。"

我马上说："谁说要你爸爸妈妈借那么多钱的？不用的。"

"叔叔你骗我吧？"潇潇说。但从她的眼神里，还是能看出有些期待。

"不骗你。昨天叔叔给你爸爸那个支队的沈政委打了电话，支队领导连夜开会，又是补助又是捐款，把问题解决了。沈政委你见过吧？"

"见过，是沈伯伯。他常到我们家来借书，我们家书多，好多人来借书。"潇潇的语气明显缓和下来，带了点自豪。

我很认真地对潇潇说："你想想，你要不坚强起来，好好治疗，对得起沈伯伯他们吗，对得起你爸爸妈妈吗？"

潇潇用力点点头："谢谢沈伯伯他们。叔叔，我错了，我一定坚强起来，好好配合治疗。"

我感到整个病房都松了一口气。我还发现，潇潇的精神一下子好了许多。

安慰好潇潇，我就先回海军大院了。下午，我直接去出版社把稿费取了。路上我想，现在说什么都没有用，筹款才是硬道理。

## 六

回来的地铁上，我的呼机响了。一看又是海军总医院的号码。难道潇潇又出了什么事？好在我已上了一号线，很快就到了军事博物馆站。去时我就从这里上的地铁，自行车就停在地铁口。本想不回电了，直接去医院，但怕有什么急事，我还是找个电话回了。

不是老叶是小湘，她说她给潇潇也筹了点钱，要交给叶季材，让我一块儿去。我说我正要去医院呢。她说那就好。又说到晚饭时间了，就在医院门口小饭馆吃个便饭。我说那正好，我也想请老叶两口子吃顿饭，就把他们俩叫上，边吃边聊。

那个饭馆我去过几次，是个川菜馆，我特别喜欢吃里面的麻婆豆腐和凉面。我找了个小包间，不一会儿梁小湘也到了，她带了两个人，一个自然是老叶，还有一个四十出头的男子，穿着军装，是文职。

老叶连忙介绍："这是林医生。"

我马上抓住对方胳膊摇了摇，说："幸会幸会。"

梁小湘说："荣老师不肯来，要陪潇潇。我想想也是，昨晚她刚离开一晚就出那么大的事，不知要多自责呢。"

我怪小湘，没提前说有林医生，早知道他要来，该找个好一点的饭馆。林医生说心领了，晚上还要值班，小湘刚好要商量医疗方案的事，他也就来了，随便吃点就行，省下钱给孩子看病吧。

最后一句让我暖心。我也不客气，就点了几个家常菜。

服务员刚要走，老叶忽然问："有没有鲫鱼？"服务员说了句"没有"就出去了。我纳闷老叶怎么会想到要吃鲫鱼，他还有这个心情？除非是林医生想吃。我对他解释，在北京就很少见到鲫鱼，冬天鱼就更少，除了带鱼就是鲤鱼。

老叶有些失望地说："刚才出门的时候，潇潇说她想喝鲫鱼汤，没有就算了。"

哦，原来如此。

趁菜没上来，先说正事。我问先给潇潇开展一个疗程行不行，说白了就是钱不够，第二个疗程慢慢凑。林医生说，这个他和地方医院商量，应该没问题。他还告诉我们，两个疗程中间要停一个月，我们有四个月的时间想办法。但，第一个疗程要抓紧，他问我们筹了多少。

老叶说目前落实了两万多，一个疗程都不到。我马上说快够了，就把刚取的两千元拿出来递给他。老叶刚想推辞，我说"借给你的"把他话截断。紧接着，我问梁小湘："你有什么高招，还能筹来钱？"

小湘笑着说："怎么，我就没有一点办法了？"说着，拿出了一个大信封，打开一看都是钱。

小湘说："昨天晚上你打电话唠叨募捐失败的时候，女儿听到了，问潇潇是谁，我说是爸爸战友的孩子。没想到她早上一到学校就给老师说了，老师中午就发出倡议，到下午，好多学生就来捐了钱，还有不少老师捐了。"

林医生很意外："啊？！"说着，拿过信封，全倒在了桌面上。看起来有一大堆，都是小面额的，大多是十元五元。也有五十一百的，还有不少硬币。

"你数了吗，多少？"我忍不住问一声。尽管知道在这个场合问不合适，我还是问了。

"我数了一下，三千七百六十四元五角。"梁小湘边说边开始往大信封里装钱，因为服务员已经端了菜进来。

数字还是超出了我的预期。

忽然，我看到几张黄色的小纸片夹杂在里面，拿起一张看看，原来是小学的饭票，面额是五毛。我忙把那几张都挑出来："你的宝贝女儿真粗心，把自己的饭票都混进去了。"说着递给梁小湘。

梁小湘接过又放到大信封里了，说："这也是捐款。"看着我们诧异的表情，小湘说，"有两个同学，家长都是下岗工人，经济困难，身上也没钱，各捐了五元饭票。"

我们都呆住了。

我从信封里又拿出一张饭票，轻轻地抚摸。这哪是饭票呀，是一颗颗滚烫的童心。

五个菜已摆到桌子上了，像是在静静等着。终于，我说："这张饭票我留着了，做个纪念。"

老叶说："给我一张好吗？"他眼角亮亮的。

林医生站起来，也从信封里找出一张饭票，折叠好放进了军装的左胸口袋，说："我也留作纪念。"而后从右下兜里掏出了三百元，放进那个信封。我这才发现，这个见惯了生离死别的肿瘤科医生，眼睛也湿润了。

# 七

第二天是星期六，我正常上班。开春事多会也多，我跟着领导开了一天会。下班时看了一下呼机，没人呼我，说明医院那边正常。这正常，既说明潇潇的病情没有变化，也说明老叶那里筹款没有进展。我就没有给他们打电话，一个人坐在家里沙发上想心事。老叶的任职命令应该下周就到支队，部队的春季训练就要开始了，作为部队军事主官，他留在北京的时间不会太久。怎么也得在他走以前把医疗费弄出个眉目。他要是一走，我压力更大了，而且最近自己工作也特别忙。想着头皮直发麻，可是有什么办法呢，他来北京不就是冲着我的吗？

回到家，我拿出那张五毛钱的饭票，看了好长时间。孩子们滚烫的爱心，让我感动又惭愧，自己这么一个大人一点招也没有。不行，要想办法呼吁更多的人来捐助。

我试着给《解放军报》长征副刊的江编辑打了个电话。电话里，我简要把潇潇的病情和学生捐款的情况和他说了，问能不能联系一下读者来信的版面编辑，我写封表扬信给抓紧发出来。

老江问我，是不是想借军报变相募捐？我实话实说就是那么回事。

老江说："我们军报的读者来信对这类稿子控制得很严，你这病号是家属不是军人，捐款的又不是军人，适合在地方报纸上发。"

我有点急眼了，说："地方报纸发我还找你？"又把孩子们捐款的情况细说一遍，特别说了我手里这张饭票。

江编辑似乎有点被打动，就问我潇潇父亲的情况。我连忙简要介绍了老叶的亮点：第一代博士舰长，参加过南极考察，率舰完成多次重大演习任务。说完，我突然发现叶季材还真是响当当的。

听我说完，老江沉吟了片刻说："我们想个办法，只能试试。给我们副刊写个小报告文学，两千字以内。主要写这位舰长，可以带出他女儿，也可以带出你说的那张饭票。但是，通篇要围绕军事训练。关于募捐的事，只能让读者去悟。不过丑话说在前头，要是让我们领导看出来红笔划掉，那是你没写好，可不能怪我。"

"你们领导都看不出来，还去让读者悟出来？"我说话有点没好气了，因为和他比较熟，也没有在意自己的态度。

"写不写你定。"老江倒没有计较，"不过我劝你还是写出来为好，有希望总比没希望好。说句心里话，万一把我们领导感动了呢？"

"我写我写。"他说得对，有希望比没希望强。只要有一线希望，就不能放过。

说干就干，我赶紧去办公室连夜开工。我给老叶打了个电话，又详细核实了一些"闪光的细节"，报告文学最讲究真实性，这一点上不能含糊。而后又给梁小湘打了个电话，核实学生捐款的一些动人细节，又核实了两个捐饭票孩子的名字，我还特地把这两个名字写在那张饭票的反面。

也许是神助，还没动笔，标题已在我的脑中跳了出来：《博士舰长和他的港湾》，题目一满意，下笔也快了。

晚上十点多，稿子终于写成了。对于学生的捐款，特别是那几张饭票，我写得特别用情，看着自己眼睛都湿润了。

事不宜迟，我赶紧给江编辑传了过去。但还是有点不放心，我又莫名其妙地把那张饭票的正反面也传了过去。

# 八

我早早起来了，心里有事睡不着，就给江编辑家打了个电话，他爱人接的，告诉我，他拿着我的稿子，刚去办公室。

今天星期天，他这么早就去办公室处理我的稿子，真不好意思。我想给他办公室打个电话，觉得不好。算了，不打扰他了。

我今天不用上班，可得好好把时间排一下，用足。因为老叶要走，因为潇潇的病情等不起。

我心里还是有点不定。我正盘算着做些什么，忽然想起一件事，骑车直奔翠微路菜市场。这菜市场也算我们这一带比较大的，由于今天是周末，人也较多。我进了市场大厅，直奔水产柜。果然不出我所料，柜里的水产都是冻货，还是那几样，没有鲫鱼。我有点不死心，问营业员："有鲫鱼卖吗？"

那营业员看我的眼神有点迷惘："你说的是非洲鲫鱼吧？过两个月天暖和一点会有。"

"不，我说的是鲫鱼，中国的。"

"没有，这儿从来没卖过。"营业员是北京小女孩，看来她真的对鲫鱼没什么概念。

我刚要离开，边上有位四十多岁的妇女对我说："甘家口菜市场，你可以去看看，有时候周末会有。"

甘家口不就在总医院那边吗？今天就是周末，我赶紧骑车奔甘家口去。好像已经看到那儿有卖的了，去晚了就会被别人抢走。

到甘家口菜市场，水产柜上依旧没有，我也死心了。想走，还是问了句："有鲫鱼吗，听说这儿有卖的？"

营业员是位老大爷，他问我事先预订了没有，我说没有。老大爷说，那就先预订一下，下周六来拿。我一愣，忙问："那上周人家预订的你这儿有吗？"他朝窗边上努努嘴，说："正在化冻呢。"我看窗边上有一块长方形的冰鱼，里面都是鲫鱼。

我说化开了就买几条。老大爷说那可不行，都是人家预订好的。我说这鲫鱼怎么这么紧俏，老大爷说不是紧俏，是没什么人买，都说是鱼刺多，卡喉。也就是三里河那一带江浙人多，愿意吃这种鱼。有人认识经理，就联系了外地货源，每周进一点。

三里河离这儿不远，路过两个红绿灯，还恰好是解放军报社的北大门和南门。过了南门那个路口，有个大院住着我一个江苏老乡。前几年电视剧《围城》热播时，他还跟我说钱锺书就住在他们院里，傍晚散步时常遇到。我去过那个院几次，没遇见过一次。钱锺书也是江苏人，那儿江浙沪的人应该不少，可不嘛，那儿还有一个京沪商场，专卖上海产品。我多次去买过上海的点心，特别是蝴蝶酥。

我赶紧赔笑脸，说："能不能匀点给我？我有急用。"

老大爷笑了，说："这鱼还有什么急用，有谁这么馋？"

我说："是个小姑娘得了白血病，在病床上要喝鲫鱼汤。"

老大爷想了想，说："那你得等一会儿，这冰还没化呢。"

我说："不化了，敲几条给我吧。"说着自己就过去敲了起来。

老大爷说："只能给你三条。"

好的，三条就三条，我从边上抠下三条，让大爷称好，付了钱，直奔海军总医院。

我到了医院门口那个小饭馆，找到给我点菜的那位服务员，问她能不能让厨师晚上做个鱼汤，我出加工费。

服务员说："是给那位先生的女儿喝的吧？没问题，你晚饭时让女孩的爸爸来就行。"我又说："做一条就行了，另外两条能不能寄存在你们店里的冰柜中？下周再做。"她说这个她得去问问，说着接过我手中的塑料袋，进去了。过了一会儿，她出来对我点点头，说行。我说声谢谢就要离开，突然想起什么，问她贵姓。她说姓潘。我记住了，一会儿告诉老叶。

我骑车回大院吃午饭了，一路上很开心，速度飞快。我想着潇潇看到鲫鱼汤的表情，心里还蛮有成就感的。

## 九

回到家刚端上饭碗，呼机就响了，我一看，是军报江编辑的号码，赶紧起来回了过去。

老江问："干吗，吃饭哪？"

我说："是呀，你吃了吗？"

他说："你倒挺舒服的，我为你这稿子忙了一上午，现在还在办公室呢。"

我连忙说："谢谢。"

老江说："谢什么谢，你可真绝，挺会打感情牌。"

"感情牌？"

"你装什么装，你把那张饭票都传真过来了，还不绝？弄得我在家一刻也不敢耽搁，还巧了，幸亏今天来办公室，领导也在加班。领导觉得这篇稿子有意思，现在春季大练兵就要开始，准备搞一个报告文学征文，各军兵种都要体现到。这个正面写舰长的，又是博士舰长，能反映军队现代化建设，让你再加一千字。"

"那太好了，学生捐款的内容我再加一点。"我想这可真是好事。

"你想得倒美。首先告诉你，捐款内容基本删除了。"

我急眼了："怎么删了呢？"

"我也没办法。领导还把标题给你改了，叫《博士舰长》，要你加强舰艇上的内容，一是南极考察那次，破冰抢险的情节还要细化；二是他当护卫舰舰长时提出的'书香周末'特别有意思，以及他的那个家庭图书馆，都值得细写，有新意。这一千字你抓紧弄吧！"

"什么时候要？"我有点提不起精神了。

"下午就给我，下周二见报。"

"这么快？"我还真有些意外，我知道副刊的稿子属于文艺作品，周期相对要长一些。

"怎么又嫌快了呢，你不是要赶时间吗？本来安排到三周后了，当然，这也是快的。我抱着试试看的心态和领导说，这个人现在是副舰长，下周就可能上任当大队长了，'博士舰长'四个字也就没现在响亮了。领导觉得有道理，决定先发这篇稿。不瞒你说，挤掉了别人一篇稿子。"老江说。

听着，我还是非常感激，这位老兄真帮忙。但凭现在的稿件内容，对募捐已没意义，早发晚发也没多少差别了。当然，这话我不能说。

忽然，我心里一动，问："这征文评奖吧？"因为两年前我参加过他们一次征文，得过一个奖，奖金是三百元。

"当然评奖，领导说了，你这篇稿子是好稿子，我估计，应该能得奖。"

"奖金多少，涨了吧？"我接着问。

"怎么，你怎么像个葛朗台了，这么在乎这点奖金？是涨了，五百。靠这五百你能发财？"

五百，加稿费，估计也有六百了。募捐整不来，拿奖金来凑，能凑一点是一点吧。我又问了句："能不能我再好好写一篇，再给我一个奖？"

"你有病吧？"老江显然给吓了一跳，嗓门也高了八度，"哪有一个人获两个奖的？再说，这个奖还不一定给你，我只是估计。"

我觉得自己真有点丢人，但我还是顽强地问了句："那我再写一篇，不用我名字，你们让写什么我都立马采访，一定竭尽全力写，行不？"

"行不，你说行不？"老江更没好气了，"你是真的，还是和我开玩笑？别啰唆了，抓紧写吧。你吃饱了撑的，我还饿着肚子呢。"说着挂了电话。

我还是不死心，心想让济南军区的林之写一篇吧。不过，林之是写诗的，现代派，写个小报告文学有点屈才，估计也没几人看得懂。想想，唉，还是算了吧。

十

中午不午休了，我抓紧动笔弄那一千字。按照报社老江的要求，三点之前我把稿子传了过去。而后，我给老叶去了个电话，让他晚饭前去小饭馆取鲫鱼汤。

老叶在电话里情绪很好，说正要找我，让我晚上过去吃晚饭，还在那个包间。

我说没必要，"上次是我请，是不是你要回请呀？都什么时候了，能省一点是一点吧。"

没想到老叶说，荣老师的弟弟来了，刚下火车，还带来了好消息，他们老家有个慈善机构，愿意捐钱给潇潇，数目还不小，有五万元呢。

我一听，差点蹦起来，这不太好了吗？有了这五万元，两个疗程的药费就不缺了。荣老师这个弟弟怎么不早来半天，我也不至于在军报的同志面前丢那么大脸。

约好六点吃饭，我四点半就到了饭店。也正好，和厨师说一说鲫鱼汤该怎么熬。我们江南人都会熬到汤发白，像牛奶一样。进了厨房，我才发现这一趟来得必要，因为是川菜，到处红辣椒，我生怕师傅顺手把辣椒就放进汤里。好在用的汤锅，要不，炒菜的锅都是辣的。

在炉子上小火熬汤时，我呼了一下老叶，留言说我已到了。我看了一下表，也已五点了，怎么着再过一会儿也该到了。可是等了好大一会儿，不见人，我又呼了他一下。想想又顺便呼了一下梁小湘，没一会儿，小湘就到了，偏偏老叶他们还是没到。

难道出什么事了？我问梁小湘。

小湘说不会吧，下午她还见过潇潇，挺好的。再说，有什么情况，小赵和林医生还不第一时间通知她？

服务员小潘进包间，说："汤熬好了，那位叶先生怎么还不来？"我跟着进了厨房，见那汤是熬好了，但比江南的熬法差点意思。我问店里有牛奶吗，小潘说牛奶没有，只有牛奶饮料。我说买一瓶赶紧拿来，小潘马上拿来一瓶。我打开倒一半进了锅里，汤还真的发白了。我尝了一口，味道还不错，至少看不出这汤发白是加了东西。

小湘说老叶没来，她送去吧。我说还是我去吧，一是我去看看潇潇，也看看那位女侦察排长。当然，我更期望看到潇潇见到这鱼汤时的神情。于是，我拎着这小锅里我参与创作的"作品"，骑上自行车，朝病房楼飞驰而去。

推开病房门，我见老叶没在，荣老师诧异地看着我："怎么你来送了？老叶早就去了，说是让我弟弟送来，他要和你谈事。"

"是是是，我们要谈事。"在潇潇面前，我们也不好谈筹款的事，在她那儿，知道的是我们早已筹好医疗费了。

"啊，这么香的鱼汤，真跟姥姥熬的一样！"潇潇兴奋地眯着眼、张开嘴，用力吸着锅上面的蒸汽。

"妈给你盛，还烫着呢。呀，这么多，你喝得了吗？"说话间荣老师已经给潇潇盛好了一碗。

"肯定吃不完，肖阿姨不喝吗？"潇潇说。

"对对对，肖排长，你也来喝一碗。"

肖进正看着窗外，没有任何反应。怎么啦？我有点纳闷。荣老师过去拿起她的瓷碗，肖进才回过身来，忙拿下头上的耳机。原来，她是在听随身听，她对荣老师说了句谢谢，又冲我点点头。从她的眼神中看出，有掩饰不住的伤感。听的什么音乐，让她如此动情？

看着潇潇美滋滋地喝鱼汤，我也非常有成就感，浑身每个毛孔都舒坦。人真奇怪，有时快乐会因一点很小的事情。

没时间自我陶醉，告别了荣老师和潇潇、肖进，我连忙赶回餐厅。

老叶居然还没有来。

小湘说她又呼了一次，没回。打招待所电话，一直占线。

因为正月，招待所没什么人，这占线的电话肯定是老叶在用，他一定遇到了什么急事和大事。我又骑上车，直奔医院招待所。

## 十一

走进招待所大门，果然老叶还拿着电话，全神贯注在听着，一直"嗯嗯嗯"，见我进来，点点头，指指他房间的方向。我就没有打扰他，径直走过去推开房门。

房间里，一位二十来岁的男子坐在椅子上，见我进去，马上站了起来，笑着让座。但我明显感觉到这笑容是强挤出来的，我直接问："你是小荣吧？"

"柳参谋？我姐和姐夫都说你帮了好大忙。"

"没有没有。"我有些惭愧，我能帮多大忙呢？

"你姐夫怎么打这么长时间电话，怎么啦？"我忍不住问。

小荣脸一下变了，气鼓鼓地说："我觉得他脑子有病。"

"怎么有病，有病还念博士？"我心里有种不好的预感，但还是竭力放松语气。

"我们老家一个慈善基金会捐款的事，他跟你说了吧？"

"说啦，五万哪！这下潇潇的医疗费全解决了。太好了，真是雪中送炭。"我真是高兴。

"他脑子不知从哪儿抽了一根筋，问我这个基金会怎么知道潇潇生病缺钱。你说人家一片好心做慈善，帮忙救人，他还怀疑人家了。"

是呀，他们那边是怎么知道的？我问小荣："是不是你和他们熟悉？"

"那倒没有。"小荣说。

"那他们是怎么知道的？"我也会问呀，这事有点蹊跷。

"他非要问清楚这个，让我问基金会。我说这样对人家不尊重，人家好心好意来救急救难，他还质疑，这开得了口吗？被他逼得没办法，这大周末的，我还是硬着头皮打电话到负责人家里问了一下。是山东的一家食品公司要给捐钱，人家本来是给别的项目的，刚好在潇潇同学的家长那儿得知了潇潇的情况，也给潇潇捐了。"小荣说，"潇潇同学家长知道这事不是太正常了吗？"

我想想倒也是，潇潇的同学有不少本来就是支队的子弟，而荣老师又是中学的老师，中学生不少都是从潇潇上的小学出来的，从我周三打电话给沈政委，到现在已经是周日了，这段时间足够把消息传出去了。

就在这时，老叶终于进门了，一脸的沉重。坐下后，他半天没有作声。我看他是在努力克制自己的情绪。

还是我先开口："怎么，打了半天，这捐款单位弄清楚了吗，不会是国外情报机构吧？"我故意开了个玩笑，想轻松一下气氛。

老叶勉强笑了一下，说："那倒不是。"

"那不就得了嘛。"小荣说，"你这不是狗咬吕洞宾，不识好人心嘛！"

"既然柳参谋已经知道了，我就简单说吧。"老叶说，"我刚才给护卫舰大队的后勤处长打了个电话，问了一下现在给大队食堂供应副食品的是哪家食品公司。"

"是这一家吗？"我和小荣同时发问。

"那倒不是。"老叶连忙摇头。

我也就松了口气："那不就结了嘛，你还担心什么呢？"

老叶艰难地说："刚才后勤处长告诉我，原来的那公司今年5月合同到期，所以4月准备重新招标一下，有许多公司都会来竞争。"

"这家公司会来吗？"我心里不由一沉。

"不知道。"老叶摇摇头，"但我估计他们肯定会来。"

小荣不干了："你怎么确定他们肯定会来，这种事情能凭你以为吗？要是你当法官，光凭你以为判案，要出多少冤案。"

我觉得也是，老叶在这事上做得太过了，就说："对方不是给你一家捐钱。"

老叶摇摇头，吃力地说："我刚给基金会的领导打电话问了，说这家公司准备捐八万元，这五万元指名潇潇，其他三万元分成六个项目，由基金会定。而且，在昨天以前，这家公司并未和基金会有任何联系。"他问小荣，"基金会是昨天下午才找到你的吧？"

"是的，这不我连夜坐火车就赶来了，本来他们要医院的账号，我想这么大一笔钱，还是赶来当面说吧。"小荣一脸不满，"早知道我来找你干什么，直接让我姐要账号不就行了。"

我觉得这事确实有点挠头，老叶要去当大队长，估计当地早就传遍了。这家公司如果要去投标，早就关注谁能当大队长，要不，也不会这么神速。但是，这一切都是推测，万一人家公司真是搞的慈善呢！

正在这时，梁小湘进屋了，嚷嚷着说："呼你们俩也不回，怎么回事？"

老叶拿起呼机看了看，连声说对不起。我就把简要的情况和她说了一下。梁小湘说："我觉得，基金会的捐款你还是接受，这潇潇的病情等不了了。那边这个招投标呀，完全可以秉公办理，也不一定他们能中。"

老叶："万一他们中了呢？"

虽然我觉得老叶有一定道理，但这样处理还是简单："你现在连他们来不来投标都不知道，还想到他们万一中不中，你就不想想万一他们就是慈善捐款呢？"

"你们说的都有道理，他们能在这么短的时间，找到我们老家，等捐了款，怎么就不能很快找到我？就算真的公开公平中标了，这捐出去的钱以后真要从官兵们的碗中抠回去，你说我管还是不管？！"

室内一阵沉寂，我知道他讲的是有道理，理智告诉我天上不会掉馅饼，但情感上还是希望这块馅饼真就从天上掉下来。

"那你就不要这钱了？"小荣带着哭腔问。

老叶艰难地点了一下头。

"那你就不管潇潇的死活，她是不是你的女儿？"小荣忽然扑通一声跪到了老叶面前，"我求求你了，救潇潇的命要紧。"

空气一下子凝住了，老叶像被电击了一下。他张了张嘴，突然双手抱头，用力抓着头发。我看到，热泪已经从他两边脸颊流下。

我连忙把小荣拉了起来，说："小荣，你不要激动，总会有办法的。前两天，就在这间屋里，你姐姐和姐夫对着我发誓，就是还一辈子债务，也要救潇潇。"

小荣抹了抹眼泪，哀求老叶："这钱咱先收下不行吗？以后再还给他们！"

梁小湘也说："是呀，就算先借基金会的应应急，咱们有了钱先还这一笔，不就行了吗？"

我也帮着说："你不一直想留在舰上吗？等会儿我就找沈政委，请求尽快把你调到舰上。"

老叶身子有点颤抖，说："谢谢你们的好意，女儿我不心疼谁心疼啊，就是拿我的命去换我也愿意！"说着，从衬衣口袋里掏出那张黄颜色的小饭票，抹得平平整整，轻轻放到了桌子上。

"刚才我给孩子妈也说了，她也同意不要。"

时间好像静止了。

# 十二

星期一下班，我还是接着去趟医院。昨晚那么一番折腾，饭也没吃成，我今天约他和小荣到老地方吃个饭，再商量一下，还有什么可筹款的资源挖一挖。叫了梁小湘，她说要值班，就不来了。

老叶先来了，说小荣还在和潇潇母女俩聊天，一会儿就过来。

我们排了一下筹款，快三万了，第一个疗程也就三万六，瞎子磨刀快看见亮了。

老叶说小荣可以拿出一万元，是他准备结婚装修房子的。我一阵感慨。

这样第一个疗程也就够了，我松了口气。

我问他什么时候回部队。他说下周五要宣布任职命令，周四必须赶回去，小荣留在这儿顶替。

我知道春季训练任务很重，他一去就不知什么时候回来了，心里有一些不踏实。老叶一直在沉默，知道他内心更不踏实。

两个人都不说话，也不知说什么。

好一会儿，小荣来了，一进门就问老叶："肖排长家里是不是出什么事了？"

老叶叹了口气，接过话茬儿："昨天肖进接了个电话，他们舰队有个干事写了篇稿子，是写她成长经历的，一个农村女孩子从小立下习武报国之志，到成为一个优秀海军特种兵的艰难历程。本来这两天要见报的，不知怎么回事，突然给撤稿了。"

"什么报纸？"我忙问。

老叶说："军报。"

我有些不解："就为一篇稿子？"

老叶说："唉，这孩子从小家里很苦，父母养育她不容易。她知道自己的病治不好了，想用这篇文章让父母知道他们的心血没有白费，安慰一下父母。"

我浑身一激灵，就赶紧到服务台给军报江编辑打了个电话，还好他在家。我张口就问："昨天你说的挤下来一篇稿子，怎么样了？"

他愣了一下："准备退了，稿子还不错，让作者另找地方，别耽误了。"

我问："是写什么的？"

"是写海军陆战队一位女排长。"

我的天哪，想帮潇潇，却重重地伤害了肖进，我赶紧说："能不能把我的稿子撤下来，先上那篇稿。"

"开什么国际玩笑，昨天连夜把大样都排好了。明天，不，今天夜里十二点就要开印，你说撤就撤？"老江真恼了。

见他这么说，我想自己也是急糊涂了。

可怎么面对肖进啊？我缓了缓语气，问："那稿子退走了吗？"

他说："还没呢，先电话通知了作者，让他另找出路。"

我说："先把稿子给我，我来想想办法。"

对方说也行。

我说我现在就过去拿，海军总医院离解放军报社也就一站吧，我出门骑上自行车，到报社门口，拿到了稿子。

回到饭馆，老叶说："跑哪儿去了，菜都快凉了。"我连忙说对不起。

## 十三

星期二，军报出来后反响不错，让我惊喜的是那捐饭票的内容还保留着。

小荣第一时间给我打了个电话，说潇潇看了报纸高兴极了，真为自己有这样的爸爸自豪，本来她对爸爸回部队是一百个不愿意，现在反而劝爸爸早点回去，不要因为她影响部队训练。

还能有这样的作用，我也感到欣慰。

没想到周三傍晚，沈政委把电话打到了我办公室，劈头就说："好家伙，你这是在将我的军呀。"一下把我说蒙了。

沈政委说："昨天他们看到了报纸，这篇报告文学在部队引起很大反响，既推进了春季练兵，也推广了读书活动，有的舰上提出了'少上牌桌，多上书桌'的口号，意思是周末少打扑克多看书。"

我知道部队到周末打球打扑克是很正常的事，但有更多的人喜欢看书，我自然开心。但我怎么将了他的军呢？

话说到正题，叶季材女儿生病的事在部队传开了，特别是北京小学生捐款，还捐了饭票，让大家很感动。官兵们也要捐款，都说不能比学生们捐得少，这下控制不住了，支队领导做了不少工作，规定除了团以上干部，每人不能超过十元，就这样捐了一万一千多。

末了，沈政委说："我和主任两个人，从昨天下午到今天一整天，都忙这个事了，表格还是我画的。谁捐多少，只有支队队长和政委、政治部主任掌握。"

我不知道说谢谢还是对不起，第一反应是又增加了一万一千多，总数到了五万，这样潇潇的第二个疗程也有了一万多。但接下来的是深深的不安，一是干扰了政委他们的正常工作，再就是给他们出了难题。以后遇到这样的情况怎么办，总不能个个都写篇文章上报纸吧？

但愿以后不要出现这样的情况。

老叶明天要走，晚上我去了趟医院，病房还是不敢去，因为稿子的事情不敢面对肖进，就先去招待所等着。八点半俩人回来了，老叶见了一把拉住我的手，说真不知怎么感谢才好，我知道沈政委已经和他把情况说了。

老叶动情地对我说："我真感到羞愧呀，先前基金会的五万捐款，其实我心里一直惦着，没放下。如果潇潇的妈妈不支持我，也许我就妥协了。"

我一阵唏嘘，这样的选择对于一个父亲来说实在是太残酷了。

# 十四

老叶回部队了，我得全面负责起来。

周五下午，我打电话给梁小湘，让她问问林医生第一个疗程什么时候可以开始。没想到，梁小湘给我的回话是，林医生让我明天晚上跟他出去吃顿晚饭。我问去哪儿，是不是我要请客。梁小湘说是地方医院的医生请，让我跟着去就行了。

　　小湘说的那个医院是北京一流的医院，在国内也是名列前茅的。特别是上次给潇潇会诊的专家，主要的一位就是这家医院的一位科学院院士。不管怎么说，这顿晚饭肯定和潇潇的治疗有关。怎么会是他们请林医生呢，还要叫上我？

　　周六下午，我请假提前一小时下班，早早来到总医院门口，林医生已在那儿等我了。两人会合后，他拦了一辆面的。我说没必要吧，医院门口有一路公交直接到沙滩，吃饭地点在王府井，走几步就到了。他拉我上车，说没事，这打车钱对方报销。

　　还有这么好的事？面的开得飞快，虽然路上颠簸，但比挤公交车舒服多了。有一次我也是骑车到这儿坐车去美术馆，中途到白塔寺一站让下车人挤下来，到车开走也没再上得去，只好等下一辆。

　　我问林医生为什么叫上我。林医生说，地方医院的李医生约的他，是那位进口药的药商请客。他说李医生就是会诊时那位院士的助手，潇潇的治疗方案也是他帮着拿的。以后几个月的治疗过程，免不了要时常和他联系，这种新药自己是第一回用。

　　那为什么药商要请客呢？我心里直犯嘀咕，千万别再生什么幺蛾子，尤其是别再附加什么费用。

　　"那进口药价钱定了吧，会不会涨？"我憋不住冒了一句。

　　林医生看我一眼乐了："不会不会，我想跟他们谈谈看能不能降点价。"

　　降价？我的心狂跳起来，这可能吗？看林医生笃定的样子，不仅不像逗我，还似乎有点把握。

　　还是打车快，说话间到了目的地，是座特别豪华的宾馆。以前来王府井怎么没注意，抬头一看，天伦王朝饭店。林医生说的那位李医生和药品汪经理在大堂里等我们，四人一起登上了直达三楼的自动扶梯。到了三层，算是开了眼界，是个很大的广场，广场中间在演奏音乐，满广场就是个大型的自助餐厅，菜品非常丰富。

找到个僻静一点的四人桌，大家坐了下来。我看了一下自助餐的价格，每位一百二十八，出了一身汗。四个人吃下来，五百出头了，顶我那可能到手的奖金。

李医生笑着对我说："本来要请你们吃鲍鱼的。"说着指指广场边上，"那个餐馆都订好了，可林军医说他不喜欢坐包间，嫌憋气，他特地挑了这个自助餐。"

林医生说："这就挺好了，想吃什么吃什么，花样还多。我有重要的请客，就来这儿。跟你们说个笑话，去年我军医大学的导师来了，我请他们夫妇到这儿吃晚餐。偏偏那天中午我自己吃坏了肚子，晚上不想吃，就要了两份，坐在这儿陪他们，要了一杯开水，边聊天边看他们吃了一晚上。我看服务员的眼神，似乎在说，哪有这样请客的，自己不吃看客人吃，够抠门的。"

"我今天请客，我也不吃了，看你们三个吃。"汪经理接着开了个玩笑。

汪经理看上去三十多岁，李医生说是他们医科大学的师弟，后来去国外留了几年学，跟着这个新药品刚回国。"我们叫他'帝国主义买办'，简称'汪买办'。"李医生居然也开了句玩笑。

林医生笑着对汪经理说："你的意思李医生说了，挣不挣钱是小事，想在军队医院做个宣传。但我实话告诉你，军队医院这样的病例不多，因为病人大多是军人，健康指数相对高。不像李医生他们医院，一是名气大，全国各地的病人直往那儿拥；二是面向的全社会，基数要高不少。"

李医生说话了："是这样，你们总医院的病号主要不是来自门诊，是接收全海军各医院转来的，所以面也比较广，有需要这种药的，让他们知道，用不用可以自由选择。"

林医生说："这倒是个双赢，可是我们医院连一个病例都没治好过，我们说话也没底气。"

汪经理说："我们不是有一个病号了吗？李医生还说，是他和你远程合作。"

李医生说："都在北京，近程近程。"

林医生说："目前这个病号还是没法开展。"

李医生和汪经理都脱口问："为什么，不是已经买了一个疗程的药，下周一就要开始治疗了吗？"

林医生说："是这样，钱只够买一个疗程的药，连捐款都加上去，也就这么点钱。"说着，从口袋里摸出那张饭票，"你们说，小学生连这个都捐了出来，也就是这个能力了，我还捐了三百。要是光治一个疗程，前不前后不后，说你的药是有用还是没用呢？"

李医生沉吟了一下："这倒也是，怪不得你说能不能降点价，这个我和汪经理也说了。"

汪经理说："我们这新药刚进入国内市场，本来定价就不高，我是没有权力降价的。请示了上级，加上林军医和李医生的面子，每支降五百元。"

"太好了太好了，太感谢了。"我忍不住说。每支降五百元，一共二十四支，一句话就降下来一万二千元，这是多么大的一笔数字，怪不得他们在这儿吃饭一点不在乎。

"不过，这个价格仅限于我们四个人知道。要不，市场乱了，我们就要关门了。"

我说："放心，在我们这儿属于'军事机密'。"

林医生笑着看我一眼，而后对汪经理说："我觉得还要往下降一降！一万二千元确实不少了，但对方还是不够呀。按我以往的经验，新产品推广，开始时不赔就是赚。来之前我也和领导汇报了，领导意见也很明确，要是能把叶潇潇治好，医院当然欢迎这种药，也愿意推广这种药。"

汪经理和李医生对看了一眼，两人不约而同面露难色。李医生说："上次我们院士的一个关系，也就是这个价。"

林医生说："这个病号应该更特殊一点。"说着从包里拿出一份军报，翻到有我文章的那一页，"你们看，这是她的父亲，而且报上提到了叶潇潇生这病，在我们医院。你们想想，这么一个有影响力的案例，你们轻易放跑了，不是最大的贻误商机吗？"他又指指我，"这是本文的作者，我希望在给叶潇潇治好后，他再给这篇文章写个续篇。"

汪经理站起来，又重新握住我的手："原来是大记者，我还以为是林军医同事呢。"

我笑了笑，认不认都不合适。

汪经理沉默半晌，咬咬牙说："好吧，每支两千。"

我简直不相信自己的耳朵，居然有这么好的事情！这样，潇潇的医疗费不是全解决了吗？

林医生："不能再便宜一点？"

我极不理解地看了一眼林医生，担心是不是太过分了。

汪经理摇摇头："林军医，我们已表达最大诚意了。"说着从包里拿出一张纸，"你看，这是我们进货单的复印件，按理我是不能给你看的。"

林医生接过看了一眼，拍了拍汪经理的肩，啥也没说。

李医生说："饿了，吃饭吧。"

回医院的路上，我非常感谢林医生，一顿饭吃下两万四，收获真是太大了。我想起自己死不要脸地跟军报江编辑想多要一份奖金，和这个比起来，毛毛雨了。

听着我的感慨，林医生说，医药代理见多了，这个公司现在看来还是很有良心的，刚才他瞟了一眼进货单，也就是一千九百元，事实上他们公司是亏了的。

我也真心地说："遇到像你这样的医生，真是潇潇的福分！"

林医生也有些感慨，可能这次见面效果不错，他话也多了。说他读研究生的时候，他的导师带他到农村去调研，不少经导师看过病的病人或病人的孩子来见导师，个个都是感激得要命，一口一个活菩萨。导师告诉他，当年在农村行医，条件十分简单，一根银针、一把草药，再加上些常规药，他救了不少垂死的病人。导师常给他们说："在我们医生这儿，有时多用一点心，就是病人一条命。"

我听了颇为震撼，怪不得古人说"不为良相便为良医"，医者仁心啊。

# 十五

一晚上睡了个好觉，第二天我起身晚了点。这几天一直心理紧张，现在好了，医疗费全解决了。我给小湘、小荣都打了电话，把昨晚的成果和他们分享，一再关照他们不要把价格说出去，这是"军事机密"。

我虽然忙着潇潇的事，但心里还一直惦记着肖进那篇稿子。看上午还有时间，我翻出军报退出来的那篇稿子，又认认真真读了一遍。我想了想，给海军报的一位编辑打了电话，然后去了他家，反正都住在一个宿舍区。

他问我："什么稿子，这么急？"我把稿子给他看。他翻了翻说："这个作者和我很熟悉，怎么让你转？"

我叹口气，把两篇稿子撞车的事给他说了，末了恳求他："如果能用，就说是军报转给你的，我也和老江说一下。"

这位编辑说："用肯定能用，我有个意见，你看行不行？这稿子很动人，但正面写部队生活的有些弱，你既然坑了它一把，也帮它一把。去采访一下这个肖进，再补充一下她训练中的动人情节。"

去采访肖进，我有点心虚。

"怎么，这个无名英雄你不肯做？"编辑问。

躲着不去见面总不是个事，我心一横："行，下午就去。"

下午三点多，我到了总医院，潇潇见我过来很高兴，说："叔叔太厉害了，让我爸爸上了报纸。"然后有点不好意思，小声嘀咕，"爸爸是表现优秀上报纸，我却是因为生病，表现不好上报纸。"

我马上说："等你病好了，把你的事迹写出来，再上一回。"

荣老师也接着说："我们潇潇学习成绩从小到大都是班里数一数二的，她还得过市里竞赛一等奖。"

潇潇更羞涩了："我这算什么，肖阿姨还得过海军比武一等奖呢！"

肖进这回倒是没有听耳机，正捧着一本书在看，见我进去时抬起头来点了一下，看情绪已不像前两天那么低落了。她拉开床头柜把书放进去，从里面拿出一张报纸，对我说："柳参谋，大作拜读了。"她打开那张报纸，看那篇文章加上标题和插图，整整有半个版。她看了一眼又合上，对我笑着说："真好！"

不知道这两个字包含着多少含义，我故作镇静地对肖进说："海军报有一篇写你的稿子，也要发这么一大版，编辑委托我帮着修改一下。我想采访你一下，现在行吗？"

"啊，太好了，肖阿姨也要上报纸了。"潇潇高兴地叫起来。肖进很诧异地看着我，荣老师先是惊讶，又马上说："快去吧。"

梁小湘早就联系好医生办公室。

我抓紧时间，顺着稿子的脉络，问了她练武情况，尽可能再找出点精彩的东西。她知道这篇稿子还能出来，当然很高兴，情绪和刚才完全不是一回事了，话也多了。很快，我捕捉到了潜水格斗她一人连胜五个男兵、荒岛生存创纪录等动人故事，这会让文章增加不少部队相关的正面内容。不到一小时，我要的素材都齐了。

"谢谢你，柳参谋，我知道这篇稿子不用了，没想到又被你'救活'了。"肖进非常感激。

我太尴尬了，恨不得找个地洞扎进去。我这反常让肖进马上发现了，她很诧异地看着我。

终于，我实话实说告诉她，是我挤下了她的稿子。

她一下傻了，半天没有吭声。

我有点慌了："肖进，这事我当面向你道歉。"

她回过神来，抹一下眼角，朝我笑了一下："对不起，我走神了，想起了一件事。"

"什么事？"我好奇地问。

"我提升排长时，有五个预提对象。经过几天考核，淘汰了三个，只剩下我和另一个甘肃女兵，我们俩再二取一。又经过一天考试，前几项势均力敌，不分上下。最后一个项目是徒手格斗，我从小学武艺，她格斗肯定不如我。"

"所以你提升了。"我说。

"可我知道，她的老家比我老家还要艰苦，如果提不起来，那年底就要退伍，而我是从体育学院大二来当兵的，即使退伍，也不至于再回农村去。"她眼泪流下来了，"可是，我太想当兵，太想实现父亲的嘱托和自己从小的梦想，我把她远远地摔了出去。"

"后来呢，她退伍了吗？"我问。

"退了，现在在甘肃兰州一家工厂当保安。"她说完长长吁了一口气。

我也长嘘一声。

回到病房，小荣一见我，就急火火把我拉到走廊，说："川菜馆的小潘不见了。"

我说："今天是周日，不上班不是很正常吗？"

小荣说："不是那么回事。我刚才去店里取鲫鱼汤，没找到小潘，问厨师，厨师说为了鲫鱼放冰柜的事，小潘和川菜馆老板前天吵起来，被老板开了。"

"为了两条鱼，开了一个人？"

小荣叹口气，说："老板有好几个店，平时不怎么来。那天来了不知怎么打开冰柜，发现了这两条鲫鱼，问这鱼哪儿来的。厨师也没在意，顺嘴说了声医院病人的。老板一下子认真了，说医院病人的东西放在厨房，传出去谁还敢来吃饭。"

我说："老板的担忧也对，早知这鱼就不放店里了，放梁小湘家不也一样嘛。都是我当时欠考虑，怎么会吵起来的呢？"

小荣说："开始老板把那两条鲫鱼扔了，小潘又捡了回来。两人就争了起来，弄得老板下不了台，就把她开除了。"

"那鱼怎么还在做汤？"我问。

"厨师和老板说，是他没说清楚，这鱼是一位海军少校拿来的，做好才由亲友送进病房，而这病人和医院里的医生是亲戚。老板一听，这鱼不好扔了，怕是得罪了医院里的顾客。厨师又劝小潘给老板认个错，小潘就是不肯，走了。"

"走了，去哪儿了？"我急了。

"说是另外找工作去了，不知道。"

我赶紧骑车到小饭馆，问厨师，有小潘呼机吗？厨师说："我刚才呼了一次，停机了。"我不死心，又呼一次，果然传呼台说停机了。

## 十六

潇潇的第一个疗程开始了。

我也恢复了正常的工作和生活。还在正月，事情比较多，该忙的都得忙起来。

到了周六，我的呼机又响了。一看是军报江编辑，赶紧回电话。

"有时间明天上午来一趟，把礼物拿回去。"

什么礼物？我真是让他弄糊涂了。

第二天我如约而至。他提了一个大塑料袋，满满一袋，不知装的什么好东西。

我接过打开袋口一看，是大大小小的信封，看上去有上百封，都拆开了。

"你的文章出来后，读者的来信全给你拿来了。"

"有捐款吗？"我近乎本能地问，马上反应过来自己是不是着了什么魔，不好意思笑了笑。

他说："全是各地寄来的秘方，都说能治白血病，我也看不懂，你回去慢慢研究吧。"

啊，是治白血病的秘方，我有点惊喜。

我寻思这方子怎么看得懂，于是掉转车头又直奔总医院，先把小荣从病房呼出来，又把小湘叫了出来。

一封一封信铺在桌子上，大多是普通的中药药方，也有一些古里古怪的偏方，都是各地的热心人寄来的。我问梁小湘能不能看懂，小湘说她又不是学中医的，怎么会看得懂呢？她想了想，给赵护士打了个电话。赵护士说，每年这样的方子铺天盖地见多了，不少病人主流治疗办法没效果，都会吃中药和找偏方。她是不相信这一套的，要有用，还不早推广了？再说了，潇潇不是有进口药了吗？

梁小湘也赞同小赵的意见，但是我不死心，万一进口药疗效不行，这中医兴许还能托个底。

我没有说出自己的想法，像沙里淘金一样把这一张张方子都仔细看一遍，希望有什么新发现。倒是有一封信里没有方子，刚才也没在意，再拿信打开细看，是北京一位姓陈的中医亲笔写的。说他有个朋友是部队的干部，看了文章后就给他打了电话寄了报纸。说是如果信任他，就当面把脉切诊一下，也许会有办法，后面留了电话和地址。

不知怎的，这封信引起了我极大的兴趣。我把这封信递给梁小湘，小湘看了看，觉得也没有特别，说："不就是白血病吗，还有什么每人不一样，是不是在故弄玄虚呀？"

我说："还是打个电话吧。"

小荣忽然问我："难道那进口药没有用吗，还要这么急着去寻中医药？"

是啊，说什么以防万一，搁谁心里也受不了。我说："了解一下，要有用，对肖进不是也有好处吗？"

确实，我心里也是这么想的，目前对肖进这种病，还真没有什么招，如果一直这样化疗下去，人不全垮了？

"那赶紧找。"小荣说。

我马上出门，要给那中医打电话，梁小湘问有这么急吗，我说我下周要出差。

我接通电话，对方很客气，让我下午就去。

我回来问梁小湘，有没有时间和我一道去一趟，不远，就在什刹海。小湘问非得她去吗，本来她约好下午带女儿去天文馆的。我觉得还是带她去下为好，毕竟小湘在医院这么多年，可以凭直觉做个基本评判。她同意了。

下午，我和梁小湘坐上了公交车，还好人不多，都有座。我觉得最近麻烦她太多，有些不好意思，就表达了谢意。

"还这么客气？"小湘说，"尽管麻烦不要紧，以后想帮你也帮不成了。"

她告诉我，她已经申请调往青岛了。既然她爱人调不回来，她就过去呗，那边很欢迎她去，估计年内能办下来。

我有点怅然，唉，帮她爱人小古调动也没成，我觉得挺对不起她的。

小湘说："这事不怪你，小古学的是指挥自动化，要回来，适合他的岗位不多，要转行。他又热爱这个专业，舍不得丢掉。不像我干护士，到哪儿都一样。"

我有些释然，说："是去四〇一吗？那是舰队中心医院，条件还不错。"

梁小湘笑答："不去四〇一，去基地医院。"

我一愣："去基地医院，那儿离市区远，条件也差不少。"

她又笑了："那不离他近吗？"

"这倒是，孩子怎么办？"我问，对她女儿我还真感激，一股捐款的波浪，就是她一个小孩子掀起来的。

"她当然跟我去青岛。"

# 十七

要找的中医住在一个四合院里，院子不大，干净精致。进去才知道住了好几户人家，他家用三间北屋，有一间专门用来做诊所。陈中医没有我想象的那么老，也就五十多岁。

让我们坐下后，他直接问："是你们的孩子？"

一下把我们俩问得都不好意思了。我赶紧介绍自己，也介绍了小湘，简单把情况说了说。

陈中医听后，倒有些小小的感动，说："难得你们为战友的孩子这么上心。"说着从抽屉里拿出一张报纸，我一看正是我写的那篇文章，已经从报纸上剪下来了。

"你写的？"

我笑着点点头。

梁小湘直接问："为啥信上说什么人情况都不一样，不都是白血病吗？"

陈中医说："中医讲究阴阳虚实，许多病都是五脏六腑的阴阳虚实不调。所以说同一种病，不同的人要吃不同的药；同一种药，不同的人治不同的病。"

梁小湘没吱声，但我看出来，她不大认同。我倒觉得中医讲的话还是有一点道理的，起码符合辩证法。

我直接把叶潇潇的情况先介绍了一下，又说起了肖进。

陈中医打断我："那我要去看看这两个人，把把脉。"

我说："当然没问题，求之不得。"

小湘马上说不行，人家林医生还在治着，这儿再加一个医生，用另一个方法？谁负责。

我愣住了。

对潇潇，我现在也有点放心了，肖进的情况就不一样了，为什么不能试一试呢？

我想，林医生那儿是可以商量的，他的导师当年不也用草药为人治病吗？

我把这想法当场说了。梁小湘想了想，觉得也是，刚好肖进的化疗一个疗程做完，要休息一段时间，先腾出一个月来，让陈中医试试。当然，她还要去问林医生和肖进的意见。她又问中医，潇潇用的那个进口药怎么样，没想到陈中医还知道这个药，说这是生物制剂，应该有一定疗效。但效果到底怎么样，还是因人而异。

我请陈中医下周去医院给肖进号脉，梁小湘有些顾虑，怕把中医弄进病房去影响不好。但我还是想试一下，说可以让肖进到电视室，请陈中医给她号脉。

临别时陈中医给我开了一张单子，说全是发物，要肖进先忌口，我看了一惊，怎么鲫鱼不能吃？

我一身冷汗，开始为潇潇和肖进吃鲫鱼汤担心。收好那张纸，我连连点头说一定照办。

回到医院已是傍晚，我先把肖进叫到电视室，把我同梁小湘见中医的事和她说了，问她愿不愿意博一下。我觉得，肖进思想上通了，林医生那儿工作就好做多了。

肖进很干脆，愿意积极配合。她说小时候学功夫，就是跟村里一个老中医学的。中国功夫和中医是通的，也讲经络穴位。

这就好办了，我又把单子给她看了，问能不能管住嘴。她爽快地说："太能了，荒岛生存训练时，啥吃的也没有，也挺过来了，这小意思了。"说罢，还安慰我，"你们就让那位中医放心大胆用药吧，我心脏边这颗炸弹，爆炸本来就是迟早的事。"

看着她无所谓的样子，我心里又开始难受起来，但愿中医能有回天之力。

# 十八

出差前一天，我专门到医院和潇潇、荣老师还有肖进道了别。潇潇和肖进的治疗，按照各自方案也开始了。末了，我又专门和梁小湘一起找到了林医生，说我要下部队，要个把月，这里就全拜托他了。林医生说："现在你就放心地下部队，医药费落实了，剩下的你也干不了什么，我会尽心的。"

"那地方医院的治疗方案，照着做就行了？"我心里还是悬着。

"过一两周，根据病人的情况，再调整一下。那边李医生会拿给院士把关。"

我说："那院士要是能亲自来几趟就好了，像会诊那样。"

林医生："那怎么可能呢？上次会诊是过年，北京的外地病号少，我们医院又很少出面请他们，都给了面子。现在，他们自己医院的病人要见他们一面都难。就算李医生，也忙得很，上次让我们跑到王府井，就是因为离他医院近，节省时间。"

我不能再说什么了，只是心里不踏实。林医生尽心尽力，但他毕竟头一次实施这个方案。

我忽然冒出一个念头，当初老叶他们要是直接去上海的话，协调专家要方便多了。唉，还想这干吗呢？

第二天一早，我随着工作组从京郊海军机场出发了。

一路上，隔三岔五给梁小湘打个电话，问潇潇和肖进的病。还真怪，肖进倒是没什么异样，她自己说喘气比原来轻松多了，真为她高兴。潇潇就有点麻烦，到第三个星期又发了一次烧，还有点厉害，李医生还专门赶过来和林医生一起会诊，又回去让院士出了意见，终于控制住了。

本来四月初回北京，临时在三亚接到一个出海任务，跟着舰队编队到西沙南沙巡航。我知道这一上舰，和北京的电话是没法打了，只好全部托付给小湘。特别着急的是，三天后肖进做CT检查，我太希望知道检查结果了。但是没办法，带着这个遗憾，离港了。

春天的南海还是风平浪静。航行中，每到夕阳西下的时候，我就喜欢坐在后甲板上，眺望北方。两个素昧平生的病人，成了我的牵挂。从那次顶着大雪在渤海出海，到现在冒着烈日在浩瀚的南海巡航，中间也就不到一个月，感觉经历了好多。虽然没有嘱托，也没有承诺，但心头一直沉甸甸的。

中途，大概是二十天以后，军舰在永兴岛停了一晚，我用码头的军线电话接通了梁小湘。虽然通话效果很差，还是掩饰不住声音里的激动。她先告诉我，肖进的 CT 照片出来了，那个肿瘤小了一点。林医生态度比较慎重，说光拍一次不能说明问题，万一角度偏差，也会出现这样的效果，不能盲目乐观。但肖进已经盲目乐观了，说肯定小了。

我笑着问："你是不是也盲目乐观了？"

她也笑着说："有点吧。"

我又问："潇潇怎么样？"

梁小湘说："还行，正常吧。"

我觉得有点不对劲，问到底怎么样。她赶紧说："一切都有序进行，有林医生在，放心！"

能放得下心吗？但再不放心也没有办法。好在航行途中事情不少，一忙起来，就好多了。

## 十九

军舰靠岸已近五一，我没有停留，直接坐军用运输机飞回北京。

一回到北京，我就给梁小湘去了个电话询问情况。小湘电话里说："你可回来了，快来吧！"

我问怎么啦，她告诉我，潇潇前几天又休克了，直到前天夜里才抢救过来，现在病情稳定了。

到了病房，我看小荣和荣老师都在，潇潇面色苍白，吃力地说："柳叔叔，你可来了，我一直在等你。"

"等我，你在等我？"

"柳叔叔这不来了吗！"我见是肖进，她跟没有病似的，拎着两壶开水进来。特别吸引我的是，她头上的帽子没了，已长出了头发，比我这小平头还长一点呢。

"柳叔叔，你带我去天安门广场吧。"

我稳了稳自己的情绪，装作生气地对潇潇说："叶潇潇同志，叔叔可要批评你，说话不算话。"

"我怎么说话不算话了？"潇潇一脸迷惘。

"我们俩不是约定好等你病好了，一起去天安门前留影的吗？"

"是的，可我觉得我好不了了。"潇潇一下哭了。

"医生都没说你好不了，自己给自己打退堂鼓，你要不好好配合，医生还咋治？医生没法治了，病还怎么好？你怎么对得起那些给你捐款的叔叔伯伯，还有那些你认识和不认识的同学。我们任务千千万，你任务就一个，还完不成？"

"什么任务？"

"就是上次说，要坚强一些。不就发过几回烧吗？"我说。

小湘马上说："叔叔在西沙岛上还打电话问你的治疗情况，你的情况他全知道。"

潇潇委屈地看着我，抽泣着说："我就想看看天安门。"

"等你这两个疗程做完，叔叔一定带你去。"

"可是做完还要好几个月呢。"

"对呀，你的病就好了呀，刚好国庆节。那时候，北京就是金色的北京，叔叔带你去看金色的北京。"

"金色的北京？"潇潇眼睛一亮。

"是呀，金色的北京！那时候，我们出了医院大门，朝东到红绿灯，再朝南上长安街。出了大门全是银杏树，叶子掉在地上，没人舍得去踩，满眼望去一片金色。"当这幅画面在我脑海浮现时，我肯定地点点头，"对，金色的北京！"

"那天安门也是金色的吗？"潇潇问。

"是的，秋天的天安门也是金色的。"我的语气更加肯定。我不想骗她，等她病好了，我会带她去天安门广场看晚霞，夕阳照过来，整个北京都抹上了一片金晖。

"柳叔叔，我答应你，一定好好治病，治好了就跟你去看金色的北京。"潇潇一脸神往，她转脸对荣老师说，"妈妈爸爸一起去！"

荣老师马上点头："我和爸爸都去，跟潇潇一起去。"

"梁阿姨、肖阿姨也去！"

"对，都去，一起去！"

潇潇苍白的面庞露出了幸福的笑容。

# 二十

秋天，说来就来了。

六个月过去，潇潇的疗程还差一个月，但病情依然没有好转。

倒是肖进，情况一天比一天好。做了三次 CT，肿瘤每次都在变小，虽然很细微，也是大进步。林医生也认可这个效果，全力支持。有时候，我真想让潇潇也用中医药试试，小湘说："人命关天，是可以随便试试的？"

"肖进现在不是很好吗？"我有点不甘心。

"她那是置之死地而后生！一是林医生没有别的办法了；二是她本身身体素质好，也真正配合；三是她自制力强，有一个月，她不吃别的蔬菜，根据陈中医的要求，只吃芦笋和西蓝花。一闻那味，我都要吐，她却照吃不误。"小湘说，"别人能做到吗？尤其像潇潇这样的小孩。"

"她吃芦笋干什么？"我有点好奇，那玩意儿确实很难吃，一股草腥味。北京这边很少有人吃，去广东出差，粤菜里有。

"说是能有利于肿瘤缩小。"小湘说，"也不知道真的假的，本来还要让她喝芦根汤，又不是冬天，上哪儿去找芦苇根！"

这倒提醒了我，芦苇根的药效我是知道的，我有一位战友，父亲脑子得了垂体瘤，是良性的，医生见他年龄大了，不建议开刀，有位中医给他开了个秘方，找芦根，他知道我老家在太湖边，让我帮着找。那年我刚好在家过春节，专门去了趟湖边，请渔民帮着挖芦根。渔民一句回话让我很吃惊："是不是又有人脑子里生瘤啦？"看来，许多民间的秘方还是有用的。

找个周末，我又去什刹海找了陈中医，专门说了潇潇的病情。他说，现在这种情况他没法插手，如果医院说没办法了，他可以去试试。

他这个回答，我很失望，也有意见。是不是别人没办法，你再去试，也不用负责任。但是一想到肖进的病情，我还是千恩万谢地告辞了……

天气越来越凉。

转眼过了九月二十日，驻京海军全换上了白色春秋常服。星期一下午，我正在会议室开会，同事进来把我叫了出去。有个电话，原来是小湘打来的。

"潇潇快不行了，你赶紧来！"

我一听，赶紧请假，出门骑车直奔总医院。

老叶还在远航呢，还没法通知他，怎么办？

到病房，见围了一大群人。除了林医生和主任，李医生也在。

潇潇脸色苍白，上着呼吸面罩，心电监护仪上的电波也不规则。情况已经非常紧急，荣老师瘫坐在方凳上，倚着墙角，苍老而憔悴。边上还有四张方凳，在这五张方凳上，她已经睡了半年。

赵护士匆匆赶来，拉了一下李医生，李医生赶紧跟着出去了。

我问林医生："李医生怎么走了？"

林医生说："李医生要赶到学术楼，接一个国际长途，院士在国外访问，刚刚打电话找到院士。"

我知道，医院只有一部国际长途电话，就在学术楼。但学术楼在病房大楼外面，跑过去加上下电梯得十来分钟。

"不行，跟我来！"我拉着林医生冲出病房，到了斜对面的护士站，拿起电话拨通了学术楼，让对方值班员把那边的内线电话话筒反扣在国际长途电话的话筒上，把手中的话筒递给林医生。

林医生马上和院士通上了话。这一招，是我这趟出海学会的。我在永兴岛跟北京通电话，舰上只有一部电话通军港，接通了值班员直接把内部电话和我接通，他那边两个话筒反扣就行了。

我真后悔，当初没有坚持劝说老叶他们去上海，怕担责任。如果潇潇是我的女儿呢？

林医生放下电话，马上布置护士配药。不一会儿，一位护士举着针筒冲进潇潇的病房。

几分钟后，心电监护仪上的波纹规则了，潇潇的脸也开始泛红。慢慢，她吃力地睁开了眼睛，一看到我，眼睛一亮，断断续续地说："柳叔叔，我坚强不坚强？"

我连连点头："坚强，坚强！"努力不让自己眼泪流下来，我心里非常明白，这一针下去，效果是非常有限的。

"那你答应我的，带我去看金色的北京，金色的天安门。"

"对对对，金色的天安门，叔叔马上带你去。"我抓住她的小手，急切地说。

"好的，爸爸妈妈也去，还有梁阿姨、肖阿姨。"

荣老师努力不让自己哭出声来，肖进在一边轻声安慰着她。

小湘轻声问林医生："能不能马上叫辆救护车，带上救护设备，去趟天安门广场。"

林医生看李医生，李医生点了点头。

林医生看主任，主任说："我去请示一下医院领导。"

小湘对潇潇说："去要车了，我们都去天安门。"

潇潇笑了。

这时，心电仪的曲线又开始杂乱起来。

主任进来急切地说："我直接请示了院长，车就过来。"

我对潇潇说："潇潇，咱马上就走，车来了。"

潇潇张了张嘴但没有声音。监护仪上的波纹越来越微弱。

我心都跳到嗓子眼了，又不敢大声，急忙呼喊："潇潇，潇潇。"

忽然，梁小湘说，心电仪又动起来了。

潇潇睁开眼，眯着看我，呢喃了一句。

小湘马上把耳朵凑到潇潇嘴边："潇潇，你说什么？"

潇潇又吃力地呢喃一句。

小湘吃惊地看我："她说柳叔叔头上有金色的天安门。"

大家都看向我，我一惊：我头上？

我马上取下军帽，哦，帽徽里有个天安门的图案，确确实实是金色的。

我赶紧把帽子放到潇潇眼前，急切地说："潇潇，你看，金色的天安门。梁阿姨、肖阿姨、林医生，还有你爸爸和他的战友们，头上都有一个金色的天安门。"

潇潇笑了，笑得无比灿烂。

荣老师已经轻轻抽泣起来。我发现，心电仪上的曲线已经拉直。

潇潇的脸上依然是灿烂的笑容。

大家都想大哭一场，又全都忍住，仿佛商量好的一样，只是轻轻地抽泣，生怕惊动了潇潇的笑容。

（选自《中国好小说·中篇卷：2022 中国年度优秀中篇小说选》中国书籍出版社 2023 年 5 月版）

>>>> 作者简介 <<<<

陆颖墨，男，1963 年生，江苏常州人，当代军旅作家。1987年在《当代》发表小说处女作。著有《海军往事》《寻找我的海魂衫》《白手绢，黑飘带》《中国月亮》《远岛之光》《军港之夜》等。小说《礁盘》2008 年被收入湘教版小学语文六年级课本。小说《小岛》被收入 2019 年全国统编五年级语文课本。曾获第五届鲁迅文学奖等多种奖项。

# 你好，我的港湾！

刘善兴

真的没有想到，我去葫芦港毕业实习，竟使爸爸妈妈二十多年的感情恩怨有了转机，这的确是始料未及的。

"好，好啊！妞妞，去葫芦港实习，太好了！"爸爸听到这个消息，沉默片刻，突然间电话里的声调高了八度，"我告诉你，潜艇上的小伙子，个个是百里挑一！嗯，你也快毕业了，遇到合适的，可要考虑啦！爸爸二十年前就说过，八〇一潜艇水手长的女儿，嫁人还嫁潜艇兵！"

"哎呀，什么呀老爸！你想到哪儿去了！我是去实习，又不是去找对象。我妈不是早就说过了嘛，她的女儿，就是八辈子嫁不出去，也不能找潜艇兵！"

"妞妞你记住，你身上流淌的血液里有一半属于八〇一潜艇水手长，不属于她那静一个人！"爸爸脱下军装那么多年了，说起话来仍然像个指挥员似的，斩钉截铁。

"哎呀，老爸，这是哪儿跟哪儿呀！又扯你们的历史老账了！我跟你说，毕业实习的事，我妈还不知道呢，这不先给你说嘛，水手长同志！"

爸爸听出来我有点儿不耐烦了，只好喃喃地说："那好吧。"

接着我又给妈妈打电话。

她老人家第一句问的就是"曲小军能不能一起去"？我说："不能。"妈妈说："要是小军能和你一道儿去，妈就放心多了。"妈妈又问："为什么突然想起去那个鬼地方呢？换个地方行不行？"见我没有回答，妈妈便轻声轻气地说："这样吧，我有几个学生是地方报社、电视台的领导，你要同意的话，妈妈出面联系，你和小军一起来上海实习，行不行？"我说："不行！我是军事新闻系毕业生，未来的军事记者，到地方实习算什么事呀？"

妈妈见我态度坚决，便唠唠叨叨、谆谆教导起来："我告诉你，妞妞，那地方小咬（蠓）特别多，你要多带几盒清凉油；那个鬼地方水质不好，千万不要喝生水；还有最最重要的一条……"

"哎呀，我知道，那静的女儿，就是八辈子嫁不出去，也不能找潜艇兵！对不对？"没等妈妈唠叨完，我就截住她的话头，"你烦不烦哪！"

真是讨厌，这毕业实习，人还没去呢，老爸老妈的意见就在我这里交上了火，这叫什么事？好在他们两人相隔千里，要是坐在一起开个家庭会议，不吵成一锅粥那才怪呢？

俺的老爸老妈呀，真是一对老冤家！

借毕业实习的机会，去葫芦港做一次特殊采访，在我心里酝酿很久了。这是一个我压在心底不愿示人的秘密。要不是李主任打破砂锅问到底，我真的谁也不愿告诉，包括我的爸爸妈妈。

那天，我们军事新闻系的李主任把我的实习申请拿在手里，看了半天，突然收起脸上那弥勒佛般的笑容，惊讶地说："童海霞，你一个女孩子家，去哪里不行，为什么非要去海军潜艇部队，这可不好办哪！"我说一定要去，李主任非得让我说明理由。我如实相告——爸爸妈妈的婚姻悲剧，我幼年的特殊经历，想借此机会寻觅那已经飘零在时光隧道中的秘密，还有我对合家团圆的期待……李主任听了很是同情，表示会尽力协调促成。没想到，申请还真的被批准了。李主任看着我兴奋的样子，微笑着说："你是党员，又是班委，你们这个实习小组你当组长，可不能给系里捅娄子哟！"

我就"哼"了一声，没再吭声。

一般说来，女孩子由舌根和鼻音拼合的这个"哼"字，有时候表示不满意，有时候代表很满意，有时候两者兼而有之，有时候让你猜不透她的真实意思……

可是，爸爸妈妈这两通电话，闹得我的心情像晴转多云，一时间灰蒙蒙的，有一种说不出的滋味儿。

哼，真是的……


李亮双肩背着一个鼓鼓囊囊的迷彩背囊，两手各拉一个拉杆箱，胸前挂着一个军绿色挎包，走在前面。我斜挎着同样的挎包，背着同样的迷彩背囊，跟在后面。我们一前一后，在熙熙攘攘的人流中，登上了省城开往甬江市的特快列车。

两天前，李主任悄悄告诉我："你们小组还有一两个名额没有最后确定，你和李亮可以先走，早去早进入状态。"和我分到一个小组，李亮显得格外兴奋，一听说要走，又是买火车票，又是开介绍信，把行前准备工作一手包办了。早些日子，议论毕业实习去向，李亮就一再给我递话："师姐，咱说好了啊，你到哪儿，我跟你到哪儿，不带骗人的！"

"讨厌，小破孩儿，跟屁虫！"

"谢谢师姐夸奖！"李亮一脸贫贫的样子。

对于师姐这个称呼，一开始我挺反感的。干吗呀，我只不过出生月份比你早点儿，叫什么姐呀弟的，挺腻人的。不过，这小破孩儿嘴甜，不管不顾地叫着。我心烦时，就叫他"小破孩儿"。时间一长，彼此慢慢习惯了。有时候，我听他叫师姐心里甜甜的，有时候又觉得心里烦烦的，关键取决于自己当时的心情。心烦的时候，我就故意用重话刺儿他，说轻说重，他不介意。有时候几天不刺儿他，他心里痒痒，时不时挑个碴刺儿你。

一开始，我对这位貌不惊人、中等个子、有一双贼亮贼亮的大眼睛的小男生并不在意，直到在英语课堂上发现他口语特别棒。于是我有意识地和他一起练口语，不知不觉中，心里对这位小师弟多了几分怜爱。那次野营拉练途中，李亮中暑晕倒了，那里前不着村，后不着店，学员队长把他背到一个阴凉处，我用自己的毛巾蘸着冷水给他擦脸冷敷，一直守到他醒来。从那以后，我们口语照样练，玩笑照样开，我觉得李亮看我的眼神里似乎多了点儿什么。

我们按车票位置刚刚坐下，开车铃声响了起来，列车随即缓缓启动。就在这时，曲小军背着行囊急匆匆地过来了，一脸汗水的他高兴地说："总算赶上这趟车了！组长同志，组员曲小军前来报到！"

我和李亮同时站起来。李亮惊讶地问："你怎么来了？"我说："咦，搞什么名堂？"曲小军笑笑说："没有名堂，系里临时调整，让我到你们小组。"说完，他拿出车票，看着我旁边座位上的一位中学生模样的小姑娘，亲切地说："小妹妹，帮个忙好吧！你看，我们仨是一起的，我的座位在旁边的车厢，能不能……"小姑娘看了一眼曲小军手中的车票，站起来客气地说："没关系，我去那边吧。"

曲小军趁机在我身边坐下，从随身带的塑料袋里掏出了点心、水果、瓜子、饮料等，放在小桌子上。李亮阴阳怪气地说："好，有你这个后勤部长，这一路可就不愁吃喝了。"说着，他抓起一个苹果就往嘴里塞。

别看李亮有一双贼亮贼亮的大眼睛，对我的事情也格外关心，但我和曲小军的特殊关系，他至今还蒙在鼓里。别说李亮不知道，全班甚至全系包括李主任在内，没有一个人知道。

我之所以对我和曲小军的特殊关系格外忌讳，是和妈妈有关。

那年，我刚刚满月不久，妈妈把我丢给爸爸，去上海某大学报到了。后来，他们离了婚。妈妈读的是哲学系，他们班的班长叫曲援朝，来自上海郊区的空军部队。毕业后，妈妈留校当了教员，曲援朝回了老部队。曲援朝是曲小军的父亲。后来，曲小军的母亲病逝，妈妈和曲援朝有意结合在一起。结婚前夕，时任航空兵团政委的曲援朝在一次飞行事故中因公牺牲。见曲小军失去双亲，孤苦伶仃，妈妈便承担起了做母亲的责任。

这么多年，我和曲小军没见过几次面。很小的时候，我去上海看妈妈，和曲小军在房间里做游戏，他不小心碰掉了桌上的水瓶，我碰巧摔了一跤，手被水瓶碎片扎破了，妈妈见状，大声教训他："海霞是你妹妹，你得让着她！"从那以后，曲小军再不敢惹我。后来听妈妈说曲小军高中毕业就当了兵，我也没有在意。万万没有想到，四年前我报到那天，大老远就听见有人大声喊"海霞妹妹"，我愣了一下，谁呀？等他走到跟前，我才认出是他。我说："怎么是你？"曲小军高兴地说："是啊，我从部队考到这儿啦！真好啊，以后四年，咱们就是同班同学了，太好了！"我悄悄把他拉到一旁，严肃地说："记住，咱们俩的关系，天知地知，你知我知，绝不许说出来，更不能以兄妹相称。"我的这个决定几乎是不假思索说出的，我也不知道自己为什么对这个特殊关系这么敏感。也许，和从小怕人家问我"你妈妈如何如何"有关。长这么大，和同学们一起谈到涉及妈妈的话题，我历来缄口不语。老实说，四年了，曲小军对我们的特殊关系守口如瓶。对于这一点，我从心里感谢他。

走出甬江市火车站的那一瞬间，我一眼看到了人群中那个穿上白下蓝水兵服的二级士官，大概一米七八的个头儿，挺拔而沉稳，微黑的脸庞，两眼炯炯有神，眉宇间透着一股英气。与众不同的是，大热天的，他竟然还戴着一副白手套，显得格外引人注目。好酷哇！一股冲动倏然涌到喉头，我差一点儿脱口而出：哇，海军小帅哥！

出站口人头攒动，热闹异常。我们三个人依次走出。也许是鬼使神差，也许是女孩儿的直觉，尽管人群中不乏穿海军服的人，我竟毫不犹豫地把目光锁定到了这位英俊潇洒的海军士官身上。

李亮边走边问："有没有人来接我们？"

我说："你瞧，那不是嘛，那位海军小帅哥已经过来啦！"

李亮问："师姐，你怎么知道海军小帅哥是来接我们的？"

我说："直觉。"

李亮马上犯贫，小声说："是不是一见钟情的那种感觉？"

"小破孩儿，严肃点儿！"我低声呵斥道。

海军小帅哥的目光也锁定了我们，他走到我们面前，"啪"的一个立正，行了一个标准的军礼，大声问道："请问是军事新闻系来实习的同志吗？"

我连忙说："是是是！你是……？"

"马副主任派我来接你们，车在那边，请跟我来！"海军小帅哥说着便要帮我们拿行囊，我们都推辞了。他把我们领向一辆猎豹军车，顺手拉开车门，我们坐了上去。猎豹车缓缓驶出城区。海军小帅哥客气地自我介绍："我叫陈翔，耳东陈，翱翔的翔，临时在支队宣传科帮忙，我的正式职务是潜艇舵信技师，传统称呼水手长，叫我小陈就行啦！"

我把曲小军和李亮介绍给陈翔，又自我介绍说："我叫童海霞！"陈翔点点头。

"哦，水手长，不就是舵手嘛！大海航行靠舵手，嘿，爽！水手长不开潜艇，怎么开起汽车啦？"曲小军问。

"哦，是这样。"陈翔说，"我是临时到支队宣传科帮忙，这次为你们的采访实习提供服务保障。从今天开始，这辆车就归你们使用。"

不知不觉中，猎豹车驶出市区，沿着去葫芦港的盘山公路向前飞驰。窗外，公路两边绿树亭亭如盖，鲜花争奇斗艳。远处，竹海苍郁，茶园吐翠，满目新绿随着山势蜿蜒起伏。这就是被爸爸称为"生死之路"的那条盘山公路吗？当年，在这条十里九回肠、坑洼紧相连、车过碎石飞溅、黄土腾满天的公路上，上演了一场"生死速度"——

那天，已近十个月的我在妈妈的肚子里拳打脚踢，跃跃欲出世，妈妈在狂奔的吉普上大呼小叫："哎哟，痛死我了！哎哟，童建国，这辈子嫁给你，真是倒了八辈子霉！"妈妈临产前来部队，没有想到路途劳累，一下火车就出了状况。爸爸担心妈妈把我生在路上，一边紧紧抱着在怀里挣扎叫喊的妈妈，一边催促："郭班长，还能不能再快点儿？"汽车班长郭明亮早已急得满头大汗，抬起右手在方向盘上用力猛拍了一下，骂道："什么破路，什么破车，让我们葫芦港的孩子还没有出生就遭这个罪！"

爸爸说过，那时条件有限，支队首长外出有时还坐大解放车呢。

有一次爸爸说到这里，我反问："你当时在车上什么感受？"

"什么感受？出海遇到八级大风都没有这么紧张过！妞妞啊，你差一点儿生在路上，要是生在路上，可就麻烦大了！"爸爸说这话时，我分明感觉到了他的心有余悸。我还听爸爸说过，他转业那年，独自一人抱着我，也是从这条公路离开葫芦港的，一路上都噙着眼泪。


葫芦港位于浙东沿海天然良港金塘浦水道东侧。舰艇、船只从外海驶进金塘浦向南航行，远远能看见一个馒头似的小山包，便是乌龟山；距乌龟山两海里处向左转向九十度，便是葫芦港。陈翔减缓车速介绍说，从海上进港是这样子，不过我们今天是从陆路进港。

晚霞火焰般燃烧着，给军港抹上了一层金粉。猎豹车缓缓在港内行驶。

左边是码头，是大海。海水并非我想象中的蔚蓝色，而是浅蓝色与黄泥色相间，两色界限分明，像调过的鸡尾酒。码头上，一艘艘黛蓝色钢铁长鲸依次排列，静静浮卧在水面上。只听得潜艇舰桥尾部向后倾斜的旗杆上，八一军旗在蓝天下"猎猎"舞动，那响声，让我心头颤动。

右边是山，还有依山而建的各类设施：信号台、装备维修大队、军械被装仓库、水兵宿舍、水兵食堂、码头俱乐部、体育运动场、潜操教练室……

四号码头对面两山之间，被劈开了一条通道。陈翔说："我们叫它黑风口。你们猜猜看，如果从空中俯视，整个港的形状像什么？"陈翔卖了个关子，"过了黑石礁我再告诉你们。"

车过黑石礁，公路几乎是一百八十度的大转弯，眼前霍然出现一片更大的海面，面积有几十平方千米，被群山合围。

"像什么？"陈翔问。

曲小军说像个长茄子；李亮说像一长一圆两个大南瓜；我说码头那边有点儿像茄子，山这边像圆圆的南瓜。

"连在一起像个被人折弯的葫芦。"陈翔说，"以黑石礁为界，码头这边是葫芦的上半截，过了黑石礁是葫芦的下半截。爬上港内最高峰上的那座凉亭俯视全港，便可一目了然，哪天你们可以上山看看。"

我问："葫芦港就是因此得名吧？"

陈翔回答："那倒没有考证，海图上是这么标的。"

过了黑石礁不远，就是军人招待所。军人招待所坐北朝南，是由东向西依山而起的两栋二层别墅式小楼。陈翔把我们安排在一号别墅式小楼，让我住楼上，曲小军和李亮住楼下。洗漱毕，他催我们去饭堂，说："政治部首长正等着为你们接风洗尘呢！"

支队政治部副主任马天成上校，四十七八岁的样子，圆圆的脸庞看上去有点儿像我们系主任，不过他身材健硕，动作干练，有典型的职业军人风度。他站在军人招待所小餐厅门口迎接我们，边握手边说："欢迎，欢迎！"

餐桌上，摆满了以海鲜为主的菜肴。玻璃小酒杯里斟满了淡黄色的酒，一个葫芦形状的黄瓷酒瓶已经被开启。落座后，陈翔向马副主任一一介绍我们的名字。

马副主任看着我们笑了笑，调侃地说："咦？不对呀，明明通知来两名记者，怎么接来了三个？现在社会上不光有假烟假酒，还有假记者，不会有一个是假的吧？"

我们一下子都没有反应过来，满脸惊诧。曲小军的神情显得更不自然。

"报告首长，介绍信在我这儿。"陈翔马上站起身，边说边从口袋里往外掏介绍信。

马副主任挥手示意不看，哈哈大笑起来，说："开个玩笑，李主任是说先来两位……别说来三个，来三十个都欢迎啊！我们葫芦港可是新闻富矿，金子银子多得很呢！"

听到这里，我们都回过神儿了，松了口气，也跟着笑了起来。

马副主任说："支队政委在中央党校学习，支队长在舰队参加战役集训，政治部主任随潜艇出海了，我代表他们欢迎三位记者同志！"

曲小军、李亮和陈翔都端起酒杯，我犹豫地说："首长！我不能喝白酒。"

马副主任解释说："这是米酒，养胃的，放心吧，保你没事！来！为你们光临葫芦港，干！"

我只好放开胆子一饮而尽，并说有点儿像止咳糖浆的味道。

马副主任说："不错！这酒确实有止咳保健作用。别看它瓶子其貌不扬，确实是好酒，有人想仿冒，怎么也做不出这味道。为什么？关键是水，我们'金葫芦'酒厂的水，是综合加工厂的郭厂长从山那边打出的深井清泉，清甜甘洌！"

"那个鬼地方水质不好，千万不要喝生水！"想起妈妈的话，我欲言又止。马副主任继续说："当然啦，原来我们吃水也很困难。是综合加工厂的郭厂长为给酒厂找水源，也解决了全港的吃水问题，他的事迹值得你们写一写。来，别只顾说话，拿起筷子，开始操练！"

李亮打开话头说："看来每个部队都有约定俗成的习惯用语，马副主任刚才使用'操练'这个词儿，我就想起我们旅长的口头禅。我是二炮部队的兵，我们旅长言必称'操作'，什么事儿干不好，他批评我们的第一句肯定是，荒唐，岂能如此操作！"

我们也不客气了，开始吃起来。

马副主任看着我们，笑着感慨道："哎呀，看到你们年轻人，想起了我们年轻的时候，真是高兴！"接着，他又对陈翔说："唱首歌，助助兴！"

陈翔站起身问："首长，唱什么？"

"当然是唱我们支队自己创作的军歌——《潜艇兵之歌》了！"陈翔酝酿了一下感情，满怀激情地唱起来：

> 啊，亲爱的妈妈，
> 请不要问我在哪里，
> 问我也不能告诉你。
> 不是儿有意隐瞒你，
> 是儿的职责不允许。
> ············

多么激昂悦耳的旋律，多么耳熟能详的歌词，可以说，这首歌也是我的儿歌之一，我牙牙学语时就天天听爸爸哼哼，爸爸离开葫芦港，离开潜艇这么多年了，遇到开心的事，遇到战友聚会，唱的总是这首歌。听着歌声，我脑子里不时闪现出爸爸引吭高歌的情景……

受陈翔歌声的感染，我情不自禁地走到他身边，点头示意，放开喉咙与他合唱：

> 啊，亲爱的姑娘，
> 请不要问我在哪里，
> 问我也不能告诉你。
> 不是我有意隐瞒你，

是我的使命不允许。

啊，亲爱的妈妈，

啊，亲爱的姑娘，

你若要问我在哪里，

我只能对你说，

我在那波涛汹涌的大洋里。


啊，亲爱的祖国，

只有您知道我们在哪里。

我们时刻牢记您的嘱托，

默默潜航，悄悄待机，

在水下筑起铜墙铁壁！


歌声飞出窗外，在葫芦港的夜空中回荡。

合唱完毕，马副主任带头鼓掌，高兴地频频点头，似乎想起了什么，欲言又止。李亮惊讶地问："你怎么会唱潜艇兵的歌？"我腼然一笑："问我也不能告诉你。"

大家都笑了。

"请不要问我在哪里，问我也不能告诉你。"马副主任说，"这两句歌词说出了潜艇部队的特点，就是潜艇行动的隐蔽性，同时也说出了我们潜艇部队官兵的一个特殊理念——乐于默默奉献，安于不被注视，在远离大众视野的地方，静悄悄地履行着神圣使命。陈翔，你说是不是这样？"

陈翔点头说："的确是这样。报纸上刊登的那些事，咱这儿都有，就是没人来写。"

马副主任说："是啊，新闻报道上不去，我这个分管宣传的副主任有责任。小陈，你想想看，从支队长、政委到你和我，再到艇上的兵，是不是都把出海训练、航行安全看作重中之重，弦绷得很紧。至于报道嘛，还不是年三十打兔子——有它没它都过年！"

我们一开始就领教了马副主任的幽默，又被他逗笑了。

接着，马副主任把话锋一转说："我的意思是，要借助这几位新闻系高才生来实习的东风，促一促支队的报道工作，把我们那个不能说完全正确又不能说完全错误的理念改一改，向三位来自老大哥部队的同志学点儿什么。"

哇，真看不出，原来他的话绕了一圈，始终没有离开正题，到底是老政工！

饭后，马副主任对陈翔交代工作安排：明天先参观军史馆和装备，后天有两艘潜艇出海，两位男学员可以随艇出海进行体验采访。说完他看向我，说："可不是歧视女同志啊，据我所知，目前世界上有潜艇的国家，还没有一个国家有女性潜艇兵的先例。"

我佯装不懂，问："能不能破个例？"

马副主任笑了笑："这个不能破例。你就在岸上采访吧，就从综合加工厂厂长郭明亮开始吧，别看他只是个兵，在葫芦港相当于支队政委助理，有不少故事呢！"说到这里，马副主任环视左右，看了看他们三个男生，话锋一转说："我女儿明年高考，我要向这位女记者咨询一下考军校的问题，你们几个先休息吧！"

陈翔、曲小军、李亮走后，马副主任一直动情地看着我。

我审慎地问："首长，您女儿……"

"什么'手掌脚掌'？妞妞，刚才的话题只是借口，现在你猜猜，我是谁？"

我在脑子里飞快地检索着相关信息，想起爸爸说起葫芦港常提到一位小马叔叔，便试探地问："听爸爸常说到一位小马叔叔，是不是您？"

马副主任高兴地说："是啊，那天一接到通知，我就在心里琢磨，叫海霞的女孩很多，但童姓不多——《百家姓》中排一百四十多位嘛。又一盘算，童建国的女儿，今年也该大学毕业了。刚才一见面，我就认定是你，你遗传了你妈的长相和你爸的气质。快说说，你爸爸最近怎么样？"

我一路都在想着，只有找到爸爸当年的老战友，才能弄清心中的疑惑，没想到——踏破铁鞋无觅处，得来全不费功夫，眼前的小马叔叔就是重要的知情人。我掩饰不住内心的激动，说："太好了，关于我爸爸妈妈的事，我还有好多问题问您呢！"

马副主任也显得很激动，立即从包里掏出手机说："快！告诉我你爸爸的电话。"我说了，他一下就拨通了："喂！是水手长吗？我是马天成呀！"

我在旁边只听到爸爸在电话里的声音显得很激动，但不知道他们说了些什么。和爸爸通完电话，马叔叔问我累不累，我说不累，他说领我在港内走走。

"那是二十多年前葫芦港的一个夏日之夜。"马叔叔信步走着，自言自语着陷入深沉的回忆。

"那天晚上，一弯新月如钩，葫芦港涨满了大潮，月色朦胧，宁静而迷人。军人招待所的一间普通客房里，斗大的'囍'字贴在墙上，天花板上挂满了五彩缤纷的彩带。八〇一潜艇各部门的代表，把新房挤得满满的。水手长童建国和下乡知青那静的婚礼，就在这里举行。

"我端着托盘，把两杯红葡萄酒送到新娘新郎面前。那年，我是刚刚上艇的舵信兵，顶头上司就是你爸——我们艇的水手长童建国。"

我静静地跟随在他身旁，陶醉在葫芦港安闲宁静的月光下，聆听着一个仿佛是被海风吹走飘远了的故事——

喝完交杯酒，新郎满脸笑意，把一枚斑纹华美、色泽润腻、珐琅质油光鲜亮的虎斑贝双手捧到新娘面前，带着几分神秘说："这件宝贝价值连城，怎么样，好看吗？"

钟大魁紧跟着捧哏："哎，这可是个好东西！"

在中原长大，这次来葫芦港才是第一次见到大海的那静，从来没有见过这么漂亮的贝壳。她问童建国："这叫什么呀？是挺漂亮的。"

"嫂子，这叫虎斑贝，是海上渔家儿女的爱情信物，我们艇去南海参加演习，一位渔家姑娘送给水手长的。"我插话说。

童建国说："哪儿来的渔家姑娘，明明是我用一双新胶鞋和一位船老大换的！"

那静说："啊，就值一双胶鞋钱呀，我不稀罕！"

众人起哄，哈哈大笑。

钟大魁笑着说："童建国你小子真是个实心眼儿，这么漂亮的东西，在这么浪漫的场合，你非要提那双胶鞋干啥！"童建国说："本来嘛。"

说起虎斑贝，钟艇长还即席编了一个故事。他说："这是发生在葫芦港的美丽童话故事——东海龙王幼女误入渔网，被渔家后生搭救，小龙女初尝人间冷暖，与后生喜结良缘。父王龙颜大怒，派虾兵蟹将捉拿小龙女回宫，小龙女宁死也不从命，一头撞向桅杆，一缕青烟过后，化作一枚漂亮的虎斑贝留在了后生的船上。"

钟艇长现编现卖，露出破绽，我故意问："艇长，不对吧，既然虎斑贝是小龙女化身，应该是新娘赠送给新郎才对呀？"

钟大魁狡辩："你不愧是童建国带的兵，一样死心眼儿！他呢，这么漂亮的礼物非说是胶鞋换的；你呢，不懂得童话有很多版本，本艇长讲的是葫芦港钟氏版本，侬晓得吧？"说最后一句时，钟大魁模仿着我的浙江口音，一副调侃的样子……

说起二十多年前的事情，马叔叔还是那么记忆犹新——

我们艇长钟大魁，艇员们戏称他为"钟馗"，有的直呼他"钟大胡子"，说他是钟馗的相貌菩萨的心肠！别看钟艇长操艇时口令斩钉截铁，神态威严如山，更多的场合，则是嘻嘻哈哈、没大没小的，让人分不出他是官还是兵。水上航行时，上舰桥想过口烟瘾的兵，无须请示，谁都可以伸手从他的上衣口袋掏支烟叼在嘴上，碰到他高兴了，他还会掏出打火机给把烟点上。艇员排除机械故障时，会有人悄悄把倒好的咖啡、打开的水果罐头或切好的西瓜递到大家手里，同时递过来一个鼓励的眼神、犒劳的微笑，那不用问，一准是钟艇长！

在我们八〇一潜艇，艇员们都说，钟大魁只有下口令时才像个艇长！这也正应了他本人的一句名言："潜艇里只有声音分上下级！"对于这句名言，钟大魁这样解释：全艇几十个战位，指挥员的每一个口令各战位都必须立即大声复诵并无条件执行，这是舰艇条令的规定。所以，在潜艇里，下达口令者是上级，复诵并执行口令者是下级，除此之外，你就是睁大眼睛，也很难分清谁是官谁是兵，谁的职务高谁的职务低——出海服不佩戴军衔，舱内温度高时，人人一条亚麻布大裤衩子，穿一样的衣服，吃一样的伙食，呼吸一样的空气，同在一个铁壳子里，执行同样的任务，要进一起进，要退一起退，要生一起生，要死一起死，从艇长到水兵，如同一个子宫里的多胞胎兄弟，生命系于同一母体，息息相通，休戚与共，生死相依！

童建国是钟艇长的爱将，年近三十还没有对象，一直是他的一块心病。他曾和妻子陈宏英开玩笑说，你要是有个妹妹该多好，咱也能给童建国帮帮忙！那年童建国休假回来，向艇长报告他与那静的不期而遇的姻缘，钟艇长喜出望外，当即让他赶快写报告，说："批准后立即结婚，我来当证婚人！"童建国笑笑说："等等也行，不急。"钟大魁脸色一沉："废话，三十岁的大小伙儿了，你真不急呀？"

那个年代的婚礼十分简单。证婚人钟艇长首先宣布婚礼开始，新郎童建国和新娘那静并立，对着"囍"上方的毛主席像三鞠躬。然后，艇政委代表全艇指战员把两套用红绸包着的《毛泽东选集》赠送给两位新人，这在当时是约定俗成的重要程序之一，就像如今新人之间互赠结婚戒指一样。接着，钟大魁又宣布，新郎新娘喝交杯酒，互赠礼物，当然，互赠礼物，完全是钟大魁的临时提议和别出心裁。

赠送礼物的环节令新娘那静措手不及，她根本没有想到婚礼上还有交换礼物这一项，也没有准备什么礼物。不过，聪明伶俐的那静到底是省城出生、书香门第的大家闺秀，她不慌不忙地从旅行袋中取出一件红色的毛线背心，不动声色地说："这是我为建国织的毛背心，大夏天的拿出来合适吗，艇长？"钟大魁连忙说："合适，合适。红色是革命的象征，今天是标准的革命化婚礼，非常合适！"

"我在底下起哄说，嫂子，红色好，喜庆！"马叔叔充满深情地说，"舵信兵我年龄最小，也顽皮，你爸喜欢我。"好像是插一句旁白，继续他的故事——

交换完礼物，便是既定程序——新郎新娘表演节目。

新郎童建国五音不全，首先唱起《潜艇兵之歌》，声嘶力竭，脸涨得通红。勉强唱完第一段，童建国便用恳求的目光看着他手下的舵信兵，大家即刻会意，赶紧帮腔，唱着唱着，钟大魁和满屋子的男子汉都忘情地唱了起来。歌声越来越大，甚至盖过了窗外海浪的喧哗。这歌声，抒发的既是潜艇兵特有的职业自豪感，也是战友们对新人的衷心祝福！

那静听得泪光潋滟。


歌毕，钟大魁解释说："论操舵水平，童建国是一流的；论唱歌，连末流也入不了。所以，我们大伙儿为他帮帮腔。下面该新娘子唱了，来一段家乡戏河南豫剧吧，大家说好不好？"

众人齐声叫好。

那静落落大方地说："感谢艇长、政委和这么多同志参加我们的婚礼，我唱不好，给大家唱一段豫剧《花木兰》选段'刘大哥讲话理太偏'。"接着，她端起杯子呷了一口水，润润嗓子，缓缓唱道：

刘大哥讲话理太偏

谁说女子享清闲

男子打仗到边关

女子纺织在家园

白天去种地

夜晚来纺棉

不分昼夜辛勤把活干

将士们才能有这吃和穿

…………

虽然是清唱，那静却运气自如，唱得字正腔圆，曲调高亢粗犷中不失婉转柔美，于豪迈激越中平添了几分妩媚婉秀，把豫剧的常派唱腔模仿得惟妙惟肖，也把婚礼的气氛推向了高潮。

水兵们鼓掌欢呼："再来一段！"

钟大魁乐呵呵地说："良宵一刻值千金！时间不早了！我看，该返航靠码头了！"

水兵们会意，兴奋地叫起来："噢……靠码头喽！水手长，夜航靠码头，悠着点儿！"

那静不解其意，童建国红着脸把喜糖大把大把地分给大家……

马叔叔收住话头，感慨地对我说："不能比呀，与现在年轻人的婚礼相比——摄影车前导，超豪华凯迪拉克婚车披红挂彩，一溜奥迪浩浩荡荡紧相随，热热闹闹，五彩缤纷。当年你爸爸妈妈的婚礼，确实够简单的！"

"这好理解。"我说，"每个时代的婚礼都有属于那个时代的时尚和流行色。"

"你说得对。婚礼形形色色，幸福的婚姻大致相同，不幸的婚姻却各有各的不幸。你爸爸妈妈的幸福没持续多久，便跌入了不幸。起因嘛，就是你的出生。"

"因为我？"我惊诧不已。

到达葫芦港的第三天上午，我到码头送曲小军和李亮出海。穿上深蓝色潜艇工作服的曲小军和李亮，已经从颜色上与潜艇兵融为一体。昨天晚上给他们俩送衣服的时候，陈翔向曲小军和李亮交代，他要参加备航备潜，让他们自行上艇。

去码头的路上，不时与艇员们的队伍迎面相遇，我注意到，队列里不时有人投来看似漫不经心却极好奇的目光。

李亮说："师姐，注意到没有，好像都是看你的。"

"你怎么知道是看我的，正确的解读是，人家的眼神分明是问，这是哪儿来的两个假潜艇兵，又是来混潜灶吃的吧？"我说。

"潜灶不是那么好吃的，我以前乘坐客轮还晕船，这回出海肯定够呛。"曲小军说。

"我坐江轮不晕，不知道出海咋样。"李亮也担心。

"不管晕不晕船，你们都得表现好点儿，不能给咱军事新闻系丢脸。"我说。

"那肯定。"他们俩随声应答，"请组长放心！"

李亮说："我突然有一个重大发现，打起仗来，女兵在其他部队不一定不上战场，在潜艇部队是一定不会参战的，这不，平时连出海训练都捞不到去嘛。"

曲小军开玩笑地说："你是不是在想变成女的就好了，这样就能留在葫芦港？"

"去你的！"李亮一时没有找到合适的词反击对方，便趁机转移话题说："师姐，你要留下我就留！"巧将闻雷来掩饰，随机应变信如神。他的话看似半真半假，却巧妙地传递了隐匿心中的某种暗示。李亮的小聪明经常流露在不经意间，我一眼就能看穿。曲小军没有回应他，也许是对李亮的话外之音故作没听懂，含而不露。

"你想得倒美，想留这儿，还不知道人家愿不愿意要你呢！"我依然使用通常对付李亮的语调故意掩饰着，不给他的暗示留下任何幻想的空间。

小破孩儿，你猜谜去吧。我在心里这样说。

几声短促的汽笛声响起，两艘潜艇依次缓缓离开码头，向港外驶去。潜艇后部两舷的内燃机排气口处喷出的浪花像是给钢铁长鲸插上了一对洁白的翅膀，艇尾拖着一道闪亮的尾流，像一柄长剑在海面上展示着水兵的勇敢和无畏。远去的潜艇在海天间渐渐变成剪影，我还呆呆地遥望着，心绪也仿佛向大海飘去。

"是海霞吗？"背后有人喊我的名字。

我回头一看，一位身材魁梧的海军少将走到我的跟前。将军身板挺直，饱经海风磨砺的紫红色脸膛，皱纹线条突兀，满脸络腮胡子刮得干干净净，两腮和下巴泛着青光，鬓角上一抹白霜，看上去五十多岁的样子。

我双脚并拢，"啪"一个标准的军礼，说："首长好，我是童海霞！"

将军用惊喜中充盈慈爱的目光端详着我，说道："嗯，好，像童建国！嗯，这脸庞、眼睛像那静。怎么样，妞妞，能猜到我是谁了吗？"

"您是钟伯伯。"我说。不用猜了，在这里能够叫出我乳名的除了小马叔叔，就是钟大魁伯伯和陈阿姨了。

"你说这个童建国，二十多年了也不来个电话，要不是闺女来到家门口，恐怕他再也想不起我这个老艇长了。"

"不是的，钟伯伯。"我解释说，"我爸爸说，这一辈子，谁都可以忘记，就是不能忘了您和陈阿姨。我爸爸还说，我小时候，多亏陈阿姨和您照顾……"

"你一到，马副主任就向我报告了。"钟伯伯说，"你陈阿姨听说你来了，可高兴啦。我在舰队，她就打我手机，说'童建国的闺女来了，明天一到，你就给我接到家里来，我在家包饺子等着你们'。你小时候可爱吃阿姨包的素馅饺子啦！走，回家吃饺子！"

钟伯伯说着，转身跨上引桥，向码头走去。

我紧走几步跟了上去，解释说："一起来的两个男同学都出海采访了，按计划我今天要去综合加工厂采访呢。我问过马副主任，知道您今天开会回来，本来想晚上去看您和陈阿姨的。"

"采访的事先放一放。告诉你，伯伯只有半天时间。舰队组织一艘驱逐舰和两艘潜艇进行对抗训练，下午我还要赶到驱逐舰去，指挥明天的海上训练呢！"

看来，无论是将军的命令还是伯伯的话，我都必须服从。

我们乘车向家属区驶去。

半山坡上的板式宿舍楼，四室一厅，标准的师职干部住房。白墙到顶，双管日光灯吊在客厅里的天花板上。一组极普通的布面沙发。客厅里最能引起客人注意的，是墙上并列悬挂的三幅巨幅潜艇照片：中间是一幅领导人在码头检阅潜艇的黑白照片，两边分别是两种不同型号潜艇的彩色照片。

"你看，我一上艇，就在这艘潜艇上当鱼雷兵。"钟伯伯首先指着中间的照片对我说，然后他又指指两边的照片，"你爸爸在部队的时候，装备的是这种型号，现在部队装备的，是……"

不等钟伯伯说完，陈阿姨就忍不住嚷嚷起来："哎呀呀，你一天到晚，潜艇这潜艇那，也不讲个时候。闺女进家还没坐下，茶没喝一口，你就没完没了地说起来了。"胖胖的陈阿姨个子不高，肤色和精神都很好，说起话来语速很快。她腰间扎着围裙，手上沾着面粉，看样子正在厨房忙活着。"来来来，让阿姨好好看看，一转眼，妞妞长成大姑娘了。哎呀，比那静还漂亮！"陈阿姨恨不得把我拥到怀里，又是摸脸颊，又是拍脑袋，眼眶里分明闪烁着泪光，喃喃地说，"妞妞，真是我的妞妞，想想你小时候遭的那个罪，现在这么好，阿姨真是高兴！"

陈阿姨拉着我的手坐在沙发上。钟伯伯沏好一壶茶，放在茶几上，先给我倒了一杯，又给自己倒了一杯，坐在我们旁边，慢慢呷上一口说道："妞妞出生那天，想想真有点儿悬！那天，我在产房门口训童建国，我说'临走前专门交代过，遇到情况，就近在甬江市住院，还派小马当帮手，你可真浑，不知道咱医疗所条件差？要是大人孩子有个三长两短，你会后悔一辈子'！可童建国还跟我狡辩，说什么医疗所有陈医生，比到地方医院强！葫芦港是潜艇兵的家，孩子生在自己家里好……"

陈阿姨说："好在那静体质好，胎位也正常，要是真的难产，我这水平还真应付不了。那天，妞妞'哇'地一声哭出来，我一下子放心了！现在还记得清清楚楚，体重六斤四两……"

"是呀，孩子大人有惊无险，童建国在产房门口高兴地搓着手，光知道'嘿嘿'笑。"钟伯伯说到这里，若有所思地问我："你爸爸和妈妈这些年的情况怎么样？"

我说："爸爸在老家县里的民政部门工作，一直是一个人。妈妈在上海，也是一个人。每次我问爸爸：'你们为什么要离婚？是你不要妈妈，还是妈妈不要我们？'爸爸总是支支吾吾，说当时就是那个情况，不能全怪她。"

钟伯伯问："这么多年了，你爸爸就没有遇到中意的人？"

我说："我小时候常听到有人给爸爸介绍对象，他总是说，孩子太小，等等再说。我上中学的时候，县直机关一位阿姨对我爸有那个意思，对我也很热情，阿姨家有个男孩儿，我爸怕我受欺负，就一直拖着，听说那个阿姨再婚前还问我爸后悔不后悔，我爸说，为了女儿，他这辈子啥都不后悔。伯伯、阿姨，我这次来葫芦港实习，就是想弄清楚爸爸妈妈分手的真正原因。昨天马叔叔说，他们分手是因为我，到底是怎么一回事？"

"起因就是你妈妈要去上学，真正的原因嘛，其实未必就是真正的原因。"钟伯伯怕我不明白，解释说，"现在看来，你妈妈丢下你去上学，实属无奈，后来两人赌气离婚，未必不后悔。清官难断家务事，真正的原因得让他们自己说，不过，事情的经过我和你阿姨都清楚。你妈妈是省城的知青，下乡到你爸爸的老家，在公社广播站当播音员。大学教授的女儿，含苞待放的年华，容貌清秀、身材好，公社书记那个五大三粗的儿子，说话流里流气的，整天打她的主意。一天晚上，那小子闯进那静的宿舍，那静以死相拼，这小子没得逞，就把广播器材砸坏了。第二天，他反而诬蔑是那静搞破坏，性情刚烈的那静委屈无处诉，有理说不清，跑到河边就往下跳，正好被回乡探亲路过的童建国看见，把她救了上来。他们经人撮合，成就了一桩姻缘。我还是他们的证婚人呢！"

我说："这么说，我爸也是英雄救美呀！"

陈阿姨说："是呀，开始我看他们感情挺好。结婚不到一个月，八〇一潜艇要去远航，童建国送那静返乡，临走时，那静的泪呀，一串串地往下落。"

钟伯伯说："远航回来，两条信息让童建国喜忧参半。那静说她怀孕了，这让童建国喜出望外；那静还说，她已经参加了高考，先不想要孩子。我一看苗头不好，立即让童建国回家探亲，妥善处理。童建国回来对我说，达成协议了，他向那静承诺，只要把孩子生下来怎么都行，那静应允，只要让她上大学怎么都行。我一听批评童建国："你小子还是比那静缺个心眼儿，她高考存在录取、不录取两种可能，比你多一个选择。你呢，一旦孩子生了，录取通知书也下来了，到时候你哭都来不及！童建国说，他们俩谁也不想放弃，只有这样了。"

说到这里，陈阿姨瞪了钟伯伯一眼说："你光顾说话了，饺子还没下呢，今天煮饺子的事归你！"钟伯伯点头说："遵命。"看样子，少将支队长在家里未必是一号首长。

陈阿姨说："高考录取通知书下来，可把你妈妈难坏了。那时，你外公外婆刚刚从下放点返城，只有一间住房，自顾不暇，没法带你；带着你上学，那个时代根本不可能；为了你放弃学业，她又舍不得。想想也不难理解，上大学是那静从童年开始的梦……"

"我妈妈最终选择了上大学？"我问。

陈阿姨点头说："是的，等我和老钟赶到军人招待所时，你妈已经离开了葫芦港，你爸爸抱着你在流泪，把你的小脸蛋都打湿了……我不由自主地把你抱起来——你是我接生的啊！我把你抱回了家，你爸爸给你雇了个保姆，白天她管，晚上你就跟我睡。开始，两个小哥哥不干，还和你争着要妈妈呢！一直到你爸转业时，他才把你带回老家。"

陈阿姨说着，情不自禁地湿了眼眶。我已是泪水涟涟。

钟伯伯把饺子端上来，说："一切都过去了。今天吃得简单点儿，等儿子出海回来了，妞妞也来，咱们吃个团圆饭，我给你们露一手，摆个海味儿宴！"

吃过午饭，钟伯伯就匆匆走了。

当晚我留宿在陈阿姨家里，我和陈阿姨像久别重逢的母女，一直聊到月落星稀，晨曦临窗。

第二天刚刚吃过早饭，郭明亮厂长就开着面包车来接我了。

我给他敬了一个军礼，心底飘来一缕凄惘的感觉：这个年纪的军人，应该是大校或将军级别的首长，而他仍然是个兵。父亲般的老兵今天特意穿起了军装，上白下蓝夏常服，肩上扛着六级士官的肩章，中等个子，紫红色脸膛写满沧桑，神色庄重。面对他的庄重，我的敬意油然而生。

他用父辈般的眼神儿打量着我说："好啊，真快啊！马副主任让我接受记者采访，说是童建国的女儿，我一下子想起来了，你出生那天就是我开车接的你爸妈，这不，今天又来接你采访。一晃二十多年过去了，葫芦港的孩子都这么大了！"

"叔叔，听说您平时一般不穿军装，是吗？"

"是的。到底是记者，人没见面，连我平时爱穿工作服的习惯都知道了。原因嘛，很简单，我虽说是综合加工厂厂长，正式编制还是岸勤部修理所修理班班长，我儿子郭晓涛是汽车班班长，父子俩同在一个单位。有时，穿着军装和儿子走个对面，自己心里也觉得蛮不是那么回事，所以就尽量不穿。"他一脸坦诚地说。

说话间我们坐上了面包车。

"郭叔叔，您这般年纪，在支队别人都怎么称呼您呢？"在父亲般的老兵面前，我不想让采访那么正式，想随意一些进入状态。

"叫我老郭。钟支队长、支队政委，司、政、后、装几个部门的领导都是这么称呼。家属们都叫我郭厂长，比较熟悉的人叫我郭老兵或老班长。倒是有几个兵私下里喊叔叔，就是我儿子班里的战士，不叫儿子不答应！"说到这里，他爽朗地笑了笑，又说，"我开车带你看几个车间，想采访什么随便问。咱们边走边聊，真的在办公室拉开架势谈，我也说不出啥东西。"

"好的。"我答应着。汽车缓慢地行驶着。

我顿了一下又问："我曾经听爸爸说过，当年葫芦港比较艰苦，不知道实际情况是什么样子？"

"现在的葫芦港和过去相比，变化简直太大了！"郭叔叔若有所思地说，"那年我从新兵队分配到葫芦港，听说是到新中国海军当时最先进的潜艇部队当兵，别提多高兴了。可是，交通艇一靠上码头，我的心就凉了半截：映入眼帘的水兵宿舍、大食堂、机关办公楼、大礼堂、招待所、医疗所、家属宿舍等，一律是青砖青瓦的平房或两层简易楼房，石料砌基，砖木结构……"

我听着郭叔叔的回忆，爸爸影集里的一些照片在我的脑子里叠印出来。

面包车驶进山坳里一座绿树掩映、花草繁茂的幽静小院。

郭叔叔说："咱们下车看看水井。你爸在部队的时候，葫芦港内没有淡水，淡水要从十几里外的水库引过来，每天定时放一阵儿。每个艇队砌一个水泥池子储备淡水。家属区更热闹，放水的时候，男女老少盆盆罐罐齐上阵，接满一缸黄泥汤，沉淀后还得节约着用……后来，综合加工厂要办酒厂，我下决心寻找水源，在葫芦港内外打了几十个数百米深的窟窿，总算找到了甜水层，把全港的吃水问题彻底解决了。这水质好着呢，我们生产的'金葫芦'牌米酒很畅销，靠的就是这水！"

这位父亲般的老兵脸上洋溢着自豪。这水源，是葫芦港的生命之源，战斗力之源。我能够理解，郭明亮厂长首先让我看水井的意图——这是他军旅生涯的得意之笔。

看了水井，我们就去不远处的酿酒厂参观。酿酒厂规模不大，却管理有序，装酒的流水线上，家属工们有条不紊地忙碌着。

然后，我们又去了同在一个大院里的副食品厂和保险柜厂。

郭叔叔介绍说："军港建成初期，出港没有等级公路，只有一条砂石路通县城。县城的规模和一个大一点儿的渔村差不多！没有面包车、大轿车、救护车，连日常必备的专用车辆开始都没有，去火车站接人、去医院看病，一律是解放牌卡车，晴天一身土，下雨拉上篷布，几十千米山路上，总见有家属孩子晕车呕吐，鼻涕眼泪一把长。这里也没有学校。军港的孩子们到附近山村小学就读，整整十年，葫芦港的孩子没有出过一个大学生！说到幼儿园，也和没有差不多，就三间房子、两个阿姨、一台锅灶和一群孩子。啥玩具也没有。没有木马，没有滑梯，更没有钢琴，开始连一台黑白电视都没有，只有几个布娃娃。每个孩子自带两个饭盒，一盒生米、一盒熟菜，中午，阿姨把生米蒸熟，熟菜温热，照看他们吃下去，别磕着碰着，就算完事啦……你想想，就这条件，在城市工作的军官家属谁愿意来呀？农村籍军官家属随了军，也没有工作，眼巴巴地吃丈夫的工资。那些年，让干部安心、拴心留人是个大问题，支队首长着急呀！"

"您说的这些情况，就是综合加工厂筹建、发展的原因吧？"我插话。

"是这样的。"郭叔叔说，"家属工厂是从办石料厂起步的。当年，军港在建设中，石料需求量大。一把锤子、一副手套、一个小马扎，军嫂们都来上班了。不管是首长夫人，还是军官太太，不论在老家是干部、教师、工人，还是医生、护士、售货员，为了爱情，为了丈夫，为了不再过牛郎织女的日子，军嫂们只好把无奈、委屈和锤子一起举起，狠狠砸下……家属工厂工资低，没有技术含量啊！支队首长找我谈话说老郭，你把家属工厂接下来吧，反正没有编制，你就是厂长。你要想办法搞点儿技术项目，总不能让'半边天们'总敲石子吧！我说，行。这一答应，十几年过去了。我们先后办起了副食品厂、保险柜厂、酿酒厂，后来便在加工厂前面加上了'综合'两个字，可还是没有编制，我还是厂长，看来想撒手也甩不掉了……"

看起来木讷的郭叔叔，语言表达其实蛮生动的。

我想起了在相关内部材料上看到的支队长钟大魁将军在干部大会上的发言，他公开表示绝对不能小瞧综合加工厂这点儿不起眼儿的收入，郭明亮能把这一摊子玩转了，干部的思想工作就能少一半儿。而郭明亮身为厂长，十几年来天南海北出差联系业务，火车上一律是面包、方便面、矿泉水，舍不得到餐车就餐，舍不得坐卧铺，找当地最差的旅馆住。他常说的一句话是："咱是战士，摆不起什么谱儿，军嫂们辛辛苦苦挣儿点钱不容易……"

想到这里，我继续问："这么多年了，您一定有过退伍的机会，一定有过比当战士更好的选择，您为什么没有离开，是什么力量支撑着这种坚守？"我把采访引向了主题。

"需要和感情。"郭叔叔的回答直截了当，他真挚地说，"组织上信任咱，咱不能辜负组织。开始，我在汽车排，领导看我修车技术不错，把我调到码头修理所。好几次，年底退伍名单里都有我，我也准备走，临行前潜艇机械出现故障，我去协助修理，手到病除。支队首长发话，郭明亮今年不能走。后来到了综合加工厂，就更没有机会走了。家属随军那年，我回去搬家，一位开机修厂的老同学说：'我这里就缺你这样的技术高手，回来一起干吧，算你入干股，我这厂子的资产有你一半！你把家搬到海边那个山沟里，有啥意思！'说实话，我也动过走的心思，又一想，咱是战士，又是党员，组织上没有安排咱退伍，综合加工厂也需要咱，自己咋好意思开口呢？于是一狠心把家属也带过来了。后来，儿子当了兵，我让儿子也申请调过来了，咱也来个'献了终身献子孙'吧……人在一个地方待久了，会慢慢产生一种难以割舍的情感，在这葫芦港一待二十多年，习惯了这里的山山水水、一草一木，再干几年就该退休了，我现在哪里也不想去了……"

和郭厂长交谈后，我又召集职工开了一个座谈会。职工们纷纷讲起这位士兵厂长的故事，生动而感人。在这位普普通通的父亲般的老兵身上，有代表着战士底色中最可敬、最纯真、最亮丽的特质，它们大放异彩，在我的心底掀动波澜。

郭叔叔邀请我在厂内用餐，并说餐后开车送我回去，我婉辞了。

回到招待所，我开始琢磨起新闻的主题——历史、时代、使命、责任、生活，不知道为什么，这些庄重而沉甸甸的字眼儿，在我的脑子里轮番蹦蹦跳跳。思绪，剪不断，理还乱。若以《父亲般的老兵》为题写一篇人物专访，我该从哪里下笔呢？

出海归来，胖乎乎的曲小军瘦了一圈儿，李亮脸颊微陷，贼亮贼亮的大眼睛更显突兀。我在码头上远远看着他们两个走下舷梯时，他们脚步有些趔趄，好像踩在了一堆棉花上，步履软绵绵的。陈翔依然是步履矫健的样子，好像没有什么变化。

他们三人走到了我面前，不知道为什么，我与陈翔目光相接时，心里突然涌起了一种别样的情愫，一种不同于跟李亮、曲小军对视的感觉。那天晚上，陈阿姨告诉我，去车站接我们的陈翔就是他们的儿子，就是当年和我在一辆童车中玩耍、两小无猜的小哥哥，这令我十分意外。怪不得在出站口，我第一眼就看到了他。

"辛苦了！"我迎上前去，显然，问候的是他们三个，"感觉怎么样？"我把目光从李亮的脸上移向曲小军，没有在陈翔那里停留。这是为什么？我也不知道。好在三个粗心的男生没有察觉到这种有意无意的区别。

"哎呀，别提了，晕船的滋味儿，像东西卡在喉咙眼儿，要吐又吐不出来的那一阵儿最难受！"李亮抢先说。

"要我看，晕船的滋味儿，比步兵全副武装长途奔袭累得趴在地上爬不起来还难受！不过，我还好，是吧？"曲小军向陈翔点头示意。

陈翔说："这次出海风浪不大，最大的时候是中浪中涌。要是遇上大浪大涌，晕船还要更厉害些。不过，小军表现挺好的，一边顶着晕船的呕吐，一边在坚持和副政委到各舱室给当更的同志送咖啡。"曲小军随陈翔所在的潜艇出海，而李亮是在另一艘潜艇上。

我问李亮："你呢？"

李亮说："我表现哪儿能错得了！不是吹牛，风浪大的时候，我在哪里？在四舱帮厨。"

"你们俩第一次出海，没有趴下就很不错。"陈翔说，"前几年，我们班有个兵，艇一动他就有感觉，号称'晕船大王'。他自称是'艇不动我动，艇动我不动'，只要不是当更，出了港就在床铺上趴着。有一次遇到大风大浪，他吐光了胃里的食物，又吐胃液，最后吐的是血丝，吐得脱水，军医只好给他输液。"

"你晕船吗？风浪大时你难受吗？"我脱口而出。虽然我佯装不在意陈翔的样子，可听说晕船这么难受，又情不自禁关切起来。

"风浪特别大时也难受，一般海情，能吃能睡，感觉良好！"陈翔以轻松的语气回答，显得若无其事。看来，他现在还不知道我是谁，也许陈阿姨还没来得及告诉他。

次日，我们在招待所小会议室梳理新闻素材，研究稿件写作。

陈翔坐了一会儿，说："你们研究吧，我帮不上忙，回艇保养机械去了，用车就往码头上打电话，随叫随到。"

"马副主任不是说全程陪同吗？你怎么能走呢？"我没想留下陈翔干什么，只是不想让他离开，于是下意识地说了这句话。

"潜艇上的好多事情我们一窍不通，出了几天海，脑子里还是懵懵懂懂的，研究稿子也离不开你这个行家呀。"曲小军说。

"是呀，留下来当当参谋吧！"李亮附和。

"那好，恭敬不如从命。"陈翔说，"在你们几位新闻系高才生面前，我这个业余报道员可要露怯了。"

"咱们都风雨同舟过了，还客气啥！"曲小军说。

我说："你们出海这几天，我采访了郭厂长，开了一个座谈会，补充采访了一次，写了一篇人物专访，请提提意见。"说着我把稿子放在了桌上，李亮抢先一把抓在手里，飞快地扫描式阅读，看罢递给曲小军，曲小军看完递给了陈翔。二人面面相觑，都不说话。我说："说说吧，谈谈高见，本人洗耳恭听！"

"事迹蛮感人，写得不错！"曲小军肯定地说。

"师姐可以啊，这么快就出手了。"李亮说。

我瞪了他们俩一眼，说："不要忘了，咱们都是实习生，哪儿能写一遍就通过了？"

曲小军说："我没有参与采访，说不出具体意见，单从文字上看，真的可以。"李亮也附和："不错，真的不错！"

陈翔看完稿子，看看我，欲言又止。

我说："有什么看法尽管说。观点、实事、叙述方法，都可以。"

陈翔说："我有两条建议。第一，稿子题目是《父亲般的老兵》，但内容既有郭明亮的事迹，又写到了他的儿子郭晓涛，是否可以把题目改成《葫芦港内父子兵》，写两代人的奉献，可能更有深度？第二，建议配上郭明亮父子俩的大幅彩色照片，来个图文并茂，怎么样？"

"好！"陈翔的两条建议让我眼前一亮，曲小军和李亮也都点头赞同。李亮钦佩地说："哥们儿，真有你的，专业！"陈翔打哈哈说："见笑，见笑，业余水平！"

"陈翔改的这个标题的确比原标题更有寓意，我赞成。"说着我伸手拿起笔和稿子，把原标题改成了《葫芦港内父子兵》。我转头又说，"下午就去补拍照片吧。"陈翔说："我手里有现成的，你看看，如果不行再补拍。"

我说："好，那这篇稿件先这样，送马副主任审阅后，再修改。下面研究你们俩采访的材料，看看能够写成一篇什么稿子。"

曲小军和李亮都简单谈了谈出海的感受，涉及不明白的潜艇专业术语、操作程序等问题，陈翔现场解答。泛泛议论半天，新闻素材、好人好事罗列一大堆，大家对如何写稿子还是一片茫然。对于初出茅庐的新闻实习生来说，这也难免。

"怎么办呀？"李亮扑闪着贼亮贼亮的大眼睛，看看我，又看看曲小军。

我说："咱们上新闻采访课时老师不是说了嘛，许多新闻主题的形成不是一蹴而就的，要反复琢磨，慢慢聚焦。一下子理不出思路，咱们是否可以跳出采访到的新闻事实、好人好事，想想潜艇部队与其他部队相比有什么独特之处？"

"你的意思是说，抓特点？"曲小军若有所思，喃喃自语。

"特点，有哇！"李亮说，"潜艇兵，太有特点了！这次出海，和老兵聊天，听到了很多形象的比喻：雷达是千里眼，声呐是顺风耳，主机是两条腿，发射管是炮膛，鱼雷是炮弹，升降舵是翅膀，等等。很形象，很有特点。不过，给我印象最深的是专业多、分工细，各自独立，高度一致。总之一句话，每个人每个岗位的每一个战斗动作都事关全艇，离开谁也不行！"

曲小军说："我的感受是，潜艇部队专业技术士官比较多，重要战位，差不多是士官挑大梁。"

"是这样吗？"我问陈翔。

陈翔说："是这样。以前大部分士官的岗位是由干部担任的。比如，我的岗位舵信技师，那时叫舵信军士长，二十三级，正排职。在我们部队，不少老士官年龄、军龄甚至超过艇长、副长，技术上特棒，差不多是本专业的小专家。"

"对啊。"曲小军说，"你们艇的电工技师就是难不倒的'电工通'，还有'海军第一雷'什么的。还有陈翔，你的专业技术也很棒，听你们艇长说，支队目前用的潜艇舵信专业训练教材还是你编写的呢！"

"陈翔是真人不露相呀。"李亮说，"你编写的教材叫什么名字？"

"那都是过去的事啦，在你们军校本科生面前不值一提！"

我用眼睛的余光迅速掠过，看到陈翔一脸真诚地微笑着。我心头泛起了好奇，越发想知道他编写的教材的内容，就说："说说嘛，别谦虚！"

曲小军见陈翔不好意思讲，翻开采访本说："我这儿有记录，给你们念念。一本叫《HD型潜艇舵工操作、使用、保养条例》，三万多字；一本叫《HD型潜艇舵信专业基础课目训练教程》，两万八千字；还有一本是《HD型潜艇舵信专业理论题库及答案》，近四万字。对吧，陈翔？"

陈翔点点头说："对。"

"好家伙，汇编起来就是一本十万字的专著啊！"李亮开玩笑地说，"人不可貌相，海水不可斗量，哥们儿也忒有才了！"

我们几个一起笑起来。

沿着这个思路，李亮接着说："我随潜艇出海这几天，耳闻目睹，有一个突出感受是，潜艇部队和我们二炮一样，重要号手都是由士官担任，士官在海上训练和未来作战中的骨干作用，举足轻重。"

曲小军说："这一点，和陆军步兵部队的确有很大区别。"

不知不觉中，议论的话题慢慢"聚焦"：以曲小军和李亮采访到的两艘潜艇的事例为基础，扩大采访范围，深入挖掘，以专业技术士官在潜艇战斗力生成中的作用为主题，做点儿文章。主题聚焦，茅塞顿开。如同线穿珍珠，一篇反映葫芦港潜艇部队士官群体先进事迹的长篇通讯的思路和框架逐步清晰起来。

接着侃通讯的标题，我们一连罗列了十几个都不理想。这时，半天没有说话的陈翔若有所思地说："顺着你们的思路，我想到了一个比喻——龙骨，你们看有没有一点儿意思？"陈翔慢条斯理地说，"潜艇在水下航行，耐压壳体底部有一条贯通首尾的加厚部分，潜艇术语称作龙骨，就像人和动物的脊椎，对潜艇的坚固性和稳定性起到至关重要的作用。能不能用'龙骨'来比喻士官在潜艇部队的地位和作用呢？这样比喻，是不是有点儿形象思维的味道？"

士官操纵着潜艇上最重要的机械装备，士官的战位都是合成潜艇战斗力最重要的关节点。曲小军站起来激动地说："这个比喻蛮形象，我看很好！"

"士官是兵头将尾，从军事管理学层面上看，有点儿像'龙骨'，这样比喻有意思。你说呢，师姐？"李亮说完，轻仰下颌，冲我淡淡一笑，看似漫不经心，神色中多少有点儿讨好的意味。

我故意说："曲小军和你入学前在师、旅报道组待过，和你们比，我是小巫见大巫。不过，受你们的启发，我延伸思考，觉得士官是潜艇的'龙骨'，潜艇是海军的'龙骨'，海军是国家的'龙骨'……我们可以考虑写一篇反映士官群体先进事迹的长篇通讯，从这个角度写，挺有深度，你们说呢？"

模棱两可是思考过程中承上启下的阶段。有时候，大家都在模棱两可的时候，就离水到渠成不远了。最终意见趋向一致：写一篇报道葫芦港潜艇部队士官群体先进事迹的长篇通讯，主标题为——《水下"龙骨"》，并配以副标题——某潜艇部队士官在战斗力生成中挑大梁。

曲小军和李亮觉得仅凭他们出海几天采访到的素材显得单薄，邀请我和陈翔参加，共同完成这篇稿子。接下来，一连几天在港内补充采访，陈翔全程陪同，我们聊得很开心。

看似性格内向的陈翔其实谈锋甚健，尤其是谈起海洋、海军、海洋战略，以及潜艇技术战术时，口若悬河，颇有几分将门虎子的气度。令我暗自惊诧的还有，他以两分之差高考落榜后入伍，在军营里函授自修完了大学本科全部课程，知识覆盖面与在校本科生比并不逊色。

我和陈翔聊天，有一种早就相识，抑或久别重逢的亲近感。我不知道，这种感觉是否与幼时朝夕相处的那些日子有某种联系。

那天我们采访一位南昌籍水兵，又聊起了滕王阁。我顺口吟出"闲云潭影日悠悠，物换星移几度秋"的诗句，陈翔也随口轻声应和："阁中帝子今何在？槛外长江空自流。"这又出乎我的意料，便问："你去过南昌，也登过滕王阁？"他说没有，只是喜欢古文，曾经背过不少，碰巧这两句还记得。他竟也喜爱古文！我暗自思忖，似乎还有一种期待：他为什么一直不提小时候的事？难道他妈妈还没有告诉他我是谁？为何他不能主动问问呢？然而，期待还是落空了。秋水般的女儿心，如同秋天的港湾，水波潋滟，情思潋滟，只是，说与谁人知？

终于，近万字的长篇通讯《水下"龙骨"——某潜艇部队士官在战斗力生成中挑大梁》脱稿了，我那篇人物专访也修改完毕。半个多月的采访写稿，让我们对这支完全陌生的潜艇部队，由感性到理性，了解不断深入；

对葫芦港和它环抱的这群钢铁长鲸在国家安全战略中的地位和作用，认识越发清晰；对一队队从身边走过的素不相识的潜艇兵，心生由衷的敬意。

葫芦港，蓝色长鲸的摇篮，水兵的摇篮，也是我童年的摇篮。我的心在融入这里。

稿件送审很顺利。马副主任是内行，两篇送审稿上，红笔圈圈点点，有多处关键数据的改动，还有那些类似"最好""最高""圆满成功""名列前茅"等词语和评价的表述，被勾掉不少。我们读懂了他的意思：讲成绩留有余地，评价的话不可过头。这也许正是甘于寂寞、乐于奉献的潜艇精神的自然流露吧。支队长钟大魁将军的批示只有两个字："可发。"

然后，我们一起把稿件和图片发到北京《人民海军》报社。

稿件发出不久，我采写的人物专访《葫芦港内父子兵》首先在《人民海军》报一版下部通栏刊登，郭明亮、郭晓涛父子的大幅彩色照片占两栏，十分醒目。稿子署名是：撰文／童海霞，摄影／陈翔。看到我和陈翔的名字赫然并列在报端，我心里像有一股温泉在潺潺涌动，但又不好意思把这种自豪写在脸上。马副主任、郭明亮父子和综合加工厂的职工看了报道，反应都不错。我走在路上，分明感觉到，有几位家属工在背后议论着什么。

过了几天，长篇通讯《水下"龙骨"——某潜艇部队士官在战斗力生成中挑大梁》，又在《人民海军》报一版头条刊登，编辑部还特意配发编者按，称某潜艇部队的这一先进士官群体的典型事迹，对加强海军现代化建设极具示范意义，云云。通讯配发了陈翔拍摄的四幅照片，署名是：曲小军、李亮、童海霞、陈翔。

两篇报道的发表，在葫芦港一石激起千层浪，从码头到机关，反响都很热烈。马副主任转达艇上水兵的话说，这几个学生娃不简单，比大记者还能整呢！刊登第二篇报道的《人民海军》报到达葫芦港的当天，我和曲小军、李亮要一起去潜艇，步行到黑风口，大老远就见钟大魁支队长的一号指挥车迎面驶来。钟伯伯摇下车窗，抬手扬起手中的报纸，高兴地大声说："海霞，不错啊！"

是不错啊，初出茅庐，便有两篇重量级的报道见报，对我们几个新闻系实习生而言，心里的确像喝了雪碧冲蜂蜜那样，又爽又甜。

那天晚上，妈妈又一次来电话。她总是喜欢按照自己固有的逻辑规律演绎事情的发展。妈妈说："你们一起去实习都快一个月了，我几次催小军主动找你聊聊，可这孩子跟他爸爸一样木讷，不说行，也不说不行，都什么年代了，连主动追个女孩儿都犯怵。"

我说："主动追女孩，他敢吗？"

妈妈说："你呀，跟你爸爸一样倔！你说，你们俩要在一起有啥不好？你看，我在学校教授楼有一套房子，已经装修好了，空军大院里小军爸爸还留下一套团职房，将来你们把家安在上海，你们住大的，我自己住小的，等你爸爸退休了，也可以把他接过来！要是你们两个都不好意思先说，要不过几天我去找你们，咱们娘儿仨当面鼓对面锣，直接敲定了？"

我说："都什么年代了，你还想搞父母包办婚姻哪，干脆指腹为婚得了！"

妈妈说："你还别提这个，说到指腹为婚，你没生下来时，你爸爸就和钟大魁击掌定亲了，我怕的就是你脑子一热，嫁一个大头兵！"

"我的事你少管！"我气得把话筒狠狠扣在座机上。

少顷，电话铃声又响起来，我以为妈妈又拨了过来，故意不理她。铃声一直响个不停，我无奈地拿起话筒说："妈呀，你有完没完？"

话筒里传来马副主任的笑声："我是马叔叔，不是你妈妈啊！"

我不好意思地说："啊！对不起！对不起！是马叔叔啊，有什么指示？"

马叔叔说："女儿是妈妈的小棉袄，你这小棉袄好像带刺儿呀，怎么和妈妈吵起来啦？"

我说："我不是妈妈的小棉袄，是铁背心，冰凉又带刺儿。"

和马叔叔贫了一句，我一本正经汇报了妈妈、曲小军和我的特殊关系。

马叔叔沉吟半天，说："你妈妈既没有和曲小军爸爸正式结婚，又承担起了抚养他的责任，不容易呀，是个好人哪！看来，我们对她有误解……"

我问马叔叔刚才妈妈提到的击掌定亲是怎么一回事。

马叔叔告诉我："那是一句戏言。一次出海返航途中，我和你爸爸都在舰桥上，钟大魁艇长鱼雷攻击考核成绩优秀，很开心，便和你爸爸开玩笑，说：'童建国你老婆怀孕，预测是男是女呀？'你爸爸说：'酸儿辣女，她爱吃辣的，看样子是个女孩儿。'钟艇长说：'那好啊！要是女孩儿，将来给我当儿媳妇！'你爸爸说：'你一对双胞胎儿子，我闺女到底嫁给哪个呀？'钟艇长说，当然是老大了。说完俩人击掌为约。"

说到这里，马叔叔停顿了一下，说："哦，忘了告诉你，陈翔有一个哥哥叫钟潜，他们俩是双胞胎，上小学的时候，钟潜放学路上在水塘边抓蝴蝶，失足溺水而亡。以后记着，不要在你陈阿姨面前提这事！"

我说："那天晚上陈阿姨已经告诉我了。"

马叔叔"哦"了一声，又问："这些天来，你对这位当年的小哥哥印象如何？"

我坦诚地说："小时候的事，模模糊糊，记不清了，现在感觉他虽然没有上过大学，但文化素养、综合素质，跟我们本科生相比，毫不逊色。只是奇怪，相处这么多天，他在我面前一直不提起小时候的事，好像从来不认识似的。"

马叔叔高兴地说："好！妞妞你看得准，这小伙子遗传了他爹妈的优秀基因，文武双全！也许，他在你面前有点儿自卑吧！"

我说："自卑？不可能，将门子弟，应该是自傲吧？"

"不是自傲，是自卑！"马叔叔说，"有没有上过大学，心里感觉是不一样的。两个人在一起，学历低的人难免有点儿自卑的。这一点，你这个本科生是理解不了的。"马叔叔叹了口气又说，"比如你爸你妈之间发生的悲剧，一个重要原因就是文化差异。你爸爸只是个初中生，在你妈这个大学生面前，从心理上矮一截。你爸同意离婚是赌气，看起来是自傲，内心深处却是自卑啊！我调研过军官离异的原因，有两大差异：一个是文化差异——文化造成性格上的差异；还有一个是城乡差异——这其实也是文化差异。两个差异具有社会性和普遍性，不单单是你爸和你妈……"

听马叔叔侃侃而谈，我敬佩地说："叔叔可以到我们学校当兼职教授，带研究生了。"

马叔叔说："岂敢，岂敢！我这么说，是同你交流看法，帮助我们理性看待你爸妈当年的处境和决断。同时，对你也许是有帮助的。刚才你说你妈想来葫芦港，前几天你爸爸还给我打电话，说他也想来一趟。"

我高兴地说："太好了！"

马叔叔说："不过，他们来的目的可不一样。你爸是想让你留在葫芦港工作，你妈是想说服你和曲小军一起回上海。我和钟伯伯、陈阿姨的意思，是趁你在的这个机会，让他们来一趟，都是五十出头的人了，什么事都经历过了，在这么有出息的孩子面前，该重归于好了。"

我说："要是真能那样，那太谢谢叔叔了！"

马叔叔说："他们能重归于好，也是我们这些老战友的心愿。好了，你爸爸妈妈的事由我们来安排。说说你自己，对葫芦港感觉怎么样？"

"花园式现代化军港，海军的'拳头'部队；官兵素质高，战略地位重要；肩负神圣使命，责任光荣重大！"

"嚯，到底是搞新闻的，出口一套一套的！"马副主任笑着说，"前几天钟支队长批评我了，他说，几个实习生一来，报道工作大见成效，看来不是他们工作不行，是你这个副主任抓得不力。我说，是呀，不是抓得不力，是没有人才，宣传科一个科长两个干事，天天忙得团团转，没有人，我往哪儿抓呀？他说，现成的新闻人才在我跟前，可以考虑引进嘛！海霞，你钟伯伯话里有话呀！怎么样？毕业以后，你愿意来吗？"

完全没有想到他会提出这个问题，我一时语塞，便轻声嗫嚅："愿意。"我又马上改口"才不呢！"似乎觉得自己也口是心非起来。

来葫芦港这段日子，我和两位男生相处的模式仍像在校时一样，工作之余，要么三个人一起活动，要么我自己单溜，尽量避免一对一相处，即便有事，过程也简短得不留余地。

一天晚饭后，李亮拿个手电筒在我门口晃来晃去，说："师姐，写了一天稿子，头都大了，咱们到海边放松放松去？"我问："干吗呀？"他说："退潮后小螃蟹可多了，抓点儿玩玩！"我又问："曲小军去吗？"李亮说："他正在看一场足球甲级联赛，对抓螃蟹没兴趣！"我说："我也怕小螃蟹夹手，还是你自己去吧！"李亮见我不想去，只好自己装模作样地去了，到海边不大一会儿，又两手空空地回来了。

看来，他是醉翁之意不在酒。

又是一日晚饭后，我在招待所院子里溜达，隔着窗户看见，李亮和陈翔正在乒乓球台旁挥拍鏖战。李亮打球比较刁钻，防守有一定功夫，这我早有目睹。我还是第一次看到，陈翔的球技也不错，凌厉的抽杀带着弧旋，很有力度。曲小军和招待所的几个战士在一旁看热闹。我趁机向曲小军招招手，他会意后走了过来。

李亮见我们准备出去，马上追过来："师姐，去哪里呀？"他边问边用拍子扇着风。

"哪儿也不去，就在门口站站。打你的球去吧，把陈翔一个人丢下多不好？"

"就是。"曲小军附和。

趁着李亮和陈翔专注抽杀的当儿，我和曲小军像有意甩掉跟踪似的，快步离开军人招待所的院子，沿着防浪海堤，走进暮色中。

"海霞，阿姨几次催我找你谈谈，所以，我想，我们应该正式谈一次。"曲小军开门见山地说。

"先不考虑我妈的意见，我想听听你的真实想法。"

"阿姨第一次说起这事，我感觉挺突兀的，因为在此之前，我连想也没有想过。"

"真的没想过？"

"真没想过，骗你我是小狗！不是不愿想，是不敢想，你说，咱们这种特殊的家庭关系，我哪儿敢往这方面想啊！你知道班里男生私下怎么说吗？他们说，一是当将军，二是把童海霞追到手，两大目标，实现一个，此生无憾矣！"

"真讨厌！谁招惹你们了，怎么能这样说人家呢。我真的有这么好，值得你们背后嚼舌头？"

"当然啦，五朵校花之一嘛！我们班女生，仅你一人荣幸入选。他们说你的一双大眼睛最招人喜爱，当然喽，不管他们怎么说，反正我心里挺美的，有时候我在心里对他们说，知道吗？这是我妹妹！我虽然不能像别人家的哥哥那样，把对妹妹的呵护、关爱之情挂在脸上，流露在嘴上，但我的确是在远远地、默默地关注着你，严格履行着入学时我们达成的默契。你说，四年了，我做得怎么样，像不像哥哥？"

"还可以吧，基本像个哥哥的样子！"

曲小军见我对他不像往常那么严肃，谈吐越发放松起来。他说："海霞，实话告诉你，我对阿姨的感情，就和对自己的亲生母亲一样。你想想，就在我学龄前那几年，接连发生妈妈病故、爸爸牺牲这种变故，阿姨和爸爸仅仅是同班同学关系，并没有结婚，却承担起了做母亲的责任。这么多年，面对阿姨比天高比地厚的养育之恩，我多想改口叫她一声妈妈呀！可阿姨不让，但我在心里认定，她就是妈妈。我在她身边的时间比你长，我敢说，我对她的感情，绝不亚于你这个亲生女儿！真的没有想到，后来我们又成了同班同学，朝夕相处，我真的觉得，自己又多了一位亲人，真的把你当成了亲妹妹。我说这些，不知道你信不信？"

我从语音和声调判断，曲小军这话发自肺腑，他的眼圈都有点儿发红了，情感真挚而坦然。

"我相信。"我肯定地点头回答他，又说，"在学校不便公开这层关系，不等于毕业后不可以公开呀！"

"那当然太好啦！"曲小军高兴地说，"不过，最近阿姨反复说的这事儿，我想了想，理论上和逻辑上不是不可以，实际上有没有这种可能？"曲小军吞吞吐吐地绕弯子，分明还有所期待。

对于他的那点儿心思，我自信还能猜出几分。同窗四年，曲小军给我的印象是性格开朗，人也聪明，好学上进，待人处事坦诚。班上有两个女生先后并不掩饰地追求过曲小军，都无果而终。听说是曲小军没看上她们，有一个还哭了鼻子。曲小军对我，始终遵循入学时的承诺，对我们的关系保持缄默。即便是兄长般的关爱，他也不敢随便显露。不过，女孩子的直觉告诉我，他并非不在意我，只是不敢轻易表露。也许，他对妈妈的想法心知肚明，在默默地等待时机。想想都有点儿滑稽，这怎么可能呢？

"小军。"我轻声而亲切地第一次不冠姓称呼他，"毕业以后，从感情上接纳你这位哥哥，我是有心理准备的，也乐意，毕竟相处四年了嘛。但是，你必须和我一起明确而果断地告诉我妈妈，让她放弃自己的美丽幻想。妈妈这大半辈子心里一定很苦，之所以这样设计我们的生活，绝非世俗和自私，或许是想对自己心里的苦楚做某种补偿，现在我能理解一点点了。以后我们都要多关心她，让她晚年过得幸福。"

"好的，我听你的，海霞妹妹！"我对曲小军改变称呼依然敏感，于是马上纠正："现在改口早了点儿啊！""好的，好的。"曲小军答应着，接着又说，"不过，我也想提醒你，李亮一口一个师姐地叫着，可他并不是做我妹夫的理想人选……"

"想哪儿去了你，毕业以后，你可以多一个妹妹，我为什么不能多一个弟弟呢？"当然，这中间还是有区别的。


又是一个周末。

周末晚餐加菜、上啤酒，是潜灶的惯例。我们采访过的两艘潜艇的艇长、政委让陈翔邀请我们到水兵食堂参加聚餐，说是为了表达谢意，马副主任高兴地陪我们一块儿去。

第一水兵食堂位于黑风口北侧，供四艘潜艇的艇员集体用餐。我们一行随马副主任来到时，只见进门前各艇队列里歌声、口号声还此起彼伏，一进食堂大门，倏然安静下来，几百人的就餐大厅，各艇舰员按固定餐位就餐，秩序井然。

我们落座，然后倒酒，有啤酒，也有自产的"金葫芦"牌米酒。

马副主任站起身来，举杯致辞："同志们，我来说两句。最近，《人民海军》报上陆续刊登了我们支队的两篇报道，特别是士官群体的典型报道，在海军潜艇部队反响强烈，这是上级首长和领导机关对我们的鼓励，也是几位实习记者辛勤采访写作的结果。今天，我受支队首长的委托，代表支队政治部，借你们的酒，向他们表示感谢！现在，我提议，大家一起举杯——"他没有像通常宴会上那样紧接着喊干杯，而是环视大厅，抑扬顿挫地喊道，"一、二、三——！"

"噢……！"

"噢……！！"

本来静悄悄的就餐大厅，几百人同时起立、举杯，同时齐声喊出同一个"噢"字，其中还夹杂着尖厉的口哨声，像平静的海面突然卷起一阵狂涛，顷刻间，惊天裂岸的涛声从天花板上反震下来，在酒杯里荡起层层涟漪。

我和曲小军、李亮都没有见过这种场面，一时有些惊愕，目瞪口呆。

马副主任和我们一一碰杯后，一口干了，坐下对我们说："你们当记者的要记住这个场面——这是我们潜艇部队聚餐时的独有一景！陈翔，你给他们说说！"

陈翔说："这独有一景源于旅顺口老虎尾港。二十世纪五十年代初，从全国各地陆军部队和地方选调的新中国海军第一批潜艇学员，秘密开进了当时驻泊在老虎尾港的苏联老大哥海军潜艇部队，学习潜艇专业技术。

所有官兵，一律剃光头，穿苏联海军水兵服，吃洋面包，当然周末也有舞会和聚餐，据说这干杯时的'噢'叫声，就是那时从老大哥那里舶来的，一直延续至今。"

"嗯，这倒是很独特。"曲小军说。

"酒壮胆气，有特点，有气势！"李亮也说。

不知是哪儿来的灵感，我灵机一动，便有了一个新的诠释，就说："我觉得这声'噢'，不是从苏联海军那里学来的，苏联人高兴时是喊'乌拉'什么的，一般不用一个音节表达感情。"

马副主任感兴趣地说："哦？这么多年，第一次听到质疑声。那么，你的解释是……？"我说："新中国第一代潜艇兵诞生于老虎尾港，我想，前辈们一定是想模拟老虎的叫声，表达驾驭钢铁长鲸保卫海疆的炽热感情，表示一种虎威吧？"

马副主任高兴地连连叫好，说这个解释别有新意。"陈翔，你告诉宣传科长，从明天起，以后对所有的客人介绍这独有一景，都用海霞诠释的新版本！"

我不好意思地说："我也只是猜测。"

马副主任说："不论这个猜测是否确切，可以肯定的是，从当年第一批海军登上那两艘简陋瘦小的'秀克'型潜艇开始，到如今遍布祖国辽阔海岸线上的强大钢铁鲸群，新中国海军潜艇部队的每一代艇员、每一个人，都会像一代代迁徙漂泊到五湖四海的炎黄子孙虔诚恭敬地记着山西洪洞县的老槐树一样，铭记着一个神圣的名字——老虎尾！"

说起老虎尾，说起新中国海军潜艇部队的发展史，马副主任津津乐道，如数家珍。他侃侃而谈："不要小看潜艇那个圆圆的升降口，一代代水兵从这里爬下爬上、爬进爬出，爬出了一个又一个海军、舰队司令，爬出了一批又一批将军，还爬出了众多的治国栋梁之材、各行各业的名流，比如像创作电影文学作品《甲午风云》的作家叶楠……潜艇的铁壳子里，藏龙卧虎啊！"

被马副主任神采飞扬的情绪感染，我们几个一起举杯给他敬酒。我说："来，首长，为英雄的潜艇干杯！"

马副主任说："好，海霞这话我爱听，为英雄的潜艇干杯！"说完他举杯，仰头一饮而尽。一连几杯啤酒下肚，马副主任话头渐稠，他笑着说："海霞呀，光为英雄的潜艇干杯还不够。怎么样，毕业后来葫芦港工作吧，你爸爸可是把选女婿的任务交给我了！"说着，他又不由自主地瞅向陈翔。也许是不经意中说漏了嘴，马副主任的话让我十分意外。他在如此众目睽睽的场合，说出关于我的很私密的话题，让我很尴尬。见一桌人都露出吃惊的眼神儿，面面相觑，我连忙掩饰说："首长，您是不是喝醉了？"

"这点儿酒还能喝醉？"马副主任借助酒兴说，"我说的不是醉话，是实话。实话告诉你们，葫芦港是海霞的出生地，她的爸爸童建国还是我刚当舵信兵时的第一艘潜艇——八〇一潜艇的水手长，海霞呀，是咱潜艇兵的女儿！"

李亮像发现新大陆一样惊奇地叫起来："哇！这是真的吗？师姐，你可真能保密！"

我环视现场，人人脸上都露出和李亮一样吃惊的表情，只有曲小军和陈翔显得很平静。

马副主任说："这有什么惊奇的，我告诉你们，海霞小的时候，陈翔妈妈还带过她两年多呢，陈翔和她，那可是青梅竹马、两小无猜的小兄妹！"

这下连曲小军也一起惊诧起来，满脸愕然。

我只觉得两腮发烫，烧得火辣辣的。

从水兵食堂出来，李亮缠上了马副主任。马副主任酒桌失言，极大地挑起了李亮的好奇心。他追问："首长，真没想到，您和童海霞爸爸是老战友，那海霞小的时候陈翔妈妈还带过她，又是怎么回事呀？"

和我有关的一切事情，好像都在李亮好奇的范围内，同学四年了，对他的这种好奇心我已习以为常。

"是呀，主任给我们说说吧！"曲小军也凑上去随声附和。葫芦港是我的出生地，对曲小军来说不是秘密，但他只知其一，不知其二。他又转向陈翔说："陈翔你也真够可以的，咱们在一起快一个月了，我怎么一点儿都没有觉察出来，好像你和童海霞原来并不认识似的！"

"那时候太小，很多事情不记得，听我妈说起来，才有点儿模模糊糊的印象。"陈翔老老实实地说，"不过，去车站接你们的时候，我确实不知道。"

"那后来呢？你是什么时候知道的？"这回轮到我好奇了，相处这些日子，心里一直纳闷儿：陈翔这家伙是怎么回事？好像真的不知道我是谁，难道你妈妈就没有给你说点儿什么？我的好奇源于自己心里的某种期待。

"你们到后不久，星期天我回家，我妈就告诉我了。"陈翔回答。

"你这小子也真是的，妹妹来了，当哥哥的应该尽点儿地主之谊呀，除了工作，怎么装得像原来不认识似的？"马副主任好像在责怪陈翔，又像是故意说给我听。

陈翔"嘿嘿"一笑。

"哥哥，哥哥，妹妹，这个世界真小！"曲小军自言自语，没头没脑，像是说我和陈翔，其实，只有我能听懂他的潜台词——两个哥哥，同一个妹妹，这个世界确实小！

我们一行走到信号台下。这里有一条逼仄的弯曲小径通往葫芦港的制高点——山顶凉亭。马副主任问我："你爸爸对你说过他离开葫芦港的原因吗？"我说："没有，从来没有。"

"那好，今天是周末，咱们就到山顶上的凉亭坐坐，我把饭桌上没有说完的故事讲完。"马副主任说着举起右手，指了指山顶的凉亭。

上山的小径掩映在茂密的灌木丛中，我们沿小径拾级而上。半山腰靠码头一侧，有一块突兀的岩石，岩石上耸立着一座白色的两层圆形塔楼，楼顶矗立着高高的旗杆和水桶般直径的信号灯。这就是负责观察港内安全，传达命令，指挥调度港内舰艇的信号台。信号兵站在楼顶，俯视全港，港内各码头舰船尽收眼底。

信号台是通往山顶的必经之路。见我们一行走到楼下，一名水兵立即上前，立定敬礼："报告首长，港内情况正常，二十分钟后有一艘潜艇出港！"马副主任还礼后说："继续值班。"水兵大声回答："是！"

有人说，看一支部队是否训练有素，就要从哨兵的目光和口令、从营区士兵脚下的步幅和摆动的手臂，以及队列的气势和歌声观察。在葫芦港的这些日子，我处处感受着军营的威严、肃穆、韵律和节奏，感受着这看似平淡的生活中蕴含着的美的元素。

凉亭是葫芦港的制高点。登上凉亭环视全港，海图上那个酷似"被人折弯的葫芦"的军港尽收眼底。黄昏的军港，风息浪平，一艘艘钢铁蓝鲸披着金灿灿的晚霞静卧在码头上。大海亦有休闲时。

我们围坐在马副主任身边，听他平静地叙述，不知不觉中，耳边仿佛响起了阵阵涛声，它铺天盖地而来……


大海咆哮了。

一股来自西太平洋腹地的热带气旋，裹挟着狂涛巨浪，摧枯拉朽般掠过东海某海域。虽不是台风经过的中心区域，可海面上仍然涌浪如山，一排排压将过来，昏天黑地。

船只纷纷开足马力，进港避风。

此刻，八〇一潜艇正静静地在水下潜航。连续六天，八〇一潜艇和协同训练的"泰山"号护卫舰互为假想敌，在预定海域展开了水上水下真枪实弹的激烈对抗。"泰山"号护卫舰抓住战机对潜攻击，海面上不时响起一排排模拟深水炸弹的爆炸声。八〇一潜艇在艇长钟大魁的指挥下，如蛟龙闹海，忽而利用海面过往舰船为掩护，隐蔽接"敌"，忽而潜浮在不易被对方声呐发现的海底，以逸待劳，突然袭击。随着"舰首发射管预备——放"的口令声，一条条鱼雷命中"敌舰"，一次次攻击取得成功。

那是一个各行各业鼓足干劲大干快上的年代。真理标准的大讨论，让党和人民的思想如沐春风。中国军队跨入把教育训练提高到战略位置的历史新时期。八〇一潜艇逢盛世完成装备更新。新时期、新气象、新装备，极大地激发了艇员们的训练热情。钟大魁说："老牛换快马，不用扬鞭自奋蹄，该我们憋足劲儿大干一场啦！"

鏖战正酣时，"泰山"号护卫舰接舰队命令撤离海区，如同拳击场上格斗，对手突然退出，令兴头上的钟大魁扼腕仰天长叹！对抗训练已不可能。原定训练时间还有一天。钟大魁请示支队批准，决定在原定海区继续进行水下航行课目训练，以巩固提高更次人员的操作能力。

连续六天攻击课目训练，战斗警报频传。童建国在战位上，双手轻握升降舵操纵杆，按照钟艇长的口令，操纵潜艇上浮下潜，虽然动作游刃有余，精神却高度紧张。他深知，这时即便心里有天大的事，也要忘得一干二净，丝毫不敢分神。改为水下航行后，第二更舵信班长马天成接替了童建国的战位，方向舵战位也换上了一名新兵。童建国便在一旁坐下来，照看着两个新手。

高度紧张的神经稍稍放松，童建国心里便不由自主地想起女儿。想起女儿，童建国的心就仿佛碎了八百次。这两年多，尽管钟艇长和陈大姐对孩子关爱备至，视如己出，可关于女儿的一切始终揪着童建国的心。想到给钟大魁陈宏英夫妇增加的沉重负担，童建国深感自责。这毕竟不是长远之策呀！童建国的心里像打碎了五味瓶，酸甜苦辣咸，一起泛上来。对于钟大魁陈宏英夫妇，童建国心存感激，是他们夫妇给予自己女儿的关爱，弥补了孩子缺失的那份爱，这份恩情，他将永远铭记。钟大魁即将完成新装备的全训，关于他提升的消息早已传遍葫芦港，童建国在心里也暗暗替自己的艇长鼓着劲儿。

指挥舱的船钟时针指向二十一点。钟大魁抬头看看表，对童建国说，该浮起充电了，今天海面浪大，他们两个新手行吗？钟大魁的言外之意是，潜艇上浮是一级部署，按规定应由童建国操纵升降舵，舵信班长马天成操纵方向舵。

"他们俩操作得挺好，有我在这儿呢，甭换了吧，让他们多练练。"童建国答应着，心绪似乎还在刚才的状态中。

钟大魁没有吭声，是默许。随后，他站起来下达了"各就浮起岗位"的口令，随即各舱室依次报告"就位"。

"声呐注意搜索！把定航向！水手长，尾倾五度，浮起！"钟大魁艇长下达口令。

"报告艇长，声呐已开机！"声呐兵报告。

"是，尾倾五度，航向把定！"方向舵手复诵。

"是，浮起！"升降舵手复诵。

与此同时，升降舵手把艏艉升降舵轻轻拉起，潜艇舰艉微翘，开始缓缓上浮——"六十米！……五十米！……二十米！"马天成大声报告着。

潜艇上浮至潜望镜深度之前，受视觉观察的限制，有一段危险状态。马天成按条令要求，深度每变化一米，大声报告一次："深度十五米！十四米！……十米！"钟大魁正准备升起潜望镜，突然舰艉传来一声沉闷的撞击声，瞬间意识到情况不妙。此刻，潜艇继续上浮肯定有危险，情况不明，紧急下潜规避风险更大！

"右满舵！"钟大魁几乎是不假思索，口令脱口而出。

"是，右满舵！"方向舵手复诵。

"是，左满舵！"沉闷的撞击声打断了童建国纷乱的思绪，他还没有完全明白过来发生了什么，似乎也没有听清艇长的口令，竟稀里糊涂地跟着复诵了一遍，还复诵错了。当他试图顺手去纠正方向舵手转到右边的舵轮时，方向舵手提醒："错了，艇长口令是右满舵！"他这才完全反应过来。

潜艇在涌浪中向右转向，瞬间上浮到潜望镜深度，钟大魁"嗖"地一声升起潜望镜，立即转动观察，海面漆黑一团。镜头中，他隐约看到一个黑黢黢的船只剪影从左舷掠过。

钟大魁随即命令检查舱室水密，确信全艇水密良好，便指挥潜艇浮出水面。海面涌大浪高，暴雨如注。钟大魁和童建国一前一后爬上舰桥，童建国打开信号灯往舰艉一照，两个人同时目瞪口呆：尖尖的舰艉被撞得向右弯曲三十度，成了地地道道的"歪鼻子"！

好悬！钟大魁为撞击后下达的"右满舵"口令暗暗庆幸，如果与此相反，将更加危险！

潜艇转到水上航行状态，海面已不见肇事船只的影子。想必对方也意识到，私闯军事禁航区惹了大祸，便开足马力逃之夭夭了。面对如此恶劣的海情，挺着"歪鼻子"去寻找肇事方，显然不是安全之举。再说，即便你追上了人家，又能如何？钟大魁无奈地下达返航的命令，神色黯然的他沮丧地说道："靠上码头，我去蹲军事监狱！"

说完这句话，钟大魁让副长指挥航渡，自己站在舰桥的踏板上，任凭浪卷雨浇，纹丝不动，童建国几次给他披上雨衣，都被他粗暴地扯下，他的脸上分不清是泪水还是雨水……

一艘新型潜艇出现如此重大的训练事故，震动海军、舰队、支队机关，三级工作组前来调查，童建国一口咬定是自己执行部署不严，打错了舵，造成严重事故，愿意接受组织上的任何处分，而艇长钟大魁临危不惧，处置得当，避免了更大的险情。

对于童建国的用意，钟大魁心知肚明，不过这不符合他一向光明磊落、坦坦荡荡的性格。工作组到后的那天晚上，马天成看见童建国和钟大魁悄悄向水兵宿舍后的山坡上走去，便小心翼翼地跟随他们，站在远处的暗影里观望。

"童建国，出了事故，我是艇长我负首责，你跟着瞎掺和什么？啊？"钟大魁大声吼道。

"艇长，你和陈大姐对我恩重如山，这份情搁在心里，我受不了，关键时候，我不为你多扛点儿责任，还是个男人吗？"

"你浑球儿！这是置我于不义！"钟大魁一拳击出，童建国躲闪着就势半跪在草地上，流着眼泪说："艇长啊，我这两年过的是啥日子？家不是家，孩儿不是孩儿，给你和陈大姐增加了多少负担啊！你们不计较，可我心里总像有刀在割。一个连亲生女儿都照顾不了的父亲，还是个父亲吗？可是只要在部队干，就没法照顾孩子，我是舍不得离开潜艇，可有啥办法呀！干脆处理完事故，我转业，带孩子回老家……"

"就是想转业，也是一码归一码，不能和事故处理搅在一起！"

"艇长，你糊涂啊！这次事故，已经给你惹了大麻烦，我担多担少，反正都是个担，要蹲军事监狱我去，老子家都没了，还怕啥！反正早晚都是一走，该死该活头朝上，我豁出去了！可是艇长，要是因此影响了你的前程……"

"这是两件事，根本扯不到一起！"钟大魁愤怒地吼道。

"我不管是不是一回事，就让它是一回事！"童建国狡辩。

马天成远远地看到钟大魁又想揍童建国，可伸出手后，身子却扑了过去，两个大男人激动地拥抱在一起抽泣起来，马天成的眼泪也跟着一起淌了下来……

经过调查，工作组给出的结论是：客观上，八〇一潜艇上浮中遇到突然停车的船只，致使声呐未能发现目标，是事故的主要原因；主观上，个别战位未按部署就位，指挥员要求不严，都负有重要责任。处理结果：给水手长童建国记大过处分，给艇长钟大魁行政警告处分。

半年后，钟大魁被提升为支队副参谋长。不久，童建国退出现役，安排转业。

回到招待所，我接到了李主任打来的电话。李主任的大嗓门依旧中气十足："支队首长对你们几个的毕业实习很满意，政治部还要致函学院提出表扬呢，那两篇报道我也看了，确实不错，很有分量啊！"

我说："是潜艇部队官兵素质高，事迹感人。还有几个线索也很感人，我们正在采访，还没写完呢！"

李主任哈哈笑着说："还没毕业，听你说话的口气，立场已经向葫芦港转移了？"

什么立场转移嘛！我知道，李主任对他偏爱的弟子爱说半截话，说一半留一半，让你自己琢磨。

李主任说："不开玩笑了，说正事。系里马上开始实习总结，各小组已经陆续返校，你们也该回来了。马副主任建议你推迟几天返校，曲小军和李亮明天就可以返回了。怎么样，你自己的特殊采访进展如何？"

"进展顺利。"我说。

李主任说："好消息能不能提前透露一点儿？"

我想起了那句歌词，轻轻哼唱出来："问我也不能告诉你……"

李主任笑着说："看给你美的，一定有好消息。"

我把李主任的决定告诉了曲小军和李亮。我推迟返校，好像在他们预料之中。曲小军例行公事地问："是不是叔叔、阿姨要来呀？代我向他们问好啊！"李亮又故意话里套话说："师姐，你不会留在葫芦港吧？我可是准备了一个特别好的纪念册，要让咱们班同学都留下毕业赠言，第一页的'版面'留给你，你回不去只好'开天窗'啦！"

我说："你放心，到时候我一定给你写。"

"写什么呢？"李亮问。

我故意逗他，说："就写'小破孩儿，你记着，走到哪儿也不会忘记你'！"

曲小军跟着起哄说："嘿，这临别赠言也不错，别具一格啊！"


次日上午，陈翔开车，我们一起去甬江市火车站送曲小军和李亮返校。回来的路上，我问陈翔："这么多日子了，你为什么从来不提小时候的事？"

"一方面确实不记得什么了；另一方面嘛，当着两个男同学的面，说这些事怕不好，他们好像都挺在意你的……再说了，你们都是军校本科生，和我们士官还是有区别的。"陈翔嚅动着嘴唇，我第一次见他这么吞吞吐吐。

"怎么，和我……们在一起，你有距离感、自卑感？"我想说和我在一起，但还是把"们"字带出来了。

"那倒没有。"陈翔虽想掩饰，那不经意中流露出的赧然，还是被我的余光捕捉到了。

我明确问陈翔："你心中有没有确定的女孩子？"这个问题在我脑子里飘然而过已经不止一回了，终于逮到机会，我就很直白地问了。

"有啊！"

"在哪里？干什么的？"我连忙追问。

"在美国，医学研究生。"陈翔说，"我们是高中同学，她在省城读完医科大学后，又去美国读研，是她姨妈资助的。她姨妈没有子女，希望她留在美国继承遗产。她出国前，我们感情挺好的，只是最近这两年，联系越来越少，她可能不会回来了。"

我心里悄然一动，又故作轻松、口是心非地说："有情人终成眷属，你要抓紧嘛！"

陈翔分明看出了我的敷衍，轻松地说："这不是抓紧不抓紧的事，随她去吧！"

根据钟伯伯的安排，陈翔直接把车开到了家属宿舍。

脱下将军服、扎起白围裙的钟伯伯，样子像个老厨师，他笑哈哈地给我们开门，右手还拿着一把炒菜勺子。他说："海霞呀，今天伯伯露一手，让你尝尝咱们葫芦港的海味全席！"

一进门我就看见，马叔叔已经到了，我敬了个军礼，说："叔叔好！"

他笑了笑，算是还礼。

陈阿姨紧跟着迎出来，满脸高兴却在嘴里埋怨说："你看看，妞妞都来一个多月了，我早就想在一起吃顿团圆饭，可是你看这爷儿俩，一个天天不着家，一个天天不离艇，硬是凑不到一块儿！"

我脱下军帽，顺手挂在客厅的衣帽钩上，对陈阿姨说："我来洗洗手，给伯伯帮忙。"陈阿姨把我拉到沙发上坐下，说："今天做饭是他们爷儿俩的事，不用你帮忙，我也当一次甩手掌柜，阿姨就想和你多说说话！"

厨房里，钟伯伯和陈翔演奏着"锅碗瓢盆交响曲"。客厅里，马叔叔坐在沙发上对着一套工夫茶具，自斟自饮。陈阿姨拉着我的手，附耳私语，母女般说着悄悄话。我仿佛觉得，幼时从陈阿姨身上感受到的母爱还在，在葫芦港的这段日子，这种感觉越发温馨，越发强烈，丝丝缕缕，滋润着我的心。

钟伯伯和陈翔烹饪的海味全席丰盛极了。只是，桌上的餐具不大讲究，都是大小不一、形色各异的盆、碗、盘，有瓷制的，有搪瓷的，也有铝制品，都曾在不同年代的军营饭桌上流行过。各色餐具里，鱼、虾、蟹、贝、螺，满满当当，摆了一桌。大家入席，陈翔每端上一样菜，钟伯伯都笑哈哈地报出菜名。我一尝，味道果然鲜美。陈阿姨不停地给我夹菜，还不停地说："妞妞你尝尝，这都是咱葫芦港的土产啊！"

我能感觉到，这顿看似普通的家宴，主人是费了心思的。这种心意，不在形式，重在内容，更在心里。这是类似家长为久别重逢、天涯归来的游子接风，也有点儿像父母为即将辞家远去的儿女壮行。

家的温情洋溢在我的心间。

马叔叔在老艇长家里显得相当随意，不等不让，大杯喝酒，大口吃菜，眼睛不时在我和陈翔的脸上瞟来瞟去，好像有话要说的样子。

钟伯伯用筷子敲了敲桌子，说："天成啊，别光顾了吃，你给海霞说说，我交给你的任务完成得怎么样啦？"

"报告艇长，一切顺利。"马叔叔一反在公开场合的严肃神色，嬉笑着说，"童建国好办，我一说'老艇长和陈大姐邀请你来一趟，趁妞妞在这儿，难得团聚'，他二话没说就答应了，乘明天中午那趟特快到。那静开始有点儿犹豫，我就使出激将法，说：'那教授啊，海霞对葫芦港印象可是蛮好的，童水手长来了，你不来，要是他们爷儿俩决定了什么大事，你反对也来不及了！'她着急地说：'小马，你要是与童建国合伙把妞妞往葫芦港拉，当心我去了跟你急！'她是明天下午的航班。"

"好，陈翔，你向你们艇长请一天假，明天咱们全家去迎接。"钟伯伯又问："天成，你有没有空，争取一起去？"

马叔叔停下筷子，心里合计片刻说："本来政治部有个小会，推一天问题不大，老水手长来了，我不出迎，岂不失礼！"

爸爸妈妈要来的消息，搅得我全然忘了塞了一肚子的海珍佳肴究竟是什么味道。

周一一大早，天还没亮透，钟支队长的一号指挥车就开到了军人招待所的院子里接我。钟将军一身戎装，陈阿姨也一袭出远门的装束，全部的期盼和欣喜都写在了他们的脸上。

九号码头，交通艇已经备好。甲板上，马天成上校和二级士官陈翔也身着崭新的军服，在等我们。见钟支队长踏上舷梯，交通艇的值更官吹响一声长长的礼哨，举手敬礼。钟支队长举手还礼，然后我们登艇。

主机轰鸣，交通艇离开码头，箭一般向港外驶去。

陈翔告诉我，从海上去甬江市，交通艇可以直接开到甬江码头，只是比走公路要远些。"知道为什么要舍近求远吗？"陈翔问我，我摇摇头。他自问自答，"我猜，爸爸的意思可能是想让童叔叔重温从海上进港的感觉吧。"

潜艇部队的战友情怀，表达也如此别样，这又一次深深触动了我。

我有预感，爸爸妈妈这对老冤家，二十多年扯不清的恩恩怨怨，可能会出现新的拐点。不是可能，是一定。我有点儿自信地想。怎么说呢，昨天晚上，我懒散地靠在沙发上看电视，手里的遥控器把几十个台摁了一遍，找不到一个想看的节目。心不在焉的我拨了爸爸的电话，占线；接着又拨妈妈的电话，通了。我告诉妈妈，明天我们都去机场接她。

妈妈问："小军呢？"

我说："他已经返校了。我们已经谈过了，他对你的感情蛮深的，我们都想让你有一个幸福的晚年。"

妈妈听了很高兴，问我："二十多年了，你爸的老寒腿好点儿没？"

我说："一到阴天两个膝盖的关节还是痛。"

妈妈说："我给他买了一副皮护膝，这次带给他。"

自我记事以来，类似的询问和关照十分鲜见。之后再和爸爸通电话，我把这个信息委婉地透露给他，爸爸沉吟了片刻说："是吗？那我也给她带个东西。"

我问什么东西，爸爸说："就是那个虎斑贝呀，那年她把你和虎斑贝一起丢下走了，我一直保存着。"

我说："好啊，带着呗。"爸爸又说："她要是提起来，我就给她；她要是不问，我也不提，就还放着。不过，姐姐你要记着，咱们好不容易团圆一次，千万不要给你妈难堪！"

"哎呀，我知道！"


"海霞，你回头看，日出！"我正发愣间，陈翔喊道。

蓦然回首，交通艇已驶出葫芦港。艇尾方向，东方天际，一轮红日刚刚跃上山峦，朝霞满天。

啊，我的葫芦港，晨曦中，始梳妆……

（原载于《解放军文艺》2009年第6期）

>>>> 作者简介 <<<<

刘善兴，男，祖籍河南省民权县，生于1950年。1968年3月入伍，1970年3月入党，先后在海军东海舰队潜艇支队、军内报社、出版社供职，历任舵信兵、舵信班长、舵信军士长、新闻干事、报纸及杂志编辑记者、图书编辑部主任，专业技术4级，副编审。

# 深海回音

高　密

## 一

营门外的马路常年冷清，路过的人大多是走错了路，有的一见岗亭就直奔而来——问路。当然，也有认准方向匆匆赶路的，冷不丁朝营门抛来一个眼神，像是在确认自己的方位。如果见到无事溜达的，哨兵可要警惕起来。听老兵说，前些年抓过两三个探头探脑的，交给派出所处置时，发现其中一个还真是受"网友"指使来营区周围拍照卖钱的。路过此地的车大多是出租车，而且是载客抄近道去百脑汇的老司机。马路是条坡道，不算陡，但上坡之前拐了个九十度的弯，车拐过来经常要顿一顿才能重新提速。就凭这个，有的老兵站岗时明明背对弯道，却能根据司机转向、换挡、踩油门一连串操作的声音准确判断车主人是谁，入伍才几个月的学兵很少有能分辨出来的。

"警通连的老马最不地道。那回跟他一起站岗，司令员坐的猎豹路过，他老早听出来了，在旁边站得笔挺，却不吱声，剩我自己在岗亭上晃悠，等看清时，车已到跟前了，差点儿来不及敬礼。"陈智慧的嘴皮子根本停不下来，全区队都深受其扰，它们似乎无法接受这个世界安静，哪怕只有两秒钟的空当也一定要造出点儿声响来，二十几人的宿舍里，常常只有陈智慧在"叽里呱啦"说个不停。闵小龙低着头走在他身边，脑子里琢磨着自己的事，根本不想把他的话往耳朵里塞。营区很老，也不大，从宿舍去营门总共两三分钟的路程，让他使劲儿叨叨，一秒不停也吐不出多少字，只是可惜了一路的鸟鸣。闵小龙听郭老爷子说过，这座院落早在十九世纪末二十世纪初就是兵营，营门西北侧保留至今的小矮房，当年是马棚。马路拐角处各有一棵银杏，长势极好，很多鸟儿在此筑巢。郭老爷子还说，四十多年前建水兵楼时工人准备砍掉它们，但电锯一响，不但里面的鸟不往外飞，反倒飞来一大群喜鹊疯了似的往里钻，在场的工人都看愣了，包工头说这树怕是不能砍，咱还是打报告换个地方建楼吧，所以西水兵楼往北挪了十来米，把它后面本就矮小的平房挡得一点儿阳光都见不到了。这种事放到现在，铁定能评上人与自然和谐相处的生态保护样板工程了吧？闵小龙清楚地记得，郭老爷子给他们这群年轻后生讲完后，像是要叹口气，却突然收住了。

"后来我发现，每台发动机都跟人类的声带一样，振动的声音粗细深浅总有不同。"陈智慧说的这个，闵小龙突然听进去了，还觉得挺有道理，声音的本质就是振动。陈智慧接着絮叨，现在他也能准确地判断经常进出的几台熟人的车了："比如学兵队柴队长拐弯过来直接进三挡，上坡，那发动机噎得，像是一口气吊不上来的样子；还有后勤处张处长那带涡轮增压的北汽，比政治处刘干事不带增压的标致听起来更干燥，正像他那次给偷溜进营区的流浪狗投喂剩饭被张处长抓住，张大处长暴躁到仿佛要撕裂的嗓门。

"司令员的一号猎豹和政委的二号猎豹，虽是同一批出厂的车，那也有差异。"陈智慧转过头看着闵小龙，朝他挑了挑眉毛，"一号拐弯总是带着挡，二号喜欢空挡溜着过。"他眼里闪着光，神色得意。闵小龙不屑且严肃地说："这有什么好吹的，只是开车人的操作习惯而已。"听他这样说，陈智慧觉得有点儿自讨没趣，便故意噎了他一句："难道你也能听出来？"

闵小龙想说当然能，但凡他认识的军官的车，他都能分辨出来，可他没说，因为此刻他心里想着更重要的事。

"你们队分专业了吗？"闵小龙朝马路上孤零零的一片干枯的梧桐叶踢了一脚，陈智慧没回应。他们头顶的树杈光溜溜的，一片叶子也不剩，不知地上那片是怎样挨过了一场场风雨和冰雪才最终落下来的。闵小龙察觉到自己可能说错话了。新兵训练时，他们俩在同一个队同一个宿舍，前段时间新训结束，队里宣布命令，陈智慧被分配到别的队去学习潜水，将来当潜水员。本来两人说好要一起学潜艇将来上潜艇干大事的，陈智慧因此失落了好几天。

"我们潜水队不分专业，都共同学习潜水技术。"闵小龙正想着说点儿什么缓解尴尬，却听到陈智慧低声回答。

"我们队这两天要分。听说有的专业很苦，有的专业好一些。我不知道该怎么选。"闵小龙的声调也降了下来，"我比较喜欢武器，想学鱼雷专业，但听说挺难学的。"

立定，正步走，转体，敬礼，跨一步；接枪，握枪，再跨一步，向后转。闵小龙麻利地完成接岗程序，陈智慧作为流动哨，在门岗附近走动巡查。

"要是我，就选声呐。"陈智慧在闵小龙身后说，"每天只需要在头上挂个耳机听听，多轻松！我们潜水员，干的是体力活儿，就是吃口青春饭，人家声呐兵基本不用费劲儿，不用这儿爬那儿钻，干净自在不说，靠技术积累还能越老越吃香。"

岗亭侧后方传来了汽车的声音，陈智慧立即闭上嘴，两人都保持警惕屏息听着。车越来越近了，陈智慧问："这是李教导员？""班主任。"闵小龙边说边从跨立的状态立正，握枪行礼。陈智慧也跟上节奏，就地立正，举手敬礼。

"吉利帝豪，果然是班主任。厉害啊，你连他的车都认得！"

短促的喇叭声响起，这是班主任在给他们回礼，闵小龙放下右手恢复成跨立姿势。道闸自动抬杆，两人目送车拐弯——班主任准是加班来了。

私家车过门岗能受到哨兵敬礼的，在这个营区并不常见，但闵小龙见到班主任随时随地都必须敬礼。班主任姓班，名振华，是潜艇脱险教研室的主任，由他按着脖颈护着头钻进闸套脱险塔的学兵每年有一两千，这些年累计起来怎么也得三五万。他们都说班主任那只大手"开过光"，只有经它送进闸套完成脱险训练的学兵，才能成为真正的潜艇兵，闵小龙也这样认为。一个多月前，他们准备脱险实操考核期间，班主任几乎天天叫他出公差，让他钻进闸套，给那个一人多高、锻钢打造的空塔清理内壁。"爱护装备要像爱护自己的眼睛。这铁疙瘩虽然冰冷坚硬，但很金贵，白天训练用完就得擦，不擦叫人心里慌。"班主任总这么说。那时候闵小龙仿佛有幽闭恐惧症，一开始不敢进闸套，一站到门口，望着里面封闭狭窄的空间，他会心里打怵、头顶冒汗、手脚发抖。后来，被班主任逼着，他硬着头皮进去了，再后来天天进，还得拿抹布一寸一寸地擦，在里边待久了，慢慢适应了环境，克服了毛病。那段时间，班主任几乎每天在隔壁办公室加班，巧的是时长惊人地一致，每次他干完活儿，班主任正好加完班。如今站在岗亭里脑袋清闲，闵小龙突然想到一个从未想过的问题：班主任真有那么多工作忙不完需要天天加班吗？他脑子像短路了一样，突然就释放出热量来，额头上汗珠子直滚。昨晚的新闻联播里说，立春了，今年天气回暖早，还真是，说热就热。

闵小龙把脚指头在鞋里蜷曲伸展了两遍，又松了松两个膝盖。可能是看到他调整军姿的小动作，陈智慧收起戏谑的口吻，按标准口令下达："立正！向左——转！目标马路牙子，抵达后自行返回。齐步——走！"闵小龙应声走下岗亭，陈智慧一步跨了上去。

这是元宵节过后第二个星期六的上午，太阳斜挂在天空，热力不断增大，闵小龙身上的藏青色冬常服仿佛受热膨胀，显得格外臃肿。没人进出，他独自齐步走着，感觉自己的汗在胸口一点儿一点儿滑落，并感觉有些燥热。陈智慧好像发现了什么，闵小龙朝他努嘴的方向看去，正在下坡的那个短发女人，扭头朝他们的哨位看了好一阵子。这院子里的人冬装都还没脱，她竟然穿着短裙踩着高跟鞋！突然，她脚下一晃重心一闪，侧身就要往地上倒，好在一伸手正巧扶住路灯杆，在慌乱中站稳，伸手理了理散落到脸上的头发，重新迈开了步子。

"想想其实也无所谓，学什么专业不是学？干啥不是干？再说了，义务兵总共就两年时间，在这院里待七八个月，剩下一年带点儿零头，中间过个年过几个节，一晃眼就过去了。"陈智慧把军姿站得松松垮垮，在岗亭里继续唠叨。

闵小龙从他的话里听出了酸味儿，但不知该说点儿什么才能安慰他，或者可以扯个什么别的不尴尬的话题。闵小龙总是这样，在明明知道应该要说点儿什么的时候，却偏偏不知道该说什么，有时自己明明想要说什么，转念却觉得说出来也是废话。他转身朝营门外走，阳面的围墙根钻出些许绿色来，几枝迎春已开始冒芽，麻雀一直等他走到伸手可及的地方才从冬青底下蹿出来。

每人在岗亭里站半小时，两次轮换之后就下岗了。

"晚上七点，老地方见？"两人在通往东西两栋水兵宿舍楼的分岔路口停下脚，陈智慧一只手撑在银杏树干上，一对浓眉在阳光下格外明显。

"好。"闵小龙微微一笑，用标准的向左转姿势，把背影留给了他的战友陈智慧和那棵一人怀抱粗的银杏树。

二

操场建成于二十世纪六十年代，东侧的围墙在铺塑胶跑道和足球场时应该重修过，但也早被爬山虎的枯藤没过了墙身，墙的上方露着一排扎根在墙外的梧桐的树冠，若不是墙顶那串张牙舞爪的铁丝网，从这一带翻墙进出都根本不需要助跑。西边是一个水泥看台，底部藏着一排类似防空洞的储物间，看台前方铺着一条南北走向的水泥道，新训结束阅兵的时候闵小龙他们就是从这儿踢着正步走过的。阅兵道的南端剩了片空地，和塑胶跑道南侧的空地相连，在这片场地的中央静卧着一艘潜艇。

这是一艘真正的潜艇，敦实、静谧，庄严的黑色仿佛拥有震慑一切的力量，闵小龙入营第一天就发现了它。那时战友们都还不熟，纷纷挤在窗户跟前看新鲜，有战友说它是模型，要不潜艇怎么会在陆地上，还趴在一个操场旁边？也有战友说那顶多是个摆设，上了岸的潜艇，就像离了海的鲨鱼，除了做标本就只能供人赏玩。班长余钧在人群后面说，这可是真家伙，退役下来的实装，甚至有几艘跟它同型号的仍然在服役，只不过它作为同型号的首艇，从码头到这片绿茵场边有些时日了。"还能开吗？能开动起来吗？"听到班长的声音，大家迅速撤下来回到各自床边继续整理内务，只有陈智慧站在原地问班长，眼里放着光，一脸的欣喜。余钧脸一沉："就你问题多，叫什么名字？"

后来，无论什么时候提起这件事陈智慧都认为自己没错："好奇心是创造力的沃土。"闵小龙觉得他这话很有思想。这艘潜艇能开动吗？其实，闵小龙每次从四楼的窗户往外看时，都跟陈智慧有一样的疑问。他的目光越过楼前的梧桐树顶远远望见了它，眼里的景象开始变幻：足球场成了碧波荡漾的海面，红色塑胶跑道仿佛一圈蜉蝣，泊在潜艇周围，若即若离……

入伍宣誓仪式就是在这艘潜艇旁举行的。主席台在潜艇旁边，艇身高处悬挂横幅，仪仗兵身穿洁白礼服高擎军旗正步前进，白色、红色、黑色烘托出庄严肃穆的氛围……闵小龙只要从操场旁路过，都会想起这个让人无比激动的场景。他清楚地记得，当举起右手握拳宣誓的时候，自己嘴里念的是军人誓词，心里却一直惦着它——这就是潜艇，将要与他朝夕相伴的战友！

从门岗回来的路上，他故意拐了个弯从训练场旁经过，入伍以来两个多月的日子历历在目。如今终于实现了从新兵到学兵的跨越，他感觉自己离理想又近了一步，连个头似乎都跟着长了，走起路来胸脯也挺得更高。

回到宿舍楼下时，周围异常安静。每个人都知道即将分专业，教导员说，潜艇上百人同操一杆枪，不论哪个专业哪个战位都同等重要，谁也离不开谁。但闵小龙知道，说归说，潜艇上不同专业的工作环境有差异，辛苦程度也有区别，谁拈轻怕重，谁挑三拣四，总得见分晓。所以，闵小龙没跟别人提过自己想学鱼雷导弹的事，除了陈智慧这个已经不在同一个队的战友。事情总是这样，大家都在等着宣布专业分配方案的一天，可偏偏这一天迟迟没有到来。

闵小龙一进门，在门厅的军容镜里迎面看到一个干瘦的身影，恍了下神才确认那是自己。时间改变一切，比起刚入营时，他看起来完全不像同一个人，躯体变瘦但也板正了，头发变短了却更精神了，此刻连眼睛都明亮了许多。他第一次进这个门时，班长余钧还站在一旁敲着鼓欢迎呢。想到这里，闵小龙笑了，对现在的自己很满意。

宿舍里，暖气加上从窗户投进来的阳光，室内有些燥热，玻璃上凝结的水珠没等流下来就被蒸干了。余钧背靠窗户，腰臀倚着窗台的棱角，两条腿在脚踝的部位交叉起来："速度！速度！"他的两片厚嘴唇嘟囔几下，就把二十六个列兵在床架之间排成了三路纵队，最后两个正好卡着门框。闵小龙在第六排右侧第一个坐下，紧挨着自己的床铺。余钧开始讲正式内容之前，照例有两分钟时间布置些卫生清扫、内务整理方面的杂事。闵小龙的视线越过前一位战友的耳朵，向窗外投去，光秃秃的梧桐树枝散乱地伸向天空。

"今天天气不错，你们赶上了好时候。"余钧的嘴唇开合着，粗犷的声线穿透每个人的耳朵，"专业分配要开始了，优先选拔声呐兵。声呐，知道吧？号称最金贵的专业，文化成绩差的不行，临机反应慢的不行，记性不好的也不行。你们都是百里挑一的潜艇兵，声呐兵就是从潜艇兵里再百里挑一！"

余钧刚讲完，列兵们的眼里都开始放光，像一群星星排着队在窗户里闪。余钧讲得更起劲儿了。

"每年这个时候都要从新来的兵里选，行的就去学声呐，不行就学其他专业。声呐兵，是潜艇的耳朵，是艇长的神经末梢！提一个问题，你们知道将来要打赢战争靠的是什么吗？"

"靠潜艇。"有人在队伍里大声回答。

"不对。"余钧伸手端起窗台上一排水杯最外侧的那个，"咕咚咕咚"灌了两口："闵小龙！你回答试试。"

闵小龙眼睛聚了一下光，张口就答："信息制胜。"

有的人听了连连点头，有的人却愣着等班长余钧公布答案。

"没错，信息战！你们看看，他入伍之后文化测试考第一，知识面就是不一样！别看潜艇在水下，打的也是信息战。有人肯定要问了，潜艇在水下的通信不是世界军事难题吗？潜艇不都是独自闯荡吗？怎么获得信息？为什么要获得信息？这样想问题的人，是把信息看偏了，看单了，也看窄了。我说的信息，不单是海面上无线电波里承载的信息，还有藏在几百米深海里的声波信息。"

有的人好像明白了，继续点头；有的人仍旧愣着。

"好吧，今天就科普到这里，我怕跟你们说太多，你们一下子消化不了。反正这声呐兵就是信息作战的关键之关键，核心之核心！"余钧一边说，一边把手揣进了口袋，"怎么样，想不想试试？"

"试什么？"左后方一个战友冒出疑问。

"全体安静！"余钧从口袋里掏出一部手机，"下面给你们做个小测试，看看你们是不是当声呐兵的料。"

闵小龙看着班长余钧一只手把手机高高举起，另一只手握拳，竖起食指要往嘴上放。"听好了，不要发出任何声音。"说完，他点了几下手机屏幕，扬声器里传出"刺啦刺啦"的声音，就像收音机没有调到台，全是噪声。

"听到什么了？"余钧问。

学兵们大眼瞪小眼，眼睛像一个个灯泡，互相转头看，谁也没听出来。

"再听！"

手机扬声器再度响起，仍旧是一阵让人难以安定的噪声。

"什么？听见了吗？"

学兵们都摇头。余钧皱了皱眉，把手机收回到胸前。

"忘记切换到测试模式了。"

宿舍里响起一阵打雷一样的爆笑声。

"安静！现在开始了。"余钧说完，再次把手机举过头顶。

扬声器里照旧只是一阵让人摸不着头脑的"刺刺"声，学兵们再次躁动起来。余钧的目光扫过人群，他说道："看样子你们当中并没有适合干声呐兵的天才。"

闵小龙回过神来，正好听到余钧这句话。"报告！申请再播放一次。"他从队伍里站了起来，学兵们都转过头来瞅他。余钧也很惊讶，他那重度怀疑的目光像一颗集束炸弹砸在闵小龙的脸上。

"听好了！"

一阵声音过去，整个世界都安静下来。闵小龙闭着眼，在余钧还盯着他的时候突然睁眼，说："这个声音里有一个很轻的吼叫声。"

"叫了几次？"

"七次。不对，六次半，第七次没完。"

闵小龙说完坐下，余钧脸上露出惊喜的神色，随即就平复下来。

"不错。再来一段？"

经过第二次确认，全区队确实只有闵小龙能听出手机录音里的信息。

"没有事先提醒，能从这段录音里听出低频声波的周期，十个新兵里难有一个。"余钧收起手机，脸上终于浮现一丝得意的表情。

"报告班长，手机的音响低频效果不好，否则其他人也可能能听到。"闵小龙再次站起身来。余钧点了点头："今晚六点半，你去训练处会议室开会。"话音一落，宿舍里爆发出一阵热烈的掌声，有人吹起了尖锐的口哨，还有人在喊："小龙太牛了！"

闵小龙不知道自己接下来要面对的是什么。这样热烈的场景，上一次出现是在两星期前，那时他刚在班主任的鼓励下成功克服心理阴影，带头钻进闸套第一个上浮出水完成潜艇脱险训练，他脱下潜水装具从实验室大门走出的那一刻，阳光洒在他湿漉漉的脸上，门口坐着一百多个战友，雷鸣般的掌声经久不息。当掌声平息时，除了自己的心跳，他还感觉额头上有一滴水，顺着眉梢滴落地面，似乎发出了轻微的声响。没有什么比战胜自己更让人充满力量的了。

入伍短短三个月，闵小龙第二次收到了为他而响的掌声，但这次他并没有太强的触动。去往机关楼训练处的路上他反复想，声呐专业到底怎样？他发现自己的脑子里竟没多少关于声呐的信息。他要不要放弃呢？如果换成别人，比如陈智慧，得到这个机会，一定很高兴。不管怎样，他决定先去看看。

训练处会议室不大，满满当当坐着二十多个新兵，除了一两个稍胖，大多跟闵小龙一样耷拉着衣襟和下摆，一看就是快速瘦身之后的模样。很快进来了一个少校，清点人数之后出去，又请来两个上校。

"很高兴见到大家！你们都是经过队里推荐的各方面表现出色的好同志，特别是听力超群，具备成为优秀声呐兵的基本条件。下面我给大家介绍一下情况。"其中一个上校说，"今天是每年例行的声呐专业学兵选拔见面会，目的是跟大家讲清楚声呐专业的特点、优势，以及岗位重要性和人才需求，当然更重要的是让大家对将来学好声呐知识树立信心。"尽管上校讲得很全面、很动情，可闵小龙依旧没有感觉声呐专业有多好。在他看来，就像陆军玩枪炮一样，当海军也该玩带响声的鱼雷导弹，那才是拳头部位，因为能够射出有杀伤力的子弹。天天戴副耳机听噪声，哪儿有当兵的感觉？

随后，另一个上校简单补充了几句欢迎和鼓励的话，少校拿起笔，笔尖悬在A4纸打印的表格上方准备记录什么。

"接下来，请大家谈谈自己的想法。"第一个上校面带亲切的笑容。见新兵们没人发言，少校温和地鼓励大家，"不要紧张，不要拘束，想知道什么关于声呐的知识，或者将来上艇之后声呐岗位的情况，都可以问、可以交流。"言毕，这才有人站起来提问。

"声呐专业需要学多久？也要五个月吗？"

"是的。"

"我高中毕业，能学会吗？"

"有高中理科基础就没问题。"

"听说声呐兵每天都要训练，一天都不能落下？"

"每天练当然进步快。拳不离手，哪个专业都需要认真学，天天练最好。"

…………

眼看大家都发言了，闵小龙在脑子里搜罗两圈，没想出什么需要提问或者交流的问题。会议桌对面的三个军官将目光转向了他，身边的战友也侧身转头看过来，闵小龙缓缓站起身，说："如果通过选拔，就必须当声呐兵吗？"

两个上校愣住了，交换眼神之后第二个上校仰起脖子说了句："当然不是，但通不过选拔肯定不能当声呐兵。"见没有其他人再提问，上校说，"下周一，大家都到教学楼四楼的实验室参加选拔测试。"

会议解散，少校特意等着跟闵小龙一起往外走："你的意思是不想当声呐兵？"少校微胖，几近光头，眉毛很粗，没戴眼镜，说话的时候上嘴唇几乎不动。闵小龙不知该如何回答，支支吾吾到最后才说了句完整的话："我不知道该学什么。"

夹在人群里从机关楼下来，闵小龙看了眼值班室的挂钟，七点整。走到岔路口的那两棵银杏树下，他隐约觉得自己的军旅生涯也来到了分岔路口：往左走，可能是陈智慧眼中既轻松又干净的声呐岗位；往右走，则仍旧是一个未知数。

## 三

夕阳把营区里的楼都抹上了金黄色，唯独西水兵宿舍楼后的低矮平房早早沉没在暗影里。

"深海有座不夜城，城里住着百十人。三班倒，不关灯，白天黑夜看时针；时针一圈二十四，抬腿猫腰过舱门。六舱热，一舱冷，从艏到艉四季分。冬至饺子吃完走，回到家中已暮春。"重新装修过的"老水兵超市"刚进了货，补足了元宵节以来的巨大消耗，超市的老板郭老爷子一遍遍哼着歌，在接近一个人高的货堆里拾掇。

他穿着那件二十多年前的蓝色作训服，里面套着长袖海魂衫，不紧不慢地端起一箱箱方便面、火腿肠，或者其他食品，塞进货架上已连成片的空间里。在淡黄色灯光的映衬下，满是钢质货架的仓库有几分像潜艇舱室。

班主任忙活完下一个班次开训的案头准备工作后，从办公室往食堂走，路过岔路口时，超市门口的招牌灯箱已经亮起，他看了看时间，拐弯朝那栋平房走去。郭老爷子闲不住是出了名的，进这个院子几十年了一直这样，就连他女儿跟班主任结婚的婚房，都是他带一个小工自己装修的。班主任反复跟他说过，七十多岁的人了不能再干这些体力活了，他就是不听。

"来了？"

"来了。"班主任环顾一周，"这帮小兔崽子是真能吃！过完节才几天？我天天在食堂吃，可没见食堂亏待他们。"

"年轻嘛，你刚当兵那会儿不比他们能吃？"

"年代不一样嘛，我打小就没怎么吃饱过。您老歇着吧，我一会儿就给您收拾好。"

"没事儿，我自个儿慢慢收拾。"

班主任脱下冬常服上衣挂在门框旁的挂钩上，摘下领带搭在椅背上，解开衬衣袖口的扣子，挽了两圈，一头扎进货堆。

门口一阵热腾腾的气息扑进超市，"咣咣当当"，包装盒在塑料袋里相互撞击的声响从超市购物区四处响起，本就不大的房间显得更加拥挤。有人在喊："大胖你上周说过，你要是再买肉肠，全都给我吃。"有人开骂："谁在这儿放'毒气'，不知道跑出去放吗？"余钧照例站在收银台旁，倒数着计时，隔一分钟报时催促一次："快点儿，快点儿！"收银台后边的唐甜一边忙活，一边冲余钧吆喝："去去去，催什么催，拿根冰糕站外边舔着吃去！"她今天换了身装束，长头发扎成高高的马尾，鹅绒黄的短款羽绒背心正好把紧身毛衣束成的细腰留在收银台边缘，她还描了两道眼线，余钧肯定早就看出来了。唐甜跟余钧吆完，旁边的刘心悦和排队等着结账的兵们一阵哄笑，余钧听了她的话并不生气，往门口稍微挪了半个身位。

陈智慧进来的时候主动跟余钧打了声招呼，余钧正要拉开架势跟这个刚被分去潜水队的兵聊几句，却见陈智慧直奔仓库。

"小兔崽子！三五天就不把班长放眼里了。"余钧的声音没能追上陈智慧的脚步。

陈智慧把一个货架的角落都摆满了，班主任和郭老爷子才发现多出了一个在帮忙的人。仓库里多了一双手，也多了一张嘴，相比之下一墙之隔的购物区就显得冷清了。老爷子招呼他到里面去，先摆里边的货架。

"小龙呢？"班主任问，"他怎么没来？"

陈智慧还没回答，闵小龙的声音就到了："我来了，刚去了趟机关楼。"

"咋了？"班主任直起身来。

"叫我周一上午去参加声呐兵选拔测试。"这话一说完，大家都停下了手里的动作。

"好啊！声呐专业普通人想干也干不了，我看你挺适合。"班主任兴奋地说。

"可我更喜欢鱼雷和导弹。"闵小龙有些无奈。

郭老爷子正好在灯泡下方，直起身之后，原本全白的头发变得几近透明，额头上的褶子经过光线的雕刻显得更加深重。他望着闵小龙，仿佛整盏灯的光都是他的目光。

"这次选择不亚于高考填报志愿。"老爷子的声音不大，但发自胸腔，无比浑厚。闵小龙觉得老爷子的话像一个鼓槌在敲击，一个字一个字地打在自己的心头。

"能有这样的机会，傻子才会不愿意呢。"陈智慧说，"声呐兵多好，别人累死累活的时候他只需要坐那儿听！"说话的时候他没抬头，只顾着把一个货箱搬到架子上放下，转身再搬下一箱。

"倒也没有好坏之分。为啥要分个好坏？"班主任应该是觉察到了陈智慧的心情。

"至少不苦吧，动动耳朵就行！"陈智慧说完，闵小龙觉得他说得有什么地方不对——噢，耳朵还真不好动。

"哪儿有不苦的道理，潜艇钻到水底下，一出去三五十天，哪个战位不苦？在这儿搬货苦，但换成试验室编程，一坐就是一天，腰都直不起来，难道就不苦吗？"班主任的语气里有了批评的意味。

陈智慧不敢多言。班主任转头对闵小龙说："声呐专业是艇上最难学好的专业，你要有思想准备。不过你文化底子好，只要耳朵行，肯定没问题。"闵小龙心里既踏实又不安，希望班主任接着说，再跟他多讲点儿声呐兵的事。过去这三个月里，郭老爷子零零星星给他讲过不少鱼雷导弹和潜艇一舱的雷弹发射装置，现在突然冒出个声呐专业，他觉得自己就像突然闯入深海，踩不到底，看不见光，全身上下都无处着力。自打踏入军营，他每走一步都是一个未知数，除了对老兵的信任，再没其他可依靠的了。

"老爷子，我也想当声呐兵。"陈智慧突然大声宣告。

众人再次停了手。郭老爷子很诧异："你不是……"

"上午我们队里推荐人，可没推荐我。我去站岗了，没参加听力测试，他们测完直接把名单报上去了，我说我也想参加，可班长说已经晚了。"陈智慧把心里的委屈一股脑儿倒了出来。

郭老爷子看了看他，似乎没替他讨回公道的意思，只顾着继续摆货架上的纸箱。班主任正要开口，陈智慧接着说："我也想学声呐专业，我的耳朵比小龙的好使。"

班主任定了定神："说说看，怎么个好使法？"

陈智慧就把他在门岗执勤时能听着发动机的声音分辨车型和车主的事儿唠唠叨叨说了一通。班主任并非声呐专业出身，只是年头久了零星听过一些声呐兵选拔的事情："你别说，这还真有点儿意思。"

陈智慧来劲儿了:"今天上午我跟小龙一起执勤,您的车还没拐弯呢,我就说,是班主任来了。"他隔着货架子提高声调说:"是吧,小龙?"

闵小龙有点儿走神了,听大家安静下来之后,慌乱应了一声。陈智慧面露狡黠,连闵小龙也没察觉。

郭老爷子一边轻轻摇头一边自言自语:"现在的兵犊子啊,太机灵。"

货搬得差不多了,闵小龙走到郭老爷子面前追问:"郭老您怎么看,我能当好一个声呐兵吗?"

郭老爷子轻轻扑了扑手,笑眯眯地看着闵小龙:"革命战士一块砖,哪里需要哪里搬。既然被选择,何不顺势而为?"见闵小龙还是一头雾水,陈智慧插话说:"哎呀呀,小龙你就老老实实当声呐兵。老爷子您倒是说说我,还有希望去学声呐吗?"

郭老爷子像将胡须一样摸了摸光滑的下巴,笑而不答。

两个学兵一起走出仓库时,班主任在他们身后说:"听力对声呐兵很重要,悟性和思维的反应速度也至关重要。"

"好嘞!"陈智慧显得比闵小龙更加激动。

"你干吗这么激动?"闵小龙问。

"你看,班主任刚说要有悟性,你咋就还是赶不上趟儿呢?"陈智慧一步迈出超市大门。

仓库摆好了,购物区却像刚遭了劫一般凌乱。唐甜已经到摆放饮料的货架前开始整理,刘心悦给郭老爷子递过茶杯,给班主任递来一小瓶矿泉水。班主任看见郭老爷子抿了一口茶,一副有话要说的样子,自己也拧开瓶盖先喝了两口。

"只要苗好,栽哪儿都长。"郭老爷子比班主任先放下手中的东西。

"麻烦帮我泡一下。"班主任从货架上拿过一桶方便面递给刘心悦,转身对郭老爷子说:"苗子是好苗子,怎么一到关键时候就动摇呢?多少人里才挑出这么个好苗子!"

打火机"咔嗒"一声，郭老爷子在一团青烟里眯起眼，似乎并不着急睁开，也没有接话的意思。退休之后操持超市十多年，数这一两年折腾得厉害，老爷子明显老了。班主任明白他的心思，有句话他在这院子里对年轻教员说了几十年："识才、爱才、惜才、育才，当教员的要做不好这个'才'字的文章，就对不住这身行头。"

"那就再拱他们一回。"出门的时候，班主任扣好军装的扣子，拧了拧领带结调正了位置，从口袋里掏出手机，拨通了另一个教研室主任的电话。

# 四

不知是谁最先说起新兵训练结束之后的星期天可以放假外出，话题闪电一样点燃了洗漱间的气氛。人间的烟火气瞬间从他们记忆的最深处复活，区队里的每个人都十分兴奋，聊着聊着仿佛这事已板上钉钉，就等班长宣布了。余钧当然听见了小伙子们的讨论，等熄灯前人都回到宿舍，便给他们浇了盆冰水："虽然新训结束了，但专业确定之前属于过渡阶段，算特殊时期，这个周末全体原地休息，不安排外出。"班长话音一落，响起了一阵小规模的哀号，随后宿舍伴着熄灯号沉入深海般的寂静里。

好在周日一大早班长就给大家发了手机。原地休息变成坐定玩机，宿舍里像工作日一样平静如水。闵小龙坐在床边的马扎上，把区队里剩下的几个战友统统加为QQ好友后，就收到了住在东边那栋水兵楼的陈智慧传来的信息。

陈智慧：打个掩护。

闵小龙：又来？

陈智慧：是不是兄弟？

闵小龙：瞧你说的。

陈智慧：到十点。

闵小龙：换个地方吧。

陈智慧：为啥？

闵小龙：训练都结束了。

　　陈智慧隔了一阵没回复，闵小龙知道他肯定在跟唐甜商量。那阵子闵小龙每晚去脱险实验室清理内壁，陈智慧主动申请跟着，后来闵小龙到郭老爷子超市的仓库加班学习，陈智慧也跟着，这些都是在利用闵小龙的掩护，好去见唐甜。现在陈智慧刚到另一个队时间不长，估计是没找到合适的幌子，真是一日不见如隔三秋啊！

陈智慧：你来找我。

闵小龙：现在？

陈智慧：对，就说班主任叫我们帮忙搬货。

闵小龙：上午不进货。

陈智慧：这谁能知道？快点儿！

　　闵小龙犹豫了几秒钟，答应了他。

　　两人来到老水兵超市，班主任不在，唐甜冲他们使了个眼色，提醒他们有其他区队的班长在。陈智慧立刻会意，拽着闵小龙直奔仓库。郭老爷子坐在休息间里喝茶，见两个小伙子进来，掐了手里的半截烟："今天不放假外出？"老爷子太了解他们了，问得闵小龙有些心虚。

　　"我们全队都原地休整，说是目前处于专业调整阶段，暂时不安排外出。"陈智慧立刻拿出能言善辩的本事。

　　"你们队还分什么专业，不就是潜水吗？"老爷子问道。

　　陈智慧连忙解释："听说我们是全队一刀切，免得大家攀比。"

闵小龙也附和："每个队都是同样的安排，这是全体统一的。"

郭老爷子起身，朝窗外看了看，天色很亮。闵小龙在他身后的老式高低柜上看到一副相框，内嵌黑白双人合影，都穿着老式军服，帽顶一颗星，领章两片方，老爷子笑得灿烂，十分英俊，活力四射，与现在比完全是判若两人。人啊，总会变老，老得跟相片纸一样单薄。

门外的购物区已经安静下来，陈智慧朝闵小龙使了个眼色。闵小龙问郭老爷子："今天下午还是四点送货？""不是。"郭老爷子说，"昨天堆满了，今天先不送了。"陈智慧一听，脸和眉毛皱成一团。闵小龙"嗯"了一声，和陈智慧一起出了休息间。

当余钧领着十几个有购物需求的人出现在拐角那棵银杏树下的时候，闵小龙手里的雪糕还剩两口没吃完。刘心悦赶紧拿起手机拨了出去，闵小龙走出来迎上班长，手里拿着一根余钧最喜欢的雪糕。

"哟，今天有什么喜事？"余钧接了雪糕，并不着急拆开吃。

"他女朋友跟他分手了。"刘心悦抢答。

"你别胡说。"闵小龙没想到刘心悦会来这一手，慌乱回应，"哪儿有什么女朋友！"

余钧瞄了一圈，没见到唐甜，大概也不好直接问，就对刘心悦说："周末了，你一个人忙不过来啊。"刘心悦憋着坏笑，故意歪着头回答："咋就一个人？老爷子在里屋呢。"余钧把雪糕塞进嘴里，黑黑的脸上透出些红来。

闵小龙感觉郭老爷子在一墙之隔的休息间里肯定听到了外面的动静，他并不怎么替陈智慧担心，毕竟人家现在已经不在余钧的区队了。郭老爷子开门的时候，余钧正要开口继续说点儿什么。

"小余，你过来一下。"郭老爷子说。余钧进了休息间，进去之后特意转身把门关严了，像是知道老爷子有什么事情要跟他谈。

"你还不知道吧？"刘心悦看出了闵小龙脸上的狐疑，"前几天你们余班长来找过老爷子和班主任，好像说什么不想签士官了，想下部队。"

"他好端端的下部队干什么？再说，他是班长又不是新兵，怎么还能说下部队就下部队？"闵小龙压根儿不信，觉得余钧当班长挺好的，就应该继续当下去，一年一年带出更多好兵来。

轻风刮动了墙角的枯叶，一个不知谁扔的雪糕包装袋从门口翻着跟斗，两只小白蛾从角落里飞出来，一只落在收银台显示屏的边缘，另一只似乎飞不动了，掉进了显示屏后面的犄角旮旯。余钧开门出来的时候，脸上带着开心的表情，郭老爷子手扶着门框对他说："试试看，记得要让你们柴队长去向机关反映。"

"集合带回！"余钧大喊了一声，十多个人在门口地坪上雁群一样"呼啦啦"排成两路纵队。

"怎么，你还不走？"见闵小龙没进队伍，余钧拧着腰抛过来一个怀疑的眼神。

"我……等着给老爷子……搬货。"

## 五

闵小龙没想到，不等声呐兵选拔测试正式开始，上校事先透露了海军即将组织年度声呐专业比武的消息："我们是承办单位，不出意外的话，你们通过这次选拔以后，将来都有机会参加。"比周六晚上在训练处会议室的时候还要夸张，上校今天说得更加眉飞色舞，在场参加测试的人大多也随他变得激动起来。

闵小龙明白，一入门就能有机会参加顶级赛事，无论在哪个行业都十分难得，但他们从零起步，跟老兵同台竞技根本没有胜算。奇怪的是，即便如此，他仍然觉得有个火星子在自己心里亮了起来。郭老爷子说过，既然被选择，就勇敢面对。那他就先试试，真要成了，谁知道是不是好事呢！

通过上校的自我介绍，闵小龙得知他姓邢，声呐教研室主任，近二十年来的潜艇声呐兵都是经他一个个把关才得以进入这个行当的大门，也是经过他教完一堂堂的课才走上潜艇战位的。他说话的时候眼镜趴在鼻梁上纹丝不动，眼眶凹陷，眉骨突出，镜片很厚，他的目光像是经过长途跋涉又被镜片放大提亮了似的，饱含着希望。闵小龙想：那就是跟班主任一样的资历了。

考试工具很简单，一张单人台位，一台电脑，一副耳机。软件的开始界面占据满屏，十个带编号的按钮标记十段音频，按钮对应右侧的答题区，每个题目的选项数量也不同，有三个的，也有五个的，不定项选择。闵小龙微微冒汗，不知道即将听到的会是什么，是像班长手机播放的噪声？还是汽车发动机那样的振动声？

邢主任示意大家戴上耳机，而后他通过话筒把声音传到了每个人的耳机里："测试时间一小时，自主点击播放音频后完成选择，每段音频时长均为十五秒，自动播放两遍，不支持反复播放。"他加重声音提醒，"这个测试考的是大家的听辨能力，听到什么选什么，听不见的东西靠想是想不出来的。不要纠缠，抓紧时间，快速判断，相信直觉。"

测试开始，闵小龙迅速浏览选项，果断点开第一段音频，这是一段几乎空白的音频，前几秒没有任何动静，后边每隔一两秒就有一个低沉的鼓点，像人的心跳。闵小龙听完第一遍，就果断在B选项前的圆圈上点了一下。他向下滚动鼠标滚轮，考题不止十个，可以一直下拉滚动，直到一百。心加速跳动起来，他赶紧回到界面顶部，深呼吸，继续答题。第二段音频的内容和第一段类似，只是低沉的鼓音换成了高频的啸叫，他同样顺利完成。接下来的音频就各不相同了，有的高低掺杂，有的混合着不规则的"刺啦"声，像是混沌世界里的另一个混沌世界。

闵小龙全身心沉浸在不同特点的声音里，看到"交卷"的按钮时，他意识到一百个选择题已经全部完成。他本想把页面拉到最上方，从头开始检查一遍，却发现每段音频都已无法重听，只得从头到尾核查了每个题目是否都已作答，方才交卷。"恭喜你成功完成测试！得分九十五分，用时五十二分二十八秒。"他看到屏幕上显示的成绩，他的心脏像被什么东西一下子揪住了，剧烈跳动起来。他抬起头，看到有三四个人也伸着脖子四处张望，在看哪些人比自己快。

闵小龙摘下耳机，轻轻挂在显示器边缘的挂钩上。为了不干扰别人，他和几个提前完成测试的学兵都没有起身。在等待全体测试结束的七分多钟时间里，他的心情从兴奋变为自豪，紧接着又紧张起来。自己天生就有超人的听力吗？以前并没什么特殊的感觉。这些题并不难，是不是所有人都能考到九十分以上？如果成功入选声呐专业，今后自己将要面临什么样的训练？能想到的所有的问题他都没有答案。

"考试结束。"邢主任说，"每个人的得分和时长记录都已自动进入系统，成为声呐兵选拔的重要依据，后续将根据答题情况确定入选名单，名单另行通知。现在你们可以离场，第二批继续参加测试。"邢主任说完，闵小龙跟着其他人走出教室，在教室门口，意外发现了一张再熟悉不过的脸。

"咋样？难不？"陈智慧冲闵小龙"嘿嘿"一笑。闵小龙兴奋得差点儿抱住陈智慧："太好了，你也来了！"转念之后，他接着说，"不难不难，一口气搞下来快得很。"

没有在门口停留，闵小龙走下楼梯，一路上没再回想自己的测试，反而满脑子琢磨起陈智慧来：他还真有点儿能耐，想学声呐就真来参加选拔了，能听音分辨那么多人的车，反应速度也一直比我快，估计这些题目肯定难不倒他。

同样让闵小龙感到意外的是，班主任竟在教学楼一楼的值班室里等他。见他完成测试下了楼，班主任停下跟值班老大爷的交谈，起身示意他进屋。

"考得怎么样？"

"还好吧，九十五分。"闵小龙不知道自己从哪里来的自信。

"嗯，一般般，还行吧。"班主任的评价让闵小龙颇为意外：提前完成测试，九十五分的高分，还叫一般般？班主任接着说："比我们这些普通人肯定强，不过还得看丢掉的五分是哪几道题。"这让闵小龙立即意识到，不能光看得分多少，这是一次对他们听觉能力的全方面测试。班主任说，一百道题，每道题都有侧重的考点，比如这题主要考查你对低频声音的识别力，那道题可能重在考查中音噪声里对低频声音的辨别力，一旦听觉功能用数字化的模式来衡量，那每道题都能作为评价听觉功能的一个指标，这些指标里肯定有普通人达不到的关键点。听班主任一套一套讲着理论，闵小龙冒出一身冷汗。

"你别紧张，这是我昨晚刚学来的，也是现学现卖。"班主任想起什么来，"见到智慧了吧？"

"嗯。他果真来了。"

班主任笑了笑，让闵小龙坐在墙边的椅子上，等陈智慧考完一起离开。接下来的一小时，在他有板有眼的讲述里，闵小龙终于对声呐兵建立起了完整的概念。余钧前几天说的并没有夸张，声呐是潜艇隐蔽状态下接收外界信息的唯一渠道，是战斗打响之后最重要、最敏感的神经末梢，如果说声呐是潜艇的眼睛，那么声呐兵就是瞳孔。

班主任说起自己刚当兵时的一次经历：二十多年前，他在潜艇上当兵，跟随潜艇出远海执行战备巡逻任务。那个年代的国产声呐性能落后于其他强国，还难以做到先敌发现，但他们艇的声呐班长凭借过人的听辨能力，几乎是在对方发现我方的同时发现了对方。双方立即剑拔弩张，每个战位都做好了战斗准备。这时，声呐班长发觉对方像是用了分身术，就在对方旁边不远处凭空多出一个强度和特征都相似的噪声信号来。难道这么巧，这次巡逻同时遇到对方两艘潜艇？大家低声讨论对策的时候，声呐班长再次判断，那只是对方发射的一个诱饵，专业术语称为"声诱饵"，类似于空军战斗机释放的干扰弹，通常作为故意诱骗鱼雷改变既定航路的低成本假目标出现。如果声呐班长没能及时判断出这一点，我方一旦发射鱼雷，不但打不中人家，反倒会暴露自己，招致难以预料的后果……声呐班长就是因为在这次行动中精准判断目标，关键时刻为艇指挥员提供了极其重要的决策依据而荣立二等功。

"声呐兵的重要性是再怎么说也不为过的，所以有人说，一个好声呐兵能顶一个舰队。为什么？一艘潜艇就足以干掉人家一个舰队！但这有个很重要的前提，那就是声呐兵得能够先敌发现并且精准识别目标！"

班主任说完了，闵小龙的思路还陷在那场惊心动魄的水下对峙里没能拔出来，直到陈智慧推开门的时候，一阵嘈杂中带着欣喜的声音才把他的思路打断。

"第一个交卷，九十分！"

"好样的。我就说你小子反应够快！"班主任拍了拍陈智慧的肩膀。闵小龙也替陈智慧高兴起来，可回过头一想，虽然他速度很快，但分数并没有自己高，关键也得看错的是哪几道题。

"小龙你呢？刚才在考场门口都没来得及问你考得怎样。"陈智慧满脸笑容地对闵小龙说，"真没想到测试结果现场就揭晓了，这样的考试最好，不用战战兢兢好几天就为等那已成定数的结果。"

"他比你更好，九十五分！"班主任抢在闵小龙前告诉陈智慧，"你还得好好学学小龙的稳重。"

"那就是说，我们俩都入选声呐专业了？"陈智慧问。

"不一定。我昨晚问过声呐教研室邢主任，一百道题里有几道关键题，虽然分值都一样，但关键题有一票否决权，还要综合答题速度才能最终确定。"班主任冷静下来。

听班主任说完这些，闵小龙和陈智慧都有些泄气。尤其是陈智慧，一瞬间从交卷速度第一名的自豪变得沮丧，"丢了十分，做错关键题的概率太大了。"他的语气仿佛自己必然会被淘汰。

"你一定能选上的，你那么喜欢声呐，反应速度上的优势这么明显。"闵小龙的话几乎是脱口而出，说完连他自己都惊讶于接话的速度之快。

"尽人事听天命。走吧，回去等消息。"班主任双手往两条大腿上拍出一个响声，起身就朝门口迈开了步。

# 六

闵小龙尤其爱这座营院的傍晚，尤其是在傍晚跑步的时候，踩着众人合一的脚步声，随着整齐起伏的队伍向前推进，就像乘着浪，一波一波往前航行，每跑一圈来到潜艇旁边，他都感觉自己仿佛瞬间化为一粒水珠，任由层层叠叠的浪涛将自己托向天空。但是，自从听班主任讲完那个声呐班长立功的故事，闵小龙就觉得胸口像压着一块礁石，看起来只有露出水面那么一点点大，却怎么也挪不开。一整艘艇的命运都压在声呐兵的头上，责任太重了，自己能担得起来吗？他反复问自己。那礁石仿佛在地壳上扎了根，任凭狂风巨浪怎么拍打也无动于衷。

他们接到通知的时候也是个傍晚。余钧带着区队在操场跑步，天气热过几天，才刚凉下来些，风里似乎掺进了春天的味道。有人已经脱下外套甩在跑道内侧的绿茵场边，越跑越兴奋；有人索性在队伍里连咳嗽带吼叫地喊起来，晚霞也发疯一样撒丫子铺开占了大半边天。余钧喊着"一二一"的口令，每个数字都被队伍的脚步稳稳踩住，闵小龙听着听着，发现后面两三排的脚步有些落后，鞋底和塑胶的撞击声变得拖沓、不整齐。他想要转移注意力，却似乎被那一丝杂音堵住了耳朵，除了偶尔从围墙外轰鸣而过的汽车的发动机声，其他什么也听不见。

余钧停下口令，紧接着停下自己的脚步。队伍仍像一辆坦克，顺着跑道自动向前行进。等到大家都发现班长已经离开队伍，从地面腾起的脚步声上方，四处冒出嘀咕声来："没班长在旁边叨叨，晚霞都变美了。""这刚出正月，怎么这么热！""明天又周末了，你对象给你寄的东西要到了吧？"闵小龙不知道别人是不是跟自己一样将嘀咕声全都听得清清楚楚。他用同样的音量说"我全能听见"，然后转头，放大声音问身旁的战友："你听见我刚才说什么了吗？"战友也转过头来，沉重的呼吸让战友快速吐出两个字："什么？"

余钧是第十圈时回到队伍里的。队里有不成文的规定，每天跑步不超过十圈，轻易不加量——潜艇兵的体能要维持好，但他们不是靠拼体能制胜，更多精力要投入到专业学习和训练上。

"几圈了？"余钧扯着嗓子问。

队伍上空传来的回答像是横躺在地上的一排线阵列音箱发出的："十圈！"

余钧叉着腰笑："抱歉我回来晚了，本来只想跑八圈的。"话音刚落，呼天喊地声就像油锅爆炒腰花时加了小半勺水。"小龙，你过来下。"队伍四散，余钧向闵小龙示意。

"好消息！"

"什么好消息？"

"你被选上了，声呐兵！"余钧乐呵呵地说，闵小龙却面无表情。

"智慧呢？"

"不知道。你怎么不关心自己的事，反倒想着别人？"

闵小龙转身就往老水兵超市奔。操场在营院最东侧，与西头的超市正好隔着二三百米的距离，闵小龙跑着跑着，听见了自己的心跳声。他刚才绕跑道跑圈时怎么没听到呢？

天快要黑了，路灯应着他的某一次心跳点亮，超市的招牌灯箱旁已经围了一圈"吃货"，黄昏短暂，要赶在晚饭前先开胃。他们边吃边说话，"叽叽喳喳"的声响传到闵小龙的耳朵里的时候，他暗暗盼着陈智慧就在他们当中，可走近发现并没有那张熟悉的脸。屋里也没有，陈智慧没来。虽然没有事先约好，但体能训练结束到晚饭开饭前的半小时，这里通常是他们最好的处所。

"老爷子呢？"闵小龙问唐甜。她从"吱吱"响个不停的收银机旁抽空抬了下眼："不知道，一下午没见他。"班主任呢？闵小龙本想接着问，可突然想起班主任不到晚饭之后通常是不来店里的，转而不咸不淡地嘟囔了一句："不知道智慧选上没有。"唐甜可能没听见，刘心悦倒是反应过来："你说啥？"她的大嗓门让唐甜也彻底扭过脸来。

"声呐专业选拔结果出来了，我入选了。不知道智慧选上没。"

唐甜眼睛瞪得像个巧克力球，手里握着的辣条袋子悬在台面上方。

"厉害呀！我就说你没问题。"刘心悦并没把陈智慧当回事。

闵小龙看了眼墙上的时钟，还是得先回队里去——刚才余钧说晚上就要去领教材，明天开始换教室上课。他抬脚出门，招牌灯箱更亮了，郭老爷子和班主任一前一后走了过来。

"选拔结果出来了。"闵小龙说完，郭老爷子微笑着点了点头，看样子他跟班主任都知道了。闵小龙接着问："智慧呢，也入选了吧？"郭老爷子从闵小龙身边走过去，没有说话。班主任脸色凝重，轻叹了一声。

闵小龙感到胸腔里猛地一震："他不是第一个交卷考了九十分吗？怎么会选不上？"他转身跟了上去，正要继续追问，只见班主任摇了摇头。

他们三人进门的时候，唐甜察觉到了异样，快速结完手头的单，跟随三人来到休息间。"为什么没选上？"她的声音一反常态，大到让闵小龙吃惊。郭老爷子垂着头，仍旧不作声。班主任回头看着姑娘，解释说："陈智慧在测试中表现出的反应速度很快，这是优势，但不知是过于求快还是听力不足，最关键的十道题，他一道都没对。"

"他肯定是太心急、毛躁了。"唐甜的声调降了下来。班主任接着说，下午他跟老爷子特意去了趟声呐教研室，在实验室里核对过测试情况，相比其他人的答卷，陈智慧确实落在后边。

唐甜歇斯底里地"呜"了一声，捂着嘴跑了出去，没拉上拉链的浅蓝色羽绒服像要带着她飞起来。

空气凝固了，闵小龙能听见每个人的喘息声。他还看到，沉重的喘息声里，昏黄的灯光似乎比货架子还沉，货架上一个个被掏空的窟窿张大幽深的嘴，仿佛要喊出什么释放情绪的话。闵小龙也快要哭出声来。

"没事儿，我学潜水也挺好的。"不知何时陈智慧已经站在门外，他红着眼眶，向大家勉强挤出几丝笑容。笑的时候，他故意把胸脯挺得很高，潜水队的体能训练强度比其他队都要大，他宽厚的肩膀显得格外结实。闵小龙望着他，眼泪已经顺着下巴两侧滴落。班主任抬起头："没办法，在听觉感受力上人家确实比你有天赋。"自始至终，郭老爷子一句话也没说，低着头，下巴上的皮耷拉在锁骨中间，颤巍巍地晃。

"我没选上，你哭啥？"陈智慧跟闵小龙来到分岔路口。上一次他们俩在一起哭，是陈智慧被分配到潜水队的那天晚上，那次陈智慧哭得厉害，闵小龙给他买了雪糕吃。这次他不哭了，闵小龙哭，但始终没出声，就是眼泪一个劲儿往外涌。

# 七

"外面除了喜鹊，再没有别的鸟。"闵小龙靠近窗户，用额头和鼻尖抵住玻璃，反复确认之后，给了自己十分肯定的答案。余钧通知他学声呐专业之后，又一天过去了，其他战友还在焦急等待各自的命运安排，闵小龙听着他们嬉笑讨论，耳朵里藏着的传感器变得更加敏锐。刚才的一串声音，是潜艇的推进电机在悠悠轰鸣，或者是某个干部的私家车又从远处准备拐弯？突然，他想起那天问过邢主任，得到的答案是通过选拔测试被选中并不一定要学声呐专业。他眼前一亮，全世界仿佛瞬间安静下来。

"我不想学声呐。"他站在余钧面前，内心平静而坚定。余钧不知所措，脸瞬间变得更黑了，嘴唇嚅动两下，再嚅动两下："你什么意思？"这声音像是在他的肚子里穿过五脏六腑才被吐出来。闵小龙昂首站立，微微翘起下巴，自认为已经表达得再清楚不过。余钧突然握住他的手腕，使劲儿往宿舍门口拽。

"看陈智慧学不了，你也就不学了？"在楼前的小树林里，余钧问闵小龙。下楼的过程中，余钧平静下来，很快调整回一个战友加兄长的姿态。闵小龙态度强硬，眼睛直勾勾地望着没有落点的远处，不愿意解释。余钧也没想等他回答，嘴巴化作一杆自动步枪，"突突"起来。

"全国十几亿人，每年选出你们几十个声呐兵，这是多小的比例，你能够入选是有多么幸运，这些你肯定能一个个算出具体数来。

"把这看作幸运，你有不珍惜的权利；但如果站到另一个角度来考虑，比如国家的角度，你有过这样的换位思考吗？

"国家花费巨大精力层层筛选，发现了你们这一小撮不但听觉能力好而且反应速度快，综合素质还很强的人，如果你想不干就不干，或者不好好干，这种损失谁能够弥补？如果大家都像你一样随心所欲，那么潜艇还怎么打仗？没有潜艇，水下国门谁来守卫？没了海防安全，千家万户包括你的父母亲戚又如何安宁？"

闵小龙的眼神温和下来，他低下头看着地面。不知余钧是有意还是无意，他们并排走着，来到了老水兵超市门前的地坪上。休息时间还没到，超市里空无一人，刘心悦和唐甜坐在门口的椅子上，背对着他们晒太阳。伸懒腰时正好看到余钧和闵小龙，刘心悦大声招呼："哟，正课时间散起步来了？"余钧瞟了她一眼，闵小龙连头都没抬，她"哼"了一声，起身进屋："懒得理你们。"唐甜被她逗得捂嘴"咯咯"地笑。

离超市门口二十米开外，余钧放慢脚步，继续语重心长地劝闵小龙："你来当兵，如果只图个经历，将来好拿去吹牛，那就当我什么也没说，以后也别再当我是你的班长，别认我是你的兄弟；如果你是正儿八经来当兵的，那就得像个男人样，把落到你肩上的责任扛起来。

"我给你讲个故事，真实的故事，关于老爷子和班主任的。"余钧说到这儿，闵小龙扭头看着他，眼神有些诧异。

"郭老爷子在潜艇上当副艇长那年，班主任新兵入伍，郭老爷子被调到这儿当教员，班主任被分配到郭老爷子那个支队的另一艘艇上当潜艇兵。经过士兵考学，班主任成为军官，跟郭老爷子一样调到教员岗位，后来成为郭老爷子的女婿。"余钧说，"这个过程中发生了一件极其特殊的事，很多老兵知道。班主任考学离开后，郭老爷子当过副艇长的那艘潜艇，在一次执行任务时出现机械故障，沉没在距离海岸十多海里的海底无法动弹。所有艇员都聚集到指挥舱，大家商量自救的办法。一看深度计，显示的水深才三米，大家都很高兴，三米深的水憋一口气就浮上去了。可问题恰恰就出在深度计上。大家排着队，经过闸套一个一个轻松上浮，结果，所有人都牺牲了。三十多条人命啊！为什么？后来经过调查，调查组还原了整个过程：深度计在潜艇下沉期间已经发生故障，显示的深度数字并不准确，真实的深度实际达到了五十多米。艇员上浮脱险时由于对深度预判失误，没有按照大深度脱险的步骤循序渐进，统统都在上浮过程中因为没有停留减压而脏器衰竭。

"这个故事，院子里的老人都很清楚，但我给新兵和学兵讲，你闵小龙是第一人。"余钧看了看闵小龙湿润的眼睛继续说，"艇里的人全都是郭老的弟兄，其中还有一个特别的人——当时的艇长，老爷子的同年兵，就是班主任的父亲。"

最后这一句余钧说得很平静，但闵小龙听了像是被五雷轰顶。他站定，望着余钧缓缓移动的身影，那身影和老水兵超市低矮的平房一起，在他眼里差点儿跟天空颠倒过来。

余钧回头，转身，走了两步到闵小龙跟前说："班主任为什么几十年一直搞脱险训练？成千上万个潜艇兵由他亲手训出来，他的心里才踏实。"闵小龙的震惊，让余钧觉得还有些道理要讲透。

"可以说，每次脱险训练对班主任来说都是一次锥心刺骨的痛。你想想，这种心痛的伤疤可能被抹平吗？他给你们训练脱险这项技能是因为对这个感兴趣吗？脱险塔里面的情况你很清楚，他把自己绑在这个痛苦的地方，一头扎在里面，是因为什么？他太知道这个训练的重要性了，必须扛起这份责任，决不能让悲剧重演。

"永远记住，你不是一个人在战斗。这句话既是说你不会孤军战斗，会有战友给你支持，同时也意味着，穿上军装你就不仅仅是你自己，还要为战友提供一个可靠的后背。这是每个军人肩上必须扛的责任！"

余钧收了音，浑身舒畅的样子。他一直盯着闵小龙，闵小龙瞪着眼挺立，眼神里慢慢浸出些温暖的情感来。

余钧讲这个故事时，唐甜坐在离他们不远的椅子上，肯定全都听到了。余钧讲得口渴，进了超市，把闵小龙和唐甜留在阳光里仔细感受空气的温度，两只不知什么时候落到旁边草地上的麻雀开始"叽叽喳喳"起来。

麻雀被惊飞的时候，一辆吉利帝豪开到了闵小龙身后，是班主任和郭老爷子。老爷子已经打开副驾驶座的车门，但他把右腿挪着悬空到车外之后，脚尖迟迟没能踩到地面，他的左腿和屁股怎么也挪不出来。班主任上前搀扶，把人送进了休息室。

"你们怎么这时候在外头？"对于闵小龙和余钧的出现，班主任跟姑娘们一样好奇。闵小龙看了看余钧，低下头不说话。余钧还没从刚才的情绪里抽离，低声说："上午原地待命，下午宣布专业分配方案。"

郭老爷子和班主任似乎都察觉到了闵小龙的震惊。昏黄的灯光下，大家沉默良久，郭老爷子从茶几上拿起打火机，点燃一根烟，终于开口了："我跟你们班主任刚从陵园回来，去看了看他父亲、我的战友——老班。他走得早，我也快去跟他会合了。你们年轻人的事，我操心太多也不一定是好事，但总归是一样的，你们跟我自己的孩子是一样的。

"有个作家说过，世界上有三种人——男人、女人、军人。这样划分的出发点，根本上是一个使命的问题。

"小龙你有天赋，也有悟性，但这不是全部，这只能让你上马，能走多远，还得看使命感。你要知道，兴趣可以培养，可能转移，但天赋不是。"

## 八

闵小龙没想到，自己上了两年大学来当兵，却在军营找回了上大学的节奏：除了早晨出操和下午体能训练，每天的安排就是按课表到教室或实验室学习——当然，基本的日常秩序要按条令的规定执行。他所在的声呐专业早晨出操与众不同，每天起床号音一落，没几分钟就能看到一支小队伍从奔涌向操场的队伍洪流中拐弯出来，到操场旁的潜艇那一侧练耳。他们一人一副头戴式耳机，四散在各自觉得舒服的角落，有的还把两只手捂在耳机外壳上，露出一副陶醉的样子。

陈智慧跑步的时候，几乎每圈来到潜艇边都要扭头看看，找找熟悉的身影。他使劲儿踩着整齐的脚步声，心跳和呼吸都有了节奏感，但跑步终归太枯燥了。他跑了无数圈，看了无数次，闵小龙始终没有进入他的视野。

闵小龙进入声呐专业班的第二天，大家就在课间讨论当初的选拔测试，和他同批参加测试的最高分得主，不但考了满分，而且交卷速度也排在他前一名，这让闵小龙有了追赶的目标。他学习起来更有劲儿了，每天不但赶在起床号响前先练耳半小时，还主动面朝围墙蹲在最远的角落，让自己不受任何干扰。

"怪不得我见不着你，你都拿屁股冲着我。"又是一个周六的晚上，陈智慧把雪糕从嘴里拿出来，用带着奶香味的口气问闵小龙，"你们都听些啥？"

雪糕行业最近竞争激烈，在刘心悦的建议下，郭老爷子刚进了批新品，价格稍贵，口感更醇正，大家抢着尝鲜。

"噪声。"

"什么噪声？就是选拔测试时听到的那种吗？"

"不是，比那些更浑、更糙。"

"听它干吗？"

"都是按特征分类，按难度分级的。一个一个听，一个一个记。"

"跟记哪个声音是哪台车的一样？"

"这些都是最基本的，邢主任说的。"

雪糕吃完时，超市里只剩下稀稀拉拉几个人，唐甜出门要歇口气。陈智慧刚扭身准备凑过去，闵小龙拉住他："哎，明天几点走？""八点十分大门口见。"陈智慧说完，闵小龙站起身走了两步，把雪糕棍扔进垃圾桶，独自回了宿舍。

这个星期天，是他们入伍以来第一次放假外出。早饭过后，闵小龙从储藏室的携行袋里翻出压得皱巴巴的便装，一股既熟悉又陌生的霉味扑面而来。那件浅灰色的胸口带白色横条纹的圆领毛衣变得很怪，明明属于他自己，又好像是别人遗留下来的，明明只过了一个冬天，却似乎经历了漫长岁月的尘封。

穿上便衣之后更别扭，一股强烈的隔世之感闪电一样传遍闵小龙全身。他站在洗漱间占了整面墙的大镜子前，镜子里边那个人穿着他的衣服，却长着比他黑的脸，头发短得跟胡楂儿一样，衣袖晃荡着像个卖艺人。这是我吗？穿军装好端端一个人，怎么一换上便装成了这样？闵小龙看了看镜子里的另一个战友，笑了笑，对方也跟着笑了笑。

门口的景象早已被新兵们刻在了心里，突然多了这一群愣头愣脑的"四不像"，却变得荒诞起来。对，荒诞，一起摸爬滚打三个月，将来要托付生死的人瞬间变得陌生。陈智慧说："这简直太荒诞了。"闵小龙笑笑："走吧荒诞哥，别磨蹭了。"他拉起陈智慧，往马路延伸的方向走去。
"这荒郊野外的，得走多远才能有车？"陈智慧抱怨归抱怨，什么也不能
阻挡当兵之后第一次外出。

陈智慧想去游戏城，自从听说周末可以外出，他的手提前好几天就开
始痒，闵小龙却坚持先去百脑汇。"到底去哪儿？前边要拐弯了。"俩人
坐在出租车上，司机比他们还急。

"百脑汇。"

"你要换手机吗？去百脑汇干啥？"

"买个东西就走。"

"百脑汇这个点可没开门啊，得九点半。"司机提醒。

"那就去万达。"

"先去百脑汇吧，把我放下你再去万达，回头我找你。"

闵小龙下了车，在百脑汇旁边的饭店点了份早餐，即便他在食堂已经
吃过，也难以抵挡这久违的香甜。吃完早餐，刚好各家商店陆续开门，闵
小龙走进漫步者音响专卖店，毫不犹豫掏出入伍以来所有的津贴，买下一
副高端头戴式耳机。往外走时顺道逛了一圈，没再买其他东西——他是个
将来要靠耳朵吃饭的人，再没什么比一副好耳机更值得拥有了。

"好家伙，倾家荡产啊！"坐上回营区的出租车，陈智慧猴儿一样急
着让闵小龙打开包装，手指头摩挲着白色耳机上红色的商标，赞叹不已。
闵小龙轻轻夺回耳机："什么装备打什么仗。"说完他索性把耳机戴在头
上，做出一副很享受的样子。

可是，闵小龙根本用不上这副耳机。接下来的听力课，邢主任从不在
乎音响设备的音质好坏，教室里用的是普通会议音箱，有时播放噪声样本
还夹带着音箱本身的噪声。

"在实际战斗中，你们能预见的和无法想象的恶劣情况都可能出现，这
是为了训练你们在嘈杂环境下的听辨能力。"邢主任的话立马让闵小龙想到

古人闹市读书的典故。邢主任是声呐专业的权威，自有一套权威的道理。

晨练时，闵小龙本想拿出新耳机，可每当看到其他战友无一例外地用着旧耳机，加之邢主任所倡导的理念，自己也不好意思当另类。那就让这昂贵的耳机成为自己声呐兵生涯起步的一个纪念吧，他想。

除了偶尔讲到具体的声音特征时播放音频外，声呐专业课以理论为主。闵小龙庆幸自己高中和大学的物理学得很好，前几年打下的基础让他在声呐理论的学习上毫无阻力，甚至开始畅想自己参加海军声呐专业比武时的场景。

"海军比武采用什么形式？"闵小龙问邢主任这个问题时，他们第一章的理论刚刚学完。

"哪儿有刚进门就想着比武的？"邢主任惊愕之余简单介绍说，"听和看两部分，听噪声辨目标，看动态判趋势。主要是听，这是声呐兵的核心能力。"

闵小龙紧接着又抛出一个问题："潜艇部队的声呐班长也都参加比武吗？"

"当然，一年一次，全员参加。"

如果是以往，闵小龙肯定会觉得这项赛事过于高端，自己只是参与、体验，但此时他冥冥中觉得自己的这双耳朵就是为这样的比拼而生。他的心跳激烈得让自己都感到意外。

闵小龙把参加比武的消息告诉郭老爷子的时候，老爷子正坐在远离门口的藤椅上晒太阳。老水兵超市房子矮，前面的水兵楼挡住了早晚四五个小时的阳光。刘心悦说过，老年人不但应常活动，还要多晒太阳，补钙。过年以来的两个月，郭老爷子为装修超市累瘦了一圈。那天去给战友老班扫墓，长途跋涉又让他精疲力尽。听了闵小龙的消息，他很高兴，笑容填满了焦黄脸上的沟沟壑壑。"有目标好，人活一世就是要有目标。"他打起精神来。

陈智慧也替闵小龙感到高兴："刚当兵没多久就能参加比武，全军也没几个，小龙又这么有天赋，真是天赐良机啊！"

转而，陈智慧也向郭老爷子汇报了自己的想法：所谓比武，比的就是谁厉害，对不？谁厉害总得比了才知道，对不？那凭什么只让学声呐的人参加？比之前，谁敢说没学的人就一定比他们差？所以，公平地给予参加的机会才是公平竞争的前提。"所以，我也要参加。"陈智慧一脸坚毅地说。

闵小龙乐呵呵地看陈智慧表演。郭老爷子两根手指夹着香烟在空气中晃了晃："臭小子！你兜这么大一圈儿，就是要给自己弄一个比武的名额，对不？"

"哪里哪里！我这只是作为正义的代表，对不公平的现象提出异议，这是每个普通公民都拥有的权利和义务。"

郭老爷子将了将全白的板儿寸头，手从上衣口袋缓慢掏出打火机，点着烟之后深深吸了一口才说："试试看。"

# 九

听说了自己可以参加比武的消息，陈智慧第一时间跑到老水兵超市。郭老爷子先于他得到了消息："跟我来。"

休息间的茶几上摆着三件物品：一台卡式磁带复读机，"步步高"三个字在凸出的磁带仓外被磨得只剩下半截，旁边放着一盘磁带和一本三十二开的红皮笔记本。陈智慧长这么大第一次见到磁带复读机的真身，一时之间竟没想起它的名称。

"耳功是声呐兵最基本的功夫，每天练耳的时间不能少于两小时。"老爷子给他下任务，"可以到我这儿来听，带回队里去也行。"

陈智慧明白过来怎么回事，绷着嘴唇一个劲儿地点头。老爷子接着说，这是他退休时一个战友送的，磁带里录的是声呐兵听到的原声，各种类型的噪声都有，虽然机器老了点儿，但声音应该还清晰，够用。

"我没当过声呐兵，专业上帮不了你，录音里的噪声特征和记忆的窍门都写在本子里，能不能翻身，就看你自己的了。"郭老爷子说完，陈智慧视线落在红色本子封皮中央那颗金色的五角星上，重重地"嗯"了一声。

这天，他一回到宿舍就赖上了闵小龙，而且改了口，追在小龙屁股后面"师父师父"地嚷嚷个没完。

"邢主任说了，声呐兵要想听得准，先要管得住嘴；话多了耳朵会变小，声带振动大了会让耳蜗功能受损。"闵小龙是真拿陈智慧这张嘴没办法。两人一起在超市的休息间里，戴着耳机专注地听了不到十分钟，陈智慧就会像泡泡鱼一样吐出一串串异想天开的问题："光从空气进入海水会发生折射现象，那声音会不会折射？""声在固体中的传播速度比水中快得多，那为什么不能给声呐安装一个可以插入海底的传感器？""声音从空气进入海水时会发生损失，那反向传播时从海水进入空气会被放大吗？"

虽然好奇心是创造力的沃土，但后来闵小龙还是把自己刚买的耳机带去了。他在宿舍试验过，新款耳机在人体工学方面更讲究，对耳郭的包裹性好，能滤掉大部分外界杂音。

"给我用呗？你基础好，有邢主任这样大师级的教员教，普通耳机够用了。"陈智慧见了新耳机又动歪心思，几次想要夺走。

"无耻！"

"你是天才嘛。"

"不行，你那个磁带音质本就一般，用再高端的耳机也不济事。"陈智慧的脸皮越厚，闵小龙的态度就越坚决。

但闵小龙没想到他依旧不依不饶："老爷子说过我们要并肩战斗，你拿着个二十一世纪的数字化装备，我只有二三十年前的古董，跟冷兵器差不多了，咱们俩怎么并肩？"陈智慧的眼珠子一转，"你，是怕我超过你吧？"

最后这句话刺到闵小龙了。

"喏,给你用。不过你要小心点儿,千万不要磕碰,不能摔。"

陈智慧接过耳机,露出狡黠的笑容。

郭老爷子是说帮不了陈智慧,但他已和邢主任约定,陈智慧参加比武不需要拿到多好的名次,只要成绩排在哪怕一个声呐专业的学兵之前,邢主任就帮忙向机关申请,让陈智慧转专业学声呐。但这话老爷子不能提前告诉陈智慧,这孩子心浮气躁的毛病还没治好。

难,自然很难!即便闵小龙从一开始就学了专业课,对一些非典型噪声的听音辨识仍难以准确完成。在离比武还剩下不到半月的时候,陈智慧记住了磁带里所有噪声信号的特征。闵小龙告诉他,磁带是二十多年前录的,听完之后对目标类别的判断应该没问题,但如今新型号装备越来越多,噪声变得越来越小,要区分它们的特征也就难上加难。

"完了!费牛劲儿干完了,才知道是些过时的东西。"陈智慧泄了气,"没时间了,我恐怕不能跟你并肩作战了。"

闵小龙手上的新噪声只有一份,邢主任千叮咛万嘱咐,这些都是机密信息万不可私自拷贝。他想了想,把自己的播放器递给了陈智慧。

"咱们俩换过来听。"

陈智慧伸出手,眼睛突然闪闪发亮,感激之情荡漾在眸子里。

闵小龙也有意外收获——原来二十多年前的声呐兵是这样的工作条件。他闭眼听,仿佛进入了老潜艇狭小逼仄的舱室,声音里间或还有声呐兵和部门长对话的内容:"增益再调大一点儿""这个特征是新家伙""你小子,一个都不放过啊"。自从学声呐专业之后他常想,坐在战位上真正聆听大海里藏匿的声音,该是多么奇妙的事,如今这声音从二十多年前传来了,而且那么立体、真切!

郭老爷子后来跟闵小龙他们说,其实他对陈智慧参加比武能拿到什么成绩心里也没底,他能做的就是让年轻人试错,在试错中确认自身的坐标和方向。可谁也没想到,陈智慧在正式比武中还真表现不俗。

那天，营区里充满节日般的热烈气氛。考场设在他们平时上课的实验楼，印着"海军第三十八届声呐专业比武"的横幅挂了好几处，楼前插了一圈彩旗，搭起铺着地毯的主席台，连营区广播的进行曲都比往常多了几分肃穆与激昂。闵小龙和陈智慧第一次站在全海军声呐兵组成的队伍里，浑身上下充满使不完的劲儿。

"班长！"陈智慧抬手指着右前方，在闵小龙身边惊呼，他没收着嗓子，惹得周围好几个人都转过头来瞪他。闵小龙顺他的手指看过去，余钧也站在队伍里，跟他们隔着三个纵队。

他也参加？怎么从没听他说过？闵小龙正寻思着，主席台上的军官宣布比武开始。顾不得这些问题了，他们跟随人群进楼，邢主任站在一旁向他们举手握拳，折臂一顿："加油！"

坐在熟悉的教室里，闵小龙很快进入状态，戴上耳机，输入考号和密码，点击"开始答题"按钮，他的动作一气呵成。但第一道题就让他感到恐慌。

明明是熟悉的声音，为什么这么不清晰？他使劲儿在记忆里寻找自己训练过的内容，这段噪声既不是邢主任在教室播放过的，也不是自己日常练耳时听过的，但总感觉很熟悉。既然是感觉，他没过多纠缠，索性就跟着感觉选择了答案。第二道和第三道题很简单，是最常见的渔船的噪声，"咚咚"的动静很明显，只不过第三个噪声的目标吨位更大，是远洋渔船。到了第四道题，跟第一题一样既熟悉又不确定的感觉又来了。闵小龙依旧没多想，跟着感觉作答。邢主任和郭老爷子都曾经告诫过他们，听觉本身就是一种感觉，一定要相信自己的感觉。沿着这样的指导，一百道题中的前六十道选择题，闵小龙顺利完成。第二部分是分析题，要对听到的噪声进行对比分析，在判断出船只类别后再根据声波周期和振幅的变化分析目标运动状态，这是需要专业理论作为支撑的综合题。闵小龙感到有些费劲儿，特别是对目标运动状态的判断，稍有不慎就会得出相反结论。第三部分是综合运用题，根据三段不同的噪声，判断指定距离内我艇所处的作战环境，这不仅考查声呐兵对战场常见态势的熟悉程度，还需要声呐兵灵活运用各项噪声特征指标的内在逻辑。完了，这种题智慧肯定也答不上来。闵小龙反复听了三四遍噪声样本，确认自己完全无从下手。

考试结束，陈智慧果然像闵小龙预料的那样，垂头丧气地走出实验楼。见到陈智慧，闵小龙才终于想起来，前六十道选择题里那些似曾相识但没能确定的噪声，都是从磁带里听到的。

"幸好咱们俩交换了。"他正要跟陈智慧再多说几句，陈智慧似乎已经心灰意冷。

"要不是这几天听了你给的那些，我恐怕只能得个位数的分。"

班主任却不这么看问题："怎么，你们两个小兔崽子想一步登天？才刚接触声呐几天，就想把那些老声呐班长杀个片甲不留？"闵小龙听了"嘿嘿"笑，陈智慧歪着脖子撇嘴。

"智慧你就更不用说了，专业就是专业；就像人家声呐兵玩不转潜水一样，任何一门专业都是值得尊重的。"

他们来到超市，郭老爷子望着小伙子们，满脸都是喜气。

"您这磁带可派上了大用场。"闵小龙替陈智慧多说了两句感激的话，躬身上前给老爷子点着了香烟。

"多久能出结果？"郭老爷子问班主任。

"应该很快，现在都是机考。"

"没错，听说中午饭前就公布结果。"闵小龙说。

"现在真是吃技术饭、打信息战，几百号人的考试说搞就搞完了。"老爷子夹着烟的手微蜷着停在下巴前，白色的烟柱从他的印堂上方穿过，连通了头顶上悬着的昏黄的灯泡。

他们在老水兵超市一直待到接近中午才散。跟郭老爷子在一起就是有干不完的活儿，卖完货的纸箱空了，压扁存放才节省空间，可光压扁还不够，老爷子让大家拆解、展开、铺平，按大小排列整齐，这才拿包装袋逐一捆紧扎牢。收工的时候，老爷子边拍打手边念叨："这样好了，装上老周那个铁驴子往回拉，绝不会半路侧翻了。"

散场之前，邢主任把电话直接打给了班主任。四个人站在超市门口，只听见班主任对着手机面露笑容，一个劲儿说"好""太好了"。挂了电话，他笑容更加夸张，张大了嘴却不知该怎么使唤舌头。

"中了！小龙，中了！全班第一，进了海军前一百名！"班主任说完，哈哈大笑起来，众人跟着笑开了花。他紧接着说："智慧也不错，选择题只错了五道，总分弱一些，但也在学兵里排进了前二十。"

闵小龙听完，悬在心里的一块石头终于落下来。陈智慧正望着郭老爷子，顺着他的目光，闵小龙看见郭老爷子佝偻着腰连连点头。

临走时，陈智慧跟在其他人后面，回头看了一眼超市的大门。大门那边，唐甜站在收银台旁，带着幸福而羞涩的笑容，穿门而出。

闵小龙回到宿舍，本以为能得到一片喝彩，没想到战友们都很淡定，正各自忙活手头的琐事，只有余钧阴着脸站在门口，他一出现就盯着他，像是在专门等着他回来加以训斥。

"你干什么去了？比武一个半小时，你去了一上午。"余钧的两只手叉到了腰上。

"班长，我进海军前一百名了！"闵小龙的表情里掺杂着兴奋和疑惑。

"我问你这一上午干什么去了！"余钧再次提高了声调。

闵小龙愣在门框旁边，双手慢慢变成立正的手形。宿舍里二十多个战友一个接一个缓缓地站了起来，闵小龙感到所有人的目光都像是探照灯，齐刷刷地射在他的脸上。突然，有人在后排大喝一声："鼓掌！"幼林一样的床架丛中爆发出战友们的哄笑与掌声，闵小龙刚开始有点儿不敢相信，直到余钧的脸上也露出笑容，他才恍悟战友们的用心。这次的掌声比上次还要响亮，且持久得多。

掌声平息，闵小龙想起余钧也参加了比武，连忙问："班长，你考得怎样？"余钧甩了甩手，说："喀，我就是去凑个数。"旁边有战友告诉闵小龙，班长原本打算年底留转士官，但这边没有编制，所以他主动申请和他们一起学专业，学完一起毕业，分配到潜艇上去。

闵小龙一把抓住班长的胳膊："真的吗？"

余钧微笑着点了点头。

十

陈智慧成了声呐专业的插班生，从潜水队重新回到潜艇队，邢主任说，这是历史上从未有过先例的对特殊人才的特殊政策。"还有余钧。"邢主任提高一个音调说，"作为优秀的带兵骨干留校工作近两年，毅然选择跟学声呐专业，选择和你们一起毕业到一线部队去建功立业，够有志气！够有勇气！够有毅力！"

邢主任总是这么慷慨激昂，但在众人热烈鼓掌之后，他很快就回到课堂上，对比武试题进行逐个回顾。

半天时间一百道题，每当遇到正确率不高的题，邢主任都会用海上的实际案例进行类比。在邢主任的讲解和播放的录音样本中，闵小龙仿佛听到时间随声波在海洋深处汩汩流动，他用耳朵触摸那声波，一点点吸收进身体，直到自己像挂着露水的麦穗一般饱满。虽然他并没进过潜艇舱室，但早已借助想象力无数次让自己置身其中，无数次设想深海混沌里的寂静，以及寂静之中的呼吸。此刻他更笃定了，那些噪声样本就是来自深海的回音。

成为同专业战友里的佼佼者以来，闵小龙渐渐把精力从练耳转到了更艰深的探索——"复杂海洋环境下的噪声变化规律"。邢主任在课堂上鼓励说："这相当于声呐专业里的哥德巴赫猜想，有兴趣和能力的同志可以自主探索，不作为教学的要求。"闵小龙没吱声，只是更加憋着劲儿看书。

他知道，不掌握好流体力学和声学的系统理论，这个命题根本无法深入。

几天课程下来，陈智慧既兴奋又难过："要是老子早个把月得到邢主任的指点，一定能得一个好名次。"闵小龙听了，故意给他泼冷水："刚给了你一缕阳光你就灿烂，这样学下去，你怕是能成'龙宫霸王'。"陈智慧瞪起眼不服气地说："你给老子等着，周末我就去买个更好的耳机，看我不比你练得更好。"话音还没落，陈智慧伸出一只手放到闵小龙的头顶上，胡乱一顿摸，闵小龙也不示弱，充分利用他身材瘦小的优势在陈智慧身边钻来钻去，步法比猴子还灵活。

专业学习的时间比新兵入伍训练的时间过得快，转眼间窗外的鸟鸣已经多出几个声部，音域也拉宽了。盯着树枝末梢仔细看，嫩芽已经冒出了头来，而且一天比一天茁壮，很快它们就能舒展成片。陈智慧挑战闵小龙的机会说来就真的来了。

这天是周五，距离毕业还剩下不到一个月。课堂上，邢主任公布消息："你们毕业之前，要进行一年一度的模拟长航综合训练，每个专业选择两到三人参加，场地就是操场旁边的潜艇。"随着"哇"的一声，邢主任刚要继续讲细节，声音被杂音全面淹没。

"我们声呐专业选几个人？""三个。""为什么只有三个名额？""舱室空间有限，三人正好凑一轮更。""是在里面待着不出来吗？""模拟水下，当然不能出来。""要持续多长时间？""一周。"学兵们一个个举手提问，邢主任一一作答。等大家停止提问了，邢主任继续补充说："这是你们毕业前的一次考核，虽然只有三人参加，但这三人是我们这一届声呐学兵的代表。更重要的一点，这不仅是对声呐专业知识的考核，更是对身体、心理、专业的综合考评。"

邢主任的介绍像一枚炸弹，投进闵小龙的心海沉到最深处爆炸了，引发海面巨浪翻涌。他又一次听到自己"怦怦"的心跳声，又找到了郭老爷子说的追逐的目标。

"你肯定能上，另外两个就不好说是谁了。"课后集合整队的间隙，陈智慧在众人面前使劲儿掩藏着自己的想法。

"你没问题，最有潜力的黑马。""史上第一个插班生。"有战友看好他，还有人帮腔。

"我基础太弱了，总共八百米，你们跑了半程我才开始追。"陈智慧说的是他们从当兵入伍到毕业下部队之前的八个月培训时间。

"你的听力没问题，可缺了前面的课……"闵小龙点到了陈智慧的痛处，突然收住嘴。当天晚上，闵小龙找来邢主任和其他教员的课件，用公用电脑打开，一页一页地给陈智慧补课。从声的形成到传播，从声呐的基本组成到工作原理，以及各类舰船螺旋桨噪声的声学原理和规律……两个多月的课，他们恨不得两个晚上补完。好在陈智慧耳功扎实，讲到一个理论点他立马能联系上听过的典型样本，理解起来并不费工夫。

"你果然是匹黑马。"闵小龙似笑非笑地看着陈智慧。

"别夸，我一见阳光就灿烂。"陈智慧身子一斜，抖起腿来。

"那就沉住气，咱还得去潜艇里并肩作战呢。"

"能捡多少就捡多少吧。"

周末总要去和郭老爷子谈谈心，这已经成为他们的习惯。但这个周末，郭老爷子不在。

"他有几天没来了，班主任家的嫂子来看过库存，说他病了。"唐甜一见到他们就哭丧着脸。

"什么病？严重吗？"陈智慧问完，闵小龙觉得他问错人了，姑娘们又不是老人家的亲属，这种问题她们怎么能知道。

电话打过去，是班主任接的。老爷子中风，抢救过来了，但说话暂时还不利索。闵小龙不知道该怎么安慰，就像是自己的爷爷病倒了一样，他本身也是需要安慰的对象。陈智慧接过电话，问了在哪家医院、哪个科、哪间病房，说明天外出要去看老人家。电话那头，断断续续传来深重的呼吸声和"嗯啊"的声音。

"不必来，你们就要模拟长航了，抓紧搞训练。老爷子说不出话来，但他的意思我明白，肯定不让你们来。"

"可是……"

"他现在挺过来了，没什么大问题，你们放心。前两天他还跟我说，你们要模拟长航，身体和心理都要调整到最佳状态。还有些时间，加强训练的同时，也要适当锻炼一下身体，否则很难熬。他什么性格你们也了解，顺他的意就好，知道了吗？"

夜里，原本应该在老爷子的休息间里一起讨论问题，可老爷子不在，陈智慧和闵小龙坐在地上，背靠墙，抬头望着对面的窗户。陈智慧仍坚持要去医院看望郭老爷子，闵小龙不同意："班主任都把话说得这么清楚了，咱好好学习、训练，顺利完成模拟长航，就是给老爷子最好的安慰。"

"说是这么说，可我心里还是放不下。"

"跟班长说一声，咱去跑跑步吧。总在练耳，真有段时间没好好跑了。"闵小龙其实是想跟他一起出去散散心。

两个人来到操场，还没开跑，远远看到潜艇周围灯火通明，旁边还不知从哪儿开来一辆军用卡车，大有一派解缆起航之前码头补给的忙碌景象。两个人跑近一看，卡车的货厢空无一物，只剩下后挡板向下安静地垂着，穿着船厂工作服的人从水线位置临时凿开的舱门钻进钻出，看样子是要赶在模拟长航之前检修装备，顺便补充必备生活物资。

闵小龙站在舱门口朝里望了一眼，肩膀、手臂就开始抖，陈智慧钻进去转了一圈，见到闵小龙的状况，连忙搂着他的肩膀往跑道上走。

"你们俩干吗来了？"是班主任的声音。陈智慧一听，忙扶着闵小龙转了身。

"小龙感觉不太舒服。"

班主任背对着潜艇和潜艇周边的照明灯，正好看到闵小龙的脸色白得吓人。他明白过来，是小龙的老毛病又犯了。

"郭老好些了吗？您怎么没在医院陪他？"陈智慧的焦急全写在脸上。

"他暂时稳定。医生说再观察几天就可以出院。除了说话还不太利索，其他指标都降下来了。"班主任尽可能把话说得轻松些。

闵小龙把注意力从他们的对话转回自己身上。他像一只泄了气的皮球，低头站在班主任面前。班主任看着他，松开原本皱起的眉毛："走，我带你们进去遛一圈儿。"闵小龙有些犹豫，陈智慧却像猴子见着了玉米棒，撒开搀扶闵小龙的手就朝着亮光走去。

"噫，不用偷偷摸摸，咱从上边的升降口正经八百地进去。"班主任叫住陈智慧，带头踏上专门用混凝土浇筑的舷梯。

升降口是比肩稍宽的圆形通道，从潜艇背部的中线垂直向下，站在甲板上朝下看，舱室内部亮如白昼。升降梯有钢质扶手，把自己塞进去之前，班主任嘱咐他们："照我的样子往里进，一脚一脚把升降梯踩实了，要不然磕着哪儿哪儿疼。"

眼看着升降口没过班主任的头顶，陈智慧说："小龙你先来。"闵小龙站在甲板上没移步，陈智慧伸手拽他，绕到他身后推，才把人挪到升降口边。

"怎么，还是不敢？"从升降口射出的光线照亮了陈智慧的下巴和鼻孔，他变得面目狰狞，声音却很温和，"这玩意儿跟闸套也没啥区别，还更亮堂，不是吗？"闵小龙又愣了几秒钟才缓缓弯腰，握住升降口盖的把柄，抬脚踏上了升降梯的横杆。

舱室里的所有陈设，都被挂在四面舱壁上的工作灯直直地照射着。在强光刺眼的短暂适应期过后，闵小龙看到那些光线似乎穿透了一切阻碍物，把这里装扮得热烈粲然。占据绝大部分空间的两套鱼雷备用架上空了一半，上、中、下各躺着一枚不同型号的鱼雷和导弹，很壮实，能给人带来足够的安全感。稍远处的艇艏，对应三层鱼雷备用架的三层六个鱼雷发射管都门户紧闭，后盖涂装的鲜红五角星像几团燃烧正旺的火焰，昭示温暖和光明的力量。左右两舷舱壁挂满粗细不同的管道、仪表、阀门，繁杂而有章法，拥挤而有秩序，像某部科幻电影里的未来城市。还有舱顶排布的管线，被刷成了和舱顶相同的乳白色，在灯光的映照下抬头看，像从高空俯瞰高速公路，整齐流畅，向无尽的远方延伸。

闵小龙站在升降口下方没迈出一步，完全沉浸在这钢铁的协奏曲中。陈智慧用求助的眼神看向班主任，班主任却示意他不要打断闵小龙。直到闵小龙面露微笑，开始伸手触摸横躺的鱼雷、导弹、发射管，直到他回过头向他们开心地笑，陈智慧才跟上班主任的步伐，朝水密门的方向走去。

"一艘潜艇几千吨，当年把它从码头搬运到这个操场上，那场面可壮观了，船厂工人加我们教职员工，一百多人的队伍不分白天黑夜干了一个多月。"班主任饶有兴致地介绍说，"为什么要那么着急？从码头到这儿，七八千米路，拆了一路的过街天桥，市民们等着过马路呢！为啥要拆天桥？这伙计太大啊，拆成六七段还得用超长拖挂车，走到哪儿都会超过马路限行的高度。幸好当年的过街天桥还不像现在这么穿着串儿地建。"

陈智慧被班主任的话逗乐了。闵小龙也把视线从舱壁各式各样的设备上收了回来。

"运过来倒还好，要命的是组装。切割的时候以船厂为主，可组装的时候教员就得拿主意了，这大块头毕竟要用于教学啊，结果这个专业的教员来要一块地儿，那个教研室的领导来占一边儿，谁也摆不平。"班主任接着讲，"最后首长发话，多少年就得了这么一个宝贝疙瘩，谁也别想动里边的格局，怎么切开的怎么给接回去。"班主任拍了一下自己的额头，"这命令一下可不得了，这家伙又不是泥巴糊的，复原起来多麻烦啊。当年我们可真是费了老大劲儿了。"

闵小龙也乐了。他们弯着腰，抬腿迈过水密门。二舱满地都是电线和零件，电焊弧在工人手下四射开去，陈智慧感叹："这大家伙虽开不走了，却也是真刀真枪。"

说是参观，其实只进到了二舱，再往后的三舱还没去，陈智慧一个劲儿往前冲。"别瞎撞，小心你的脑袋。"班主任把他拉回来。

闵小龙已经很满足了。从当初一见闸套就紧张，到现在坦然站在全尺寸潜艇的舱室里，他为自己的成长感到欣喜。

"好了，后面的舱室咱今天先不去了，施工改造没法进人。"班主任结束了他们的参观。

他们俩继续跑步。

前段时间忙于上课，闵小龙体能明显比陈智慧差一截儿。用班长余钧的话说，就是"学习再好，给你关舱里半个月就蔫了，还打个屁仗"。闵小龙自己也知道，声呐兵需要安静之后的功夫，要擅长在激烈时获得平静，从吵闹中保持沉默。

直到跑完十圈，闵小龙看了看操场那头的灯火，这才跟陈智慧说起自己一晚上憋在心里的话。

"老爷子还躺在医院，班主任就来单位工作了，而且到晚上也没休息。"

"嗯。"

"我们站岗总共也没几次，我为什么能听出班主任的车来？"

陈智慧转头看着闵小龙。

"因为他几乎天天来加班。还记得那段时间你陪我每天晚上去擦闸套吗？他几乎每天都在。"

"嗯，你说得没错。"

"碰到这样的好教员，我们真是幸运。"

"还有郭老爷子，他也教给我们很多。"

"我们明天还是去看看老爷子吧。这几天忙着检修潜艇，班主任也不能去照顾他。"

"好。"

# 十一

邢主任在课堂上宣布模拟长航参与人员名单的那天，闵小龙是丝毫不担心的，他坚信陈智慧也必然入选。但没想到的是，三个人里，除他们俩之外的第三个名字，竟然是参加海军比武没有拿到名次而且同样是插班生的余钧。

余钧自己肯定也感到很惊讶，张大嘴，瞪着眼，战友们鼓掌时他才"嘿嘿"笑着站起来。邢主任给出的理由很简单，也很充分："你们一个小组，就像一个声呐班，总有老兵新兵，总有能力强弱，重在配合。这是潜艇兵的制胜法宝。"闵小龙暗暗记下"制胜法宝"这个重点，至于怎么配合，就只能等着看怎么出题了。

模拟长航开始。余钧集合队里抽组的十来个人，在楼前和其他队抽组的学兵合并队伍，一人手里端一个制式黄脸盆，盆里盛着牙膏、牙刷、牙缸、枕头、内裤、水壶，还有毛巾和毛巾被，浩浩荡荡向操场开拔。

"你没感觉有点儿怪吗？"陈智慧伸着脑袋环视了一圈，"这么几十人的小分队，就这么静悄悄地开始长航了？"

"你还想怎么样？"闵小龙说。

"离开码头不应该有队伍欢送吗？"

"那是水面舰远航，藏不住的，索性就大张旗鼓。"余钧在一旁搭腔，"潜艇是什么？是刺客，幽灵！出动的时机当然要保密。"

"对，教员讲过，隐蔽性是潜艇的生命。"闵小龙踩在塑胶跑道上，眼睛一刻也没离开过前方那个黑黢黢的大家伙。

来到潜艇旁，闵小龙仰望着围壳上空飘扬的军旗，不断给自己心理暗示：里面很亮堂，上次进去都没问题，一定能克服。登上舷梯，余钧站在队伍前方的升降口对面，一个个护送他们进入，轮到闵小龙时，余钧的眼神像是在确认：没问题吧？闵小龙看了看余钧，进舱的每一步都走得很踏实。

舱室并不如那天晚上明亮，工作灯撤走了，只有几个镶在舱顶的防水罩，透着微弱的黄光。闵小龙站在升降口下方，脚刚站稳，原地打了个激灵，直到在他之后下来的战友脚底蹭着他的肩膀，才把他唤醒。

"还是不行？"余钧一只手端着脸盆，一只手扶住闵小龙的上臂。

陈智慧也凑过来，睁得圆溜溜的眼睛在光线暗影里若隐若现。闵小龙翕动了两下嘴唇，咽了口唾沫，抬眼看了看灯。见到有其他专业的学兵往这边凑过来看热闹，余钧一把接过闵小龙手里的脸盆转交给陈智慧，扶住闵小龙的肩背往住舱方向走去。

潜艇从艏到艉分若干个舱室，不同专业的战位分布在不同舱室，舱室之间以圆形水密门连通。他们在余钧的安排下，进入住舱安顿各自的生活物品。六人间，面对面上、中、下搁着六块床板，床板之外的空间正好够六人站成一路纵队。余钧在门口朝各住舱喊："两分钟备航备潜！"大家火速将个人生活物品在床板上摆放整齐，直奔各自专业所属战位。

铃声响起，广播器传来邢主任的声音："备航备潜，各舱就位。"闵小龙明白过来，这相当于赛道起跑线上的发令枪响了，这一秒就是他们的下水时间了。

声呐室不到三平方米的小隔间内，三面舱壁一面门，舱壁上排布着粗细不一的管路或配电箱模样的设备，两个带屏幕的操作台前各一张铁凳，里外正好够坐两个人，外侧坐凳紧挨门框，此外再无空间。起初陈智慧坐在靠内侧的凳子上，没多久就局促不安："两个台子互为备份，还是你坐里边吧。"闵小龙看了看他，确认他没有使坏之后交换了位置。

"感觉怎样？"陈智慧问闵小龙。备航备潜阶段，声呐派不上用场，余钧去帮教员安顿其他战位了。"什么感觉不感觉的，你没发现操作台跟我们平时训练用的有什么不同吗？"闵小龙很快就从操作台上发现与平时训练不同的内容。

　　闵小龙把显示界面切换到主动声呐，继续查看其他页面。陈智慧有些懵，他上的理论课本就比闵小龙少，专业训练上也缺少基础，除了一些常用的参数调节方式，还没全部搞懂操作台的技术细节。他瞅了瞅屏幕，尝试进行了一些基本的操作。

　　没多久，扩音器里传来"离码头部署"的口令，这仍是以动力和艇舵为主的操作过程，直到"准备下潜"的口令下达，声呐战位的工作才正式开始。余钧很快回到声呐室，陈智慧站起来准备让位，余钧说："坐着别动，三个人一起盯。"他说的是盯着屏幕上的声呐信号——潜艇潜入水下之后，唯一的信息获取渠道就是声呐，值更的声呐兵必须一直打起精神，一旦发现有异常信号闯入，要立即报告并尽快分析判断信号类型和威胁程度，一秒也不能耽搁。

　　"指挥室已经进入第二阶段了，说不定什么时候就会有情况。这一更大家一起盯，以陈智慧为主，有情况由你报。"余钧戴上耳机，一只手搭在操作台顶上。

　　十多分钟过去，按照指令，潜艇经历潜望镜航行之后已潜入水下一百五十米继续航行。突然，屏幕上原本平整的边缘出现一个噪点，三人的耳机里同时响起异常噪声。闵小龙迅速调整侦测频率，锁定这一噪声所在波段，陈智慧同时报告："声呐发现不明信号。"

　　"有。判断目标性质。"

　　几秒过后，陈智慧跟闵小龙几乎同时判断出噪声属性，只听陈智慧继续报告："报告艇指，目标疑似渔船，一百五十吨级。"

　　"有。保持深度，航向九十。"

　　潜艇继续航行，万物复归平静。

　　闵小龙心里却不平静：短短几秒钟，陈智慧迅速完成了噪声信号的听音辨型，准确判断目标船体吨位，还如此自信地向艇指报告，如果换成他自己，能完成得这么漂亮吗？何况陈智慧还是插班生，按理说训练基础并不如其他人，比武时的表现也没什么可圈可点的地方，为什么能在航行中表现得如此得心应手？闵小龙感到一股潮热从自己握着鼠标的右手掌心冒出。

转入水下航行约莫一个小时后，艇指宣布转入水下巡航，各战位开始轮流值更。"三人轮值，四小时一更，二十四小时不间断，谁先来？"余钧的意思肯定不是自己先值——刚开始的阶段，他同时作为带队班长，还得去张罗学兵们的水下生活。

"四小时一更，其他战位只有两个人，怎么轮？总不能一晚上只睡四小时吧？"陈智慧抬头看了看舱壁上的船钟，扒拉起了手指头。

"你管人家干什么？他们一天只值十六个小时，指挥组的教员还得睡觉呢。"余钧一伸手，"啪"的一声，陈智慧的作训帽檐就耷拉了下来。闵小龙见状笑了："我先来吧。"

说是值更，不值更的人也没啥活动好安排。陈智慧去住舱整理完个人物品，正要顺手整理床铺，却发现床位数量不够。他反复数了三遍，三间住舱九个战位十九个人，怎么数也只有十八张床位。

"三六一十八，这错不了啊！"他跑到声呐室跟闵小龙说起这事，闵小龙差点儿要给他弹个脑崩儿。

"你傻啊，我们三个不总得有一个在值更嘛！"

"一值一整夜？"陈智慧依然迷惑。

"不用啊。你起来接更，我下更去睡你的床；四小时后班长接你的更，你下更去睡班长的床。更次轮换，床铺也可以轮换啊。"

"要睡班长那臭脚丫子的被窝？"陈智慧一副绝望透顶的表情，两道浓眉皱得快要连成一片了。

"你才知道？要是真在潜艇上出海，每个战位都要睡热铺。"闵小龙已经把视线转到屏幕上继续盯着。

陈智慧陷入了沉默。回到住舱，他坐在下铺上，屁股和甲板地面只有一层床板之隔。直到闵小龙下更，他还是不愿意说话。

"能让你闭嘴的，恐怕也只有这'深海龙宫'了。"闵小龙下更之后一身轻松。饭菜是从改造时专门挖洞设计的窗口递进来的，闵小龙领来了盒饭，陈智慧还是一副苦大仇深的样子。

"就因为睡热铺这点儿事？"

"不是热铺，是臭铺。"陈智慧伸手接过饭。

闵小龙大笑："那我接你更，你接着睡我的铺行了吧？"

陈智慧这才开始扒拉起饭来。刚扒拉两口，他好像想明白了什么："不对！你睡过的铺，不同样是从他那里接过来的吗？"

闵小龙"噗"地喷出一口饭来："那没法子，只能将就了，除非能有一床你自己的被褥，睡觉前换上，上更之前撤掉。"

"都封在这里面，哪儿有多余的被褥？早知道这样就给他专门带一床了。你说班长他倒是很不在意，自己脚臭还能不知道吗？！"陈智慧的眼珠子一转，"哎，晚上你去领饭的时候帮忙跟送饭的兄弟说说，帮我找床被子送来？"

"嗯，不行。这可是违背实战要求的，要去你自己去。"

闵小龙快速吃完饭，叫陈智慧准备接更。陈智慧看了眼船钟，时间果然不多了，他一低头，把整张脸都埋在饭盒里。

"刚催半天不吃，现在跟条饿了半年的狗一样。"闵小龙放下饭盒，伸手捋了捋床上的褥子，准备躺下午休。

陈智慧放下饭盒的时候，正巧警报响起："战斗警报！右舷十五度发现不明目标，全员就位！"

几间住舱里十来个学兵一窝蜂往前面舱室的战位赶去。过水密门时，有几个动作熟练的，身体前倾，双手握住把手，双腿连腰带腹往胸前一蜷，再借着惯性一蹬腿，从脚尖往上依次让全身穿过。陈智慧也是这么干的，虽然动作略显生疏。闵小龙不行，还没胆量做那个动作，那通常是只有在艇上生活多年的老兵才能练成的功夫。闵小龙老老实实地在水密门前侧身、弯腰、抬腿，腿迈过去之后才敢把头颈和蜷曲的身子往门里送。先减速后加速，一套动作下来，他比陈智慧晚了十秒才赶到战位。

"小龙你输了，第一轮。"闵小龙一头雾水，余钧一本正经地看着他，"从进艇开始，每一次战斗警报，对你们来说都是一轮考核。反应速度和应急处置能力都是考核的内容。"

"这次不能算。怎么提前不说？"闵小龙刚把气息平稳下来，就和余钧打起嘴仗来。

"算与不算不是你来定的。艇一出海，就是战备状态，打起仗来，你去跟谁说算不算？"余钧说着瞪大了眼睛，连陈智慧的脸上都落满了唾沫星子。

扩音器里很快传来解除警报的指令。闵小龙还在跟余钧对峙。陈智慧笑着打圆场："这次就这样吧，也没啥，这才上艇几小时就开始第一轮考核了，下一轮不是分分钟的事嘛。小龙，下一轮咱好好比比。"

夜里，陈智慧没有得到专属自己的被褥。闵小龙接更的时候对他说："班长睡在上铺，呼噜打得比雷响，要是睡不着可以放心用被子蒙住头，不臭。"

"啊呸！"陈智慧回到住舱第一件事就是掀开闵小龙刚抽身而出的被窝。他摸黑把手放在褥子上，真是温热的，不过还好，气味尚在他能忍受的范围之内。

## 十二

在住到艇上的这四天，他们没睡过一个整觉，饭虽能吃饱，但按长航饮食保障模式送进来的菜没有煎、焖、炒的烟火气，不知从第几顿开始，吃饭就变成汲取必备营养和能量以维持生命的本能行为。小伙子们值更时一个个都神经紧绷，按理说下更总得聊点儿啥打发时间，可几天聊下来，连陈智慧都觉得没啥可跟别人聊的了。

"太没意思了。偌大条艇好几十人，没想到跟在三五人的小哨所一样无聊。"

"错，人家小哨所才不无聊，种地、养猪自给自足，天有日头人就有盼头！"

"说得也是。人家远离繁华但至少能拥抱大自然，咱潜艇兵能盼个啥？天天盼星星盼月亮，就连口自然流通的新鲜空气也盼不来。"

"现在部队都是续航力超长的潜艇，一头扎下去不知多少天才能浮上来，你还真别盼什么'海上生明月'之类的。"

"你发现没？雷达专业那俩兄弟，基本不怎么说话了。"

"怎么，你还指望人家从出航陪你聊到返航？你要非找人聊，可以去其他舱室，去其他部门。"闵小龙估摸陈智慧不敢，尤其不敢去其他舱室——条令规定，除非有任务，艇员在水下是不能随意在各舱之间走动的，那样不但会制造不必要的噪声，关键时候还会影响安全。

闵小龙没想到，陈智慧真去了。隔了一天的下午，闵小龙午休起来发现陈智慧的床空着，厨房没人，厕所没人，战位也只有余钧独守。

"你见到陈智慧了吗？"闵小龙问了几个室友，都说没见到。他看了看船钟，距离陈智慧接更还有半个小时，这小子不会真跑后边舱室串门去了吧？

离交接更的时间不到十分钟，警报再次响起："损管警报！五舱破损进水，迅速组织堵漏！"警报每次都是突如其来，这次闵小龙下意识地拔腿就往战位上跑，到了战位一看，陈智慧仍旧不见踪影。

"五舱封舱完毕！开始堵漏。"

"四舱封舱完毕！"

"三舱封舱完毕！"

…………

每个舱室都完成封舱，这是听到损管警报之后首先要做的事，目的是防止破损的舱室进水过多无法控制而影响其他舱室的安全。这些闵小龙都很清楚，连这步操作背后的更深一层含义他都明白：万一堵漏失败，那就弃车保帅，通过牺牲一个舱室（包括舱室里的艇员），来保全潜艇不至沉没，同时也保全了艇上其他舱室的战友。

"陈智慧呢？"余钧打断了他的思路。

"不知道，我午休起来就没看见他。"闵小龙利落地坐在备用席位上。

"这是水下长航！几百米的深度还能弄丢人？"

闵小龙不再接话，赶紧戴上耳机，在操作台上调出航行基本数据和声呐信息记录，进入备战状态。时间一分一秒地过去，陈智慧还是没出现在他该待的地方。

"四舱报告！清点人数发现多一人，陈智慧。"

"有。四舱。"艇指间隔了一秒才接着下达指令，"四舱保持舱室封闭，陈智慧原地不动。"

"四舱收到！"

尴尬的气氛中，声呐室隔壁的操舵兵笑出了声。

"陈智慧，这个王八蛋！"余钧破口大骂，闵小龙的额头渗出汗来。闵小龙真替陈智慧害怕，这么兴师动众的模拟长航训练，他竟然……这下可要挨批了。

损管警报解除，等待陈智慧的必然是一场水下几百米的"暴风骤雨"。坐在铁凳上值更的时候，闵小龙见到班主任和另外一名大校教员，一前一后从声呐室门口路过，往艇艉的方向去了。他们脸色阴沉，脚步急促，肯定是去住舱找陈智慧了。

交接更时，闵小龙见余钧板着脸一声不吭，连呼出的气都透着满满的愤怒。他回到住舱，陈智慧跟余钧的表情差不多，只不过愤怒的成分少了些。也不知陈智慧在生谁的气，闵小龙想问，但好像已经知道了答案。既然他不知怎么发问，那就干脆闭口不谈吧。他给余钧半满的杯子倒满水，看了看陈智慧的，也添满，接着端起自己的一口灌了半杯，再给自己也倒满，之后就坐在余钧对面下铺的床板上看书。书是《深海前沿》，分专业前区队里一个后来去学鱼雷的战友推荐的，讲了第二次世界大战以来各国潜艇发展的历程和最新装备发展情况，这是闵小龙第二遍读了。

陈智慧终究没忍住自己先开了口："喝水都能塞牙缝。"闵小龙没回应，只抬头扫了他一眼。

"我就是去找人想换两个水果吃。你知道的，我不爱吃苹果。"

闵小龙确实知道，他这两天把苹果都攒着，还说过不知谁会留着前天送来的梨。闵小龙仍旧没什么话来回应。

"就两分钟的工夫，怎么能碰上个警报！"陈智慧丝毫没有忏悔的意思，"还是损管警报，连跑出来的机会都没有！"

闵小龙听着，慢慢有了些乐子在心里滋生。

"我刚巧到水密门那儿，你知道吧，'咔'一声，关了！我一跺脚准备往另一个水密门跑，半途一想那边漏水了，不能去。"

陈智慧还没说完，闵小龙终究没忍住，笑了。

"你笑啥，看我出丑还笑！"陈智慧转而变了声调，"我说我就是来换个水果吃，开门一秒钟我就能钻出去，你知道的，我过水密门的速度……可人家四舱的班长就是不给机会。"他肯定是想起来刚才扩音器里报自己的名字，这下闻名全艇了。

闵小龙笑了好一阵子。这无疑是出航五天以来最大的新闻。"这下大家可有的聊了。"

陈智慧扭头看着他，脸色变得铁青。

扩音器里播报通知，接下来要开展分组对抗训练，规则是这样的：人员分两组，各自应对同一套深海遭遇战的演练脚本，比较各组临机处置能力，每次演练持续四小时。同时，为了确保公平，第一组演练时第二组在住舱戴上耳机实现信息屏蔽。

陈智慧让闵小龙先来。余钧凝视着他的眼睛："你是不是想着待在住舱的时候可以摘下耳机提前熟悉流程？"

"怎么可能？大丈夫绝不能那么干。"陈智慧义正词严。

"好，就让我先来吧。"闵小龙见余钧的气还没消，赶紧站出来圆场。

余钧带着第二组关进住舱之后，指挥员在扩音器里提示，这是从真实案例中提取出的训练流程，各战位对每一条口令都要认真思考，在什么情况下艇指下什么口令，背后有什么意图。"只有全面理解上级的意图，才能更好地执行操作。"闵小龙迅速回想艇指以往下达过的口令，在脑海里努力回想当时的情形，一条一条反思自己执行时的所思所想。

"切换深度二百米航行状态倒计时一分钟，各战位准备！"此时的艇指换了一名指挥员。显然，这是一场经过精心设计的遭遇战。

闵小龙戴上耳机，切换至深度二百米航行状态之后，他立即专注于屏幕上的航向、航速、深度及推算位置的数值变化，调动脑海里所有关于这片海域的信息储备，静静等待情况降临。

住舱里的热闹氛围没持续太久，耳机似乎不仅捂住了他们的耳朵，还同时封住了他们的嘴。作为班长，余钧不参加对决比拼，也没有戴耳机屏蔽。他眼瞅着一个个平日里活蹦乱跳的小伙子，全都闷在寂静封闭的小空间里，仿佛时间凝固，身外无物了。特别是陈智慧，话多的人突然安静下来会给人一种错觉——要有大事发生。

闵小龙正在处理大事。导调系统给出的一连串噪声信号，大多是他们平时训练时听到过的类似噪声，闵小龙都能及时发现、识别、报告，但在临近结束前收到一个声呐信号，他根本无从判断。

"声呐发现不明噪声！无法判断类型。"

"有。继续守听，尽快判明。航向不变，速度五节，深度保持。"

"有。速度五节。"

"五节速度到。"

全艇都知道，对于这个未知噪声艇指自是心里有数，此时考的就是声呐兵。闵小龙迅速排除所有已知海洋生物，坚定判断这是人类制造物的声音。可问题是，人类制造物在水中依靠螺旋桨推进，螺旋桨有叶片数量，常见水面舰船通常为五叶桨，小型船只三叶桨，潜艇是七叶桨，都有独特的声波周期特点，而这个新噪声并没有周期性！

闵小龙有些慌张。他深吸一口气，索性闭上眼睛，把所有注意力全部集中在耳朵上。在确认噪声没有周期性规律后，他突然想到了一个从未听过的目标——泵喷推进器。这种推进器没有外置螺旋桨，主要依靠向外喷射海水获得向前的动力，因而所产生的噪声振幅大减，周期也不再有现成规律……他越想越像，却因缺乏直接的判读依据，不敢开口报告。

"声呐，报告情况！"指挥员开始催促。真实战争中，这种时候每一毫秒都可能改变胜负态势。闵小龙仍旧没能给出回复。

"声呐，什么情况？"指挥员继续催问。

闵小龙坐在台位上闭着眼，大脑飞速运转，汗珠大滴大滴往衣襟上落。终于，他睁开眼睛，大声报告："报告艇指，噪声信号罕见，应该是装配新型推进系统的舰艇。"

"战斗警报！声呐发现不明新型舰艇，深度二百三十米，速度三节，转入安静模式航行。"

"三节速度到。"

"二百三十米到。"

此时的艇指是声呐教研室的邢主任。题目是邢主任出的，邢主任自然知道闵小龙面对这道题会感到难以下手，但也正是要让他体验面对危急情况时的抉择，体验声呐兵在一艘潜艇上的关键牵引作用。在闵小龙咬牙坚持自己的判断的那一刻，他的答案就代表了一切。平时的训练，理论的学习，都在这一次艰难的判断中得到了检验。

陈智慧接下来的表现，与闵小龙相差无几。他坐在声呐台前的时候，闵小龙和余钧在住舱回避。闵小龙的心是跟着陈智慧的心一起跳动的，陈智慧一次次收到声呐信号时的反应，让他的脸上一点点浮起笑容。余钧在一旁有些难以置信："他判断对了？""他又对了？"闵小龙一次次点头之后，余钧也不得不说："这小兔崽子，还算是有两下子。"

但最后一关，陈智慧错了。陈智慧也认真考虑了，他沉默的那十多秒钟时间，闵小龙揪着心，恨不得拿起挂在舱壁上的喊话器替他向指挥员汇报。陈智慧最终也没能往泵喷推进器的方向想。

结束之后闵小龙告诉他答案，他懵懵懂懂地反问："还有这样的东西？"余钧听了又恨又解恨，恨的是他不爱读书、不争气，装备发展前沿知识积累太少；解恨的是他平时吊儿郎当，关键时候遭到了"报应"。

"走吧，出舱。"邢主任走过来对众人说，"功夫在诗外啊！"

## 十三

邢主任爬上去打开升降口，强烈的阳光把他和升降梯都裁剪成明暗两截。一众脑袋瓜儿早已在下方的通道列队，齐刷刷按四十五度角抬头仰望，原本黄灯映射的脸面敷了层散射下来的阳光，一下子变白净了。

闵小龙闻到一股夹杂着些许玉兰花香的空气缓缓渗进舱室，混浊的空气在后退，顿时感觉脏腑清润，生机勃发，连毛孔都在张大嘴呼吸。如果是在航行中的潜艇里，从升降口进来的空气该是海的味道吧？闵小龙想，兴许还会有一只海燕从那一尺见方的圆形天幕上掠过。

"依次出舱！"邢主任一声令下，舱内响起"叮叮哐哐"的脸盆撞击声。看得出来，连续七天封闭操练，小伙子们已经退去了初次体验潜艇的新鲜感，如今终于等到出舱的时刻，大家的心情都很激动，陈智慧的话匣子又打开了。

"有没有重获新生的感觉？"他用手肘蹭了蹭闵小龙。

"什么新不新生的，不就是七天的事嘛，还没过瘾就结束了。"闵小龙抱着脸盆一脸的不屑，侧过身要帮余钧拿洗漱用品。

"我可是憋得够够的了。"陈智慧正要继续说，闵小龙只见余钧紧握自己的脸盆不松手："谢啦。你一手一个脸盆，没办法过升降口，我自己来吧。"

闵小龙心里一颤：当兵七个月，余钧头一回对他说谢谢，还有他脸上的笑容，似乎他们俩已经不再是上下级之间的关系。是班长变了，还是自己变了？闵小龙不明白，可能是身处潜艇舱室的特殊环境里，人与人的交往需要与外界不同吧。

闵小龙是真的没过够瘾，其他人往升降口爬的时候，他左右转头，用目光一遍遍扫描舱内的物件。鱼雷备用架上没了鱼雷，显然是这几天被他们当真装进了发射管，每层架子底部的凹槽里，弧形的设计仿佛是它们睡过的床垫留下的记忆。发射管口周围成片的压力表和发射手柄，数量很多却井然排列，个头不大却刚健稳固，一个个都向外传递着力与美。这应该叫兵器美学吧。暴力美学，闵小龙不知从哪儿看到过这个概念，却又觉得不妥，舱室的设备这么安静，他盯着它们看，久久移不开眼。

"还瞅啥呢？"陈智慧原本想排在队伍前面率先出舱，可被余钧留在了最后，"别瞅了，过几天毕业到了潜艇部队，有你瞅的时候。"

陈智慧说完，闵小龙还是恋恋不舍，毕竟这是他头一回如此近距离地接触潜艇，这里也算是第一个他真正战斗过的地方。

"就剩咱们俩了，赶紧出去吧。"陈智慧心里着急，开始略带怨气。

"你先走。"闵小龙仍没看他。

"不行。刚才班长交代过，叫我殿后。快，你出舱！"陈智慧像是在下达命令，伸出一只手来拉住闵小龙的手腕，把他往升降梯上推，"快点儿，再不出去，外头还以为咱们俩在里边出什么事了。"

闵小龙这才把住了升降梯的扶手，一脚一脚往上迈。他听到陈智慧在后头说："你说你，进来的时候不敢进，该出去的时候又不愿出，真是奇怪。"

从升降口露出头，闵小龙看到操场上乌泱泱一大片，站了得有上千人，他们打出"封舱练本领，毕业卫海疆""欢迎战友凯旋"之类的大红横幅，一个个脸上都挂满笑容。在人群的衬托下，操场显得更加宽阔，广播正播放欢迎曲，天蓝得耀眼，一朵云也没有，近处围墙上方传来鸟叫的声音，不仅音调有了层次，节奏也跃动起来。

离开舷梯踏上地面，他们统一把脸盆放在脚边，面朝潜艇围壳上方的军旗敬了一个军礼。这一刻，闵小龙感觉自己仿佛回到了家。

"祝贺你首战告捷！"唐甜来到闵小龙面前，向他递过鲜花，原本精致的五官在阳光的映照下更加靓丽。她的身边是一排十来个穿着军装或便装的女孩，她们都说着各自准备的祝词，向每一名参加演练的学兵献花。

"谢谢！"闵小龙说完，把视线移到她旁边的姑娘的脸上。他马上发现了问题——陈智慧就站在自己身边，怎么不是唐甜给陈智慧献花呢？他使劲儿想了想，没得出答案。

郭老爷子也来了，站在队伍西侧专门给亲友团安排的队列排头。他微笑着连连点头，手里多了一根闪光的拐杖。

仪式结束，闵小龙和陈智慧一起跑到老爷子跟前，把鲜花都塞到了他的怀里。

阳光下，两个年轻水兵搀扶着老人走在偌大的操场中央，把背影留给了操场边静止不动的潜艇。

## 十四

毕业的日子说来就来。他们结束模拟长航的当天下午，队里召开全体军人大会，宣布启动学兵毕业分配工作。

"根据上级通知，今天晚上组织填报个人分配意愿。每人填报一个意向单位，可供选择的单位名录和各单位计划接收人数，稍后发至各区队，由各专业班长组织填报。"柴队长在队伍面前说，"强调一下，每个人的综合评定成绩会同步发到各区队，填报时按照成绩排名依次进行。"

柴队长说完，教导员接着给大家做了一番填报分配意向的思想动员工作，包括"离家远近都是军营""好男儿志在四方""是金子在哪里都发光""是男人就该去军事斗争最前沿施展自己的抱负"……教导员说的时候，闵小龙看到陈智慧在东张西望，便赶紧从身后戳了戳他的胳膊。

队伍解散，余钧把手里的两张表举起来甩了甩："你们知道谁综合评定排第一吗？"众人异口同声地说："小龙第一！"余钧"嘿嘿"笑："说对了。谁第二？"众人开始意见不一，有的说是班长第二，有的说陈智慧。陈智慧罕见地保持沉默，似乎在猜测自己到底会不会是第二名。

"由于模拟长航中的优异表现，陈智慧同志后来居上，排在了第二名。"余钧说完，闵小龙带头喊了声"好"，鼓起掌来。其他人也毫不吝惜掌声，整个宿舍的床架子都似乎被震得晃动起来了。

"你们真是怪，第一名没人鼓掌，智慧排第二你们反倒鼓起掌来，是喝倒彩吗？"余钧说完，众人哄笑。

余钧宣布了后面的名次，全区队唯一没有名次的人是他自己。闵小龙最先发现这个缺漏："班长，怎么没有你？要不你第一个选。"

"班长也要分配，班长先选地方，给弟兄们带个头。"陈智慧开始带节奏。

余钧看了看他们俩，示意大家安静："谢谢大家的好意。我是班长，打仗冲锋我可以排在第一位，但这种个人利益的问题，肯定要在最后。南海、东海、北海，哪片海都是领海；常规艇、核潜艇，每艘艇都坚挺。下面开始依次填选。"

表单第一个传到闵小龙手中，他大概看了看，毫不犹豫选择了南部战区海军某部，他早已打听到，余钧班长就是想去这个部队。

陈智慧犹豫了一会儿，全区队只有闵小龙知道他在犹豫什么。他原本想分到北部战区海军某部，这样他就可以和唐甜继续联系了，这个事他跟闵小龙商量过，闵小龙当时说，这是个人的选择，应该以自己的成长发展为主。现在，表单上南部战区海军某部的需求人数是三人，如果他签第二格，那么轮到班长的时候，保不齐中间会有其他战友签第三格，这样班长就没法去南海了。

他还在犹豫。

"有什么问题吗？"余钧走到陈智慧面前，低头看了看表单，"第二名还不好选吗？所有单位的需求都空着呢！"

陈智慧看了看余钧，又看了看闵小龙，最终在闵小龙名字后的方格写下了自己的名字。

轮到余钧选择的时候已经选无可选，他看着陈智慧名字后面的那个空格，会心一笑："你们两个赖上我了是不是？下艇队还要跟我一个班，到时海上几十天闷在一个住舱，陈智慧你不怕我的脚臭吗？"

二十多个人在选择分配去向时都自动避开了他们班长想去的单位。余钧曾经对闵小龙说过，用心带过的每个兵最终都能成为自己的兄弟，甚至是一辈子的好兄弟，都能在关键时刻成为自己的正向力量——这话得到了实实在在的验证。

当天晚上，像是毕业之前的一场聚会。队里宣布完每个人的分配去向，通知完离队的时间，闵小龙、陈智慧、余钧都来到老水兵超市。超市显然被用心装点过，门口的大灯箱牌上长出一颗通体透红的五角星，平时用来公告新进热销货品的电子告示牌显示四个大字："再见，战友！"收银台上方从屋顶垂下的丝线上也挂了大小不同、错落有致的幸运星，刘心悦把一只胳膊搭在收银机上朝满屋子的学兵喊："那啥，消费满五十送价值二十元的'老水兵'纪念章一枚。"她另一只手高举一枚水兵形象金属胸章，快速挥舞起来。

只有陈智慧又成了个犯了错的人，一见到唐甜就躲闪。

"你们准备分去哪儿？"郭老爷子站在休息间门口大声问。

"都去南海，他们跟我同一个地方。"余钧一说，郭老爷子便明白了。

"哪天走？"郭老爷子顺手关上休息间的房门。

"后天。"陈智慧站在老爷子的木椅旁，等他过来坐。

"明天该寄行李了。"老爷子从口袋里摸出烟和打火机，转头看向班主任，"明天，你简单买几个小菜，他们寄完行李都过来，一起坐坐。"

"好。"班主任和郭老爷子对视了一眼就转向小伙子们，"按照老水兵的老规矩，三样凉菜配三鲜水饺。"

唐甜进门来发雪糕，陈智慧埋着头，闵小龙盯着高低柜上的照片入了神。她把三根雪糕砸在陈智慧的手里，一扭身出了休息间。

"这是谁？"闵小龙盯着黑白合影里郭老爷子身边的人。似乎没有人听见闵小龙的问话。他必定是老爷子最要好的战友，但闵小龙隐隐觉得，又有另一种可能。

余钧拆雪糕包装的时候，陈智慧捧着两个雪糕，还没有要拆开来吃的意思。郭老爷子和班主任都注意到闵小龙在盯着照片看。

"我想去脱险实验室看看。"闵小龙突然提高声调，转头看了看班主任。

"怎么着，跟那铁塔有感情了？"班主任剥开一颗花生放进嘴里。

"就是想去看看，我还有一个问题没搞明白。"闵小龙的情绪突然又变得低沉。

班主任把目光投向郭老爷子，郭老爷子正好也在看着他。

"脱险塔，当初建的时候为什么要用钢铁材质，而没用混凝土？"

"就是，钢筋混凝土，表面贴上防水砖，打理起来多简单。"陈智慧也加入话题里来。

班主任再次和郭老爷子对视之后正要开口，郭老爷子抢过话头，给他们三人揭开了一个罕有人提起的秘密。

郭老爷子从潜艇部队调到教研室的时候，正赶上新建脱险训练设施，他作为部队一线工作经验丰富的同志，成了项目组的骨干成员。可就在筹备脱险塔建设期间，班主任父亲所在的潜艇，也就是郭老爷子工作过的那艘艇发生了事故。痛定思痛，郭老爷子大胆提出，为了警示后人、激励来者，原计划用混凝土浇筑的脱险塔，改为使用失事潜艇的固壳，把它竖立起来作为承载水塔。没过多久，上级经过认真考虑，同意了项目组的申请。

老爷子讲完故事，屋子里安静了很久，听不到风声，也没有虫鸣，连鸟儿都懂事地保持静默。

闵小龙毕业后才知道，其实郭老爷子的故事没讲完。在脱险塔项目建成大概三年后，班主任调入教研室，第一时间向郭老爷子，也就是当时的郭主任，主动请求负责所有学兵的闸套脱险实作训练。郭老爷子没有直接答应，领着班主任进入脱险塔，班主任跪在那儿，脸贴着铁壁，哭了整整半天。

众人都呆坐的时候，闵小龙仍旧盯着那张黑白照片。班主任突然想起什么，连忙抬手擦了擦眼睛，从旁边的公文包里掏出三个一模一样的小方盒。

"这是从上边换下来的，前一阵儿我打磨过，看品相还不错。送给你们，留个纪念吧。"

　　闵小龙接过盒子，打开——是一根银白色、三寸长、拇指粗的大号螺钉。他脑子里"嗡"的一下，仿佛听到脱险塔内逃生舱门打开的声音。

（原载于《解放军文艺》2023年第2期）

>>>> 作者简介 <<<<

　　高密，男，1986年2月生于湖南宁乡，现居山东青岛。2004年9月入伍，海军中校，中国作家协会会员。曾获山东省泰山文艺奖、《解放军文艺》双年奖。

# 穿越云雾

周　鸣

## 一

密密匝匝的雨滴，下到凌晨才收住。

气象台台长许大志爬出被窝，骑上一辆自行车，赶去外场陪高成刚看天。

两人从暗夜看到黎明，直到天幕慢慢拉开，星星从云缝中朝他们眨眼睛，看到红彤彤的太阳冉冉升起，薄云被阳光照耀，万道霞光射向大地。连日来被雨雾缠绕的远山近楼，清清楚楚地立在了眼前。

水洗过的天空澄澈通透，能见度极佳，这是高成刚想要的天。

"哈，今天肯定是能飞上了！"高成刚一脸喜气洋洋。

九点开飞，时间还早。高成刚和许大志在空旷的跑道上欣赏完美景，边聊着天边往外场战斗值班室走。

高成刚是海军某舰队航空兵第八十二师副师长，师长目前在院校学习，师里的工作暂时由高成刚主持。师长上的是将军班，学成高升是板上钉钉的事了，高成刚接任师长职务指日可待。

高成刚的喜气洋洋，得益于许大志高超的专业水平——在极其复杂的天气形势下，气象台为飞行团抓到了一组适合针对性训练的宝贵天气，今天是最后一个场次的飞行。

由东南军区组织的"砺剑"演习举行不是一次两次了，但"砺剑–2012"非比寻常。从演习规模上看，军区各军兵种，包括预备役部队，全兵员、全要素参演；从演习课题上看，渡海登陆作战，紧扣使命任务；从演习内容上看，重点检验信息化条件下联合组织指挥和部队联合行动能力。

第八十二师第五十六团是一支有着光荣历史的王牌部队，也是海军最先改装三代战机——"蓝鲨"的歼击机团，战斗力首屈一指，有"雄风团"的美称。所有急难险重的任务，雄风团都是冲在最前面的。

一个月前，舰队航空兵司令员金震给高成刚打电话，让他先练起来，务必打好"砺剑–2012"这一仗。高成刚又加一层码，让雄风团团长范长庆挑选精兵强将组成任务分队，开展一系列针对性训练。师部在五百千米外的东港市，高成刚不放心，把师里的全面工作托付给政委，军事工作交代给参谋长，一头扎到雄风团，和范长庆一起练兵备战。

眼看这个场次飞完，全部针对性训练课目就完成了，许大志如释重负。调令他是三天前接到的，报到日期就在今天。许大志怕临时换一个人高成刚不适应，就跟干部科科长申请飞完再走。科长答应帮他跟舰航干部处协调。他还特意嘱咐科长别跟高副师长说。科长说："放心吧，高师长的心操不到一个营级干部的调离上。"科长揶揄的口气许大志听出来了，科长把师长前面的"副"字去掉他也注意到了，但他啥也没说，只是谢了科长，心里在想：你懂什么呀？我和高副师长这么多年来配合默契，我走，他肯定舍不得。

针对性训练的效果不错，优中选优组建的任务分队本身就是"尖刀"，经梅雨天磨砺，越发锋芒毕露。高成刚自信只要上级一声令下，他亲手打造的这把"尖刀"一定能让对手胆寒。最后一个场次，他想要一个绝对的好天气，这个场次的课目也简单，大航线，不带战术背景，飞到海区绕一圈就算完成。他给作训科下任务时就说，针对性训练要按写文章的路数来筹划——虎头猪肚豹尾：以昂扬的士气开好头；中间内容充实，把该练的都练到；结尾简洁有力，以增强信心，画上圆满句号。正值梅雨期，坏天气易找，好天气难寻，飞行计划一再顺延，今天终于等到了。高成刚心情大好，把他想象中的天幕后"那只看不见的手"描述给许大志听。许大志听后竖起大拇指，赞道："您这个比喻太恰当了！"

高成刚觉得他夸张的语气听着别扭！

"您说的那只手，其实就是江淮准静止锋，我们也叫它梅雨锋。它往南压一压，野坪子机场处在它的北侧冷区，就像打开了水龙头，下不完的雨；它往北抬一抬，咱们就到了它的南侧暖区，这时候水龙头关紧，云开雾散天放晴；它在上空来回摆动呢，就像没关紧的水龙头，是下下停停的阵雨天气。"

高成刚挺喜欢许大志的，人聪明但不油滑，关键时刻讲原则、讲科学。一个优秀的气象预报员就应该这样，才能守得住安全底线，才能坚定指挥员完成任务的信心。今天这小子有点儿反常，句句话都让高成刚听着腻烦！

高成刚拍了拍许大志的肩："小许，咱们俩认识的年头不短了吧？一口一个'您'的，你不嫌累我听着累，鸡皮疙瘩掉一地。"

许大志愣了一下，继而笑了，笑得灿烂，说："我刚分到气象台时，你还是雄风团一大队大队长呢，十年以上肯定是有的。"

"就是嘛！十多年了，咱们俩在一起经历了多少难事、险事啊。说实话，你是野坪子机场的预报员时我就认你，天气的事交给你我放心，你我之间不用客气。"

许大志听得感动，眼睛红红地看着高成刚，都想把他要被调离的事说出来了。这才是他今天反常的真正原因。高副师长舍不得他，他也舍不得高副师长啊，刀尖上的双人舞不是每一对舞者都能跳得下来的。

见许大志的眼中泛泪，高成刚继续说道："别矫情兮兮的，我的鸡皮疙瘩又起来了。"

许大志这才忍住没说，转而讲起他们经历的那些难事、险事，一桩桩一件件，历历在目，两人边讲边走，一直到了值班室才停下。高成刚说："小许你今天不对劲儿，再过俩小时，空勤就进场了，我得抓紧时间眯会儿，不听你啰唆了。你也回气象台补个觉吧，最后一个场次，你还得跟我上塔台。"

高成刚说完，就到里间去了。许大志正要离开，电话铃响了，是总机转来的，说是舰航金司令员找高副师长。许大志赶紧叫起刚躺在床上的高成刚出来接听。高成刚拿起话筒，立正站好叫了声"司令"，最后说了声"明白"，中间都是电话那头的金司令在讲。

放下电话，高成刚脸色铁青，一言不发。许大志走也不是留也不是。半天，高成刚才想起面前还站着个人，抬眼说道："你怎么还不走呢，抓紧时间回去补觉啊。"

许大志骑车回气象台的路上一直在想，金司令到底跟高副师长说啥了？

二

"砺剑-2012"方案出台，大家眼前一亮：一是军区紧扣使命任务，选定渡海登陆战役作为演习课题，海军作为主战兵力参演；二是演习采用实兵实弹的攻防对抗，一切以战时标准来要求；还有就是，上级对"砺剑-2012"格外重视，演习期间，总部将派工作组全程督导，还将组织院校和科研院所专家现场观摩。凡此种种，释放出强烈的变革信号。军区各部无不对"砺剑-2012"另眼相看，都想在演习中拔得头筹，展示本部风采。各级指挥员更是摩拳擦掌，希望在大演习中露脸争雄，给上级机关留下个好印象。

舰航司令员金震就是在这时候给高成刚打电话，让他先练起来的。

"砺剑-2012"联合战役指挥部基本上由陆军人员组成，指挥海空兵力行动，可能考虑到经验不足的问题，只能按惯例将部分指挥权下放，金震获得了迄今为止他职业生涯中最大的一次指挥权。联合战役指挥部将航空兵指挥权赋予舰航指挥所，指挥员由舰航司令员金震、政治委员魏得宽担任。也就是说，舰航指挥所在"砺剑-2012"演习中将升级为战役航指，包括空军和陆军航空兵，所有参演战机都将由航指来指挥。

非本部任务部队能服从航指统一指挥吗？金震没有把握。演习筹备阶段他就向联指提要求：为便于协调，陆军和空军必须派一支精干小分队加强到航空兵指挥所。这也是惯例，金震就带小分队到别的指挥所加强过。联指很快批复，紧跟着附有两个小分队人员名单的传真就到了。两个小分队的带队领导都是副军职，级别之高超出金震预期，可见联指的重视程度。

金震是舰航土生土长的军事干部，航校毕业分到雄风团，从飞行员、中队长、大队长、团长，到第八十二师副师长、师长，再到舰航参谋长、副司令员、司令员，三十二年没挪过窝。在舰航这块土地生长，小苗终成大树，枝繁叶茂。

金震能力出众，人又强势，向来说一不二，魏得宽遇上个这么强势的搭档，两年政委当下来，着实不容易。魏得宽也抗争过，碰了几回钉子，想想不如换个心态，以老大哥的仁厚之心相处，和和气气地走完军旅生涯的最后一程。所以，他们俩的配合，以金震的调子为基准。魏得宽自我安慰：航空兵部队嘛，地面干部是什么？是托举战鹰的人。我这是恪守本分。

对于魏得宽的惯纵，金震并不领情。和魏得宽共事，硬气的金震就像陷在棉花里，浑身不得劲儿。金震身上不得劲儿，心里就焦灼，就想跟魏得宽针尖对麦芒地干上一仗。

自从领受任务起，金震就像一个上足发条的钟，踩着紧张的演习节奏推进，魏得宽却是一副悠然自得的样子。这么大的任务，军事主官抓大头，你政治主官也不能不紧不慢的呀，金震心里窝火。

梅雨期危险天气多；高温高湿，飞机故障率高；在复杂气象下飞行，操纵难度大。由于以上三方面原因，梅雨期也是飞行事故的高发期。金震在漫长的飞行生涯中，见过多起飞行事故，其中有两位朝夕相处的兄弟就是在梅雨天离他而去的。雨天送战友，那绵绵细雨就成了眼泪化成的雨，缠绕着无尽的悲伤，这大概也是金震讨厌梅雨天的原因吧。

因为工作需要，在航空兵部队，团级以上的飞行干部基本上是气象通，高成刚是，金震也是。梅雨天抓飞，抓不好就可能将飞机抓下来。那种想飞又怕飞、患得患失的心理，与"闲"字挨不上边儿。

今年的梅雨季，对于高成刚和金震来说，更与"闲"字无缘。高成刚要利用梅雨天这块磨刀石磨砺雄风团任务分队这把刀，身不得闲；金震在八百千米外的明州市远眺野坪子机场，希望高成刚把刀磨利，又担心高成刚游走在可飞与不可飞的剃刀边缘遇险，因此而心不得闲。他不常联系高成刚，怕给高成刚造成压力；高成刚也不常联系他——还不到时候。

这一天终于到来了。

高成刚一早就给金震打电话，说雄风团任务分队的针对性训练进展顺利。

金震问他："感觉如何？"

高成刚说："不错，最后一个场次飞完，刀就可以入鞘了。"

金震问他："刀锋怎样？"

高成刚说："削铁如泥。"金震大声叫好，要求高成刚和任务分队保持好状态，等待集结命令。

# 三

跟高成刚通完话，金震心情豁然开朗，心中被梅雨天弄得灰蒙蒙的天空云开雾散，便叫司令部办公室主任董新把红薯苗搬了进来。

很多人喜欢在办公室放几盆文竹、绿萝之类的植物，养眼，净化空气。金震不喜欢。董新看金震在大演习和梅雨的双重夹击下焦躁、烦闷，便一直在想办法调节一下金震的心情。他知道金震不喜欢一般的植物，就照网上介绍的方法，水培了一盆红薯苗，上班前放到金震的办公桌上。他想好了，要是对不上金震的胃口搬走就是。

金震果然不喜欢，一看见就让董新搬走。选红薯种子，选玻璃缸，每天换水，看着它一点点发芽，根据绿叶深浅施放营养素，培养它可是下了功夫的，董新没舍得扔，暂时寄放在楼道尽头的接待室里，准备下班带回家。这会儿，金震又让他搬回去，董新真是喜出望外，赶紧把他的宝贝捧进金震的办公室。

大大的褐色块根上，几簇新叶格外清新，煞是好看。金震一边欣赏，一边和颜悦色地问董新是怎么养的。这时，有人喊"报告"，金震叫他进来，来人是机要参谋，送来了一份传真。金震看罢，脸黑下来，狠狠地把传真纸拍在桌上，吓了董新一大跳。还没等他反应过来，金震就皱起眉头让他赶紧把红薯苗弄走。

午休时间，金震还没从传真带给他的坏情绪中走出来。窗外的雨一直在下，明明是"淅淅沥沥"的毛毛雨，金震听来却像鼓声一样节奏分明。他知道，这个时候八百千米外的野坪子机场，高成刚和他一样在听雨。高成刚是金震一手带出来的，话不多，自我要求高，你给他定六十分指标，他能干到八十分，定八十分指标，九十分的回馈是起步价，没给你一百分惊喜他会说对不起，且不讲客观原因，只讲查找到的缺点弱项，保证在某某期限内把缺点改正，把弱项练强。上午和高成刚通完电话，高成刚短短几句话几十个字的汇报，金震就有数了，就有底气了，心中就晴朗了，就有心情欣赏红薯苗了。高成刚不容易啊，梅雨天率队磨刀，磨到削铁如泥的程度，付出的心血可想而知。

金震心疼高成刚，都拿起电话了，终又放下。办法总比困难多，他得想想办法，实在没有回旋余地了再告诉高成刚。

金震刚把高成刚棱角分明的黑红面孔从脑海中抹去，魏得宽松松垮垮的白胖圆脸又浮现出来。两个小分队一周后报到，按职责分工，接待工作归魏得宽管。以往这些与飞行没有直接关系的事，在金震的眼里都是些鸡毛蒜皮的小事，他管不过来，也懒得管。可一放到大演习上，这些就不是小事了。金震拨了魏得宽办公室的电话，没人接，让总机接魏得宽的手机，也没人接。窝在心里的火腾地蹿起，金震一个电话把董新召进办公室，吩咐他去找人。

董新从金震的办公室出来，赶紧给魏得宽打电话。魏得宽说他在门诊部拔火罐，一时半会儿结束不了，董新如实跟金震汇报。

"火罐什么时候不能拔？去，叫他立即到我的办公室来！"金震冲董新吼道。

董新怕叫不来魏得宽，又不敢不去叫，只好硬着头皮再出来给魏得宽打电话，听说是问小分队的接待安排，魏得宽说："嘿，我当什么要命的事呢，你告诉司令，我都安排好了。"

董新转了一圈回到金震办公室，正要开口，金震皱眉说道："董主任，没听懂我说的话？"

董新凑前一步："司令，小分队接待的事政委都安排妥了，我跟您汇报……"

金震睥了董新一眼："叫政委过来，我要听他本人讲。"

董新感觉有点儿下不来台，犟了一句嘴："政委怕是来不了，罐子刚点着呢。"

金震低头看材料，眼皮都不抬一下。

董新戳在金震的办公桌前，尴尬极了。董新知道，金震不可能给把梯子让他下，又害怕金震"火山"再次爆发，便拨通了保健医生的手机，请魏得宽听电话。董新说司令请政委过来司令办公室。魏得宽只说知道了，过不过来的没表态。

董新打电话的时候，金震一直在看文件，董新打完电话他也不问情况。董新继续戳在金震跟前，大气不敢出，心里盼望魏得宽赶紧到。时间一分一秒地过去，董新的心也一直悬着。

城市发展太快，舰航机关这座老营盘，如今已被各式现代建筑包围，陷落进繁华商业区里。一条东西向的双向六车道大马路把营区切割成南北两个大院，北大院是办公区，南大院是生活区。南北大院由一条地下通道连接，门诊部在南大院生活区。董新默算魏得宽从门诊部到南大院通道口下梯，过地下通道，上梯从北大院通道口走出来，走到办公大楼，乘电梯上九楼到金震办公室的时间。以魏得宽近六十岁老人的步幅，全程应该在十五到二十分钟之间。他偷偷瞄了下手表，发现二十分钟早过了，心想：魏得宽没准儿还在诊疗床上躺着呢。金震一直在看材料，时不时动笔写写字——他在改材料，是一份数页长文，金震改得很仔细，才翻过一页，照这进度，一下午都改不完。董新的腿已经站得有点儿麻了，难道魏得宽不来，他就这么站下去？

有人敲门，但没喊报告，董新心下一宽。金震说："进来。"来者果然是魏得宽，脸上带着笑。金震努了下嘴，对董新说："出去吧，这里没你的事了。"

董新如获大赦，赶紧逃离。

伸手不打笑脸人，魏得宽那张笑脸是最好的灭火器，董新知道办公室里打不起来，却不敢走，到接待室候着。

想针尖对麦芒地干一仗，魏得宽却不给机会，金震这一拳还是砸在了棉花里。

正如董新猜测的那样，办公室里的气氛还算和谐。金震要的是魏得宽的态度，刚才低头看文件时，其实他和董新一样，耳朵冲着门听动静呢。金震暗自气恼，自己太心急了，年近六十的老政委，利用午休时间去调理身体，合情合理，自己却为这事发了大火。所以，听到魏得宽熟悉的敲门声，他气先消了一半；再看魏得宽一脸的笑，气就全消了。听魏得宽讲完了小分队接待工作的安排，非常妥帖，金震感到很安慰。

魏得宽没当甩手掌柜，也在想事，想得比自己还周全，不该找他的碴儿。金震后悔刚才发了那顿无名火，歉意地笑着问："老魏，哪儿不舒服呀？"

"疲倦，没胃口，浑身酸痛。"魏得宽叹了口气，"年纪大了，身体一年不如一年。"

"去医院好好检查检查吧，咱门诊部水平有限。"

"梅雨天，湿气重，拔拔火罐就好了。"

金震又说了些关心魏得宽的话，让魏得宽多操心点儿部队上吃喝拉撒睡的事情，他得把主要精力用在备战打仗上。

## 四

备战打仗的烦心事一大堆，最烦的要数联指用兵，实在是不合金震的心意。

身为航指总指挥，他必须一碗水端平——在兵力使用上不分亲疏远近，一切皆从战役需要出发。金震明白这个道理，但还是希望本部兵力在演习中有突出的表现，让人看到冲在最前面的是海军航空兵，是舰航所属部队。这天下午上班，他把已经看过无数遍的、影响他的情绪的传真电报"砺剑-2012"演习方案拿出来仔细研读，琢磨看是否还有回旋的余地。

前期，军区已下发过两次征求意见稿，金震手里拿的是第三稿，也是最后一稿。在历次"砺剑"演习中，从来没有过这种情况。金震猜测，联指背后一定有高人。渡海登陆战之于舰航，历史上有著名的解放一江山岛战役，可以预见的未来局部战争，很可能也多是渡海登陆战。作为此方向驻军，渡海登陆战是金震参加最多、组织最多、研究最多、思考最多的演练课题，说他是这方面的专家，一点儿不为过。实事求是地讲，演习方案一次比一次完善，联指背后的高人很可能不是一个人，而是一个理论和实践水平都很高的专家团队。金震由此肯定，"砺剑-2012"演习是顶层设计的一块探路石，不仅限于军区层面。

"砺剑-2012"在金震心中的分量更重了。

电报明确指示，一日内若没有新的意见上报，此稿即作为最终方案下达，那就是必须服从的命令了。按理说，这份准方案中的各型各类航空兵兵力都有舰航部队参演，金震不应该再有非分要求，但他耿耿于怀的是舰航最锋利的一把尖刀居然没有出鞘的机会——雄风团被联指弃用了！

给你一个席位，谁来吃大餐由你自己定——以往的"砺剑"演习，任务部队，特别是舰航这样的配角，用兵基本能自主。第一次方案征求意见稿，联指按惯例采纳各任务部队上报的参演兵力建议。这么重大的演习，舰航当然首打雄风团这张王牌。也正因为有十分的把握，金震才让高成刚先练起来的。第二次意见稿，雄风团也在大名单里。记得当时，他捏着那份大名单给高成刚鼓劲儿。高成刚在塔台指挥，肯定是把话筒对向了跑道，一对"蓝鲨"前后滑跑、加速、离陆、呼啸升空，金震仿佛身临其境。超音速战机起飞的声音震耳欲聋，在金震听来却无比美妙。"司令，你听，兄弟们练得欢，一个比一个争气。"高成刚的话听起来更美妙。"好！"他只给出一个字。多余的话还用说吗？雄风团一定能在大演习中打胜仗。第三次意见稿，临上阵的最后人选，雄风团却被人顶替了！可怜高成刚还在野坪子机场眼巴巴地盼着雨停，好率队一飞冲天，完成尖刀入鞘的收官之作呢。

联指弃用雄风团倒不是怀疑雄风团的战斗力，而是从整个战场兵力分配上考虑的。第八十二师第五十三团和师部同驻东港市，刚改装的国产三代"飞龙"战机也在演习大名单里。前两稿，军区空军都忍了，这次没忍住，向联指提意见，说同类装备海军"蓝鲨"和"飞龙"双双上，空军一个机会都不给，偏心眼儿；说他们宁可放弃一支轰炸机部队参演，也要上一支歼击机部队；说舰艇、潜艇、陆战力量他们没有，航空兵怎么着也得多让他们露露脸呀。本来，其他军兵种对"砺剑-2012"重用海军兵力就眼红，空军的意见一出，响应声一片。这可是群众的呼声啊，联指不得不考虑，考虑的结果，先是将抢滩登陆阶段的海军陆战队换成陆军特战旅，后又征求舰航意见，让他们在两支歼击机参演团队中任选其一。

谁上谁下？手心手背都是肉。低空突击是第五十三团的强项，他们为自己挣得个"低空海鹰团"的名声，也是一支响当当的队伍。但雄风团实力突出，同样是响当当的。舰航党委开会研究上报意见，形成了雄风团参演的决议，上报联指，没想到联指居然否定了舰航的党委决议——三稿上白纸黑字，写的是海鹰团参演。金震无法接受现实，乱了方寸，把气撒到红薯苗上。冷静下来，他还是不甘心。不是还有一日的时间吗？金震倔劲儿上来了，下决心再试一试。金震召开舰航党委会，会上形成了雄风团参演的决议，并上报联指。没想到，联指还是否定了该决议。

联指为什么否定舰航党委决议？原因很简单。在海军和空军现役装备中，"蓝鲨"和"飞龙"是应用范围最广、称得上是最先进的三代歼击机，被联指指定为"砺剑--2012"演习参演机型。前两套方案，歼击机任务由舰航承包，海军装备"飞龙"的海鹰团和装备"蓝鲨"的雄风团得以双双上场。三稿空军争取到机会，两型战机就得分属两个军种：海军上"蓝鲨"，空军只能上"飞龙"；海军用"飞龙"，空军必得用"蓝鲨"。也就是说，舰航上报雄风团，空军上场的替补队员一定得是装备"飞龙"战机的部队。空军也想在大演习中拔得头筹，特别是同场竞技，优劣一目了然。都知道雄风团是海军的王牌，空军采取避其锋芒的策略，上报装备"蓝鲨"的某师第七十二团，于是联指弃用雄风团，选用海鹰团。

金震手里的传真电报，司令部领导和其他常委都已阅示，只剩下他和魏得宽没看。阅示过的领导没有任何签批意见，也就是说他们已将其视为终稿——有什么理由不将其视为终稿呢？三稿方案已经很具体了，涉及航空兵的部分，各类机型出动的时间节点、航线、目标区等作战要素都已细化，且找不出任何漏洞。现代战争，环环相扣，牵一发而动全身。对于航空兵来说，再细微的调整都需要重新规划航路，重新评估与民航冲突的风险，重新部署后勤装备保障的物资和兵力，如果没有充足的理由，实在是没必要再改动。

对于空军的策略，领导们一眼洞穿，但都认可了——有什么理由不认呢？雄风团是精英，第七十二团也不是孬种，他们在海军、空军自由对抗空战中较量过，各有输赢，雄风团并不占绝对优势。站在联指的角度上考虑问题，实力差距不大的两支装备"蓝鲨"的部队，用哪一支都一样。

金震知道他的任性得不到领导们的支持，但还想努力一把。采取什么战术呢？强攻，像任性小孩那样找联指哭闹，说"手里的糖果被分走一半就够难过的了，呜呜呜……剩下的一半还不是自己想吃的口味，呜呜呜……我想吃这种味道的，给我，给我！"能达到目的吗？显然不能。那样做，联指该怀疑指挥权下放失误了——作为航指总指挥，他怎么这么没胸怀呢？如果那样做的话，还配当航空兵的大家长吗？他只能智取，既达到目的，又合情合理。

如何智取？金震坐在办公室里苦思冥想，始终想不出一个万全之策。

营区响起悠长的军号声，下班时间到了，金震像没听到似的，没下班的意思。饭点到了，他也没有吃饭的欲望。魏得宽打来电话，说大演习还没开始呢，这就废寝忘食未免太早了点儿吧，身体是革命的本钱，赶紧过去吃饭，灶上做了他爱吃的炸酱面。金震谢过魏得宽，说："下雨，不来了，晚上饿了再说。"魏得宽说"吃饭没规律容易得胃病"，之后让灶上把炸酱面送到金震的办公室去。

下雨，下雨……金震的脑子里回荡着自己刚才说的这俩字，魏得宽什么时候挂的电话他都不知道。有了！天气，拿天气做文章。智慧的火花迸发，金震一拍大腿，兴奋地站起来绕沙发转圈。绕到第三圈，他想出一招。金震抓过一张打印纸，提笔欲形成文字，这时肚子"咕咕"叫了，还真是饿了，那先去吃饭。金震正准备出门，灶上的管理员把炸酱面送到了。

金震很怜惜高成刚他们这些把脑袋别在裤腰带上干的飞行员，还有那些披星戴月奋战在外场把飞行员们托举上天的一线官兵。还好想到了这招，否则被联指弃用的事，他都没法向高成刚开口。

传真电报是前一天收到的，等该阅示的领导——阅示过，传到金震手里时已是上午十点。按一日时限，他今晚就得把意见报上去。时间紧迫，金震只把参谋长尚立文找来商量。尚立文正在军械仓库检查工作，风风火火赶到时天已黑透。金震把他绞尽脑汁想到的办法讲清楚，征求尚立文的意见。尚立文说他没意见，该考虑的金震都已考虑到了。

"司令，还是您思路宽。"尚立文由衷地赞道。

"死马当成活马医。"金震嗔道。

"高成刚那边……"尚立文有点儿犹豫。

"你别管，我来跟他说。"金震站了起来。

尚立文尴尬地笑笑，说："也好，这种委屈，雄风团从来没受过，司令您亲自跟他说，他好接受些。"

金震看了眼尚立文，复又坐下，说："立文，司令部的工作，总的来说不错，你大胆地干。"

尚立文接口："请首长放心。"他站了起来，"时间不早了，您早点儿休息，我这就让作战处呈文上报。"

尚立文走后，金震踱到窗户边。雨不知什么时候停的，雾气很重，被五颜六色的城市灯火映照，一团团游走在楼宇之间，看上去很不真实。远处灯光发暗，能见度不好，这种天不下雨也不能飞。不知道野坪子机场的雨停了没有？雨停了雾能散吗？金震忍不住拨通了高成刚的电话。

高成刚说雨一直在下，野坪子机场气象台预报，明天晚上雨才能停，后天有希望飞。

"靠谱吗？"金震问。"靠谱。"正式方案下来之前，金震不好多说什么，只是嘱咐高成刚，梅雨季节天气变化快，一定要确保安全。

"放心吧，司令。那么多的时间都等过来了，不差这一两天，天好透我们再飞。"电话里，高成刚的声音爽利，满满都是自信，金震却听得心酸——今晚上报的意见，联指还不一定批复呢。

他正准备挂电话，高成刚"嘿嘿"笑着问道："司令，参演部队啥时候集结呀？兄弟们都在问。"

高成刚向来沉稳，看来实在是憋不住了。

"等命令吧。"金震慌慌张张地挂断电话，好像欠了高成刚一大笔债似的。

# 五

东港这座上千万人口的沿海大都市驻军不少，光是歼击机部队就有两支，分别是空军某师第七十二团，驻东郊C机场，海军第八十二师第五十三团，也就是海鹰团，驻西郊沙洲机场。野坪子机场地处内陆，与演习目标海区相距较远，按前两稿的方案，雄风团需要转场到沙洲机场参演。用空军第七十二团，部队用不着转场，这也是联指弃用雄风团的原因之一。

针对性训练进展顺利，兄弟们情绪高涨，带动高成刚的心气一路上扬。金震打的这个电话与高成刚当时的心态不匹配，一种不被信任的感觉油然而生。他做梦都想不到，雄风团也有被打入"冷宫"的时候，能想到的只是金震对他手头的这把刀不放心。任务分队是从全团范围内选拔出来的尖子，针对性训练结束若是还没接到集结命令只能解散，等命令到了再重新集合出发。磨利的刀，一旦撒手，钢火容易走失。金震电话传达给高成刚的忧虑，在高成刚的脑子里发酵。司令这回定的成功指标至少有百分之九十，高成刚暗下决心："砺剑-2012"演习，雄风团必须晒一张一百分的成绩单。一股豪迈的情绪在高成刚的胸中激荡，令他突发奇想——刀不归鞘，紧紧握在手中，保持一种引而不发的姿态，直至战斗打响。

第二天，轮到金震担任舰航值班首长。下班前，作战参谋向值班首长汇报全天工作情况，金震在意的雄风团任务分队因下雨，上午组织理科学习，下午进行室内体能训练，工作正常。但次日的工作安排，金震听来就不正常了。海区航行训练计划，高成刚的收官之作，顺延到明天，正常。不正常的是，雄风团做了个紧急升空战斗转场的计划，像狗尾续貂似的挂在收官之作后面。高成刚什么意思？稍一琢磨，金震就明白了。

紧急升空战斗转场是航空兵部队的基础性战术课题，每年都要组织训练。雄风团的计划做得很周详，金震不由得在心里想：高成刚这小子鬼点子就是多啊！

高成刚的鬼点子是这样的：雄风团任务分队完成海训任务刚在野坪子机场着陆，突然接到紧急升空命令，立即奔赴沙洲机场参加保卫东港重要设施的战斗。战斗结束，任务分队因飞机机械故障，或因天气复杂，或因航线调配等，不能按时归建，滞留沙洲机场期间，接到"砺剑–2012"集结命令，只好撤销归建计划，就地参演。

雄风团的紧急升空战斗转场是按训练计划上报的，野坪子和沙洲俩机场都是第八十二师的地盘，这样的训练任务第八十二师自己就能组织实施，报舰航也就是备个案，没有特殊原因舰航一般不干预。演习临近，任务分队"滞留"时间不会太长，找点儿客观原因赖在沙洲等集结命令，在不明就里的人眼里挑不出任何毛病。可是，金震是明白的呀。高成刚这算盘打得真精！

高成刚的算盘打得精，金震的算盘打得更精。金震的这笔账比高成刚复杂多了，他用心拨打，算盘珠子在他的脑子里"哗啦"响了一整天，总算打出一个最大公约数。

金震挖空心思想出来的这招，说不上绝佳，也算是上佳了。绝佳的招数是让雄风团重新成为主力阵容，首发上场。他想来想去，实在是没有这种可能性。上佳的招数是雄风团成为替补队员，先坐冷板凳，寻机上场。只要雄风团不离场，就有机会上，哪怕全场坐冷板凳，也比退赛强。

此时，如果高成刚知道金震的点子，也会赞一句：司令的金点子就是多啊！

金震的金点子是这样的：申请雄风团作为备份兵力，转场进驻舰航所属的西山峇机场待命。

西山峇机场也是沿海机场，位于东港以南六百千米，与东港的两座参演机场南北对望。东港、西山峇与目标海区在地理位置上呈等腰三角形，也就是说，主、备兵力距目标海区的距离相当，用西山岙的备份兵力不会打乱整个演习节奏。

金震在上报联指的意见中强调，演习区域广，六百千米的距离很可能就是两种不同的天气。如果东港的天气不满足条件，第七十二团和海鹰团都起不来，歼击机担负的任务就可能完不成。当然，前两稿方案，联指也考虑到了天气因素，但指定的备份兵力是空军某"飞龙"战机部队。该部驻东港以北八十千米。八十千米很可能处于同一天气系统，东港的天气不满足条件，该部所驻机场的天气也可能不满足条件。

天气对陆军兵力行动的影响比对航空兵低，如果是以往的"砺剑"演习，由陆军人员组成的联指对天气不敏感，金震这招恐怕不管用。但这次，联指背后有高人呀。天气因素之于航空兵有多重要，高人是懂得的。金震相信，联指如果充分考虑南北天气的差异性，应该会采纳舰航的意见，用西山岙的雄风团备份兵力替换空军备份兵力。

高成刚和他的任务分队的求战心理已达沸点，就像快要冲到终线的赛马，停不下来。今晚上报的意见批不下来雄风团就得退赛，狂奔的赛马勒不住缰绳，会不会掉入退赛的悬崖？即便批下来也得改赛道，亢奋的选手调整不好状态，能不能经受挫折继续前行？高成刚需要一盆凉水浇一浇，但金震拿不准浇下去的后果如何，不敢贸然将此番变故告诉他。还是等刀归了鞘再说吧，以免高成刚被这盆凉水浇乱了阵脚，在最后场次的训练中出岔子。可是，高成刚居然想出这么个鬼点子！舰航的意见，联指不批倒罢了，要是批下来，雄风团任务分队就得立即转场西山岙机场。

不能听任高成刚把队伍拉到东港去。

## 六

明天的两单活，高成刚能不能干成，关键要看天气给不给面子。最好是天气帮忙，既把高成刚续的那狗尾巴砍掉，又让他顺利完成收官之作。先把管天气的人叫来问问，金震抄起电话，让总机接司令部气象处处长楚奇办公室。电话无人接听。总机将电话转到了楚奇手机上。

电话接通，金震问："在哪儿呢？"

电话那端传出一种怪怪的声音："吃饭呢，首长。"

楚奇说话伴吞咽声，含混不清。金震抬腕看表，才发现下班时间早过了。"吃完饭到我的办公室来一趟，雄风团报了个战斗转场计划，你们知道吗？"金震的口气缓和下来。

"知道。"楚奇咽下口中的食物，声音利索，"二十分钟后到。"

气象处正团职上校处长楚奇没在吃饭，刚才表演的是口技。金震打来电话的时候，楚奇正在舰航指挥所气象值班室会商天气，而且会商的正是雄风团紧急升空战斗转场的天气。

天空这么大，得分区域管，机场气象台管机场上空的天，舰航司令部中心气象台管辖区内航线和空域的天。中心气象台对各机场气象台还负有业务指导的责任，重要任务都要组织会商。如果天气复杂，值班预报员拿不准，也可组织会商。梅雨天，值班预报员心里没底，就把大家召集来了。气象处是业务机关，负责全区的气象业务工作，楚奇只要在位都参加会商的，特别是现阶段，中心台台长转业，新台长还未到任的空当。

大家讨论激烈，意见分歧大，预报结论迟迟下不了，保障建议没法提。这时候，楚奇的电话响了。铃声响自加密工作手机，楚奇又做了个"嘘"的手势，大家就知道准是首长来的电话，都噤了声。

楚奇挂了电话，抬起头来，长吁一口气，说："司令打来的。"顿时，爆笑声浪腾空而起。"小声点儿。"楚奇往旁边办公大楼指了指，"小心那边听到。"

大家捂嘴的捂嘴，埋头的埋头，"咕咕咕"笑不停。值班预报员好不容易止住笑，揉着肚子说："瞎话张嘴就来，处长，我可真服了你了，司令也敢骗。"他吧唧嘴，咽口水，学楚奇的口技表演："怎么样？能不能骗过司令？"值班室又爆发出一阵压抑的大笑，一个个脸憋得通红，连楚奇都没忍住，跟着大家乐。

"这不叫骗，这叫计，拖延计。让我到他的办公室，肯定是问雄风团战斗转场的天气。咱们自己都没整明白，我拿什么去答司令。"楚奇大声说，"大家别闹了，二十分钟，这都过去五分钟了，咱们抓紧时间。"

意见不统一，焦点集中在沙洲机场。任务时间段内，野坪子能起、沙洲能落、航路上无危险天气，三个条件同时具备任务才能实施。野坪子和航路天气转好趋势明显，沙洲在东面，由西向东移动的雨带能不能移走，这要取决于天气系统的移向移速，实在不好判断。一半人认为雨带能移走，另一半人认为正好移到沙洲上空，两派各有各的理由，争论不下。沙洲机场气象台的意见是系统慢，移不走，加上楚奇也属"移不走"派，于是由他拍板形成最终意见：沙洲机场受降雨云系影响，不满足"蓝鲨"战机接收气象条件，建议解除雄风团紧急升空战斗转场任务。

预报，预报，哪儿就一定报得准呢？况且是这么难报的转折天。集体讨论两种意见各占天平一端，楚奇这一票投给哪派哪派就胜出。说实话，投给"移不走"派时，他是犹豫再三的，但总得有个结论性意见呀。定时发布，这是行规。所以，不管天气如何复杂，预报怎样纠结，一旦有了结论性意见，态度就要坚决。这也是保障技巧，指挥员最讨厌犹豫不决、吞吞吐吐的预报员，他会认为你没底气。你没底气他更没底气。指挥员没底气，仗就没法打了。

指挥员不关心你的预报结论是如何做出来的，只关心结论本身，以及据此提出的保障建议。楚奇去见金震时，多少有点儿底气不足，但他还是表现得底气十足，并汇报说：江淮气旋移向东北，西边的野坪子机场天气转好，东边的沙洲机场还有一天的雨。

楚奇报的天气正是金震希望的，可谓报到了他的心坎上。"太好了！"金震一拳捣在楚奇的左肩膀上，把楚奇吓了一大跳——报错天气挨首长骂是常事，挨打还不至于。再说，报没报错明天才知道，司令怎么就动上手了？！待他看清金震脸上的表情才反应过来，金震正高兴呢。

"可是，这样的天，雄风团的战斗转场就搞不成了呀？"楚奇瞪大眼睛问。

金震带着神秘而狡黠的笑："我就想叫他高成刚搞不成。"他又问，"海上的天气怎么样？"

"气旋移到海上，但位置偏北，北部海区阴有雨，南部海区阴转多云。"楚奇说。

"哈哈。"金震一拳捣在楚奇的右肩膀上，"真是太好了！海训能飞上。"

海训空域在南部海区，楚奇脑子快速运转，猜测金震的意图："司令，您的意思是想靠天气，让雄风团完成海训任务，完不成战斗转场任务？"

金震大声说："聪明！"

"我回去就向训练处建议，解除雄风团紧急升空战斗转场计划。"楚奇脚后跟一碰，敬礼告辞。

金震没让他走，摆手说道："师里报上来的计划，我们不要插手太多。"见楚奇一脸的困惑，金震也不解释，而是笑容满面地继续说道，"去吧去吧，盯紧点儿天气，有什么变化直接给我来电话。"

楚奇脚后跟又一碰，敬礼，朗声道："明白！"到了门边，他犹豫一下，回过头来，"司令，要是太晚就不打扰您休息了，明天早晨再报，行不？"

"不行，有变化立即报告，什么时候都别怕吵醒我。"

"明白！"

楚奇没敢多问金震为什么想要"搞不成"的天，但完全能感觉得到金震对"搞不成"的天气渴求程度之高已到了非理性的地步。希望越大，失望越大，他忧心忡忡地想，要是预报失误，等待他的不是骂，他怕是真要挨打了。

夜里，顶着压力的楚奇躺在床上，翻来覆去睡不着，脑子里一大坨棉花裹成团，拖着根长尾巴，"咕噜咕噜"往前滚，一会儿快一会儿慢。这不是幻境，是江淮气旋的云图动画显示，他的神经被涡旋云系牵扯，越来越清醒。预报需要不断订正，每订正一次，离真相就近一步，直至谜底揭晓，也就是实际的天气状况出现在眼前。预报靠什么来订正？靠不断更新的各类气象资料。漫漫长夜，单就实时更新的卫星云图来说，至少有二三十张，与其躺在床上无端想象，不如到值班室看看涡旋云系到底怎么个转法。

楚奇下楼，出门时顺势"啪"地撑开伞，没听到雨滴落到伞面上的声音。先入为主了，楚奇哑然失笑，收伞，果然不见有雨落下。他抬头看天，雨虽然停了，但天还没晴，不见星月。夜，仍旧一副黑暗深沉的模样，透着一丝诡谲的光。楚奇心里一紧。明州在野坪子和东港之间，按预计的江淮气旋移动速度，这会儿正是雨量集中的时段，难道它东移的速度变快了？

与此同时，野坪子机场气象台的许大志正骑着自行车往外场赶。高成刚和许大志在野坪子机场看天的时候，楚奇也在指挥所气象值班室看天——通过最新时次的地面和各高度层天气图、卫星云图、雷达回波图、计算机模拟数值天气预报、周边地区天气实况、海洋浮标站和自动观测站数据等气象信息，分析推断江淮气旋的移动路径和速度，看起降机场和航路上的天气。

楚奇趴在电脑前看天，慢慢看清了这天的真面目——江淮气旋的移动速度比预计的快了半拍！

此时的野坪子机场，天已经放晴了。高成刚正和许大志沐浴着晨光，愉快地往战斗值班室走。

不难判断，野坪子机场多云转晴，沙洲机场雨止转阴，航路阴转多云，雄风团战斗转场正好踩上天气变化的节奏，满足任务实施的气象条件。这不是司令员想要的天，楚奇来不及考虑，赶紧给金震打电话。

金震一言不发地挂了楚奇的电话。他熟悉师团飞行领导的作息规律，不用猜都知道高成刚这会儿在哪里。他得提前把冷水泼下，把高成刚摁在野坪子，等待"砺剑–2012"演习联合指挥部的批复。

金震让总机接野坪子机场战斗值班室，把看完天气准备睡回笼觉的高成刚从床上拎了起来。

## 七

如意算盘落空，高成刚非常失落，赌气退赛的心都有了。

一般人到了高成刚这个年纪，都有些人到中年的臃肿。高成刚有着极强的自律能力，不抽烟、不喝酒，除了正常的飞行员体能训练外，每天坚持长跑，洗冷水浴。他讨厌身上长赘肉，喜欢胸肌、腹肌块块毕现的感觉。长年累月的风吹日晒，他的皮肤黝黑。如果不是头发暴露年龄，人到中年的高成刚看上去仍是一条青壮汉子。

头发没办法靠自律来保持，上点儿年纪的飞行员头发都有些稀疏，甚至秃顶。航空医学解释是因为飞行时制氧系统提供的氧气比空气的含氧量高，含氧量越高，新陈代谢越快，男飞行员体内的雄性激素分泌就越旺盛，人体的背部、胸部，特别是面部、头顶部就会分泌出过多的油脂。头顶的毛孔被油脂堵塞，会使头发的营养供应发生障碍，最终导致头发枯萎脱离。为了延缓头发枯萎脱离的速度，不知从什么时候起，高成刚爱上了梳头。他开始是听别人说，梳头对头皮血液循环有好处，能促进毛发生长，于是不知不觉中就患上了"梳头强迫症"。他身上总带有一把小梳子，没事便拿出来梳，特别是心里有事时，手里没把梳子就没着没落的。

一般人到了高成刚这个年纪，睡眠质量不高，不是想睡就能睡着的。高成刚睡眠质量很好，夜里起来看天气是常有的事，看完后沾枕头就能睡着。和许大志一起回到战斗值班室的时候他还合计呢，闹钟时间定到空勤进场，可以美美地睡上个把小时回笼觉。金震的电话来得不是时候，把他的睡眠赶跑了。

高成刚躺下，强迫自己入睡。不行，司令员金震的话像蜜蜂一样在脑子里"嗡嗡"飞。司令员金震说："成刚啊，你得有个思想准备，'砺剑-2012'演习，雄风团有可能失去参演机会。"他的心"咯噔"一跳，嘴巴被这个突如其来的消息封住了。电话那头的金震好像知道他受惊了似的，赶紧解释，语气带着深深的歉疚："你是晓得的，军区组织的演习，我们都没啥发言权。"高成刚从最初的震惊中回过神来，能说话了，但不知怎么接金震这话。金震又说："以往的'砺剑'大家无所谓，这回都打破头地往里挤，歼击机任务由海军包干，空军意见大。空军的舞台在天上，换了我，我也不服气不是？"金震明显是开导的口气。高成刚倔着，不吭声。金震说："当然了，但凡有一个团队的参演机会，我们都会考虑雄风团的，党委开会研究过，决议是白纸黑字存了档的。"金震接下来条理明晰地分析了情况，并开导高成刚，话里话外满是宽慰。但高成刚心里的怨气还是没法排解——你让我磨刀，磨利了又不用，即便我想得通，兄弟们也想不通啊。

金震的话继续在高成刚的耳朵里"嗡嗡"飞："成刚啊，你的心情我理解。你想不通，我更想不通；你不服气，我更不服气。要是换成以往，我就找联指首长闹了。可这回不合适，咱这回不是航指的指挥员吗？得避嫌啊！成刚，希望你理解。"话说到这份儿上，他再不表个态就说不过去了。怎么表？这么久以来大家在梅雨天里玩命地干，现在就这么认命了？想想都心疼，能忍住不发牢骚就不错了，哪儿还能表认命的态！

高成刚心烦意乱，求助于他的小梳子。这段时间，他的心气一路上扬，金震的这盆冷水兜头而下，把他浇了个透心凉。梳头不管用，越梳心越烦，越梳怨气越止不住地往上冒。"啪"的一声，小梳子被他拍在床头柜上。

这把粗糙的梳子其实是一个女人送给高成刚的。他看着它，想起女人送小梳子给他时说的话："牛角清热解毒，滋阴凉血，能让人冷静下来，跟你们飞行员很配……"

这梳子跟他真是很配。高成刚是去年"五一"假期时拥有这把牛角梳的，返部后首次飞行，它就立了一大功。那天，高成刚担任塔台指挥员，一架"蓝鲨"起飞不久，语音告警机械故障。那架飞机上的飞行员是个刚放单不久的，特情处置经验不足，慌乱中请示跳伞。高成刚的脑子瞬间空白，他下意识地摸口袋，摸到女人送他的梳子。牛角梳清润的凉意如电击，把他的思维激活。高成刚稳住心神，果断下达一串指挥口令。飞行员依令执行，最终迫降成功。二十八秒钟的生死搏击，飞行员的生命保住了，价值几个亿的战机保住了。故障飞机在跑道尽头刹住，塔台里各岗位值班人员将他团团围住。在钦佩的目光和雷鸣般的掌声中，他缓缓地从指挥台位上站起来，缓缓地摸出牛角梳，一下一下梳着他那稀疏的头发，庄重如某种仪式。

高成刚望着被他拍在床头柜上的牛角梳，烦乱的心静了下来。金震的话没说完，刚才只是个铺垫。"成刚啊，我想来想去，还是得争取争取。"有了刚才的铺垫，当金震亮出他的策略，高成刚理性回归，明白能当上备份已是相当不易，司令员用心良苦，这招也只有他才能想出来，堪称金点子。高成刚一旦明白过来，该怎么做心里就有数了：虎头猪肚豹尾，好好的一篇锦绣文章，必须把它写完——战斗转场搞不成，海训不能耽误。

高成刚把小梳子拿起来，抚摩着它那坑坑洼洼的糙面，躺下，闭上眼睛，握在掌心里的牛角梳的温润气息，一波一波顺着胳膊传导至全身，仿佛海浪拍打沙滩，渐渐合上呼吸节拍，把高成刚带入混沌——他总算睡着了。

# 八

天气符合条件，飞行按计划实施，地勤人员已先期进场。之后，空勤人员和场站各类保障人员陆续进场，野坪子机场喧腾起来。

满载参训飞行员的大巴和各保障单位的"勇士"吉普、驱鸟车、消防车、救护车……迎着金灿灿的朝阳开到指定的位置。范长庆跳下大巴找人，远远看见有个迷彩身影朝大巴跑来，正是他要找的许大志。范长庆快步迎上去："许台长，乌鸦变喜鹊了吧？"

"嘿嘿，真让高副师长说准了。"许大志跑到范长庆跟前，一脸喜色地说，"天气没报准，夜里头雨水跑得快，东港的天气转好了！"

范长庆拔腿就往战斗值班室跑，要去当高成刚的报喜鸟。

"沙洲机场欢迎咱们！"高成刚正在睡回笼觉，被范长庆吵醒了。

"知道。"高成刚慢吞吞地坐起来，不以为然地说。

雄风团参演，团长范长庆的求胜心不亚于高成刚，从组建任务分队起，两人就构成"命运共同体"。海训后接战斗转场的鬼点子就是他们俩一起谋划出来的。昨天下午的飞行预先准备会上，许大志报告说根据现有的气象资料分析，明天东港的雨不会停，沙洲机场着陆困难。高成刚很恼火，却又没有办法，瞪了许大志一眼，哼道："乌鸦嘴，丧气话！"许大志苦着脸说："我也想当报喜鸟啊！"高成刚又说："平时我要求你把天气报准，今天我希望你报不准，准不准都早点儿到外场来找我，一起看看，好定决心。"许大志说："好！"

会议结束时，范长庆请高成刚下指示。高成刚说："天气预报不准是常有的事，各单位按计划准备，我有预感，明天的沙洲机场欢迎咱们。"

他指了指许大志："你这只乌鸦，明天准变成喜鹊。"大家都笑了，许大志笑得勉强。范长庆说："许台长，给大家一点儿信心嘛。"许大志叹了口气，说："照白天雨水跑的速度来看，乌鸦变喜鹊的概率不高啊。"

回想昨天会上的情形，范长庆纳闷：高副师长听到好消息怎么不兴奋呢？

海训任务结束前，高成刚不想让范长庆知道战斗转场搞不成的事。他无法想象范长庆知道后的反应会多激烈。金震的意思是今天就别干了，以免大家情绪波动，影响飞行安全。高成刚答应金震，说"明白"。后来在小梳子的安慰下，他改变了主意。拔刀、磨砺、归鞘，多么漂亮的动作！断链就不连贯了。就算备份兵力的方案批不下来，雄风团在"砺剑-2012"演习中失去机会，他们也得把这个漂亮的动作一气呵成做完。

范长庆性子直，心里怎么想，立马写在脸上。高成刚看他的眼睛里画着大问号，说："许大志陪我看天气，报过了。"

"一激动，把这茬儿忘了。"范长庆拍了一下脑门，重又绽开笑容，"哈哈，天助我也！"

从休息室出来，飞行员们都到了，一个个精神头儿十足，高成刚很满意。起飞线碰头，下达任务，上塔台，有条不紊地按程序走。起飞前，高成刚给金震打了个电话，说他不上天，在塔台指挥，还是想把海训飞完。金震说："可以，但你要保证自己不带情绪，带情绪上天容易出问题，带情绪指挥更容易出问题。"高成刚说："放心吧司令，我已经想通了。"

海训任务，由范长庆压阵，最后一个落地，整个过程十分顺利。按计划，半小时后他将作为带队长机，第一批升空执行战斗转场任务。半小时，只够吃个间餐。跑道边的空勤休息室摆放有点心水果，供参训飞行员飞行间隙取用。范长庆的肚子还真有点儿饿了，他跑到休息室，准备补充点儿能量，刚剥了根香蕉塞到嘴里，作训参谋就来请他上塔台参加讲评，说飞行结束了。

结束了？战斗转场还没开始，怎么就结束了？

作训参谋说："我也不清楚，塔台打电话来说的。"

范长庆扔掉香蕉皮，从休息室出来，抬头看见停飞的红色信号弹腾空而起——果真结束了！谁下的停飞令？为什么？范长庆跑上塔台，参加讲评的人员都已到齐，按类别列队跨立，气氛肃穆。从他们的神情上来看，没人知道原因。范长庆站到队伍头上，和大家一起望向高成刚，等待谜底揭晓。

谜底如巨石落水，击起的轩然大波超出高成刚的想象。范长庆带头炸锅，扬言不玩了，回家抱孩子去。一个叫兰铮铮的年轻飞行员把头盔扔到地上，气得一句话说不出，直喘粗气。不只空勤，所有人都愤愤不平，嚷嚷着要直接退出，雄风团不受备份之辱。

高成刚等大家发泄够了，指着刚才骨碌碌滚到脚边的头盔对兰铮铮说："把它捡起来。"兰铮铮脖子一梗，原地不动。高成刚说，"你今天不把它捡起来，就不再是'砺剑-2012'演习任务分队成员。"

兰铮铮的喉结滑动，他想说什么又咽了回去，倔强地看着高成刚。高成刚盯着他，目光锐利。较量无声，空气凝固，足足僵持了三分钟，兰铮铮的倔强才被高成刚的威仪逼退，但他只是低下头，双脚仍旧不挪窝。高成刚补充："也不再是雄风团蓝军分队成员。"

蓝军分队是高成刚在雄风团团长任上组建起来的，经过五年的摸爬滚打，如今已是威名远扬。在数百架次与兄弟部队的对抗训练中，蓝军分队鲜有败绩，很多三代机部队都请他们去做过磨刀石。当初，高成刚就和雄风团班子成员定下指标：蓝军分队成员必须是既能全天候作战又能多机种指挥的训练尖子，飞行时间不得低于一千小时。入选蓝军分队不仅是实力的体现，还是荣誉的象征，竞争十分激烈。兰铮铮去年参加选拔时，飞行时间只有八百六十小时，是高成刚让他破格入选的。高成刚始终认为，战斗机飞行员需要天赋。有些航校学员，身体素质好，也很刻苦，最后还是被淘汰了。有些好不容易分下部队，却始终在低层次上徘徊。只有那些具备飞行天赋的人，才能在技术、战术水平上不断超越。天赋又有高低，兰铮铮飞行天赋极高，实在是棵难得的苗子，蓝军分队这块土壤能让他成长得更快一些。

兰铮铮心里清楚，高成刚能破格让他入选蓝军分队，也能把他踢出去。他再也绷不住了，走过去把头盔捡起来，用衣袖揩去沾上的灰尘，端着它回到队伍里。

"铮铮，我知道你爱你的头盔。"高成刚的目光从前排飞行员队伍中扫过，"你们都爱自己的头盔，都希望戴着头盔上战场。咱们雄风团老一辈飞行员，正是靠着有我无敌的胆气、豪气，立下战功无数。你们今天的表现，从某种角度上来讲，是英雄部队的血脉传承，我感到十分欣慰。可是，我们不是绿林英雄，不是梁山好汉，我们是有组织、有纪律的人民军队。战争年代，雄风团从陆军改编空军再转隶海军，从地上打到天上，从陆空打到海空，从苏中平原打到武夷山区，从鸭绿江畔打到东海前哨，没有服从命令听指挥的军人意识，他们能做到吗？"高成刚顿了顿："范长庆——"

"到！"范长庆出列。

"你是雄风团第二十八任团长，我是第二十七任团长，'不玩了，回家抱孩子去'这话从雄风团团长的嘴里说出来，我都害臊！"范长庆的脸涨得通红，恨不得有个地缝钻进去。"凭这，你就不配当雄风团团长！"

范长庆举手给高成刚敬礼："我错了，刚才说的混账话，收回。"

高成刚回礼，下令："入列。"

范长庆回到队伍中。高成刚又对参加讲评的全体人员说："你们心里的委屈，我懂。刚听金司令说的时候，我也想不通。为什么？我想还是从自身找原因吧。雄风团头顶王牌光环，受不得一点儿委屈。骄兵必败，咱们有过血的教训，在这里我就不多说了，大家心里都清楚。七年时间，说长不长，说短不短，雄风团好不容易从事故的阴影中走出来，尾巴又往天上翘了？这次受冷遇我想不一定是坏事，可以让大家的头脑清醒清醒。"

队伍鸦雀无声，高成刚说的话扎心了。

"再就是，大家的思维也要变一变。单打独斗，个人冒尖，在立体化联合战场上行不通。像'砺剑－2012'这样的演习，雄风团只是一个小小的作战单元，就算舰航，也不过是体系应用中的一部分。用谁不用谁，上级肯定有上级的道理，咱们听令执行就是了。"

高成刚在队伍前走动，牵引着所有人的视线。来回两趟后，他在队伍前方正中间挺身站好，声音洪亮地说："今天，我想对针对性训练做一个完整的讲评。"

"唰"的一声，全体队友立正，动作整齐划一，一个个目光炯炯地看着高成刚。

"稍息！"这支队伍在某种场合某个时刻表现出来的军事素养常常令高成刚感动，猝不及防之际，一股酸涩的液体冲向鼻端，胸中顿时涌动起无限柔情。他克制着，说："首先，我对你们刚才发的牢骚提出严厉批评！兰铮铮——"

"到！"

"如果上级不给我们机会，你会怎么做？"

"回到日常战备训练状态，等待下次出征机会。"

"好！"高成刚点头："范长庆——"

"到！"

"如果上级让我们做备份兵力，接下来你怎么带你的兵？"

"继续精飞苦练，保持临战状态，听令出动！"

"不错！"高成刚说，"这才是雄风团团长应该说的话。"

高成刚柔情泛滥，像一个慈爱的母亲看着眼前的队伍，声音终于软下来："其次，才是对你们的表扬。大家心往一处想，劲往一处使，空勤勇于挑战极限，后装保障坚强有力，在气象条件边缘完成所有的针对性训练计划，战斗力水平有了一个明显的提升。咱们的老团长，舰航金震司令员对你们寄予厚望，他说任务分队是我手里的刀。我相信，经过梅雨天的磨砺，什么时候拔出来，我手里的这把刀都是锋芒毕露的！"高成刚握紧拳头，举起胳膊肘，做了个健美动作，笑道，"你们有没有感觉手臂上的肌肉紧绷绷的？"

"有！"

大家都学他的样子做健美动作，紧张的气氛轻松下来。

"如果联指不用雄风团，我们也要感谢金司令顶着压力，下令让我们梅雨天练兵；如果联指让雄风团做备份兵力，我们就要抓住机会，争取把练成的肌肉秀给各级领导和兄弟部队看看，秀给关心国防建设的老百姓看看，秀给窥探评估我军实力的境外势力看看。你们说是不是呀？"

"是！"

高成刚确信把大家的思想疙瘩解开了，宣布：讲评结束，解散！

各类人员、车辆有序退场，许大志坐在气象台的"勇士"吉普上，回想高成刚的讲评，佩服得要命。相处十多年，他第一次发现高成刚居然这么能说，这么会说，简直就是一个演讲家。还是他以前没有注意到？唉！人总是对自己拥有的东西不在意，不再拥有了才会珍惜。调任舰航中心气象台台长当然是好事，楚奇就是从机场台调到中心台当台长，再升任机关业务处处长的。可是，在基层部队干了这么多年，真要离开，许大志又有许多放不下的情怀。此时此刻，许大志的难舍之情更甚。明天报到，他今天怎么着也得跟高副师长告个别。

指挥了一上午，高副师长累了，午休后再去找他吧。许大志正琢磨着，高成刚的司机过来叫他，说首长有话跟他讲。难道高副师长知道我要调离却一声不吭，兴师问罪来了？许大志志忐着上了高成刚的车。

"对不起啊，小许。梅雨天抓飞，气象功劳不小，讲评时本来想专门表扬一下的。"坐在副驾驶座位上的高成刚回头看了许大志一眼,"但是不合适,其他部门也都不错,大家又带着情绪。"

退场时被请上领导的车,在众人眼里就是一种无声的表扬。高副师长邀他同行,原来是为这个。"首长,我懂,气象只是一个普通的保障部位,做好自己的工作是应该的。"

"你最近怎么怪怪的?"

"高副师长!"许大志突兀地叫了一声。

高成刚回头,看见许大志的眼睛里竟然有泪花闪烁,吓了一跳:"小许,你怎么啦?"

"我就要离开你了,到舰航中心气象台当台长。"

高成刚吃惊,但很快就接受了,说:"好事呀,祝贺你!"

"我舍不得你!"

"别矫情,弄得我一身鸡皮疙瘩。"高成刚也动了感情,"小许,到了那边你有更大的舞台展示自己的专业水平了,这是好事。"

"我在那边等你,等你升任舰航首长。"

"哈,借你吉言,我努力。"高成刚笑道。

## 九

联指电令:"砺剑-2012"演习将于下周择机实施。这个"机"其实就是演习的气象窗口。下周天气复杂,偌大的演习区域,这么多的参演部队,不可能都满足条件,全兵员全要素参演的目标实现不了,联指气象水文保障部位建议将演习推迟到下下周。实际使用武器需要军地多方协调,建议未被采纳,联指首长指示尽可能找一个兵力出动最多的演习窗口,因天气实在出动不了的兵力不动实兵,用模拟目标替代。这就意味着某些兵力将失去上战场的机会。金震给楚奇下了死命令,一定要争取到有利于航空兵兵力行动的天气。其他指挥所的指挥员和金震一样，也都给各自的气象部位提要求，务必抢到本军兵种想要的天气。

联指气象部位组织联指气象部位各作战群指挥所气象部位进行视频天气会商，大家都是吃这碗饭的，表面和和气气，其实心里都在较劲，研究问题时有意无意地夸大气象水文要素对自己军兵种的影响，还不时强调自己军兵种在整个战役环节中的重要性。联指首长要求尽快确定演习窗口，以便下达预先号令。今天的视频会商是要定决心的，暗中较劲变成了明里相争，火药味儿十足。按照会议议程，先由各军兵种气象部位负责人分别讲解天气形势、影响本军兵种任务实施的气象水文要素、预报结论和据此提出的作战日期和作战时间建议；大家再综合考虑，最后确定一个能最大限度满足战役需求的演习窗口，由联指气象部位负责人拍板决断，上报联指。金震估摸着视频会商结束了，抄起电话问楚奇演习窗口定下来没有。楚奇说还没有，抢天气抢得厉害，定不下来，晚上接着会商。金震给楚奇打气，说一旦确定，第一时间向他报告。

等到十一点钟，楚奇的电话终于来了，说演习窗口定下来了。金震问是不是航指想要的结果。楚奇说不是，这个结果有可能导致航空兵所有战机无法出动。金震拍案而起，在电话里训斥楚奇。楚奇委屈地说："按整个任务的时间节点，演习必须在下周内完成。下周的天气非常复杂，很难找到满足所有兵力行动的时间段。这样的结果对航空兵不利，对舰艇部队有利，我们尽力了。"金震打断他，让他准备一下，半小时后自己亲自去气象值班室听详细汇报。

半小时说到就到，金震戴上军帽，想想还是随意一点儿好，就又摘下来搁在桌上，这才出门去听汇报。

楚奇、许大志和全体气象保障人员已等候多时，金震单枪匹马、悄无声息推门而入，他们愣怔了一下才齐刷刷地站起来。楚奇正要跑过去报告，金震摆摆手说："大半夜的，免了，抓紧时间讲吧。"坐下后，他注意到一副新面孔，问楚奇，"你们请的外援？"

楚奇说："他就是我跟您推荐的许大志，刚报到。"

许大志站起来，给金震敬了个标准的军礼。金震说："坐下吧，你们高副师长跟我说了，野坪子机场气象台梅雨天抓飞抓得不错。都是当台长，中心台和机场台情况不一样，机场台是'点'的保障，只管你那一亩三分地，中心台是'面'的保障，关乎所有的航空兵兵力行动。尽快适应吧。"

"是！"许大志答得响亮。

金震到值班室听汇报是要听讲解的，否则让楚奇到他的办公室汇报就行了。楚奇对着大屏幕上的图文说："下周前期受北方南下的冷空气影响，演习区大范围阴雨；后期西太平洋台风西进，海上风力加大。对于空中兵力来说，后期比较有利。但小型登陆舰抗风能力弱，台风对抢滩登陆兵力投送有一定的影响。我在会上建议周四、周五择一日实施。舰艇和陆军部队负责人建议周一、周二择一日。二炮负责人担心周一、周二的降水影响远程导弹射击精度，站在我们一边。昨天上午的会商二比二，联指气象负责人难以决断。下午的会商两种意见相持不下，仍然没有结果。可是到了晚上，联指就倾向于前两天了。"

金震问："联指的立场为什么会转变，你们分析过没有？"

楚奇说："联指气象部位由军区陆军保障人员组成，对航空气象和海洋水文气象不熟悉，这次演习临时抽调了几个人过去帮助工作，负责人就是舰艇部队选派过去的。海上兵力多，指定搞海洋气象出身的人负责无可厚非，但他受制于舰艇部队指挥员，很难做到公平公正。司令您知道的，只要是操船出身的指挥员对台风都很敏感，船怕风浪啊！"

"我明白了。"金震沉吟了一下，说，"空中力量的运用是现代战争的先导，缺少航空兵参与的战役还叫什么联合战役！抢滩登陆兵力投送可以采取其他方式，比如机降或伞降，联指的气象建议指挥员未必采纳。"

楚奇说："负责人去向联指首长汇报时只要把台风的影响夸大一点儿，就不只是抢滩登陆兵力投送的问题了，大型水面舰艇、潜艇都会受影响……"

"别说了！"金震气道，"你们科技干部是最需要实事求是讲真话的，也搞兵种派系远近亲疏这一套，这仗还怎么打？"

楚奇说："不光是我们气象，各专业口都存在问题。现代战争样式变了，指挥作战体系还是老一套，这仗太难打了。"

许大志憋了一肚子的话不知当讲不当讲，这会儿终于憋不住了，站起来说："再难打也得打呀！就这么轻轻松松把可飞时段让出去，看其他军兵种表现，太不甘心了！"

"你是说，能找到可飞时段？"金震问。

许大志点头道："周三冷空气东移南压，演习区由北至南雨渐止。台风还远，对登陆舰的影响应该不会超条件。如果演习窗口定在周三，北部机场的兵力基本上能满足条件。"

楚奇说："北部机场主要是空军兵力，冷空气刚过境，能见度好不彻底，边缘条件下他们未必肯出动。"

空军兵力服从航指统一指挥，由不得他们消极怠战。金震说："这样吧，我向联指请示，你们专业口也努把力，把周三的可飞时段争取过来。"

十

令金震欣慰的是，联指的批复下来了，同意雄风团作为备份兵力参演。

接到命令，高成刚和范长庆立即率领雄风团任务分队转场进驻西山岙机场。空转和地转同时进行。由范长庆带队的空勤人员已经驾机飞过来了。由高成刚带队的地勤和机关参谋人员，以及物资器材走高速公路，还在路上。

西山岙机场是二十世纪五十年代修建起来的前沿机场，隐在三面环山一面朝海的山岙里，每年都会有地处内陆的飞行部队转场过来驻训，又因战略位置突出，战斗起飞使用频率高，非常繁忙，这次演习更是被用到了极限。

傍晚，地转分队才到西山岙。刚才在高速公路上，高成刚让范长庆就在外场等他们，如果场站政委谢小波见到他还是说没地儿住，雄风团任务分队就在外场搭野战帐篷，绝不占用单身干部们的住地。车队行进在西山岙机场主干道上，夕阳把道路两边的树木、草坪、营房镀上一层橘色。能见度不好，笼罩在橘色光影中的景物朦朦胧胧的，看上去像老照片。高成刚远远看见一行整齐的队列立在空旷的滑行道上。飞行员视力好，他认出队首的高个子正是谢小波。条例规定，上级领导检查工作时，受检查单位的领导可在营区适当位置按职务顺序列队迎送。雄风团是到西山岙执行任务的，西山岙场站和第八十二师没有隶属关系，列队迎接既不合规也不合情。这个谢大拿，要的什么鬼花样？

高成刚一下车，谢小波就跑来敬礼报告："副师长同志，西山岙场站……"高成刚拦住他说："搞什么名堂？是不是当大政委了，想在我面前显摆一下？"

"哟，高副师长，你又误会我了。"谢小波笑道，"虽然你的职务比我高，该提的意见我还得提。你怎么总是拿老眼光看人呢？我怎样做才能扭转我在你心目中的不良印象呢？我们是真心实意欢迎雄风团啊！除了站长，常委全到齐了。时间有点儿紧，没来得及铺红地毯，自家人，不算失礼吧？"

外场风大，高成刚打了个哈哈，往那一支风中站立的队伍看过去，说："谢大政委，天都快黑了，把你的队伍解散吧，我就不过去了。"

"算不准你们到的时间，大家已经站了一小时了，怎么可能散？！"谢小波做了个"请"的手势，"走走走，跟大伙儿见见面。"

人疲马乏的，得赶紧把队伍安顿下来，高成刚不想再在这个问题上跟谢小波纠缠。

东调西整，在没动场站单身干部住房的情况下，高成刚终于解决了雄风团备份兵力的住宿问题，可训练又遇大问题。临阵磨枪，不亮也光，无人机部队和轰炸机部队战前训练抓得紧。驻西山岙机场的歼击机部队身负战备任务，自身的训练也不能停。四支部队四种机型同场组训，分配给每支部队每种机型的资源有限，抢占场时间、抢训练空域的事每天都会发生。雄风团是后来才接到任务的，留给他们的时间不多，且在野坪子完成的针对性训练都是立足于沙洲机场的，临时换成西山岙，必须熟悉新的航路、新的空域环境。高成刚心急如焚，抓住好不容易抢来的飞行日，组织任务官兵积极备战。

西山岙机场气象台预报说接下来两天都是连续性的中到大雨，任何机型都不满足起降条件，雄风团只好利用雨天组织理科学习。雨刚停，高成刚就令任务分队做好开飞准备，可上边下通知说文工团次日莅临西山岙机场，全体任务部队停飞看演出。

文工团白天分成三个小分队分别到停机坪、飞机修理厂和远距雷达站现场演出。文艺晚会在机场大礼堂上演。高成刚心里惦记着还没完成的几组飞行，心疼这大好的天气被浪费了，没心思看演出，准备躲到房间里休息，谢小波却找上门来了。

高成刚跟谢小波打了多年的交道，知道他无事不登三宝殿，准是又有什么奇思妙想。不待高成刚开口，谢小波哈哈笑道："高副师长，我是说过没事不来骚扰你，这不有事了吗？你别嫌我烦，是好事，大好的事！"谢小波请高成刚参加停机坪前的演出活动，还给高成刚安排了一个跟某著名歌唱家同台演唱的环节。晚上的重头戏也有高成刚的份。他递给高成刚一份发言稿，说："稿子都给你准备好了，不劳你费心，晚会开始前上台照着念就行了。"

金司令好不容易才争取到的任务，关键时刻绝不能掉链子。从见到谢小波的那一刻起，高成刚就打定主意，任凭他谢大拿嘴巴说破，都不掺和到与飞行无关的活动中去，一心一意备战打仗。高成刚看都没看就直接把稿子还给谢小波，说："老谢，你口才那么好，自己上不是很好嘛，都不用稿子。"

谢小波摇头："文工团是下来慰问演习部队的，我上不合适。高副师长，这么高水平的演出，在西山岙还是第一次，所有演出设备都是他们自己带来的……"高成刚插话："所以要用飞机才带得动。"谢小波说："我的意思是说文工团把带来的设备装上，一定能让机场大礼堂蓬荜生辉，效果和电视上一模一样。人家连舞美师都带来了，节目也专业，全都是能登国家级大舞台的艺术精品。人更不用说，都是腕儿。"谢小波掰着手指数来的艺术家，一个比一个名气大。他还说文工团的巡演肯定会做成专题片在央视播放，全国人民都能看到。无人机和轰炸机部队的领导主动找他安排上节目，他都没考虑，就是为了把机会留给雄风团。

"老谢，无人机是陆军部队，轰炸机是空军部队，雄风团算半个东道主，又是备份兵力，就不去了，你还是把机会给兄弟部队吧。"高成刚说。

谢小波找高成刚，确实是想借这个机会宣传雄风团的，魏得宽特地跟他嘱咐过。谢小波好说歹说，高成刚最后提议让范长庆替他。谢小波急道："范团长怎么能行？文工团团长是大校军衔，西山吞任务部队中只有你高副师长的军衔与他相当。"高成刚说："文工团是下部队慰问的，不是来比军衔高低的，范长庆是雄风团团长，是雄风团名正言顺的当家人。"谢小波还想说什么，高成刚做手势让他打住，说："再啰唆你就去找其他人吧。"谢小波竖起大拇指，说："高副师长，你牛！我谢小波服了。"

# 十一

高成刚信任许大志，就算许大志已不是他手下的兵了，还是习惯找许大志咨询天气。

前两天大雨把大家困在室内学理论时，他就在想，这雨下到什么时候是个头儿。他打电话问许大志，许大志说冷暖空气打架，双方都很强，打成了拉锯战，只有一方完全战胜另一方，雨才会停。昨晚雨一停他就问许大志谁打赢了。许大志说"姓暖的"赢了，但只是暂时性的，"姓冷的"还会杀回来。"那雨还得下啊？"许大志说："可不是嘛。不过总体来讲，'姓冷的'势力要强一些，打到最后应该是它赢。""大概什么时候？"许大志说："下周三吧。"演习的具体时间虽然还没最终定下来，但已经明确了是在下周。"这么说来，周三以后就可以干了？"许大志说："来了个捣乱的。""什么？"许大志答："'姓台的'，西太平洋台风。""开玩笑吧，这个季节会来台风？""高副师长，你说对了，来是不会来的，季节不到，只是间接影响。这个台风一路西行，未来在越南登陆，但掀起的风浪会影响海上战场环境。""那还搞什么啊！渡海登陆战，光我们航空兵可玩不转！"许大志"咦"了一声，说："你才想得美呢！舰船不怕天上下雨，人家都不考虑空中战场环境了，打算趁下雨天风浪不大的时候干，不带我们航空兵玩了。"高成刚说："光是舰船，就算加二炮的远程火力打击也玩不转呀！"许大志说："缺了谁地球照样转，人家计划用虚拟的电子目标替代我们的真飞机。"高成刚气道："那还叫什么实兵实弹演习？自欺欺人嘛！"许大志叹道："没办法，总不能超条件蛮干摔飞机呀！不过还有一线希望，周三两边都能靠上，只是……"许大志犹豫了一下才又说，"周三冷空气压下来，演习区北部天气转好，南部还不行，所以，即便演习窗口定在周三，雄风团出动的希望也不大。"高成刚说："要是冷空气再厉害些，会不会快些压过去，把西山吞的天露出来？"许大志说："可能性不大，但也不排除……"高成刚说："好，我知道了，帮我盯着点儿，有好消息通报一声。"

但是许大志一直没来电话。金司令也没来电话。想想金司令为雄风团能在大演习中露脸所花的心思，金司令不可能不给他任何指示吧，看来航空兵争取演习窗口的结果并不妙——失去空中战场，金司令还有必要给他来电话吗？这些情况都在高成刚的心里压着，他怕影响士气，不仅不敢跟任务分队的官兵们说，还得在他们面前强打精神，率领大家积极备战。只是在心里，他已经把这次任务当成练兵来对待了。就像梅雨天做针对性训练一样，虽然没能当上主力，但任务分队的低气象作战能力给练上去了，这就值。养兵千日用兵一时，和平时期的练兵备战一定要摆正心态，只要是有利于战斗力提升的磨砺都是值得的。

可是，话又说回来，雄风团苦练这么长时间，从首发阵容降到坐冷板凳伺机上场，再到如今上场的希望渺茫，高成刚的情绪不可能不受影响。谢小波那一头，就算硬着头皮上台了，他也"演"不出满面的笑容。谢小波说他牛，他一点儿都不牛，铆足了劲儿却上不了天的飞行员，还牛得起来吗？

把过来送文艺晚会发言稿的谢小波送走后，高成刚闷坐了会儿，打电话到舰航中心气象台找许大志。他不甘心哪！不知道周三的演习窗口争取到没有？天气有没有新的变化？在这个节骨眼儿上打扰金司令不合适，他问问许大志还是可以的。

"小许，也不来个电话，把我忘了吧？"高成刚嗔道。

"哟，你这话说的，我哪儿敢忘啊！"许大志忙不迭地说，"只是演习窗口还没定下来，没法向你汇报。"

"什么情况？跟我说说，掌握多少说多少。"

"行！"许大志说，"金司令听说航空兵有可能一架飞机飞不起来，急了，带着我们处长亲自到联指争取天气。联指首长正为空中兵力缺失遗憾呢，对金司令的汇报很重视，又听了楚处长的技术分析，责成气象部位重新研究上报演习窗口。金司令要求成立一个气象水文保障专家组，演习窗口由专家组来定。联指首长一听就明白了，说会考虑的。今天，由各军兵种抽调的气象专家已经到联指报到了，还特邀了几名省市气象局首席预报员，专家组组长由气象海洋学院教授担任。金司令很高兴，说他就知道联指背后有高人，高人自有公断。其实，我们这些在一线摸爬滚打的预报员水平也不差，论经验说不定专家教授还不如我们呢。大家各为其主，谁掌握话语权谁的胜算就大。天气说复杂也不复杂，吃这碗饭的人能分析明白，成立专家组的目的是本着客观公正的立场，真正从天气出发来选择气象窗口。"

"嗯，小许，听你这么说，航指应该能争取到周三的天？"

"问题不大，一有好消息我就告诉你。"许大志顿了顿，"不好意思，天气形势没有大的变化，'姓冷的'还是没有增强到足以将'姓暖的'打到西山岙以南的程度。"

"什么好意思不好意思的，你又不能左右天气。没事，我有思想准备。"高成刚嘴上这么说，心里还是怪难受的，放下电话好一阵才缓过来。

之后是难得的清闲，高成刚躲在房间里看书，却怎么也看不进去。他都想把飞行日让给兄弟部队算了，轰炸机和无人机需要的气象条件低一些，演习当天也许能派上用场。"蓝鲨"所需的气象条件高，又是备份兵力，注定坐冷板凳，还有必要跟人家抢占上场时间吗？让兄弟们放松放松也好，这段时间弦一直绷着，大家都累了。很快，这想法就被他否定了。战争年代的军人积极请战，写血书上战场都是很平常的事。如今的军队，像金司令这样的斗士可真不多见。就凭老团长这么拼，他也不该泄气。

天色渐暗，文工团的重头戏——文艺晚会开始了。住处离大礼堂不远，歌声、笑声、锣鼓声，阵阵声浪传来，打断了高成刚的思绪。他放下手中的书，起身去关窗户，这时电话响了。他以为是许大志打来通报演习窗口，接起来竟然是金震。

"成刚，演习窗口定下来了，下周三。"金震的语气透着按捺不住的兴奋。司令的消息来得比许大志还快，他一直牵挂着雄风团呢，高成刚心头一热。"成刚啊，听他们气象说，下周三西山岙的天气不怎么样。唉，想着把你往南边调时还早，天气报不出来。我批评气象部门了，什么水平嘛！哪怕是给个大概，我也会想其他办法的，现在才说，兵力已部署完毕，来不及了。"

"司令，你别难为气象了，提前那么长时间，神仙也报不出来。"

"成刚，让你们梅雨天练兵，练了又没当上主力；让你们转场西山岙做备份，可升空希望渺茫。我真不是故意折腾你们，一步步都是有原因的。"

"我明白。司令你放心，练兵备战，该怎么练就怎么练，我们标准不降，正常准备。让不让出动，天气条件允不允许，这些都不是我们考虑的。一切行动听指挥，雄风团听令执行。"

"好！"金震大声说，"我要的就是你这态度。成刚，保持好状态，演习当天什么情况都可能发生，雄风团是我的底牌。"

日有所思，夜有所梦，也许是受了许大志和金震演习期间天气不好的暗示，高成刚夜里做了个梦，梦见在雨雾中驾机升空。

起初，战机被湿重的水汽裹挟着往前冲，看不清航向，只能凭感觉操作，心里很不踏实，他拼命蹬舵拉杆，几乎控制不住。他好不容易冲出迷雾，还没喘过气来又一头扎进云中。云层越来越厚，光线越来越暗，必须打开照明灯才能看清仪表。接着机体出现强烈的颠簸，飞机像波涛汹涌的大海里的一叶小舟，随着升降气流上下翻滚，飞行高度急剧变化，仪表失灵。大雨泼击机身。忽然，电闪雷鸣，机翼翼尖直冒火花，强烈刺眼的闪烁光照得他头晕目眩。每次闪电都使飞机产生剧烈震动，仿佛要把机翼折断；紧接着出现了积冰，飞机开始"掉速"。他急忙打开除冰装置，刚消除积冰，冰雹又沉重地砸在机身上，幸亏风挡是防弹玻璃，才没有被冰雹砸破。糟糕，飞机进雷暴云了！一股强大的气流把飞机猛烈地往下压，他明白已到了生死攸关之际，只有保持上升高度，突破云层才能得救。他用尽全身力气与气流搏斗，汗水如雨点般滴落，紧握驾驶杆的虎口开裂，鲜血将白手套洇红……

终于，像鱼儿跃水，飞机破云而出，野马般桀骜不驯的飞机瞬间安静下来。

耀眼的阳光扑进机舱，湛蓝的天空广阔无垠，绝处逢生的高成刚大口喘气，从梦中醒来，心兀自狂跳不已。

颠簸、积冰、冰雹、闪电、强降水、风切变等，雷暴几乎包含了危及飞行安全的每一种天气现象，禁止在雷暴云中飞行是飞行员必须懂得的基本常识和严格遵守的规定，但由于种种原因飞行中误入雷暴云的事时有发生。航空史上不知有多少飞机因为误入雷暴云后飞不出来，机毁人亡。

高成刚梦中的场景如此真切，缘于飞模拟机时的体验。春夏之交，雷暴多发。高成刚提醒自己，接下来的临战训练一定要提醒飞行员们避开雷暴云。

## 十二

按演习时间节点，联指听取并批复各作战指挥中心上报的决议，下达作战命令。"砺剑-2012"演习联合战役指挥所开设，各作战群指挥所同步开设。

航空兵指挥所指挥大厅战味十足，所有台面都铺上了海洋迷彩布；我方和主要作战对手的兵力部署、武器装备、地形地貌、各类作战空域和海域划设等示意图悬挂齐全；指挥员席位正对面巨大的电子显示屏上，由雷达定位的飞机图标、船形图标密布，红色代表我方，蓝色代表敌方，战场初始空情态势和海情态势一目了然。大屏下一字排开的一块块长方形显示屏上，是各参演机场外场，包括舰船飞行甲板传送的实时画面，各类战机处于待命起飞状态；大厅所有参演人员军容严整，统一扎外腰带，戴作训帽。

联指通播，"砺剑-2012"联合战役演习开始呼点，并公布了呼点顺序，航指排第三。排在第一的是海指。大屏切换成海指画面，指挥舰上的两位海指指挥员神采奕奕。

"海上作战集群指挥所！海上作战集群指挥所！"

"海上作战集群指挥所到！各项准备工作就绪，可以按任务需求指挥部队参演，舰队司令员万明远。"

"政治委员冯征。"

…………

"空中作战集群指挥所！空中作战集群指挥所！"

"空中作战集群指挥所到！各项准备工作就绪，可以按任务需求指挥部队参演，舰航司令员金震。"

"政治委员魏得宽。"

…………

为了让许大志尽快适应中心台的工作，楚奇带他位大厅保障。第一次置身这样的环境，一种庄严肃穆的感觉在许大志心中油然而生。

航空兵指挥所开设前，演习区北部机场的雨总算停了，但C机场的能见度转好速度明显比海军机场慢，楚奇怀疑C机场气象台的观测数据有问题。

气象台每小时观测一次实况，对外发布。机场观测人员由专业的气象兵担任，教员在教他们时强调实事求是是观测员的职业操守，眼睛看到多少就报多少，仪器显示什么数据就记录什么数据，切忌弄虚作假。

问题出在东港的天气上。东港位于北部演习区的最南端，任务时间段天气能不能好取决于冷空气南压速度，快一点儿能好，慢一点儿就差口气，从联指、航指，再到两个任务机场，一直是气象部门的心病。眼看第七十二团起飞时间就要到了，C机场的能见度还差两百米，而海军沙洲机场已达条件。两百米也就一口气，不过是观测员报得松一点儿紧一点儿的问题。楚奇的席位在大厅另一侧，他打电话让许大志问问贾工是咋回事。

C加强的气象保障人员——姓贾的工程师和许大志坐在一起。接到楚奇电话前，许大志已提醒过贾工。许大志很客气，请他跟C机场气象台会商一下能见度的发展趋势，感觉他们对能见度报得有些保守。贾工直截了当地说不便干预，没留一点儿商量的余地。放下楚奇的电话，许大志直指C机场的能见度观测记录有误差。贾工说："东港市这么大，沙洲机场和C机场一个在西郊，一个在东郊，能见度差个一两百米，正常！"许大志把自动气象站资料从电脑里调出来给他看，说："C机场周围站点的能见度明显高出一截，难不成C机场独陷雾霾？"贾工说："完全有可能呀。"许大志气得牙痒痒，却又没办法。

各型战机密集起飞，过点不候，到任务时间点如果C机场能见度还不满足起飞条件，第七十二团兵力就只能用模拟目标代替。内行人看同城俩机场的实况差异，稍一分析相关信息就明白是怎么回事。联指气象部位替航指着急，给楚奇下指示，让他跟C机场会商一下，第七十二团因能见度差那么一点儿飞不起来，实在是太可惜了！正因为隔着军种指挥不畅才要求小分队加强的，会商还得请贾工出面，楚奇把指示又下达给许大志。

许大志刚和贾工谈崩，接到楚奇的指示，心里很不情愿，却还得赔笑脸跟贾工好好说，强调是联指的意思。贾工还是之前的那套说辞。许大志气极反笑，说："行，你不出面是吧，你不出面我出面，我以航指的名义出面。"贾工说："好呀！你出面名正言顺，我们空军机场无条件服从航指指挥。"许大志的激将法不仅不管用，还把自己逼到了死角，他只得拿起电话拨C机场气象台。不出所料，人家根本不买他的账，话也说得相当漂亮："这么大的演习，我们当然重视啦，老观测员上岗，台长亲自把关，我们对发布出去的每一个数据负责。"许大志把自动气象站拿出来说事，那边就不高兴了，说："你们海军观测标准跟我们不一样，要不您亲自过来指导，教我们用海军的标准报能见度？"许大志没辙，只好把电话挂了。

许大志碰了一鼻子灰，非常郁闷，贾工还落井下石地来了一句："我就说嘛，不便干预。"演习刚开头，还得合作下去，许大志忍气吞声不搭腔，只把情况跟楚奇汇报了。楚奇也没办法，说咱们该做的都做了，不能飞就不能飞吧。

第七十二团飞不起来，金震很遗憾，征求C小分队领导的意见，能不能超条件起飞。C小分队领导态度坚决，说超条件的事不能干，万一摔了得不偿失。陆军小分队领导也说毕竟不是真打仗，没必要冒这个险。金震是临时的指挥员，对第七十二团的战斗力也不是很了解，还得掌握好分寸。于是第七十二团就没动实兵。

半小时后，海鹰团兵力从沙洲机场起飞，飞行员报告能见度不是太好，但不影响起降。同一座城市的两个机场，前后相差半小时，一个能起飞一个不能起飞，差别怎么这么大呢？金震有点儿疑惑，把楚奇叫过来问情况。C小分队领导就在边上，楚奇有顾虑，只好说沙洲机场的能见度转好速度快，半小时前还不行呢。什么情况，金震心里明镜似的——C小分队参演积极性不高，消极保安全——但他不能点破。他把楚奇叫来问，其实是问给C小分队领导听的。楚奇没领会到这一层，想的是给同行留面子。金震瞟了他一眼，说："好得也太快了吧，跟坐过山车似的！"讽刺的口吻，金震显然是不满意了，楚奇立马意会，但话到嘴边又咽下了。

回到座位，楚奇心里好难受。为这次演习他可谓费尽心力，做了那么多准备工作，一心想干出彩，没想到竟变成了这样。演习往下走，战场态势紧张起来，他赶紧将难受劲儿从脑子里清空，跟上紧张的演习节奏。

战役进行到紧要的关头，航指指挥大厅里的人脑加电脑高速运转，一道道指令发往千里之外的海空战场。态势大屏上，红蓝双方对抗激烈。对抗越激烈，军事效益越显著。航指的表现得到联指的肯定，作战参谋报告，收到联指发来的表扬电。金震进大厅起就一直紧绷着的脸终于放松，他大声道："念！"

作战参谋的声音通过扩音器放大："航空兵部队克服气象不利因素积极参演，充分体现了你们完成任务的决心和意志，希望你们再接再厉，圆满完成演习任务！'砺剑–2012'演习联合指挥部。"

各战位参演人员深受鼓舞，精神振奋，士气高昂，"明白！""是！""报告！"……大厅里短促有力的应答、汇报声不绝于耳。天气是制约航空兵兵力行动的最大因素，联指的表扬电专门提到了航空兵克服气象不利因素，楚奇和许大志比其他战位人员更振奋，也更紧张。

随着兵力行动的展开，境外飞机侦察频次加大，且越来越靠近红蓝双方演习区。为保持兵力对等，红蓝双方战斗机起飞驱离外逼的兵力一批批起来。大屏上，红色小飞机和蓝色小飞机在演习区外围对峙，看上去密密麻麻的。楚奇听金震下令完成演习任务，准备返航的海鹰团"飞龙"战机前出，接替一批油量耗至最低只能保证返航的战斗起飞兵力，继续跟外机周旋，又令空军第七十二团没能起飞的"蓝鲨"战机加挂空空导弹，地面待战，就知道北部机场的战备兵力已用到极限。他意识到，南部机场的天气将是指挥员关注点，于是让许大志给南部机场各气象台下指示，研究上报本场天气预报和保障建议。

综合各机场上报的天气，演习区南部没有一个机场在短时间内能达到起飞条件。敌情复杂，若再需要起飞应对境外飞机，就只能用 C 机场的空军第七十二团了，而 C 机场的能见度实况只比刚才稍微好了一点儿，还差一百五十米。

楚奇的判断没错，演习兵力基本上能满足任务需求，不足的是战备兵力，境外武装力量的反应超出了前期预判。不待金震开口问，楚奇主动到指挥席位前报告演习区南部机场和C机场的天气。

"照你这么说,战斗起飞再无兵力可用了?"金震盯着楚奇问。

楚奇回答:"除非超条件起飞。"

金震扭头问C小分队领导:"以第七十二团的能力,能见度差那么点儿应该没问题吧?"

C小分队领导沉吟了一下:"按说是没问题,但是风险很大。要不,我跟军区空军首长请示一下?"

"算了。"金震挥手道,"等你请示明白黄花菜早凉了。"指挥员指挥不动部队的窝囊气令金震恼火,他回头对楚奇说:"一百五十米,问问看,C机场的气象观测员是不是近视眼?"

金震这话显然是说给C小分队领导听的,楚奇配合道:"我这就跟贾工说,请他跟C机场气象台会商一下。"

C小分队领导却把头扭到一边,装作没听见。楚奇没办法,苦着脸对金震说:"这样吧,我找C机场气象台台长问问情况,他是我研究生时的同门师弟。"

金震"火山爆发",把桌子敲得震天响,吼道:"找同学开后门?亏你想得出来!"

楚奇和C小分队领导被金震猛然喷发的"火山"灼烫,同时愣住。魏得宽打圆场,对楚奇说:"谁敢拿打仗开玩笑?C机场的天气恐怕是不行,就别难为你师弟了。"C小分队领导这才说:"我问问第七十二团指挥员,看他们有没有信心飞。"

"不用!"金震举手示意,"超条件起飞万一摔了我吃罪不起。"他抬头望向西山岙机场外场传来的实时画面,下令:通知雄风团做好战斗起飞准备!

显示屏上，西山岙机场铅云低垂，雨雾弥漫，楚奇、空军领导、魏得宽……大厅里所有的人都瞪圆了眼睛。

## 十三

金震让楚奇给西山岙机场找一个备降场。起飞比着陆操控难度相对低一些，楚奇明白金震的意图是动用雄风团兵力，让他们超条件起飞，执行完战斗起飞任务后到北部机场着陆。与海鹰团同属第八十二师，雄风团每年都要到沙洲机场驻训，高成刚和雄风团任务分队的飞行员对沙洲机场的空域环境和着陆条件很熟悉，备降沙洲机场跟回家差不多，熟门熟路。楚奇回说："沙洲机场满足条件，是最理想的备降场。"金震又问，西山岙机场有没有危险天气？楚奇答："没有，只是雨比较大。"金震说："把西山岙机场的天气把握好。"楚奇答："是！"

态势大屏上，境外军机又从基地起飞一批，直赴演习区，因兵力吃紧，金震下令雄风团紧急升空拦截。西山岙机场战斗起飞警铃骤响，高成刚亲率一批两架"蓝鲨"冒雨起飞。

指挥大厅里，许大志盯着西山岙机场外场画面，只见跑道积水被高速滑跑的战机犁开，战机看上去就像海面航行的快艇，场面壮观却相当危险。他知道高成刚必定是带队长机，紧张得大气不敢出，直到双机离陆才长长地呼出一口气。

西山岙机场外场，前舰航宣传处处长谢小波边指挥场站宣保股人员摄像，边在心里赞叹雄风团名不虚传啊！这画面，跟开水上飞机似的，怕是在演习结束后的各类宣传报道中要成为经典出现。

起飞阶段，高成刚的感觉和梦中如出一辙。升空入云后的感觉好多了，云层虽然很厚，但没有强烈的升降气流，是稳定的层积云。他按仪表飞行，当表指向飞行高度六千五百米时，飞机跃出云层。耀眼的阳光扑进机舱，湛蓝的天空广阔无垠，这又和梦中的情景对上了。只不过梦中的高成刚绝处逢生，紧张的心情顿时轻松，现实中，出云后的高成刚不敢放松心情，必须尽快发现目标。

根据地面指挥所报告的目标高度、方位、速度等信息，高成刚很快发现目标，立即率僚机范长庆扑过去。近了，高成刚和范长庆与目标保持安全间距平行伴飞。一段时间后，境外飞机看讨不到便宜，就右转脱离回基地了。

西山岙机场雨势不减，金震下令完成战斗起飞任务的"蓝鲨"直接备降到沙洲机场。领航参谋报告说，沙洲机场净空条件不好，雄风团的"蓝鲨"有可能跟海鹰团返航的"飞龙"冲突。金震果断下令"蓝鲨"备降到C机场。通信参谋将C机场上传的视频画面切到态势大屏上，高成刚驾机轻盈着陆的瞬间，不知谁带的头，指挥大厅里响起"哗哗"的掌声，所有人一起鼓掌庆贺。

雄风团备降机组轻松着陆，给金震吃了颗定心丸——东港的天没问题，有问题的还是西山岙的天。抵近侦察的境外飞机还在源源不断补充替代。高成刚机组有本事顶风冒雨、穿云破雾犁浪起飞，其他机组不一定也有这个能力。金震不敢贸然下令，打电话问刚落地的高成刚："你的兵你有数，西山岙那边还能不能再起飞？"高成刚说："能啊，我能起飞他们都能起飞。"金震说："这可是你说的，超条件起飞出了问题我拿你是问。"高成刚说："司令你放心，雄风团任务分队梅雨天练兵，练的就是低气象，兄弟们飞得比我都好。"

西山岙机场战机接力，又起来三批六架"蓝鲨"，始终把境外飞机拦截在演习空域之外，直至任务结束。联指通知一小时后讲评，金震要求战勤班子在位组织好兵力撤收，其他人员可放松休息会儿。他是个老烟枪，忙不迭地跑到一楼会议室过瘾，没待两分钟，魏得宽跟进来，金震说："老魏你不抽烟，小心熏着你。"

"没事。"魏得宽坐下。

金震狠嘬几口，把烟头摁灭，笑道："仗还没打完，联指就发来表扬电，老魏我实话跟你讲，这么多年指挥员当下来，我还是头一次碰到。你想想，都等不到演习结束，联指什么意思？表扬电各军兵种都能看到，一定是为了激励全体参演官兵。"金震又燃上一支烟，一口气吸去小半截，才腾出嘴说，"这充分说明联指对咱们航指的表现非常满意。"

魏得宽说："司令，咱们的雄风团作风顽强，为舰航争光了。可是，我总觉得有些不踏实呀！"

雄风团这张底牌打得漂亮，金震很是得意："嘿，你们搞政工的心眼儿就是多！联指表扬航空兵克服气象不利因素积极参演，希望我们再接再厉。雄风团超条件起飞，圆满完成任务，不正是克服气象不利因素再接再厉的表现吗？老魏，你就把心放回肚子里吧，待会儿讲评，联指肯定还会表扬咱们，说不定会直接点雄风团的名。"

参谋长尚立文跑来请金震听电话，说是联指首长找。金震站起来，愉快地对魏得宽说："准是先给咱透个风。老魏你琢磨琢磨，航指也给雄风团发个表扬电。"

魏得宽摇摇头，一般来说，表扬是好事，用不着透风，批评才会打招呼，让你有个思想准备。果不其然，金震兴冲冲出去，气冲冲回来，闷声抽完一支烟才对魏得宽说："你说气人不气人，C小分队居然恶人先告状！"

四批八架"蓝鲨"都备降到C机场，行家都会产生疑问：西山岙机场和C机场都不满足"蓝鲨"起降条件，但C机场显然比西山岙机场好。同样是超条件起飞，为什么不用条件相对好的空军第七十二团？演习期间，军区空军指挥所全程监控，首长们都在指挥所观战。C小分队领导心里清楚，即便联指首长不问，军区空军首长也会问。他是军区空军派到航指的，得对军区空军首长负责，金震不过是临时的领导，于是在金震跑会议室过烟瘾的时候，C小分队领导主动打电话，跟军区空军首长解释了一通。军区空军首长一听，感觉受委屈了，一个电话打到联指诉苦，把航指好一番指责。联指首长听完，立马把电话打到航指，找金震。

"不问情况、不听解释，直接批评。老魏，你说说，联指首长怎么能这样？"

"批评咱们什么？"

这批评的内容实在难以接受，金震又抽了一支烟才顺过气来："联指首长说，据空军反映，航指在演习中用雄风团不用第七十二团，他们意见很大。"

"什么话？我在旁边看得一清二楚，是他们自己不愿意承担风险！"魏得宽气道。

金震学联指首长语重心长的口气说："金司令，联指任命你为航指指挥员，你就要有'一盘棋'的思想，不能光想着让自己的部队逞英雄。"

"这都哪儿跟哪儿呀！"魏得宽哭笑不得。

"老魏你想想，为什么空军这状一告就准？"

"为什么？"

"第七十二团是主战兵力，雄风团是备份兵力，雄风团的备份任务还是航指想方设法争取来的。战斗起飞不用起降条件相对好的主战兵力，冒险用备份兵力，联指首长怎能不信空军的说法？咱们是跳进黄河也洗不清了。"

"那怎么也得解释解释吧，让气象部门提供材料？"

"算了，只会越描越黑。"

"不会的，我来整理材料吧。"

金震看了看魏得宽，叹了口气。

魏得宽犹豫了一下，问道："有个问题不知当讲不当讲。"

"客气！但讲无妨。"

"你就不怕雄风团出事？"魏得宽在视频里看到"蓝鲨"战机冒雨起飞的画面时，心都快跳出嗓子眼儿了。金震说他对雄风团有信心，对高成刚有信心。

正说着，尚立文又跑来了。金震看他慌里慌张的样子，皱眉说道："天塌了还是地陷了？"

"司令，政委，快去，雄风团的一架飞机下不来了！"


起飞前，西山岙机场预报员告诉高成刚，航路上有雷暴云，但量少不成片，必须全程打开机载气象雷达，绕飞避让。只要雷暴云不成片，又有机载雷达监视，战机还是很容易绕开的。在飞往C机场备降的航路上，高成刚看到不少从云层中耸立出来的云柱子，那是发展旺盛的浓积云。有几个云柱子的云顶秃了，看上去像个大铁砧，云中有雷电闪烁，那便是雷暴云了。后续兵力起飞时，高成刚一而再地提醒机组注意绕云。不知道是经验不足，还是完成任务心情激动，兰铮铮这个愣小子还是撞进了一朵雷暴云，冲出来后发动机上的积冰瞬间融化，一侧发动机的叶片被卷入的碎冰块打伤，战机被迫停车。幸亏"蓝鲨"是双发战机，幸亏空中停车时已飞临C机场上空。

C机场塔台，高成刚和范长庆接替第七十二团指挥员处置特情。兰铮铮所驾飞机的另一侧发动机也有损伤，动力不足，飞机像一匹用尽气力的老马，歪歪扭扭地降落。高成刚下意识地摸口袋，摸到他的宝贝牛角梳，冷静地下达一系列指挥口令。兰铮铮依令，轻柔带杆蹬舵，操纵飞机滑翔而下，只听"老马"发出"咚"的一声"叹息"，落到了跑道上。范长庆热泪盈眶，一把抱住高成刚说："下来了，下来了！"高成刚一言不发，从范长庆的怀里挣脱，缓缓地摸出牛角梳，一下一下梳着他那稀疏的头发。

航指大厅，故障飞机下滑着陆时，全体人员都紧张得从座位上站了起来，屏住呼吸紧盯大屏。飞机落地的一瞬，掌声雷动，经久不息。

金震对魏得宽说："兰铮铮把一台发动机停车、一台发动机受损的'蓝鲨'开回来了，奇迹呀！演习按战时要求，有火线立功的机会。老魏，地上的事归你管，你赶紧操作，给兰铮铮报功。"

魏得宽说："行，我试试。"

演习结束，魏得宽就让谢小波暂时放下西山岙场站的工作，一心一意宣传报道雄风团，把兰铮铮当作演习中的先进典型来推。谢小波庆幸自己未雨绸缪，拍了很多雄风团在恶劣气象条件下奉命起飞执行任务的珍贵影像素材。关于雄风团、关于兰铮铮的各类宣传陆陆续续在报纸上出现，在电视上播出。

然而，兰铮铮的功没能立成；金震因在演习中重用自己的部队受批评；高成刚盲目蛮干，导致雄风团一架飞机损伤，第八十二师新任师长的任命下来，不是高成刚。当然，受批评的还有C小分队领导和贾工。

金震打来电话，说："成刚啊，我对不起你。"高成刚说："司令你别这么说，你让我们梅雨天练兵，把我们的水平练高了；你让我们超条件执行战斗起飞任务，把我们的胆气练大了。至于兰铮铮误入雷暴云，那是他的过失，是我没调教好。航指因为这架飞机前功尽弃，说对不起的应该是我，是雄风团。"

金震说："成刚，别泄气，还有机会。"

高成刚说："放心吧司令，该怎么干还怎么干。"

许大志也来电话安慰高成刚说："我们航路上报了有积雨云（雷暴云的专业术语），兰铮铮初生牛犊不怕虎，一定以为是可以穿过去的浓积云，轻敌了。"

高成刚说："教训深刻，他下次就不敢了。"

许大志这才笑了，说："还是那句话，我在这边等你。"

高成刚说："我努力。"

（原载于《解放军文艺》2019年第4期）

>>> 作者简介 <<<

周鸣，女，四川会理人，毕业于成都信息工程大学，现供职于海军某部。1995年开始文学创作，著有长篇小说《天语》、儿童长篇科幻小说《可可西里惊魂》等。在《人民文学》《解放军文艺》等刊物发表过中短篇小说《B角》《奔涌吧，后浪》《晴天暴》等。曾获浙江省优秀文学作品奖，第二届军事文化节优秀文学作品奖。

# 核潜艇艇长

钟 笑

## 一

郭健康从常规潜艇艇长调到核潜艇上当艇长的时候只有三十岁，是当时潜艇基地最年轻的全训艇长，加上他长得虎头虎脑，有人便称他是一员年轻的"虎将"。因为年轻，缺少历练，还没学会圆滑处世，有时候他那股"虎"劲儿一上来，还是蛮威风的，他原来所在的常规潜艇，被他带得虎虎生威，充满生气。可是到了核潜艇上，"虎将"遇到了一个"牛兵"——很牛的兵——受到了"牛气"的挑战。

"牛兵"叫牛三强，是第八十八艇员队的老兵，军龄比郭健康还长一年，郭健康已经干到正团了，牛三强仍然是个大头兵。核潜艇部队属于高科技兵种，志愿兵（后来改称士官）很多，工资待遇不低，可毕竟还是个兵啊！牛三强身材魁梧，块头很大，壮得像头牛，人送外号"老公牛"。

牛三强技术不错，能吃苦，关键时刻能冲得上去，曾经立过两次三等功，就是脾气有点儿倔，在艇上闹得很厉害，用他的话说："谁怕谁啊？

杨碧辉我都不怕，郭健康算老几！"

杨碧辉是潜艇基地司令，曾经是牛三强的老艇长。牛三强连基地司令都不怕，自然不会把一个军龄比他还短一年的艇长放在眼里。

核潜艇部队一般是两套人马一条艇，半年或者一年轮换一次。郭健康到第八十八艇员队之前，艇员队正在轮休，没有艇，也没有艇长，政委准备转业，忙着到处找工作，副长、副政委不大管事，全艇处于群龙无首的状态；艇员的组织纪律性较差，缺少服从意识，战士顶班长，班长顶军士长，军士长顶部门长，部门长顶艇上领导，整个艇员队乱哄哄的。

郭健康就是在这种情况下走马上任的。

基地杨司令把郭健康叫到办公室，对他说："这个艇现在挺乱的，需要好好整顿整顿。下一步，艇员队要到船厂去接新艇，这个样子怎么行？你必须尽快把全艇的精神面貌改变过来！"

郭健康以前在常规潜艇当艇长的时候，行政管理方面比较严格，他所在的艇是海军先进单位。因此，也有人说郭健康抓行政管理比较"愣"。郭健康认为，抓行政管理，太温和了不行。这大概也是基地司令派他去整顿第八十八艇员队的原因。

责任重大，郭健康不敢怠慢。他向司令员提了一个要求："让第八十七艇员队提前把艇交出来，我要在出海训练中抓组织纪律性。光是坐在家里整顿，没事干不行。"

杨司令答应了他的要求。

郭健康上任后不动声色地观察了一个星期，寻找整顿的突破口。他在全艇军人大会上宣布："军队最重要的是一切行动听指挥，一个艇，要有规矩，我来当艇长，就要立个规矩——从现在开始，战士不能顶班长，班长不能顶军士长，军士长不能顶部门长，部门长不能顶艇上领导。谁顶了，就要在顶的那个范围内作检讨。"

很多人觉得好笑，认为他的口气太大了。艇员队的干部、战士资格都比较老，部门长、军士长当兵都比郭健康早，有人私下议论："这个家伙，一个小新兵蛋子，还牛了吧唧的！"

牛三强也在下面说："谁怕谁呀？还作检讨！"

郭健康决定就拿牛三强开刀。

不久，艇上发生了一件事，牛三强自己撞到郭健康的"枪口"上了。那天，机电长组织本部门的艇员上艇维修机械，码头离宿舍很远，需要乘汽车。集合的时候，牛三强站在右边一列的排头位置，带队的部门长白金满让左边一列先上。牛三强认为右边一列靠车近，应该他们先上，部门长却让左边一列先上车，是故意给他难看。另外，先上车可以找个好座位。

这时，牛三强说了一声"上！"，接着就冲上去了。

白金满大喊一声："谁敢！"

站在牛三强后面的人就没敢上去。

牛三强上去找了个最好的座位坐下，白金满喊他下来，他的脖子一梗："为什么要下去？"

当时郭健康正好站在宿舍门口，清楚地看到了上面发生的一幕。

车上只有牛三强一人，其他人都站在下面，白金满和牛三强僵持在那里，好几分钟。

郭健康见状走上前，对牛三强说："你下来。"

牛三强看看郭健康，坐在那里仍然不下车。

郭健康对白金满说："今天不上艇了。"

白金满宣布队列解散，大家散开以后，牛三强独自坐在车里，显得很尴尬。既然不上艇了，抢占的好座位也就失去了意义，他只好灰溜溜地下了车。

郭健康严肃地对他说："我说过了，顶了部门长要作检讨，要在部门作检讨。"

牛三强把头一扭，像是没听见一般径直走了。

郭健康对白金满说："你跟他谈，必须在部门大会上作检讨！"

白金满面有难色地看着郭健康，没说什么。其实他是有些怵牛三强的。

## 二

常言道：兵熊熊一个，将熊熊一窝。郭健康则认为，在正常情况下，太熊的人只能当兵，难以成将，因此"熊一窝"的事情不大会发生。当然，非正常情况除外。郭健康的这个观点曾经得到了很多人的认同。他是个善于"逆向思维"的人，经常会从人们习以为常的事情中发现问题。比如，很多人喜欢拿据说是拿破仑讲过的一句话"不想当将军的士兵不是好士兵"当座右铭，他则认为，太想当将军的士兵也不是好士兵。都想当将军，士兵的活儿谁干啊？

郭健康没想当将军，就想当个好士兵。结果士兵当得出色，他就一步步成长为潜艇基地最年轻的艇长了。

对于郭健康来说，从常规潜艇到核潜艇，是一个重大的人生转折。一开始他并不愿意上核潜艇工作，因为那时的常规潜艇是海军的主战部队，而核潜艇部队尚在起步阶段。

中国的核潜艇部队是他当兵的时候才开始组建的。10年后，在郭健康当上常规潜艇的艇长时，核潜艇部队还处于起步阶段，一是艇少，二是故障多，各艇员队不能正常安排出海训练，老是停留在一、二号科目上打转转，没有一个艇员队完成全训，不完成全训，就不能担任战斗值班。

郭健康所在的常规潜艇隶属于核潜艇基地，之所以为核潜艇基地配备常规艇，就是为了弥补核潜艇少、艇员出海少的不足，好让那些核潜艇艇员经常能出海，免得在岸上待久了都变成"干鱼"。郭健康完成全训之后，准备调到常规潜艇支队去工作，当时他的想法很简单，认为常规潜艇的发展空间要比核潜艇大。他和岳父的秘书谈过这个想法，岳父的秘书说，可以帮他和有关部门打个招呼。郭健康的岳父是老红军，曾任舰队司令员，很慈祥、很朴实的一位老人，机关干部都很尊敬他，虽然已经离休多年，却仍然很有威信。老司令平时很少给机关添麻烦，更不会提让人家难办的问题，所以只要他有什么事情，大家还是很给他面子的。

基地杨司令找郭健康谈话，对他说："基地本来不想让你走，但是你岳父是舰队老首长，我们都很尊敬他。他的秘书打了招呼，我们研究了，准备放你走。"

郭健康最不喜欢别人在他面前张口闭口提他的岳父，不想让人觉得他的进步都是仰仗了岳父的背景。尽管他很想离开核潜艇基地，一分钟前还很想走，然而一听杨司令跟他说到他的岳父，马上就改了主意，对杨司令说："我不走了。"

杨司令并不感到意外："你决定不走了？"

"我决定不走了。"郭健康态度坚决地回答。

杨司令当然很高兴，脸上露出意味深长的笑容。正是因为杨司令了解郭健康的性格，所以才故意用这样的话激他。不管怎么说，郭健康的话已经说出去了，就这样，他有些无奈地留了下来。一句赌气的话，从此改变了他的人生走向。

周末回到家里，他和妻子谭丽媛说了他的临时决定，谭丽媛批评他说："这么大的事，你怎么说变就变了？这样会让基地领导觉得你思想不成熟。"

郭健康无所谓地说："那也比被人说是在岳父的影响下进步要好一些。"

谭丽媛问他怎么回事，他就把基地杨司令找他谈话的经过说了一遍。谭丽媛讥笑他说："你上当了！他肯定是想留你，又怕留不住你，就故意拿我父亲说事，让你自己改变态度。"

郭健康点点头："我从杨司令的那个微笑中能看出这层意思。不过我认了，起码这是我自己选择的道路，不是别人安排的。"

"你就这么急于摆脱我父亲的影响？"

"是的。你不是我，你无法理解我的心情。"

"你是不是后悔娶了我？"

"那倒从来没有过。"

当初，郭健康在潜艇学院副长班学习，谭丽媛是学校共同科目教研室的教员。刚从地方大学毕业分来潜艇学院不久的谭丽媛还没有男朋友，目光自然落在了那些年轻学员身上。到副长班学习的都是海军潜艇部队的佼佼者，海军方面的栋梁之材。在这群青年才俊之中，她瞄准了郭健康。这小伙子不但人长得帅，学习成绩也非常优秀。她听人说，两年前他来潜艇学院的部门长班学习，学航海长专业。由于他各门功课成绩都是第一名，毕业后回到潜艇支队，别人是任副航海长，唯有他被任命为航海长。他只干了一年航海长，又进潜艇学院的艇副长班学习。当时一共有八门专业课，他每门考试都拿一百分，又是全班第一。第二名和他的分数差距还很大，潜艇学院破天荒地专门为他举办了一个学习成绩展览。这个展览有一个最热心的参观者，就是谭丽媛，她几乎每天会去看一遍。

在郭健康毕业离校之前，谭丽媛向他发出了一个爱情的信号：请他去看一场"内部电影"。那时候能看一场"内部电影"是一件很诱惑人的事，如果是别人邀请他，他肯定就去了，但是一个身份、背景都让他望而却步的姑娘请他，情况就不一样了。他犹豫再三，婉言谢绝了她的邀请。在此之前就有人提醒他，谭教员看他的眼神有些特别，他自己倒没感觉到。这次邀请证实了别人的猜测是正确的。他没有接谭丽媛抛来的红绣球，倒不是没看上她，而是她的背景让他感到有些压力。

郭健康的父亲是个县级干部，而谭丽媛的父亲是舰队司令、一九五五年授衔的老中将，两家的背景悬殊。郭健康认为，在婚姻生活中，背景的悬殊会导致性格和生活习惯上的差异，这种差异将直接影响到家庭生活的质量。后来，谭丽媛的父亲谭正道知道了这件事，碰巧他的一个老部下认识郭健康的父亲，谭正道就委托这位老部下当中间人，去做郭健康父亲的工作。中间人对郭健康的父亲说，谭司令家规严、家风正，女儿谭丽媛人也很朴实，可以让郭健康和谭丽媛接触一下，谈得来就谈，谈不来就算了。就这样，郭健康才与谭丽媛开始接触。后来郭健康发现，谭丽媛确实不错，温柔细心，善解人意。郭健康认为，男女之间的交往，一个最基本的感觉，就是彼此要心里舒服。他和谭丽媛之间就有这种感觉，于是他们走进了婚姻的殿堂。但是，结婚以后，一直有一个阴影罩在他的心上。他是基地最年轻的艇长，有人认为他之所以进步这样快，都是因为他有一个背景显赫的岳父。他感到委屈，甚至觉得受了侮辱，所以谁要是在他面前提到他的岳父，他就跟谁急。基地杨司令正是利用了他的这个心理，成功地把他留在了基地。

## 三

牛三强顶撞部门长事件的第二天，白金满向郭健康报告："牛三强不作检讨。"

郭健康冷着脸说："你再跟他谈，叫他在全艇作检讨，给他升格。"

白金满看看艇长，没敢吭声，默默地走开了。

郭健康侧面了解到，牛三强之所以这么牛，除了他的个性，还有一个原因，即他和基地政治部副主任梁公颐是老乡。

梁公颐原来在常规艇上当政委时，曾和郭健康一起搭过班子。梁公颐资格老，因此有些倚老卖老，艇上一些涉及干部战士切身利益的事情，如战士入党、提干、上学等，他都是一个人说了算，一旦处理不公，就会引起大家的不满，为此，郭健康和他交换过意见，他以郭健康调来当艇长时间短、不了解情况为由，拒绝接受郭健康的意见。郭健康强调，党的组织原则是民主集中制，要搞"群言堂"，不能搞"一言堂"。梁公颐火了，两人"叮叮当当"干了起来。后来梁公颐到基地领导面前告状，说郭健康野心很大，一到艇上就"争权夺利"。基地领导专门找郭健康谈话。郭健康得知梁公颐到基地告状，非常恼火，坚决表示不愿再和他共事，基地领导发现二人的矛盾不可调和，只好将梁公颐调开，送到海军政治学院学习，因为梁公颐资格老，从海军政治学院回来后被任命为基地政治部副主任。

郭健康分析，牛三强敢和他叫板，很可能是仗了这层关系。他暗下决心，一定要把牛三强这个"刺儿头"给剃了，让所有的人都知道，什么关系也没用，除非把他这个艇长撤了。

白金满找牛三强谈话，再次碰了钉子。他回来向郭健康报告状况："牛三强还是不作检讨。"

郭健康说："停止他的工作，不让他上艇了。你再找他谈。"

白金满说："艇长，我谈不了。"

郭健康说："你谈不了我来谈。你部门长干不了的事，只好我这个艇长来干了。你去把他叫来。"

不一会儿，牛三强来到艇部，对郭健康说："艇长，你找我？"他脸上带着笑容，仿佛艇长叫他来是有什么好事。

郭健康笑脸相迎，让他坐下，然后说："牛三强，听说你很牛啊！根本没把部门长和艇长放在眼里啊！"

牛三强愣了一下，不知说什么好。

郭健康接着说："我现在以艇长的身份和你谈话，不是以郭健康的身份。我在其位，就要谋其政。我个人跟你牛三强没有过不去的事，但是艇长今天要和你过不去了。"

郭健康收敛了笑容，那张有棱有角的脸庞严肃起来还是很威严的。牛三强的表情也随之严肃起来，丝毫没有了嬉皮笑脸的痕迹。

"论资历，你的军龄比我还早一年；论表现，你能干活，能吃苦，立过两次三等功。你是主机军士长，主机班带得也不错。但是，你违反了纪律，就要作检讨，而且必须在全艇作检讨，消除不良影响。"郭健康冷冷地盯着牛三强的眼睛，语气是不容置疑的。

这时，牛三强已经意识到郭健康在和他较真儿了，半晌没说话，像在想对策。他没敢看郭健康的眼睛，把目光移向旁边。

"我已经通知你们部门长，停止你的工作。"

"凭什么？"

"就凭你顶撞领导，不服从指挥。"

"不就是昨天上车抢个座位吗？多大点儿事啊！"

"这个事，说大就大，说小就小。道理我就不说了。你回去想想吧，什么时候想好了，给我回话。你走吧。"

牛三强站起来，态度有点儿缓和，用求和的口吻说："艇长，能不能不作检讨，我从来没作过检讨。"

郭健康斩钉截铁地说："从来没作过检讨也不行。不管你有什么背景，不作检讨就不准上艇。我作为艇长，这点儿权力还是有的。我讲过了，就得这么办！"

牛三强说："如果我不办呢？"

郭健康说："你不办？那我马上召开支委会，讨论对你的处分。可能不只是警告处分，会更严重。这个处分对你是什么后果呢？你应该明白，调级要受影响，复员以后找工作要受影响，人家一看你的档案里有一个因为不服从命令受的处分，谁会要你？"

牛三强听到郭健康给他列举了受处分之后的种种不利局面，害怕了，脸色煞白。他问："有没有余地？"

郭健康说："没有余地。我限你两天时间，把检查给我写出来，写得不好也不行。"

牛三强一看没办法了，只好回去写了个检查，很快就交上来了。郭健康一看，不太深刻，严肃地对他说："你这个检查通不过，必须重写，检查写不好照样给你处分！"

牛三强彻底被郭健康打败，再也牛不起来了。他诚恳地表示，一定深刻反省，好好写检查。

郭健康对白金满说："明天召开全体军人大会，牛三强作检讨。"

白金满很意外："哎哟，艇长，牛三强不可能作检讨，他怎么可能作检讨呢？"

郭健康说："他已经答应作检讨了。"

白金满不放心："唉，艇长，他肯定要在会上给你出洋相，让你下不来台。"

郭健康泰然自若地说："那就让他出吧。"

除了白金满，艇上还有很多人也不相信牛三强会作检讨。后来，牛三强在军人大会上认真作了检讨，还挺深刻，最后竟然还哽咽了，大家深感意外，纷纷说："牛三强作检讨，新鲜。"

从那以后，全艇上下都知道了一件事：郭健康这个艇长虽然年轻，但能力不差，和他较劲，没好果子吃。自此以后，艇员们一个个都变得老老实实的，组织纪律性大大提高，有令则行，有禁则止。

## 四

牛三强被郭健康"降伏"了，郭健康说牛三强的那句"不管你有什么背景，不作检讨就不要上艇"的话也不胫而走。"背景"是指谁？有人猜测是指梁公颐，甚至穿凿附会，把他们过去曾经有过矛盾的事也扯了出来，说郭健康整牛三强是冲着梁公颐去的。这些话传到郭健康的耳朵里，他只说了两个字：扯淡！

他有很多正经事要做，没工夫去理这些"八卦"。梁公颐也听到了这些闲话，却把这些话装到心里去了。不久就发生了一件事，让梁公颐有了"回敬"郭健康的机会。

艇上核反应堆的操纵长顾吉祥，是基地先进典型，曾多次荣立三等功，当时《中国青年》《解放军生活》等多家刊物联合发起"祖国为边陲优秀儿女挂奖章"活动，顾吉祥被列为候选人，可他不想参加。郭健康刚到这个艇员队不久，他就向郭健康提出不想干了。他很诚恳地对郭健康说："艇长，我干反应堆已经十多年了，现在身体不好，不能再干了，或者让我转业，或者让我改行。我很热爱核潜艇，只是不能再干反应堆了。每次出海，反应堆一有故障就是我去。我也不能不去，我是先进典型啊！可是，你不知道我多难受。这次我不要这个先进了，给别人吧。"

郭健康觉得他的要求合情合理，就答应他向基地政治部领导汇报。如果换别人去汇报，也许效果会好些，偏偏郭健康没有意识到这一点，负责此项工作的基地政治部副主任梁公颐见了郭健康，火就不打一处来。

"基地能有一个先进人物被挂奖章，是基地的光荣，也是基地政治工作的成绩，顾吉祥不要这个先进，你们艇上领导居然同情他、支持他，你们还有没有原则性？"

"梁副主任，这怎么都扯到原则性上去了？"

"当然是原则性问题！他这种态度，说明他思想意识不好，思想觉悟不高，是要严肃批评的。不准转业，不准改行，否则就给他处分！"

郭健康压住火气，尽量平静地说："梁副主任，不能这样，都是人，你要这么弄的话，会影响大家的积极性。"

梁公颐说："我们给了他很多先进，他还不满足？他到底想要什么？"

郭健康耐心解释说："这个事不能这么看。立功授奖评先进，那只是一种荣誉，人生在世，还有物质需求，包括生活环境的需求。"

梁公颐说："大家都像他这样，部队不就乱套了？"

郭健康终于忍不住了："梁副主任，我说句实在话你可别不愿意听，你这是站着说话不腰疼！你也是机电干部出身，应该比我了解反应堆。顾吉祥任劳任怨地干了十多年，他的孩子先天身体畸形，他个人白细胞数量比正常人要低很多，他有点儿个人要求怎么了？你觉悟高你怎么不到反应堆舱里去和他一起排除故障？"

"你……你……"

"我怎么了？我说的都是大实话！"

梁公颐不想在这个问题上和他纠缠，就问："你们艇员队是什么意见？"

"机电干部改为指挥军官的很少，大部分人的最后出路是改政工，因此我们建议送顾吉祥到海军政治学院学习，培养他当副政委。"

"这种人怎么能当副政委呢？"梁公颐冷笑道。

"他怎么就不能当副政委？"郭健康说，"他干了这么多年核潜艇反应堆，干得很好，这就是觉悟，这就是境界！"

"可他现在不想干了！"

"这不是他的错，是领导干部的错！"

"领导怎么错了？"

"领导为了树这个典型，一再叫他在这个岗位上干，不顾他个人权益，这么个干法，谁能受得了？当先进若只有奉献，将来谁还愿意当先进？"

梁公颐被郭健康饬得没话可说了，憋了半天，只好说："这件事需要政治部党委讨论决定。你回去等通知吧！"

结果，基地机关经过激烈讨论，郭健康的观点得到了大多数基地领导的赞同。基地政治部党委决定，顾吉祥奖章要挂，专业要改，学也要上。挂上奖章以后，他就被送去海军政治学院上学了。

此事在艇上影响很大，大家认为艇长郭健康关爱部下，都觉得跟着他干有奔头。

## 五

第八十八艇员队要去接新艇了，这是基地党委半年前就定下来的事情。基地杨司令留下郭健康，就是准备让他去当这个新艇的艇长。为接新艇，郭健康从各个方面做好了充分的准备。尽管他来核潜艇是为了赌一口气，不是那么心甘情愿，但是既然来了，就要把工作干好。

能不能干好是水平问题，想不想干好是态度问题。态度决定奋斗目标和努力方向。从某种意义上说，态度决定成败。

潜艇艇长的级别很高，常规潜艇艇长是副团，核潜艇艇长是正团（新式导弹核潜艇艇长为副师），但是艇员并不多，常规潜艇按编制是五六十人，普通核潜艇按编制是百十来人。早期潜艇军士长是干部的时候，每个艇上的干部与战士的比例是一比三，也就是说，每三名艇员当中，就有一名干部。后来军士长改由志愿兵担任，干部与战士的比例是一比四。核潜艇的比例与常规潜艇基本相似。陆军的一个团有上千人，一些驻扎比较分散的单位，有的战士服役期满了，连团长的面都没见过。潜艇不同，艇长和战士常年一起生活在一个狭小的空间里，天天见面，艇长就和陆军的连长差不多，吃喝拉撒什么都得管，当个潜艇艇长，要比陆军团长累多了。

郭健康每天经常想的问题是：我需要部下做什么？部下需要我做什么？

郭健康需要部下做的无非是工作上的事情，部下需要他做的无非是关心他们的实际问题，比如个人进步、家庭生活，等等。

郭健康平时住在潜艇宿舍，只有周末才能回家，有时候还要留队值班，经常利用业余时间找部下谈心，因此对他们的家庭情况都比较了解，特别是对部门长和军士长这一级更加了解。艇上的部门长和军士长一共有三十多人，郭健康对他们的情况可以说了如指掌。

郭健康认为，一名潜艇艇长，必须是潜艇的灵魂，要想成为潜艇的灵魂，必须对部下有感情。

牛三强的爱人病了，家里来了电报，当时艇上训练任务很紧，要出海，他知道离不开，就自己把电报藏起来了。但是电报都是经过艇上文书接收的，郭健康也就知道了这件事。等出完海一靠码头，郭健康就把牛三强叫来了："家里来电报了？回去看看吧。"

牛三强非常感动。自从上次"检讨风波"之后，他心里耿耿于怀。现在他终于发现，艇长虽然有些"霸道"，但也是有"柔情"的。

牛三强探家回来，带了一点儿家乡土特产，想向艇长表达心意，就跟别人打听艇长家住哪里，打听了一圈儿，居然没有一个人知道。原来郭健康有一个原则：一不讲老乡关系，二不收部下送礼。他从来不让部下到他家里去，有事便到艇部去谈，这样也避免了许多是非。

# 六

不久，郭健康带领第八十八艇员队从造船厂接回一条新艇，舷号是803。潜艇从造船厂出来开回基地，航途一路顺利。舰队和基地的很多领导来到码头上迎接。码头上红旗招展，锣鼓喧天。在这种情况下，潜艇靠码头，将是艇长最露脸的时候；当然，如果靠得不好，也是最丢脸的时候。

早期的核潜艇靠码头，一般需要拖船拖带，靠上码头最少也得20分钟，到了郭健康他们这些第二代的艇长时，就很少用拖船了，这也给靠上码头带来了难度。

核潜艇靠码头，在时间上要精确到秒，要把风速和流速都计算好，如果靠码头的速度是3～4节，流速是1.5米／秒，2秒就是3米横移，早2秒钟，就可能贴码头上了，晚2秒钟，就可能离码头3米，再晚2秒钟就是6米，就靠不上去了。所以，艇长不仅要对风和流的情况非常了解，还必须对自己艇上车和舵的情况非常了解，特别是舵令下去以后，什么时候能上来，要非常准确。每一个水兵的反应能力都不一样，有的9秒，有的10秒，艇长下口令的时候，要知道是谁在下面执行命令，要分秒不差，才能在不用拖船的情况下安全靠上码头。

那天，郭健康在港外就要了专门靠码头的倒车。因为核潜艇的惯性很大，他要的是后退3，舱内回了车钟，一般情况下，10秒钟这个车肯定上来。可是，10秒钟过去了，后退车没有来——郭健康没有看到艇尾那种回翻的浪花。

当时舰桥上一片和平景象，基地司令杨碧辉和几个业务长都在舰桥上面，在和码头上迎接的人群招手。从进港到码头一共就三百多米，以郭健康的能力，潜艇靠上码头也就十几分钟的事，大家已经在准备下艇上岸了。

郭健康大声询问舱内："没有倒车，怎么回事？"

杨碧辉在舰桥上说："来了来了。急什么，那不来了吗？！"他把艇尾的航迹看成倒车水花了。

杨碧辉的职务虽然比郭健康的高，但郭健康是艇长，是他在操艇，此时不能听别人的，必须根据自己的判断发布口令。他立即换了个车令："后退四！"

这个口令下去，车钟和口令都上来了："后退四到！"

郭健康一看倒车还是没有来——艇尾仍然没有那种回翻的浪花，他有些紧张。这时艇已经进港了，离码头还有三百多米。郭健康急切地问舱内："后退车没有来，怎么回事？"

这时杨碧辉他们也不吭声了，舰桥上鸦雀无声，大家都感觉情况不对。如果后退车来了，潜艇的惯性就小了，可潜艇还在呼呼地原速往前走，离码头只有两百多米了，眼看着就要撞上码头了，郭健康马上下口令："立即抛锚！"

后退车没来，只有靠抛锚了。

杨碧辉说："抛什么锚！别别别，别急着抛。"

舰队和基地首长在码头上等着欢迎。杨司令认为抛锚很丢人，哪儿有抛锚靠码头的？在甲板上负责抛锚的舵信班长扭过头来问："到底抛不抛？"

郭健康果断地说："听我的，抛！"

郭健康做出这个决定是需要胆量的，杨碧辉是基地司令啊，一般的人是不敢和首长抗命的。可是情况紧急，不抗命就会有撞上码头的危险。

郭健康口令一出，"哗啦啦"一声锚就抛下去了。锚链发出的噪声非常响亮，为平静的军港增添了几分紧张的气氛。

这时潜艇离码头还有一百七八十米远。锚链只有二十五米，锚抛下去之后，潜艇拖着锚链跑。舰桥上的人非常紧张，杨碧辉额头上的汗都出来了，连忙问："怎么回事，后退车怎么没来？"

副长对着舱内喊："要撞码头了！"

码头上的人也吓坏了。舰队副司令都急了："为什么不倒车？为什么不倒车？！"

这时潜艇离码头还有一百多米了，这个距离是非常不好控制的。郭健康要了个左满舵，准备抢滩。就是搁浅也不能撞坏码头啊！他下令拉了"损管警报"，准备潜艇破损时及时进行堵漏。

艇艏原来是对着码头去的，一要左满舵，艇艏就"哗"地让开了码头。郭健康一看，艇艉就要靠上码头了，接着要了右满舵，结果潜艇就带着锚，"哗"地靠上去了。原来他放长了锚链，仍然没有用，艇还是拖着锚跑，锚就是挂不上海底。

郭健康命令撇缆，缆绳带上去以后，码头上的人紧张得都不知道往系缆桩上盘缆了，所有的人都在用手拉缆绳。那哪儿能拽得动？艇带着缆绳往前跑。

郭健康拿过大喇叭喊："放缆绳！"谁也没有放，可能根本没听见。

还有一缆还没带，只有一个小战士在那儿等着带一缆。郭健康说："小伙子，你会盘缆吗？"

小战士说："我会盘。"

郭健康说："你先放松，松了以后再把它盘上，懂不懂？"

小战士说："懂。"

郭健康下令撇一缆，小战士接着就把缆绳盘在系缆桩上了。这时锚也起作用了，倒车也来了，潜艇稳稳地停在了那个地方。从进港到靠上码头，潜艇一共只用了三分钟。一次险情，让郭健康创造了一项核潜艇靠码头的纪录。不过那是一次不可复制的"非正常纪录"。

后来基地给码头上的那个小战士立了一个三等功。那么多人，就他不慌张，他带上的缆绳避免了潜艇撞码头。

当时正值冬天，天气很冷，后来发现，几乎所有人出了一身汗。核潜艇是单车单舵，亏了舵效好，要是舵效不好，就麻烦了。

七舱没给倒车是怎么回事呢？原因出在电工副操纵长林春亮身上。这个人能吃苦、能干活，但最大的毛病是胆大技术差。人家是"艺高胆大"，他是"艺差胆大"。此前郭健康曾跟别人说过："将来我们艇出事故，非出在林春亮身上不行。"

郭健康也和他本人谈过："你要好好学专业，胆子还不能太大。"

作为艇长，郭健康对艇上每个人的情况都比较了解，这次靠码头之前，他就对操纵长宋根荣说："老宋啊，反正反应堆不动，你这里没事，你到七舱去，看看电机。"

宋根荣说："林春亮在那儿呢！"

郭健康说："林春亮不行啊，他胆大技术差，我不放心，你一定要去。"

宋根荣说："好，我去。"

郭健康嘱咐道："你一定要去啊。"

宋根荣说："放心，放心。"他答应得很好，实际上没去。他入伍时间比郭健康早一年，资格老，有点儿不买郭健康的账。

事情也凑巧，就在潜艇进港的时候，突然动力装置保险跳闸了。按说，林春亮把闸挂上就完事了，可他还挺负责任，要去检查。郭健康要"后退3"，他没给车，却把车令给回了，然后去检查为什么跳闸了。

后来郭健康要"后退4"，他把"后退4"的车令也给回了，继续检查。等上面的险情快处理完了，他一看没什么毛病，这才给车。

郭健康问林春亮："你为什么这样干？"

他说："我一两分钟就检查完了，晚点儿给你车，有什么关系？"

郭健康说:"靠码头是一两分钟的事,一分钟不来车,就会出事故,别说两三分钟了。你是什么脑子!"他狠狠地把林春亮骂了一顿。

郭健康问宋根荣为什么不到七舱去,宋根荣说:"我是按部署执行。"

郭健康气得大吼:"我不是专门和你交代过了吗?"

吼归吼,郭健康却不能把宋根荣怎么样,因为真要较起真儿来,宋根荣确实是按部署执行的,板子打不到他的屁股上,而林春亮就不那么容易逃脱处罚了。

为了让林春亮接受教训,也为了引起别人的重视,郭健康让机电部门拿一个处理意见出来。白金满马上召开支委会,决定给林春亮一个警告处分,并让他在全体军人大会上作检讨。

按照程序,机电部门党支部拿出意见,经艇党委批准,这个处分决定就生效了。

没想到党支部刚刚开完会,郭健康就连续接到好几个为林春亮说情的电话,而且都是基地机关有头有脸的人物打来的,有业务处的处长,有首长的秘书。这让郭健康有些意外,林春亮是什么人?他怎么能调动这么多的关系?郭健康心里想:林春亮差点儿让一条刚接回来的核潜艇撞了码头,给他个处分并不为过,要是真撞了码头,那就不是一个小小的警告处分了!

不过郭健康想先搞清楚,到底是谁在背后操纵了这些说情的人。他把林春亮叫到办公室,开门见山地说:"林春亮,你本事不小啊!"

林春亮"嘿嘿"一笑:"艇长,你是在表扬我还是批评我啊?"

郭健康眼睛一瞪:"表扬你?我要处分你!"

林春亮赶紧收敛笑容:"艇长,我知道错了,你就原谅我这一次吧!"

郭健康说:"你还知道你错了啊?那你说说,你到底错在哪里?"

林春亮支支吾吾好半天,也没说出他错在哪里。

"说啊!"郭健康催促道。

"我不该没给车就回车钟。"

"还有呢？"

"还有……我不该在那个时候去排除故障……"

"还有呢？"

"还有……还有什么……我就不知道了。"

"使劲儿想！"

林春亮皱着眉头想了半天，哀求道："艇长，我真的想不出来了。"

"那好，我提示你一下，你们支部决定给你处分，开完会不到两个小时，我就连续接到为你求情的电话，怎么回事？"

"这个……这个……"

"痛快点儿！不说清楚我给你严重警告！"

"别呀，艇长，我说。是这样，我媳妇的娘家和梁副主任的爱人沾点儿亲戚关系……"

"怎么个亲戚关系？"

"我也说不清楚，好像是我媳妇的二姨父的妹妹的婆家和梁副主任爱人的妹夫是表亲关系……"

"什么乱七八糟的！你就说吧，你找了谁？"

"我找了我媳妇……"

"你媳妇又找了谁？"

"我媳妇找了她姑……就是梁副主任的爱人，论辈分是我媳妇的姑……"

"然后你姑又找了谁？"

"那我就不知道了，可能找了她爱人吧？"

"可我偏偏没有接到你那个副主任姑父的电话。你去让他给我打电话吧！"

林春亮看着郭健康，不知此话是真是假。他忽然想起郭健康刚才追问他错在哪儿，说不定指的就是这件事，这样他就更不敢去找梁公颐了。

"艇长我错了。我不该让我媳妇……"

"晚了!"郭健康说,"本来你这件事,如果检讨深刻,是可以免予处分的,但是现在有了这么多人说情,要是不给你处分,倒让人觉得是说情起了作用,在我们艇上绝不能有这样的事情发生。所以,这个处分你是逃不掉了!"

林春亮一听,傻眼了。他知道,郭健康这个艇长是说得出就做得到的。他后悔莫及,忍不住哽咽起来。

"好了,回去准备在军人大会上作检讨吧!"

通过这件事,郭健康又对艇上的各个战位进行了整顿。大家知道了郭健康的厉害,再也没人敢和他叫板了。

有人说,第八十八艇员队的兵,让郭健康管得都跟猫似的。这话听起来有点儿夸张,倒也符合实际情况。艇员队有一百八十多个人,在一个饭堂里吃饭,没有一个人讲话,只能听到碗筷声和大家的咀嚼声。

不久,海军司令部潜艇部的陈部长来检查工作,看到大家吃饭时没人说话的情景,感到不可思议,对郭健康说:"郭艇长,是不是因为我来了,做样子给我看的?"

郭健康说:"不是。我们就是这个规矩,吃饭的时候不准讲话。"

陈部长说:"你们平时能做到?"

郭健康说:"这就是平时。不信你在这儿待一个月看看。"

细节见作风。陈部长满意地点点头。

陈部长此次来还有一个重要使命,就是要考察一下803艇的技术和作风情况。海军计划安排一次核潜艇"长航",陈部长认为,把"长航"任务交给803艇,比较让人放心。

## 七

所谓"长航",就是长时间航行的意思。此前潜艇部队并没有这个词语，一般是称为"远航"，也就是比较远距离的航行，当然时间也相对长一些。常规潜艇的远航时间一般为三十天左右，也有十天至二十天的"小远航"。803艇的长航，其使命是最大自给力的试验，通俗地说，就是要检验一下中国的核潜艇到底能在海上航行多少天。

二十世纪六十年代，中国的常规潜艇曾经进行过类似的试验，时间长达四十二天。执行这次试验任务的是629潜艇。

803艇将要执行的长航任务和629艇的远航性质是一样的，同属于"最大自给力试验"，这种试验包括对人员适应能力的检验，换句话说，人员也是试验品。说起来有点儿残酷，可这又是必备条件。没有一小部分人做出这种牺牲，将来的核潜艇就无法避免更大的牺牲。

这项试验是由海军司令部潜艇部具体策划的。因为803艇刚刚接回部队时间不长，是基地最新的核潜艇，经潜艇部陈部长考察，上报海司、海军首长批准，长航任务正式交给803艇。

在此之前，核潜艇工程办公室曾在陆地上造了一个核潜艇的模拟舱，搞九十天的长航模拟试验。与真艇相似，舱内见不到阳光，有各种噪声，有各种气体，每天从外面送吃的进去。九十天下来，据说很多人的身体被搞坏了。另外，大家听说美国人搞核潜艇"最大自给力试验"，创造了八十四天的世界纪录，但是潜艇靠码头时，不少人是用担架抬出来的。总之，各种传言很多，艇员们多少有些恐惧，当时艇上有大约百分之七十的人不愿意接受这个任务。

基地司令员杨碧辉把郭健康叫到办公室，对他说："郭健康，长航任务就是你们的了，但是不能就这样交给你们，你们要写出请战书，基地才能把任务交给你们。"

郭健康听了心里感到好笑：都不愿意去，还要叫我们写请战书。他对杨碧辉说："这样吧，我回去召开常委会，常委会同意请战，我就写，常委会不同意，我也不能一个人请战啊！"

结果在艇员队的常委会上，除了郭健康和新任政委吴麒麟，其他人都不愿意。当时艇上有两个副长和两个副政委，他们的资格都很老。两个副政委都是二十世纪五十年代末入伍的，两个副长都是二十世纪六十年代入伍的，所以他们不大在乎二十世纪七十年代入伍的郭健康的意见。

一些部门长说：“上级下命令干，我们就干，我们不能不服从命令。若叫我们请战，就算了吧。”

大部分志愿兵也有抵触情绪，对艇长、政委说：“你们争这个任务干什么？这不是开玩笑吗？要是我们身体搞坏了，将来老婆孩子谁养活？”

艇长和政委在艇上成了少数派，这是很罕见的。

常委会上的意见分歧很大，无法进行表决，郭健康、吴麒麟与大家协商，达成了共识，也算是常委会的决议：上级下命令叫我们干，我们服从命令；如果基地认为还有更合适的艇队去干，我们让。

另外还有个很有意思的事情，试验打导弹时，各个艇员队都争着去，向基地党委写决心书、请战书，到了搞长航，没有一个艇队写请战书，听到长航，都选择了沉默。

郭健康和吴麒麟向基地司令和政委报告了常委会情况，两位基地首长一听都愣住了。政委问：“你们常委难道就没法形成一个请战的决议？”

郭健康只好如实回答：“政委，我们无能为力啊。我和老吴是少数，常委会是少数服从多数，我们不能强加于人。”

最后，基地无可奈何，只好把这个任务正式下达到803艇上，而不是等他们请战。

为此，基地专门成立了一个工作组，由政治部副主任梁公颐带队，和艇政委吴麒麟一起对艇员进行英雄主义教育、爱国主义教育、革命人生观教育等，然后号召大家自愿报名。结果，他们做了一系列的思想政治工作，最后还有好多人不报名。

当时艇上有个战士叫张旭，二十世纪八十年代入伍，平时表现很好，在他们同年兵中是第一个入党的，郭健康很喜欢他。按照部队习惯的做法，遇到重大任务和重要事件，党委都会号召党员带头。这一次长航，党委也是号召党员带头报名，可这个张旭就是不报名，郭健康找他谈话，直截了当地问："张旭，你为什么不报名？"

他说："艇长，我身体不好，去了恐怕就回不来了……"

"你身体哪里不好？"

"哪里不好我也说不上来，就是老冒虚汗。你看，这又冒汗了……"

"我看你是怕死！"

"艇长，说句实在话，死倒不可怕，就是死在海上要水葬，连尸首都带不回来……"

说来说去，他死也不报名。最后郭健康在全艇大会上做了深刻的自我批评，沉痛地说："我们在二十世纪八十年代入伍的兵中发展的第一个党员，我们发展错了。我们领导判断错了，只注重表面，没注重内在的素质，看错了人哪！"

为了便于工作，基地决定，随艇出海的副长、副政委由郭健康在基地范围内自己选。原来的那四个副长、副政委就不让他们去了。

但是郭健康坚持要让一九六八年入伍的副长郝东升随艇出海。杨碧辉司令员对郭健康说："小郭，郝东升不能去，他业务不好，操练不出来，将来当不了艇长。"

郭健康坚持说："他当不了艇长可以干别的。还是让他去吧。"

郭健康觉得，郝东升资格比自己老，做事勤勤恳恳，自己得讲点儿情谊啊。但是郝东升因为一件别的事情，对基地领导有意见，正在闹情绪。郭健康找他征求意见，他赌气说："这次长航我不去。"

郭健康耐心地劝他说："老郝啊，实话告诉你，如果你不参加长航，也就拉倒了，组织上以后也不会重用你的。你要想在这个部队有发展，就参加长航，做点儿贡献吧！不瞒你说，组织上还不想叫你去呢！"

郝东升一听有些紧张，立刻表示愿意参加长航。

还有一个一九六十三年当兵的副长，身体不太好，郭健康不想让他去，就选了另外一个艇的副长，叫李宝光。他和郭健康是潜艇学院的同学，业务很好，人也很要强。在潜艇学院学习时，他每次做作业都跟郭健康比高低，结果每次都比郭健康差一点点，最后他对郭健康说："我服你。"

郭健康找到李宝光，问他："长航你想不想去？"

李宝光说："老郭啊，我可以跟你去，但有一条，我想转业，长航完了你要是能让我转业，我老李就跟你老同学走一遭。"

李宝光的心气很高，属于宁当鸡头不当凤尾的那类人，可他和郭健康在一个单位，就永远没希望当上鸡头，所以他想转移战场，摆脱"既生瑜何生亮"的困顿。

郭健康说："我不能给你打包票，但是长航回来以后，我肯定会为你使劲儿。"

于是李宝光答应参加长航。

当时郭健康最担心的是机械问题，如果长航搞到五六十天失败了，等于让大家白白受了苦。在此之前，802艇搞过三次小长航，第一次三十天，第二次三十一天，第三次三十三天，都没有完成原定六十天的计划，焦头烂额地回来了。现在，一下变成九十天的任务，郭健康的担心不是没有道理。人可以玩命，机械不行。

郭健康的准备工作做得非常细，他列出了七大机械方面的难题，这七个难题不解决，就没法进行长航。其中一个难题是造水机的除垢问题，它需要人工除垢，可是到了海上，条件有限，时间无法保证，如果带上一套备品，拆旧换新也很麻烦。巧的是，就在这时，他们得到消息，合肥一个化学药品厂搞出了一种化学除垢剂，他们拿来一用，发现效果很好，这个难题也就轻松地解决了。

艇上一共有十几个专业，郭健康对每个专业都会仔细过问，特别是直接影响长航的专业，如主机、副机、核动力、电工，有什么困难，能不能完成任务，为什么不能完成，他都要做到心中有数。

郭健康找到主机军士长牛三强，问他主机专业有什么问题，他很自信地说："没问题，我可以保证。我要不能保证，别人就够呛了。"牛三强在技术上还是很牛的。

郭健康说："你再想想，还会出什么问题。"

牛三强想了想说："有一个设备，如果出了故障，我解决不了。"

"什么设备？"

"主冷凝器。"

郭健康所列的7个难题里面不包括主冷凝器。他忽然意识到，如果冷凝器再出问题，就不好办了。他忧心忡忡地说："老牛啊，有没有别的招儿？"

"没招儿，这个故障太大。"

"过去出没出过故障？"

"没出过，咱们国家的核潜艇从来没出过。"

郭健康回去查阅资料，在美国人写的《原子潜艇》一书上看到，美国核潜艇出过这种故障。当时是两艘核潜艇要到北极去，搞竞争，搞试验，看谁最早通过北极。其中一艘核潜艇的冷凝器出现故障，该艇艇长采取了一个很极端的办法：他到了一个大城市，买了一些速补剂，把漏的管子堵住，然后跑到北极去了。

郭健康找到牛三强说："咱们能不能用这个办法？"

牛三强说："不行。咱们没有那种速补剂。不过在海上有个土办法可以试试……"

"什么办法？"郭健康一脸期待地问。

"就是把壳子打开，然后找漏点，一共三千多个管子，在那一面抽真空，在这一面用打火机凑近管子，漏的管子就会有气流通过，火苗一旦往管子里进，就说明这个管子漏了。找到了漏点，再用销子把这个管子销起来，不用这个管子。"

"这个办法行。"郭健康高兴地说,"如果出现这个问题,就这么干。你把销子带好。"

牛三强按照郭健康的指示带了七十多个钢销子。

在准备长航的过程中,有一天,舰队苏司令员找郭健康谈话,想了解长航的准备情况。这个时候,郭健康已经从不愿上核潜艇到喜欢上核潜艇了。他对苏司令谈了一些对核潜艇的认识。他认为,核潜艇的存在,从某种程度上来说,其政治意义远远大于军事意义。它是中国综合国力不断增强的标志,是中国核威慑力量的象征。只要中国有一条核潜艇存在,敌国就不敢轻易对中国发动核战争,因为敌人不知道我们的核潜艇在哪里游弋,它具有第二次核打击的能力,可以潜伏在敌人的家门口发射导弹,使其无法拦截,除非对方不计后果,想与我们同归于尽。

苏司令认为他的见解很好,听后很高兴,便让他把这个思想产生的过程写一个汇报材料。郭健康很快就写出来了,没想到苏司令把他的思想汇报呈送给海军刘司令员了。刘司令看了以后,认为很有教育意义,批示全文下发,让所有潜艇部队都要学一学。

郭健康的那个思想汇报说的都是实实在在的心里话,很朴实,同时洋溢着作为核潜艇艇长的自豪感。

经过多方面的努力,803艇长航准备就绪,海军张副司令员亲自到基地检查备航情况。张副司令是潜艇艇长出身,有丰富的远航经验,在担任潜艇支队长时,曾率领一艘潜艇远航太平洋。因为他太懂潜艇了,脾气又大,潜艇部队的人都有些怕他。他仔细检查了803艇的备航情况,表示满意,对郭健康说:"郭健康,你若长航成功,我从北京来迎接你;要是失败了,我就不来了。"

在一个漆黑的夜晚,803艇悄悄离开基地码头,开始为期九十天的长航。

这是中国潜艇史上前所未有的一次航行,作为艇长,郭健康的压力可想而知。

# 八

803艇的这次长航，上级非常重视，基地司令员杨碧辉亲自出马，担任海上指挥员，基地政治部副主任梁公颐也来了。除此之外还有多名业务长随艇出航。

潜艇的特点是神秘，来无影去无踪，尤其是核潜艇，动力源是核反应堆，不需要给蓄电池充电，且原则上不准浮出水面。

三个月在水下不见太阳，那种日子是很难熬的。

全艇人员共分三个更次，每更四个小时。潜艇到了水下，分不清白天黑夜，只能以艇上的二十四小时船钟来分辨夜与昼。艇员们吃的大都是罐头食品，睡的大都是简单的吊铺，比火车上的硬卧还要局促。业余文化生活就更简单了，看不到报纸，听不到广播，自然也收不到电视节目，主要读物是小人书——别的书籍在昏暗的灯光下看得时间长了会损伤视力。休更的人闲着没事，常常会聚在一起聊天，山南海北，海阔天空，逮着什么话题就聊什么话题。

军官们有专门的军官舱，军官们在一起经常会聊聊自己的孩子。

一天，不知谁大发感慨，说现在的孩子都是独生子，家家都像宝贝一样呵护着，含在嘴里怕化了，简直都不知该怎么宠着好了，从幼儿园开始接送，到上小学还是要接送，恨不得上初中了也要接送。地方人员还好，夫妻可以轮换，夫妻忙不过来还有双方的父母帮忙，军人就不行了，军人平时照顾不了家，很多家属又是随军过来的，父母都不是本地人，照顾孩子的重任只能由家属一人承担，累了家属不说，孩子也要受不少委屈。

对此，郭健康的观点和别人恰恰相反：

"我觉得现在的家长太过分了！孩子上学用得着接吗？我们小时候上学，谁用大人接过？"

有人反驳他："你小时候中国是什么样？那时有那么多路吗？有那么多车吗？有那么多坏人吗？现在可是每家只有一个孩子啊！"

"那也不应该成为娇惯孩子的理由。"郭健康坚持己见。

"郭艇长你别说大话，你的孩子是怎么教育的？"

"我的儿子我绝不惯他。"

郭健康的儿子叫郭洋，一两岁的时候，老是被他大舅家的孩子欺负，大舅家的孩子比郭洋大两岁，经常打得郭洋"哇哇"哭。谭丽媛见儿子吃亏很不高兴，郭健康对她说："你不要管他，小孩受点儿欺负没坏处，别人越欺负他，他将来越有本事。"

有一天，郭洋又被大舅家的孩子打了，哭着来找郭健康告状："爸爸，哥哥打我，我根本没惹他。"

郭健康说："你真没出息，有本事自己打回去！哭什么。"

儿子见求助无果，转身走了。

等到下次他和哥哥打起来，他就不再请求"外援"了，而是独自作战。一开始打不过，后来他咬了哥哥一口，把哥哥咬哭了，从那以后，哭着告状的人变成了哥哥。

郭健康小时候在水里玩，有两次差点儿被淹死，所以郭健康特别希望儿子能学游泳。郭洋胆子小，见了水就跑，郭健康把他抓住扔到水里。妻子不忍心，对郭健康说："你怎么这样对待孩子？"

郭健康说："没关系，游泳池里淹不死人。"

求生的欲望使郭洋拼命挣扎，挣扎了一会儿，就浮到水面上来了，很快就学会了游泳。

大家听了郭健康的介绍，觉得他的观点不能算错，但都表示学不来。

## 九

出航第十五天，潜艇遇到台风，并不慎进入了台风圈。海上风浪很大，涌很长，风力达到八至十级。上午收报的时间，当更指挥员李宝光指挥潜艇浮起到八米深度收报，并用惯性导航系统测舰位。但是由于风浪太大，潜艇浮到十三米时，一下被涌浪掀到水面上去了。海军有规定，潜艇远航期间，不到万不得已，不准露出水面，从第一次下潜开始，到返航回来，全部都要在水下完成。李宝光马上下令注水，潜艇迅速潜入深海，上午没能收报，也没能测舰位。

到了下午，又是李宝光当更，又出现了这种情况。

潜艇一下又浮上去了，李宝光就往下操。碰巧，这时深度计失灵，指针显示为零。二舱上头有六个深度计，全部显示为零。李宝光以为是潜艇被涌浪掀到水面上去了，实际上是深度计的管口被什么东西堵住了。六个深度计都是一根管，管口一堵全部失灵。这属于设计不合理。李宝光也没想到会是深度计失灵，就一门心思往下操，速度非常快，向水柜注了二十吨水，一下就潜到了五六十米。李宝光还不知道潜艇已经下去了。

核潜艇的潜望镜在舰桥指挥室里，随艇出海的梁公颐副主任喜欢看潜望镜，叫副长郝东升把潜望镜没在水里测海水的透明度，发现升降舵的导向管漏水，就问郝东升："这是怎么回事？"

郝东升一看指挥室的深度计，下潜到七十多米了，吓坏了，一下从指挥室升降口跳下来，在李宝光的腰上捅了一下："李副长，注意深度！"

李宝光以为郝东升是在提醒他潜艇冒上去了，就说："我知道了。"

郝东升一看这里的深度计指示为零，想：是不是我看错了？他"腾"地又爬到指挥室，一看深度计，已经潜到八九十米了，再一看潜望镜，里面黢黑，什么也看不见，确定是潜艇掉下去了。他又跳到指挥室，大喊："中间水柜供气！"

原来，指挥室的深度计是另外一根管子，显示正常。

李宝光这个时候也发现问题了，中间水柜开始供气。这时潜艇已掉到一百二十米。

高压气供气的声音很刺耳，与水面供气的声音不一样，此时发出的是"吱——"的声音，非常响。

杨碧辉听到了，从艇长室里跑出来问："干什么？！"

李宝光说："坏了，艇掉下来了，一百二十米。"

杨碧辉说:"快,拉战斗警报!"

郭健康当时正在睡觉,听到刺耳的声音,觉得不对劲儿,就跑到二舱上头。他一看深度,潜艇已经掉到一百六十米了,从一百二十米开始排水,到一百六十米才停住。

一级战斗部署,郭健康负责指挥。潜艇浮到一百四十米的时候,六舱突然报告:"六舱破损!"一百四十米深度下舱室破损,十四个大气压啊,一旦大量进水,很快就能把舱室灌满。大家的心一下就收紧了。

杨司令说:"准备向尾部舱室供气。"

郭健康说:"不对。做好向尾部舱室供气准备,但不要供,万一尾部破损,要靠尾部来垫。"郭健康考虑,倾差大一点儿,用增速的办法,先上来再说。如果向尾部舱室供气,头就下去了,潜艇会面临灭顶之灾。

此刻郭健康比较冷静。他发现倾差没变化,判断不会有大的破损。警报拉完了,他让六舱报告情况,六舱的话盒里面是"哗哗"的声音,没人报告情况。

"六舱报告情况!六舱报告情况!"

郭健康连喊几遍,六舱情况报不上来,六舱的人都忙着堵漏去了。

原来是一个管路的堵头刺开了,直径两厘米,水柱反刺回来溅起一片水雾。

潜艇上浮到一百二十米,六舱又报告:"六舱起火!"——是海水打到电盒里引起的电火。

郭健康的心这次真的揪起来了。美国的核潜艇有几艘就是这么沉的,难道我们的也要沉了?他叫李宝光马上到六舱去,随时报告情况,特别是火灾的情况。当时他判断,舱室没有大的漏洞,要不早就出现尾倾差了。但是火一烧起来就没有氧气了,要死人的!

郭健康一连串的口令发出去之后,潜艇迅速浮上水面。

这时,六舱的火也扑灭了,进水的漏点也找到了。郭健康向全艇宣布:水已堵住,火已扑灭,大家不要慌张。下一步,可能要事故停堆,请大家做好事故停堆的准备，注意按照程序操作。

因为失火，电路一烧，机械工作受影响，会引起事故停堆。结果他刚讲完一分多钟，反应堆事故停堆了。

核潜艇最怕的三个事故，一是失火，二是进水，三是事故停堆。这三件事情在同一时刻出现了，但是由于处理得当，没有造成严重后果。

指挥舱的六个深度计为什么会失灵呢？

后来，郭健康让人用中压气一吹，深度计的管子就通了，六个深度计马上恢复正常。到底是什么堵的？谁也说不清楚，可能是海洋浮游生物，也可能是抹布。如果是抹布，那就是管理不善，属于责任事故。

第二天，在上浮到潜望镜深度收报的时候，由于当班的值更官郝东升指挥不当，又出了一次险情，造成二十多度的大纵倾。这样大的纵倾是非常危险的，一旦挽救不及时，潜艇就会扎到海底上不来了。所幸机电长白金满反应敏捷，果断下令"失事排水"，及时挽救了潜艇。

这次险情惊心动魄，有个志愿兵吓得直哭，他对郭健康说："艇长，我也不要什么立功受奖了，你只要带我们安全回去就行了。"

大纵倾之后，天已经黑了。郭健康和杨碧辉商量，风浪太大，潜望镜深度操不住，不收报，不测舰位也不行，为了避免再出险情，干脆浮到水面上航行吧。这也是海军所说的万不得已。杨碧辉表示同意。

郭健康下令水上航行，然后和李宝光、郝东升一起爬上舰桥。此时，海面上黢黑一片，黑沉沉的浪头又高又大，一个浪打过来，潜艇就"哗——"地倾向一边，几乎伸手就可以抓到海水，仿佛世界末日就要到了。三个人都有些胆怯，紧紧地抱在一起，两个副长对郭健康说，回去以后什么也不干了，坚决要求转业。

郭健康骂他们道："你们俩真没出息，这种话回去再说！"

就在这个时候，郝东升拿着话筒，准备向舱内通报海情，想说海面大浪大涌，"大"字刚说出来，郭健康一把将话盒按住了。他想，已经连续出了两起事故苗头了，大家已成惊弓之鸟，这时需要稳定情绪，如果再说大浪大涌，对稳定艇员情绪不利，于是他对郝东升说："对下面讲，中浪中涌。"

郝东升就说："海情是中浪中涌。"

过了几个小时，郭健康下到舱内，对航海长说："刚才上面是大浪大涌，你把它改过来。"

航海长说："我这一页已经填完了。"

填写《航泊日志》有个规定，一页填完了，可以写在页外。郭健康说："你按规定把它改在页外就行了。"说完这一句话，他就去休息了，也没看《航泊日志》，过后他就把这事忘记了。当时站在海图室门口的梁公颐看到了这一幕，并把它记住了。

梁公颐作为"老潜艇"，深知政工干部在海上的军事行动中是没有什么发言权的，所以他自出航以来，很少多言多语。在处理潜艇险情的过程中，郭健康表现出来的冷静、镇定和果断，让他对其刮目相看。尽管他从心里不喜欢这个有点儿霸气，甚至有点儿刚愎自用的年轻人，并一直用挑剔的目光在审视郭健康的所作所为，但他不得不承认，郭健康身上有一种别人没有的东西。那是什么呢？他又说不清楚。仿佛郭健康就是为潜艇而生的。郭健康为什么要改《航泊日志》呢？他在心中画下了一个大问号。

十

长航的第一个月，除了两次险情，其他还算顺利，几乎没有发生过大的机械故障。

随着时间的推移，人员和机械的疲劳程度在不断增加，机械故障渐渐多了起来。第四十天，主机班报告，主冷凝器发生故障，水质变坏。

郭健康担心的事情终于发生了。虽然出航前郭健康让牛三强准备了七十多个钢销子，但是要查出故障所在，并非易事。从理论到实践，中间有很大的距离。

杨碧辉主持召开海上临时党委会，大家认为，这次长航，是海军首长十分关注的大事，主冷凝器发生故障，应马上向他们报告。郭健康马上草拟了一份电报。

海军首长经与有关人员认真商量，决定让803艇靠码头修理。

当晚收到电报后，郭健康的心情很复杂，只要潜艇靠上码头，就等于宣告这次长航任务失败了。他有些不甘心。别人都睡觉去了，他和政委吴麒麟商量："难道我们就这么完了？"

吴麒麟说："不能就这么完了。"

郭健康去找机电长白金满，问他有没有办法，他说："我去找牛三强来一起研究吧。"很快他就把牛三强找来了。

郭健康对牛三强说："老牛，咱们不能回去，你琢磨琢磨，怎么样能在海上把这个故障排除了。"

牛三强说，艇上共有两台主冷凝器，一般不会两台一起坏，要检查是哪台主冷凝器出现故障，就要进行隔离检查。从隔离系统到检查出水质好坏，需要七八个小时。

郭健康决定试试看。结果第一次隔离之后，水质仍然不好，接着他们便又把另一台进行隔离，过了不长时间，水质迅速变好。比如，水质原来是一百个PBM，现在迅速掉到五十个，接着掉到二十五个。

牛三强说："没错，就是它！"

郭健康高兴坏了，立刻去把杨碧辉司令员叫醒，告诉他故障找到了。

杨碧辉也非常高兴，但是说："别激动，再看看。"再化验一次水质，PBM又下降了。他说，"立即给家里发报，请示在海上排除故障。"

上级同意了在海上排除故障的请求。

抢修主冷凝器的工作是在水上进行的。主冷凝器的盖子有四百多斤重，螺丝拧开以后，谁也挪不动。那个地方很小，使不上劲儿，人多了施展不开，只能容纳两个人，全艇上下，只有郭健康和李宝光的块头最大、劲头最大，别人弄不动，郭健康和李宝光亲自上阵当力工。

牛三强在出航前准备的七十多个钢销子派上了用场。他通过"抽真空"的方式，发现哪个管漏了，就把哪个管子用钢销子堵上，一共堵了三十多根管子，把主冷凝器漏水的管子都堵上了。海水进不来，水质就变好了。

从发现故障到最后排除故障，郭健康连续四十八小时没有睡觉。

随着时间的推移，机械故障越来越多，好在故障都不是很大，没有影响潜艇的机动性能。

在长航进行到第八十八天的时候，由于机械已处于疲劳状态，五舱的蒸汽管道保险阀突然起跳，蒸汽"哗"地就出来了。蒸汽的最高温度有二百六十多摄氏度，在这种情况下，离开稍微晚一会儿，人就会像蒸馒头一样被蒸熟了。那个场景惊心动魄，整个舱室里面一片慌乱。

站在指挥舱尾部的梁公颐大叫："蒸汽从四舱过来了！"但是他不知道该怎么处理这个险情。

郭健康对李宝光说："你指挥，我去看看。"

这时，照明电源突然断了，艇里一片漆黑，如果蒸汽泄漏事故不马上处理，是会死人的。好多人从四舱往指挥舱跑，此时失事照明灯亮了，他们看见郭健康过来了，又掉头往回跑。危急时刻艇长的出现大大稳定了艇员的情绪。

正确的处理方法是关闭隔舱阀，主机军士长牛三强表现非常出色，沉着地将隔舱阀摇了二十多圈，将阀门关死，蒸汽不再泄漏。这个故障的排除过程看似简单，但是如果处理不当，就会影响到潜艇的生死存亡。

牛三强在海上两次排除重大故障，后来荣立一等功。

梁公颐对郭健康在关键时刻的沉着表现心存敬意，但同时他又心怀忌妒。作为中国海军第一名执行长航任务的艇长，郭健康的前途不可限量。如果郭健康荣升了，那他们过去出现的纷争，将会以他的失败而告终。历史是无情的，从来都是成者为王败者贼，因此，他不希望郭健康太顺利了……

# 十一

803艇终于完成了预定的九十天长航任务，超过了美国核潜艇长航八十四天的世界纪录。第九十一天返航的时候，郭健康搞了一个军旗签名仪式，全部参加长航的一百二十五名官兵都在军旗上签了名。当时大家的心情都很激动，这面大家签名的军旗，将来是要载入史册的。

803艇靠码头时，海军张副司令员专程从北京前来迎接他们。前来迎接的还有舰队和基地的领导。

那天的天气很好，风平浪静，海流也很小。基地为803艇准备了靠码头用的拖船，郭健康认为，长航虽然很累，但还不至于靠不上码头，只要把舵利用好，就可以不用拖船。他也特别露脸，几个口令，潜艇就靠好了码头。

郭健康有个特点，越是关键的时候越镇静，从不怯场，临场发挥比较好。他每次考试的时候，成绩都比平时的成绩要好。无论是理论考试还是实际操作，场面越大，他思路越清晰，口令越清楚，操作水平越高。有人说他很适合当职业军人，这种人能打仗。

他训练出来的官兵也不逊色。上甲板站坡的水兵一个个精神抖擞，亮开嗓门儿"嗷嗷"的。张副司令在码头上问候大家："同志们辛苦了！"

站坡的水兵响亮地回答："为人民服务！"声音传得老远老远，根本不像是参加长航归来。

经过九十天的海上煎熬，艇上很多人的身体已经非常虚弱，政委吴麒麟在返航途中就曾晕倒过一次。但是郭健康和吴麒麟不想让他们的艇员也像美国艇员那样被人用担架抬出去，他们号召大家，要振作精神，挺起腰板，自己走下艇。码头上停了好几辆救护车，还有好些担架，显然是为他们准备的，结果最后都没用上。艇员们靠着一种精神的力量，全部自己走上码头。

郭健康在码头向张副司令报告情况，张副司令拉着他的手问："健康，你的身体怎么样？"

郭健康说："还行。"

"通过长航，你感觉我们这艇怎么样？"张副司令很关心这个艇的战术性能，因为这关涉将来核潜艇到底能在海上战斗多长时间，有没有战斗力。郭健康一一做了汇报。

接着就是海军舰队和基地首长、艇长合影留念。照相的时候，中间有个大花篮，郭健康认为那个位置应该是杨碧辉坐的，杨碧辉是基地司令员、长航总指挥，但是张副司令把郭健康拽了过来，对他说："健康，你坐，你坐这儿！"

郭健康不敢坐，张副司令硬拉他坐下了。张副司令坐在郭健康的左边，舰队苏司令员坐在郭健康的右边，然后是其他人依次排开。

不久，郭健康把潜艇交给别的艇员队，参加长航的人员开始了为期两个月的疗养，与此同时，艇员队进行长航总结。

郭健康将长航期间潜艇出现的险情，以及处理的过程向舰队机关做了详细的汇报，舰队司令非常高兴，认为是郭健康挽救了潜艇，连说了两句"应该重奖，应该重奖"。后来舰队给郭健康上报了一等功，而海军的意见恰恰相反。有人说，郭健康不但不能立功，还要被追究责任。

有人提出疑问："深度计是怎么失灵的？肯定是抹布堵上的！艇长是有责任的！"

郭健康的一等功泡汤了，随之而来的事情更是让他大惑不解。

两个月的疗养结束时，艇上的几个领导，该提升的提升，该走的走了，政委吴麒麟晋升基地政治部副主任了，副政委晋升艇政委，副长郝东升晋升基地司令部副参谋长，副长李宝光要求转业被批准，只有郭健康被通知送海军指挥学院学习。这样的结果让郭健康有些不开心。问题出在哪儿呢？

就在这时，"郭健康涂改《航泊日志》"的传言也出来了，郭健康一开始也没当回事，他认为，一个人活在世上，不被人议论是不可能的。

常言道，无人背后无人说，无人背后不说人。可让他感到纳闷儿的是，这个传言是从哪里冒出来的呢？后来发生了一件事，让他感受到了"人言可畏"。

多年之后的一天，舰队政委找郭健康谈话，问他涂改《航泊日志》是怎么回事。这时他才知道，有人说长航中出现的两次险情，本来是责任事故苗头，郭健康把险情归罪于大风大浪，所以涂改《航泊日志》，郭健康的思想意识有问题。

郭健康恍然大悟，原来他的一等功泡汤、被送去学习，就是因为这个问题！

郭健康感到很冤枉，心情极其复杂：这都是什么事！他先是将"涂改《航泊日志》"的原因向舰队政委做了详细的解释，然后委屈地说："这么大的事情，也不找我谈一谈，既然是思想意识问题，也应该让人知道啊！一是给我一个申辩的机会，二是我知道了也好改啊！"

舰队政委说："健康，这些年你太顺利了，这也是磨炼磨炼你。"

郭健康有苦说不出，心里却在想：有这么磨炼人的吗？

郭健康清楚，"举报"他"涂改《航泊日志》"的人一定是别有用心，是谁干的，他能猜得出来。另外，舰队司令部潜艇科的人不承认803潜艇进入了台风圈，也为"涂改《航泊日志》事件"起到了"旁证"的作用。因为潜艇进入台风圈，潜艇科也有责任，首长会说：你们是怎么指挥的？把潜艇指挥到台风圈里去了！实际上潜艇确实进入了台风圈，这一点，参加长航的人都可以证明。但是事情已经过去了，就是有人证明，已经于事无补。

在这之前，郭健康始终被一些人认为"思想意识有问题"。现在，既然"涂改《航泊日志》"的问题搞清楚了，那么原来的"思想意识问题"也就不再是问题了。

后来，已经当上将军的郭健康回潜艇基地，想看看那次长航的《航泊日志》，结果没有找到。

作者注：这篇小说讲述的是一个发生于20世纪80年代的故事。以前，中国核潜艇处于保密阶段，文艺创作不准涉及。2009年4月23日，中国海军成立60周年，中国第二代导弹核潜艇首次正式公开亮相，引起世界媒体的关注。从此，中国核潜艇不断走进百姓的视野，人们更是怀着探秘的心理来了解核潜艇。但是小说是非纪实文体，属于文学创作，情节和人物都是虚构的，希望读者不要当成纪实文学来读。特此说明。

1996年9月初稿

2009年9月二稿

2010年6月三稿

（原载于《解放军文艺》2011年第8期）

### >>>> 作者简介 <<<<

钟笑，男，原中国人民解放军海军政治部创作室一级作家，中国作家协会会员，中国报告文学学会理事。主要文学著作有：长篇纪实文学《我在美国当律师》《我在加拿大当律师》《卢宇光：穿越死亡的无冕之王》，长篇小说《酒浴》《翼上家园》《从海底出击》，作品集《升起潜望镜》《蓝色的飞旋》《核潜艇艇长》等20余部，并有电影《恐怖的夜》（编剧，1991年上映），电视连续剧《海天之恋》（编剧，2008年中央电视台播出）等影视作品多部。